U0611685

长篇小说

穿PRADA的宅男

The Otaku Wears Prada 贺扬◎著

北京理工大学出版社
BEIJING INSTITUTE OF TECHNOLOGY PRESS

目录

一　致命的诱惑 / 1

二　做我的男朋友 / 11

三　那个叫许尧的男人 / 16

四　自己的事情自己把握 / 25

五　两个男人的战争 / 34

六　送不出去的戒指 / 42

七　纵情之夜 / 49

八　山到高处我为峰 / 59

九　打造出一个连名片都值钱的男人 / 68

十　穿 PRADA 的型男作家 / 78

十一　门外的生活 / 87

十二　一张白纸，还有机会写出美好的未来 / 98

十三　神秘的策划团队 / 105

十四　玻璃做的男人 / 108

十五　不定时炸弹 / 116

十六　抱着爱的人，就像拥有全世界 / 124

十七　为她套上三十二枚戒指 / 137

十八　男人，有点魄力总是好的 / 146

十九　赚很多的钱，才能做喜欢的事情 / 157

二十　有机会，就牢牢抓住不放 / 175

二十一　看得见的和看不见的 / 186

二十二　最大的财富是自己 / 189

二十三　满园的玫瑰比不上一个微笑 / 195

二十四　她的爱情像烟花 / 204

二十五　信任是爱情的双刃剑 / 212

二十六　不输人也不输阵 / 225

二十七　活着才有无限的可能 / 238

二十八　爱是恒久忍耐 / 243

一　致命的诱惑

张慕扬在电线杆前停住了。炙热的阳光令他头昏脑涨。当他看到电线杆上贴着的一张纸时，唇边勾起了一抹笑容。如果不是下周出租屋到期，他这样的宅男才不愿意在炎热的天气里出来。他在网上看到许多租房信息，可惜没有适合他的，不是房租太贵，就是无法给他工作的环境。今天特意出来寻找房源，恰巧看到贴这张纸的人，虽然只看到个背影，就已经让他流口水了。就是在刚刚，一位长发美女随手贴完这张纸，就驾驶停在一边的红色甲壳虫扬长而去。那张纸上写着简单的几行字：出租朝南房屋一间，龙城高尔夫小区八楼，豪华装修，房租五百一月，空调宽带水电全包，有意者请联系电话 ***********。

水电全包，豪华装修，还在市中心的黄金地段，才五百一个月！张慕扬几乎以为自己看错了。张慕扬又仔细看了一遍那张纸，吸引他的不仅仅是那低廉的房租价格，还有后面的一句话——欲寻年龄二十五左右的成熟男士，干净整洁，性格温和，喜欢宠物，时间自由，非诚勿扰。这句话很像是征婚广告，张慕扬不觉笑出了声。回到出租屋，张慕扬摁下了号码。手机里面传来一阵轻快的音乐，不多时，就有一个悦耳甜美的女声响起："您好。"

张慕扬看着手中的那张纸，用温和的语气问道："请问，是不是要出租房屋？"

"哦，是，你稍等下……"那边很快打消他的疑虑，声音的主人似乎在翻阅着什么东西，几秒钟后说道，"晚上七点，龙城小区下的咖啡厅门口见。"

她似乎很忙，那边不时传来开门关门的声音，张慕扬原想多问下房屋情况，现在只得礼貌地说道："好，到时候见。"

整整一下午，张慕扬都在整理仪容。他和绝大多数的男人一样，不修边幅，好吃懒做，唯一符合要求的就是"工作自由"。他是个自由撰稿人，或者说是个网络写手，绝大多数时间给别人当枪手赚点生活费。可是今天为了那张纸上的要求，他将自己整理成一个温和、干净、整洁的男人。

到了下班的时间，张慕扬坐在龙城小区下的咖啡厅里，望着下班的人群。等一杯咖啡喝完，张慕扬的眼睛亮了起来。远远地他就看见那辆红色的甲壳虫轿车，他看了眼时间，还差五分钟到七点。张慕扬走出咖啡厅的时候，对着玻璃又看了自己一眼。干净的白色衬衫，衬着一张看上去没什么威胁的清秀五官，倒也有些斯文儒雅的君子风度。

那辆红色的甲壳虫停下，从里面走出一个戴着墨镜、皮肤超白的美女，手中拎着一个超大的包，五官精致得让他不由得吞了口水。他这样的宅男，除了每天在电脑上看些美女的图片之外，还没有在现实中见过如此漂亮有气质的女孩。

"你是中午打电话的人吧？"那女孩径直向他走来，唇边带着礼貌却疏离的微笑。张慕扬这样近距离地看着一个活生生的美女，紧张得说不出话来，急忙点了点头。

"多大了？"依旧是礼貌甜美的声音，女孩只有二十岁左右，却带着超乎她年龄的成熟和优雅。

"二十……四。"张慕扬从外表看比他的真实年龄稚嫩了些。

那个女孩的眼神落在他修长白皙的手上，笑容微微扩散，"我叫苏可莹，你呢？"

"张慕扬。"

"先上车吧。"苏可莹今天只接到他一个人的电话，眼前的大男孩还算清秀文静，心中便定下了他。张慕扬坐在轿车里，狭小的空间里充满了女孩独有的香味，让他觉得这是个梦。

"我只贴了一张出租房屋的广告，没想到第一时间被你撕去了。"苏可莹娴熟地将车开进了车库，心中对内向腼腆的张慕扬暂时还没有不好的感觉，说话也没了开始的矜持，"你喜欢宠物吗？"

"喜欢。"张慕扬立刻回答，虽然言不由衷，但也说得十分诚恳。

"知道我的房租为什么这么低吗？"走下车，苏可莹领着他往电梯走去。

张慕扬摇了摇头，很想问是不是闹鬼，不过地下停车场光线暗淡，他没敢说。

"因为我需要一个保姆式的房客。"苏可莹看着他说，"有大量的时间在家里，可以陪伴宠物……"

"等等，那应该找保姆。"张慕扬突然发现自己似乎上当了，他为什么出钱当别人的保姆？

苏可莹站在电梯前，似乎知道他心中的想法，笑容依然甜美可人，"张先生，你要知道，这个地段出租的豪华装修的房子，房租一个月至少也要一两千，我收你五百，不需要你出其他的费用，剩下的钱也足够请一个保姆了。"见张慕扬怔怔的，那个女孩笑得更加可人，"如果是白吃白住，难道张先生不该做点什么来补偿吗？"什么意思？一向对钱没概念的张慕扬还在发呆，就被她的笑容迷得七荤八素，鬼使神差地进了电梯，到了八楼C室。站在玄关处，看着客厅的时候，张慕扬早就忘记了什么保姆式房客，如果月租五百能住在这样舒服漂亮的房子里，陪伴宠物算什么。将近150平方米的房子，四室两厅两卫，还有个又大又漂亮的露台，装修风格甜美，处处带着一股慵懒的优雅和惬意，从色彩到布局，都像女主人那样可口……

"怎么样？这是你的房间，除了我的卧室，其他地方都是公用的，你只要保证我回来的时候看到整洁明净的家就可以了。"悦耳的声音打断了张慕扬的遐想。

"好。"几乎想都没想他就答应了。想到能在这么舒适的环境里敲键盘，还有美女相伴，张慕扬就觉得无比幸福。

"签了合同，明天你就能搬过来。"苏可莹立刻返身走到客厅，拿出几张纸来。

两人互相交换了身份证复印件，张慕扬才发现苏可莹竟然与自己同年。他偷偷地看了她一眼，如果她一直保持那样甜美可人的笑容，看上去连二十岁都不到。

"签好了？"苏可莹对着一直走神的张慕扬说道，"合同内容包括你遛狗的时间，收拾家务，整理房间……"她说着将一扇门打开，里面立刻冲出两条一直呜呜叫着的黄金猎犬，以风的速度将张慕扬扑倒在沙发上。等张慕扬满脸都是两条大狗口水的时候，他终于彻底明白为什么这里的房租这么便宜。

自从搬进来之后，他这颗宅男之心就一直不曾安分。平平淡淡生活了二十多年，突然要接触另一种生活，让他每天都有些兴奋，隐隐希望生活能发生些变化。不过能发生些什么呢？他这个"保姆式"的房客与有房有车的美女房东相差太远，以至于他每次见到苏可莹都有几分自卑。越是可望而不可即的东西，就越妄想。张慕扬想到这里，有些烦恼地起身，往卫生间走去。

他从卫生间出来的时候，苏可莹卧室的门突然打开了，两条金毛狗率先冲出来。苏可莹穿着薄如蝉翼的睡衣，身形婀娜地径直往餐厅走去。远远地张慕扬就能闻到一股沐浴后的香味，苏可莹显然没有在意站在客用卫生间门外的张慕扬。餐厅的一角有个小小的吧台，苏可莹似乎很喜欢美酒，吧台的酒架上放的都是价值不菲的好酒。张慕扬直勾勾地看着她性感睡衣下若隐若现的躯体，突然口干舌燥起来。

"还没睡呢？"苏可莹走了几步，似乎才发现他，转头礼貌地打了个招呼。

"呃，晚上睡得比较晚。"张慕扬在有些昏黄的走道灯下看着苏可莹的魔鬼身材，吞了吞口水。"要喝一杯吗？"苏可莹极为优雅地做了个"请"的姿势。

"啊？"张慕扬微微一愣，舌头比大脑先一步反应过来，"好。"

张慕扬坐在苏可莹身边的吧台椅上，看着她熟练地调酒，闻着令人心悸的香味，他心猿意马起来。与初恋第一次牵手时，他都没有这种紧张的悸动。张慕扬不善于喝酒，本来就酒不醉人人自醉了，一口颜色艳丽的酒喝下口，差点呛了出来。

"你不会喝酒？"苏可莹秀美的眉头微微挑起，似乎觉得张慕扬的表情很有趣。

"嗯……不怎么喝……"张慕扬窘迫地点点头，这是什么古怪的酒，明明冰冷却让口腔着了火一样辛辣，从舌尖一直蔓延到喉咙里。

"蓝天伏特加的口感对不经常喝酒的人来说，是烈了点。"苏可莹伸手取下一只高脚杯，倒入香槟，递给张慕扬，笑出了声，"你好像什么都不会。"

她轻笑的时候很美，声音清脆如银铃，张慕扬看着她如花的笑颜，有些发痴，"我会做家务，会遛狗。"

"哈哈，"苏可莹又笑了起来，"好男人。"

"我不是……"一瞬间，张慕扬突然很想倾诉，不是在键盘上敲打着倾诉，而是对她说说话。

"你好像是依靠网络生活，是吗？"苏可莹突然问道。

"可以这样说。"张慕扬抿了口香槟，口中辛辣的味道渐渐被冲散。

"网络技术员，还是做网站的？"苏可莹有些好奇。

"是……是个小写手，写点小说、诗歌赚点生活费。"

"作家？"苏可莹眼眸微微一亮，"很舒服的职业吧？"

"很缺钱的职业。"张慕扬苦笑。

"自己喜欢就好。"苏可莹眯起了双眼，在橘黄的灯光下显得慵懒至极，开始一口口地喝着酒。

"你呢？你是做什么的？设计师，还是平面模特？"张慕扬偷偷看了她一眼，那低开的衣领晃得他眼晕。

"平面模特？哈，你怎么会想到这个职业？"苏可莹笑了笑，她似乎并不像之前那样冷淡。疏离的表面下，是个热情爱笑的女孩。

"因为……你很漂亮，身材又好。"张慕扬的声音不由低了下去。

"我偶尔会帮公司充当平面模特，可我的职业不是模特，是策划人。"苏可莹偏头看着他，"模特公司经理，两家时尚刊物的挂名顾问和策划人。"

张慕扬有些失态地张大嘴，她年龄和自己相当，居然是一家模特公司的经理……

"也不全是我的本事，老爸投资入了股，就成了经理。"苏可莹像是看出了他的心思，有些自嘲地耸耸肩说，"其实我的梦想是当个画家，流浪的那种，可惜家人不支持。"

　　"你这么好的女孩，一定有男朋友吧？"张慕扬怀疑自己也醉了，因为他开始蠢蠢欲动，一向只善于在键盘上倾诉的他，竟然能鼓起勇气问这样敏感的问题。他有些忐忑，不知道苏可莹会不会误会他。可惜苏可莹并没有说话，她托着腮，漂亮的眸子闭上了，呼吸也均匀起来。张慕扬半晌才反应过来她是睡着了，他一直收敛的目光因为她的熟睡而放肆起来。

　　"苏……苏小姐，你回房休息吧？"直勾勾地看了她很久，张慕扬终于轻声说道。

　　张慕扬不知道苏可莹调的酒后劲多大，只见她趴在吧台上，曼妙的胴体燃烧着他的视线。张慕扬手心出了汗，颤抖着触到她裸露在外的洁白手臂，一咬牙，将她扶了起来，"苏小姐，回房休息。"那两只大狗——苹苹和果果，一见张慕扬半搂着苏可莹，友善的眼睛里露出几丝警戒，果果甚至发出了呜呜的警告声。

　　将苏可莹扶到床上，张慕扬还没直起身，短裤就被果果拽住，它呜呜地叫着，想将他拉出卧室。看上去，它只承认这是女主人的房间，不允许外人进来。"果果放嘴！"他压低声音呵斥着，手忙脚乱地拉着自己的短裤，慌乱间，一不小心跌到床上，手肘压到一处非常柔软而有弹性的地方。瞬间，张慕扬的脸涨红了，心脏几乎跳出了胸腔，他发誓刚才绝不是故意的，只怪果果太护主，反而让他占了便宜。

　　张慕扬手忙脚乱地想爬起来，他可不想让苏可莹认为自己是个乘人之危的人。可他还没坐起，腰身突然被抱住，接着一个柔若无骨的身躯压了上来。他浑身的血液往脑中和小腹下涌去。拜托，他还是个连初吻都没送出去的三好宅男，突然遇到这种情况，完全不知所措，只能僵硬地任苏可莹用树袋熊的姿态搂着自己。

　　而苹苹和果果居然不叫了，张慕扬根本不知道苏可莹压住他的时候，素白的手对着两只狗做了个"安静"的手势。她根本没喝多，只不过今天难得有时间，于是恶作剧一下，测试一下她的房客是不是正人君子。

　　张慕扬闭上眼睛，脑中浑浑噩噩，手指仿佛被光滑柔软的肌肤吸住一样，他的血液沸腾着，他无法抗拒这致命的诱惑。苏可莹眉头轻微一皱，突然翻了个身，口中模模糊糊地溢出几声娇吟。看着那醉意中熟睡的美丽脸庞，他挺身坐起，抬手捂住自己眼睛。他发誓自己不是色狼，除了码字赚钱之外，他最喜欢的就是看书和动漫，连朋友发来的片子，他也是看后立刻删除。他从指缝中看着那张甜美的脸，叫嚣的欲望不觉平息几分，他急忙跳下床，这才发现两条狗坐在地板上，还在虎视眈眈地盯着他。他对着苹苹和果果苦笑，轻手轻脚地往门外走去，他不敢停留在这个充满诱惑的房间，生怕多待片刻就会失去最后的理智。

听到关上房门的声音，苏可莹红唇微微上扬，长密的睫毛微微颤抖，半眯着的双眸看了眼紧闭的房门。看张慕扬确实出去了，她懒洋洋地换了个姿势，趴到床边，抚摸着凑过来的苹苹和果果。

"怎么样？还是个值得托付的人吧？"娇柔的声音低低地响起，苏可莹抱着两只温顺聪明的大狗，"人品还凑合，把你们交给他，我也放心了。"

这一晚，张慕扬睡得很痛苦，虽然自己解决了欲望需求，可一沾到枕头就想到苏可莹充满诱惑的身体。于是干脆通宵写文，将过剩的精力都转移到稿子上。

苏可莹醒来的时候，快十点了。拉开厚厚的紫色窗帘，让阳光冲进屋子里，苏可莹伸了个懒腰，俯身抱住两只大狗，亲昵地蹭着它们金黄色的毛发，低低说早安。已经三年了，只有它们还陪伴在自己身边。也只有它们，让她不用担心有一天会失去。

穿着舒适的家居服，苏可莹站在冰箱前，伸手正要打开冰箱门，突然愣住了。冰箱上贴着一张便条，上面写着两行很漂亮的字：面包机里有面包，牛奶在微波炉中热过，如果喜欢喝稀饭，电饭锅里有。苏可莹突然想到，曾经有个男人会每天早起给她做饭，等她醒来的时候，桌子上都是热腾腾的食物，苹苹和果果已经被带出去跑完步，正乖乖地坐在餐厅等着她；如果那个男人哪天工作很忙，也会写这样一张纸，只是放在她的床头边……眼睛突然有点酸，苏可莹伸手撕下那张便利贴，揉成一团扔到垃圾桶里，打开冰箱拿出鸡蛋。原来睿离开自己已经快一年了……

张慕扬从超市拎着一大包蔬菜、鱼、肉回来，一夜没睡，他的脸上却看不出一点疲惫。也许是因为经常熬夜，肤色有些苍白。今天看起来房东会在家里过周末，这是难得的机会，他打算大展身手，先征服她的胃。等她爱上他做的饭菜时，就不会整天去酒吧或者吃没营养的快餐了。而且昨天晚上发生的事情，让他这颗宅男之心蠢蠢欲动，竟对苏可莹生出保护的欲望。虽然他的房东某些时候看上去又强势又聪明，但是再厉害的女人都有她的软肋，从昨天晚上来看，她也有些寂寞，而且似乎还带着一丝单纯的本性。电梯在八楼停下，缓缓打开，他还没走出去，就看见两条大狗冲了进来，而苏可莹一身休闲打扮，正站在外面，脸色漠然。

"苏……苏小姐出去遛狗？"张慕扬微微一愣，脸有些红，眼神不由先往她高耸的胸部看去。

"嗯。"苏可莹没有一贯礼貌的笑容，只是微微一点头，就走进电梯里。

"呃……苏小姐……"电梯门缓缓关上,张慕扬站在外面有些发怔,今天房东似乎心情很不好,对自己很冷淡,不会是她知道昨天晚上发生的事情了吧?

回到房中,张慕扬发现牛奶和面包一口没动,看来她对自己的盛情并不理会。他有些泄气,但仍在心里安慰自己,也许她不喜欢吃这样口味的早点。没关系,反正他是打不死的小强,他再次打起精神,开始做饭。

半个小时后,房门被打开,张慕扬知道苏可莹回来了,立刻挂上笑脸,煮着鸡汤先搭讪:"苏小姐,今天外面很热,中午就在家里吃吧。"

苏可莹站在客厅,看着突然有了生活气息的家,感觉有些陌生。好像在今天,她才发现自己的房子里多了一个人,可是没有一点开心,这只会让自己记起睿在的日子,勾起她已埋葬的回忆。

"不知道你喜欢吃什么口味的,我先做个养颜美容的。"

"不用,我马上出去,你一个人吃吧。"苏可莹说着,头也不回地往卧室走去,只留下张慕扬站在那里傻笑。没多久,她就走出了卧室。她穿得十分休闲,泛白的牛仔裤加上简单的蓝色T恤,清清爽爽,看上去像个还没毕业的高中生。"苏小姐真的不在家吃饭了?"张慕扬又问道。

"你只要照顾好你自己,还有果果它们就够了。"本来像空气一样的人,突然有这么真实的感觉,让苏可莹十分不习惯。

"现在外面的天气好热,你要和果果它们出去?"张慕扬有些不甘心,他特意买了这么多菜,可不想一个人吃。

"张先……"苏可莹有些不耐烦了,正要说话,手机突然响了。

"喂,肖钰吗?"她接起电话,"广告策划?嗯……好……你在楼下了?"

苏可莹看了一眼傻站着的张慕扬,转过身,将拎包扔到沙发上,往阳台走去。

"……那你先上来吧,资料都在电脑里,暂时没法调出来。"苏可莹挂断电话,沉思了几秒,突然走到张慕扬的面前,若有所思地打量着他。

"我……苏小姐……"被她看得浑身紧张,张慕扬擦了擦手,笑容也僵硬起来。

"待会儿我同事上来。"苏可莹扬了扬眉,"她要问起来,你就说你是钟点工。"

"钟……钟点工?"

"记住了,你只是周末来打扫房间、洗衣做饭的钟点工。"苏可莹强调。

"可是我……"

"没有可是,你做完饭可以去下面的咖啡厅坐半个小时。"苏可莹还没说完,门铃就响了。苏可莹打开门,一位穿着暴露的美女还没进门就风风火火地说:"可莹，刚才我等电梯的时候，看到一位帅哥，他去了二十九楼……咦，这是谁？"

"钟点工！"没等苏可莹说话，张慕扬一字一顿地说道。

"哈，现在的钟点工可真低龄化。"肖钰大笑起来，将手中的包往沙发上一扔，抱住苹苹就是一阵乱揉，然后抬头继续说，"二十九楼的帅哥……"

"我不认识。"苏可莹叹口气，这丫头眼中除了帅哥，就没其他的，"先说策划吧。"

"我饿了，先吃饭吧。"肖钰被菜的香味吸引了，她放开了苹苹，走到张慕扬身边，笑着说，"小帅哥，厨艺不错嘛，你是哪家的钟点工？有空也帮姐姐做饭吧。"

"肖钰，先去洗个脸，外面这么热，看你脸上的妆都花了。"苏可莹急忙将她往洗手间推去，冲张慕扬使个眼色。

"花了？不会吧？难怪刚才那帅哥都没看我一眼……"肖钰悲惨地大叫着，冲进卫生间里。张慕扬摇摇头，将最后一个菜端上桌子，往门外走去。正在他要关门的时候，房间里的手机突然响了起来，他站在原地，进也不是，退也不是。

"可莹，你的手机铃声怎么换了？"卫生间里，肖钰活力四射的声音传了出来。苏可莹冲到张慕扬的房间里，迅速拿起桌上的手机摁掉。她不想被肖钰知道自己有个男房客，一来是肖钰十分八卦，二来，肖钰和睿的弟弟是死党。

苏可莹正想把手机递出去，突然卫生间里传出肖钰兴奋的尖叫："可莹，这是什么？剃须刀！你带男人回家了？"

张慕扬头皮一炸，急忙回到屋子里，那洗衣盆里还放着他的内裤！他快速走到阳台，将自己晾晒的衣服取下，再拽下几件苏可莹的衣服，接着往卫生间冲去。

"那个……给苹苹和果果用的……"苏可莹已经在卫生间里，夺过剃须刀，一双眼睛迅速地扫视着各个角落。

"给狗狗剃毛？那东西会伤到它们的。"神经大条的肖钰大咧咧地说。

"所以放在这里一直没用。"苏可莹一紧张，她看见洗衣盆里张慕扬的衣服了。

"请让一下。"张慕扬抱着一大堆衣服快步走了进来，站在洗衣盆前，将手里的衣服迅速扔到盆里，转头含笑问道，"苏小姐还有换洗的衣物床单吗？"

"……暂时没了……你收拾完房间可以走了。"苏可莹稍稍松了口气，转头对肖钰说，"先去吃饭吧，菜都凉了。"说完把肖钰推出卫生间，趁着她没注意把张慕扬的手机放到洗手台上，走了出去。张慕扬这才长出了口气，急忙抓过已经被关了机的手机，往房间走去，将那些零零碎碎的东西一股脑都塞进窗台下的木柜里。看了眼没残留自己任何衣物的房间，张慕扬终于松了口气。

"可莹，小尧想来看你。"肖钰突然神色一正。

苏可莹正喝着汤，差点一口喷了出来，她急忙掩饰地抽出一张餐巾纸，压低声音，"他来做什么？不是在美国进修一年吗？"

"回来找工作，没有地方住，所以想住在你这里。"肖钰咬着肉，含糊不清地说。

"回来找工作？"苏可莹眉毛一挑，有些疑惑。据她所知，许尧进修的时候已经在兼职一份很不错的工作，进修结束后，也会顺利去美国一家全球五百强的企业。

"嗯，他想回来，已经订好了机票。"肖钰点点头，她倒是很兴奋。

苏可莹不是不愿意许尧回来，可他是许睿的弟弟，两兄弟长得异常相像。她用了将近一年的时间，才将痛失真爱的悲伤隐藏好，如果许尧回来，她又会想起那些过往。

"你不想他回来？"肖钰见苏可莹有些失神，皱了皱眉头，"他可是许睿的亲弟弟，你不会不想帮他吧？他一个人在美国孤孤单单……"

"什么时候的机票？"苏可莹打断肖钰的絮絮叨叨。

"下周三晚上六点。"肖钰一扫刚才的碎碎念，兴奋地说，"我们去接他，晚上来你家开个PARTY！"

"等见面再说吧。"苏可莹有些心神不宁，她抚了抚额头，勉强笑道。

站在房间里的张慕扬并非有心，却听到了这段话，心中一咯噔，不会好运就此到头了吧？如果这里再住进一个男人——听她们的口气，这个男人和苏可莹的关系还很微妙——那他岂不是会被赶出去？

张慕扬走到楼下，坐在公园的椅子上看着过往的行人。他第一次发现自己有多留恋苏可莹的家，虽然她有些冷淡，有时候还会提出一些苛刻的条件，那两只大狗也比较黏人，但他真的很喜欢那个"家"。

张慕扬突然想到中午有人给他打电话。刚刚打开手机，还没来得及翻开未接来电，铃声就响了起来。是一个陌生的号码。"喂，是断刃吧？"一个女人的声音从那边传来，说的是他在奇幻杂志上的笔名。

"是，您是？"张慕扬有些激动，提到他的笔名的，基本上就是约稿的编辑。

"我是《暮光》编辑，是温柔的刀介绍你的小说，我们杂志正紧缺一个长篇小说连载，不过……"那边见找对了，似乎很高兴。

"温柔的刀"是个可爱的女孩，真名叫汪霞，也是个网络写手，比他早出道半年，交际能力非常厉害，认识很多出版社和杂志报刊的人。张慕扬是在网上认识她的，两人的关系很好，所以汪霞利用自己交际广泛的优点，给张慕扬拉到一个好机会。

接完电话，张慕扬晦暗的心情明朗起来。他原先只是写短篇投稿，长篇都是充当枪手，这一次，居然是《暮光周刊》主动约稿，要一个长篇连载。虽然那边给新人的稿费并不高，而且要求下周三之前先给他们三万字开篇审核，但张慕扬依旧十分兴奋，立刻用手机登上QQ，准备好好感谢汪霞。一般来说，这时候，汪霞应该在线。可是今天他失望了，他发了无数次表情，汪霞的头像还是灰色的。第一次，张慕扬因为汪霞没有上线而有些失落。他漫无目的地浏览着网站，不知道什么时候才能回租住的房子。正无聊时，张慕扬的手机响了起来。

"张先生，现在在哪里？"苏可莹的声音依旧甜美而礼貌，带着一丝不会让人厌恶的疏离。

"中央公园。"张慕扬很想多说几句话，可是在苏可莹面前，他完全是被动的。现实生活和网络不同，网络中的他幽默而风趣，满腹经纶；现实中的他却沉默寡言，甚至有些木讷，不知道应该如何表达自己。

"我在公园南门口等你。"依旧是悦耳的声音，听不出主人此刻真正的心情。

"哦，好。"张慕扬立刻起身，往公园南门口走去。

苏可莹坐在车中，后座的苹苹和果果正兴奋地凑到车窗往外看，知道女主人要带它们出去郊游。因为中午的事情，苏可莹心中有些过意不去，所以特意来接他去郊外过周末。这是许睿走后，她第一次带一个并不熟悉的男人去郊外。苏可莹为他打开车门，问道："中午吃饭了吗？"

"哦，吃了。"张慕扬见她示意自己坐进去，立刻坐到副驾驶的位子上。

"今天下午还有其他事吗？"苏可莹发动车子，看了他一眼，"没有的话，晚上请你去吃农家饭。"张慕扬几乎以为自己听错了，她要请他出去吃饭？

"算是今天中午的补偿。"见他呆头呆脑的样子，苏可莹补充说，"不过你的厨艺还可以，真看不出来。"

"你喜欢就好。"张慕扬内心顿起波澜，努力想找些话题，可思路总不像在网络中那样流畅。

"我在乡下有一间小木屋，每星期都去那里过周末。"苏可莹自顾自地说，"你知道一个人在夜晚的时候，听着风从树林穿过的声音有多美好吗？还有那些星星，远离了城市的嘈杂和污染，格外明亮。春天的雨夜，还会有布谷鸟鸣叫；夏至，会多了蛙鸣……"像是突然找到了倾诉的对象，苏可莹在安适优雅的钢琴曲中，描述着那里的一切。只是她没有说，她的小木屋中少了一个重要的人。她也没有说，她的那些快乐是一个叫睿的男人带来的。她想将自己生命中的某个秘密绕过去，仿佛少了那个男人，她依旧是完整的，她的生活也是完整无缺的。

"你看，空气变得湿润新鲜了。"苏可莹说完将空调关掉，打开车窗，泥土和树木的清香顿时扑鼻而来。

二　做我的男朋友

车在一个池塘边的小木屋旁停下来。一直安静的两只狗开始兴奋，苹苹迫不及待地从窗口跳出去，撒开腿在草地上奔跑起来。苏可莹微微笑道："这里怎么样？"

"像一幅画。"张慕扬看着周围，总觉得有些不真实。

"远看更像一幅画。"苏可莹往小木屋走去，声音里似乎有着淡淡的喜悦。

"可是……这里好像太偏僻了，晚上一个人会不会害怕？"张慕扬看了眼四周，零零散散的农屋分布在远处，青山绿水间，这里安静祥和却有些偏僻。

"害怕？为什么要害怕？这里的邻居都很好，而且林业派出所就在三公里外，这里的治安不比城市差。"苏可莹将窗户都打开，看着外面嬉闹的两只狗，"瞧它们玩得多开心，这片草地没人会来呵斥它们。"

"今天晚上不回去了吗？"张慕扬看着她纤细的背影，猛然冒出这样一个问题。

"如果你很忙，吃了晚饭我会送你回去。"苏可莹转头对他说道。忙？他就是忙得要死，也不会在这个时候说忙。"不忙，不忙，我最近不忙。"

"那晚上就住在这里，过完周末再回去。"苏可莹见他脸上的表情，突然扑哧一笑，"你还真有趣。"有趣？张慕扬摸了摸自己的鼻子，她说这句话的时候好可爱，像一个邻家妹妹。

临近黄昏，山脚的气温突然低了下来。张慕扬跟着苏可莹，来到一处农家院。这里并不是饭店，住着一位老奶奶和她的孙女。

"张奶奶。"老远苏可莹就打起招呼来。

"苏姐姐！"清脆的声音传了出来，一个小女孩飞奔到苏可莹面前。

"莹莹来了。"满头白发却精神矍铄的老奶奶迎了出来，"饭已经做好了，快进来……哟，这位是？"

"我的朋友。"苏可莹看了张慕扬一眼，笑容满面地说。

"哦，快进来快进来，上周你没来，小帆可想你了。"老奶奶慈祥地说道。

张慕扬看着院子里槐树下的小石桌上的饭菜，这就是苏可莹所说的农家菜了。

"这几天有点热，外面吃着凉快。"张奶奶还在端菜，笑眯眯地说，"上周你没回来，我过去给你木屋里的花花草草浇了两次水，外面的栀子花开得可香了……"张慕扬被有些害羞的小女孩拉着一起堆沙子，他竖起耳朵听着两个人的对话。原来苏可莹每周都会来这里吃饭，每个月会给这个张奶奶"工资"，拜托她照顾自己的木屋。而张奶奶的两个儿子都在外面打工，年底才会回来，她也乐得苏可莹每周来热闹热闹。

"大哥哥，你是苏姐姐的男朋友？"小女孩先前还害羞，现在和张慕扬玩得兴起，也不惧生了。

"啊？不是……"张慕扬一听，急忙先看向和奶奶一起在屋里忙活的苏可莹，见她没注意这边的谈话，才摆了摆手说。

"你不是她男朋友，那她为什么带你来这里？苏姐姐以前只带男朋友过来。"小帆歪着头想了想。

"哦？她以前的男朋友好看吗？"张慕扬小声地问。

"好看！很高，对苏姐姐可好了，还会给我买好多礼物。"

"小帆，快去洗手，别缠着哥哥，要吃饭了。"奶奶端着菜出来，高声说道。

"知道了。"小女孩乖巧懂事，拉着张慕扬说，"我们一起去洗手。"张慕扬此刻心中满是苏可莹男友的模糊形象，他不知道现在苏可莹和她的男友是否还联系，从平时电话上看，她并没有固定交往的男友。那就是说，他们分手了？是否和肖钰所说的"小尧"有关？他记得很清楚，肖钰说"他是许睿的弟弟"，当时苏可莹的反应有些奇怪。趁着洗手的时候，张慕扬轻声问道："那个哥哥是不是姓许？"

"你知道许哥哥为什么不来了吗？"小女孩立刻来了精神，眨巴着大眼睛问。

"小帆！"这时，奶奶走了进来，狠狠地瞪了她一眼说，"不准问这些事情，要是被苏姐姐听见，她以后再也不来了。"

"奶奶……"小女孩委屈地看着奶奶，显然十分害怕以后苏姐姐不来这里。

"小张，快去吃饭吧。"张奶奶对他的称呼变了，张慕扬就知道苏可莹已经向张奶奶介绍过他，就应了一声，大步走了过去。

"瞧这风景多好。"苏可莹像是在自言自语，又像是在对张慕扬说。半人高的院墙爬满了常青藤和金银花，不远处是潺潺的溪水，在夕阳的余晖中像一条流动的金链子，闪着细碎的光芒，带着一路野花和青草的倒影，缓缓流动着。

"你平时就是这样？"饭后辞别了张奶奶，苏可莹牵着两只狗，在青草坡上漫步。

"嗯？"张慕扬还没回过神来，不知道她指的是什么。

"人不能在家宅久了，否则很多能力都会退化。"苏可莹微微一笑。

"我不想给老板工作，讨厌被呼来喝去……"张慕扬勉强笑笑，"没有牵挂，也没有要奋斗的理由，所以……现在挺好。"

"你没有家人？"苏可莹有些诧异。

"我是孤儿。"张慕扬深吸了口气，苦笑道，"所以只要养活自己就够了。"

"对不起，我不该问这些。"苏可莹从未问过他的家庭情况，只是从他平时的活动来看，他好像的确没有什么家人。

"没什么，都习惯了，一个人也挺好。"张慕扬的眼睛被绚丽的晚霞染上一抹亮色。

苏可莹叹了口气，她找不到可以继续的话题，只好沉默着。

"苏小姐，今天听你和你那个朋友说，下周三你有个朋友要回来了是吗？"张慕扬思索再三，还是问了出来。

"嗯。"苏可莹理了理被风吹乱的发，眼眸一抬，像是知道他心中的顾虑，"你不会是担心他来我家，你没地方住了吧？"

"还真有一点。"张慕扬笑了笑，转身看着两只狗，"我还挺舍不得它们的。"

"家里房子大，有他住的地方。而且我们的合同期是一年，你不用担心。"苏可莹说完，歪着头沉思起来。

"那个人是苏小姐的好朋友吗？"张慕扬比较在意那个叫小尧的男人。

"是。"苏可莹突然仰起头说，"小张，你喊我名字就可以了，别那么生疏。"

张慕扬一愣，想了半天，也不知道应该喊她全名好，还是可莹，或者莹莹……

"有件事，可能要拜托你。"苏可莹转身认真地看着他。

"什么事？"张慕扬也停下脚步，"只要我能办到，一定会帮忙。"

"下周……"一向说话做事干净利索的苏可莹有些苦恼地皱了皱眉，似乎在思索该如何开口。"做我的男朋友！"终于，苏可莹深吸了口气说道。

"什么？"张慕扬的心脏扑通一下，差点跳出了胸腔。

"我的意思是……我会付钱的。"苏可莹见了张慕扬的表情，立刻解释道，"只要你配合……我现在找不到第二人选，只有你适合……"

张慕扬的心脏依旧剧烈地跳动着，他不是在做梦，虽然听起来好像还另有隐情，可是他才不管那么多，他只想立刻点头。"我愿意！"没等她说完，张慕扬就说道。

"很好……"苏可莹的眼神在他脸上停留片刻，紧接着说，"我会按天付钱，在这之前，你要熟悉一些资料。"

"我不要钱。"他即使再穷，也不会拿她的钱。

苏可莹想了想，她知道这个书呆子很要强。几秒后，她点了点头，"OK，那以后的房租不用交了。现在回去和我熟悉一些资料。"

"房租……"

"既然是我的'男朋友'，住在一起当然不用交房租。"苏可莹说着往小木屋走去。

苏可莹朦朦胧胧地记得年少时那个白净的小男孩问自己：如果哥哥死了，你会不会喜欢我？那时是年幼孩童的无心之言，今天却变成了残酷的现实。这次许尧回来，她知道不是为了找工作，而是为了来找她。无论她拒绝多少次，他都不会气馁。苏可莹不愿让许睿唯一的弟弟受到伤害，她只能用最后一招让他彻底死心。身边这个清秀的男人，没有任何背景，也没有复杂的人脉关系，如果让他假扮成自己的男友，即使许尧想查，也查不出什么。张慕扬，是让许尧放弃的最好的棋子。

在小木屋里，张慕扬仔细地听着苏可莹的故事，他必须在这三天里熟悉应该知道的事情。苏可莹大略说了一下她自己的家庭背景和往事，着重说的是她喜欢的食物、动物、颜色等生活小细节。对于许睿，她只是轻描淡写地带过。张慕扬也知道什么该问，什么不该问。不知不觉夜已深了，窗外的栀子花似乎更香，混杂着清凉的夜风和青草味道，让人心生安宁。

"还有一点，如果许尧回来……"苏可莹秀美的眉微微皱起，半晌才说，"你要和我一起住。"

"现在不是已经一起了？"张慕扬笑着，还没反应过来。

"至少他在的时候，你要和我睡在一个房间。"苏可莹直视着他说道。

"我……我是没问题……"张慕扬脸上有些发烧，一时不知所措。

"这几天我们要适应一下彼此的身份。别一副呆子模样。"苏可莹突然笑了，她主动握住张慕扬因紧张而捏成拳的手，"最基本的牵手和一些必要的亲密动作……我们是交往将近半年的恋人，明白吗？"

"好……"张慕扬被她柔软滑腻的手覆盖，神经不自觉地紧绷起来。

"来试试。"苏可莹微微倾身，凑近他，一双又黑又亮的眼眸紧紧盯着他，"张慕扬，你要喊我什么？"

"可……可莹。"她身上好闻的甜香迎面扑来，张慕扬头皮一麻，下意识地想看向别处。

"你的眼神！"苏可莹微微皱起了眉，"这哪里是男女朋友，你根本就把我当成了老虎！"

"对不起……我……"张慕扬口干舌燥，那么漂亮精致的脸离自己不到五公分，他不敢直视。

"算了，先睡觉吧，还有几天的时间可以熟悉。"苏可莹有些失望地站起来，走过去拉窗帘。她抬头看了一下，突然喃喃道："今晚的月色好美。"苏可莹转头看向张慕扬，那双比月亮还漂亮的眼睛似乎提醒他应该做点什么。可是张慕扬半跪在被子上，半晌也没动。

"呆子！"苏可莹第一次感觉到挫败，她见过无数男人，有聪明狡猾的，有老实木讷的，可无论是哪种男人，都不会像他这样不解风情！"天！许尧一定会看出什么……"苏可莹泄气地揉了揉长发，拉好窗帘，坐到床边，有些烦躁地拿过书乱翻，"他一定不相信我会找这样无趣的男人……怎么办……"苏可莹深呼吸几次，还是觉得心绪不宁，干脆扔掉书，起身往浴室走去。

躺在浴缸里，苏可莹一直在犹豫要不要雇个专业演员。思量再三，她还是决定在最后三天给张慕扬"特训"，如果再不行，也只能放弃张慕扬采用下下策。

拉开浴室的门，苏可莹缓步走了出来。看着表情复杂的张慕扬，苏可莹唇边含着一丝莫名的笑意，她决定从今天晚上开始就给他"特训"，让他成为完美"情人"。张慕扬看着她缓缓走到自己身边，喉结不自然地滚动几下，赶紧把视线移开——这大半夜的，她还穿着浴衣，这算是勾引吗？"那个……你睡不着吗？"沉默的气氛尤为尴尬，张慕扬终于艰难地挤出几个字来，不敢看身边的美女。

"嗯。"苏可莹回了一个慵懒的鼻音。

"那个……"张慕扬紧张地抬头看向屋顶，"今晚月色不错……"

"嗯，是的。"苏可莹依旧看着他。

张慕扬鼓起勇气看了一眼苏可莹，突然拉过她的手，往屋后的楼梯走去。苏可莹一言不发地任他拉着，两只狗默默地跟在他们身后，像影子一样。

小小的阁楼干净整洁，顶端都是透明的玻璃，爬满了绿萝，里面充满了夜来香的味道。没有开灯，借着乳白色的月光，张慕扬清楚地看到里面放着两个蒲团，还有一个小小的茶几，上面放着土陶的茶杯，墙壁上挂着醒目的"禅"字。他拉着她坐在蒲团上，沉默了半晌，终于开口说："我……我曾经很喜欢一首歌。"

苏可莹看着他，一直没有说话，对他所有的举动只是顺从。

"其中有一句歌词是……我只能给你一间小小的阁楼，一扇朝北的窗，让你望见星斗。"因为紧张，张慕扬的声音有些干涩。

一抹笑意跳进苏可莹粲若星辰的眸中，渐渐扩散开来，将她脂粉未施的脸染上一层绚丽的光彩。"啪，啪！"苏可莹赞许地拍了拍手，"很好，就是这种感觉。"

张慕扬终于舒了口气，放下了几丝紧张和羞涩，"我明白了。你放心吧，还有几天的时间，我一定好好努力。"

扑哧一声，苏可莹忍不住笑了，他这副认真的样子还真可爱。他被她笑得有些恍惚，看了她片刻，急忙低下头，有些腼腆地笑笑，"那……先去休息吧？"

"你先去休息吧，我再坐一会儿。"苏可莹说道。

张慕扬起身往外走去，他总觉得气氛有些微妙，不敢再和她单独待下去。

苏可莹看着月明星稀的夜空，抚摸着果果。眸中不知是倾入了清冷的月光，还是反射着孤寂的星光，流泻出一丝悲伤。这个阁楼，曾是许睿最喜欢的地方。每到夜里，他会坐在这里，让她枕在他的腿上，为她讲故事或者唱歌。可是，那个比月光还温柔的男人却一声不响地离开了她，只留下悲伤的回忆，在深夜将她一次次淹没。好不容易才埋葬起来的记忆，又开始在心底疯长，苏可莹躺在阁楼上，伸手盖住自己的眼睛。对许睿还没能遗忘，许尧又回来了……

三　那个叫许尧的男人

张慕扬第一次觉得时间过得这么快，仿佛只是眨了一眨眼，就已经到了周三。

坐在苏可莹的车中，张慕扬比以前要自然多了，甚至还能说点笑话来逗车里的美女。

"可莹，你还真是狡猾，居然骗我说他是钟点工……我就奇怪了，哪有这么斯文的钟点工。"肖钰对这件事很不满，她和苏可莹算得上交心的好友，可她有了男友，居然瞒骗了自己那么久。

"不是怕你这张八卦的嘴吗？"苏可莹淡淡地笑着，她费了好多心思才让肖钰相信张慕扬的身份。

"搞什么不好，搞地下情……公司里又不知有多少帅哥要伤心了。"肖钰怎么都觉得苏可莹现在找的男友有些不对胃口，依照苏可莹的条件，怎么也不会找一个默默无闻、没钱又没背景的男人。不过各花入各眼，只要苏可莹能从阴影中走出去，肖钰还是高兴的。

到了机场，苏可莹很自然地挽住张慕扬的胳膊，与肖钰有说有笑地往前走去。这是在家里练习无数次的动作，张慕扬很想努力放松，可还是感觉到一丝不自然。

"小扬扬，是不是要见到情敌，心里想法太多了啊？"肖钰看到张慕扬别扭的表情，忍不住笑道，"不过也该有想法，毕竟他是……"

"肖钰。"苏可莹有些不满了。她的视线在人群中搜索，突然定定地看向人群中的某个角落。肖钰顺着她的视线看过去，兴奋地大喊："小尧！小尧！"

张慕扬远远地看见一个英俊的男人，还带着几分大男孩的感觉。

"可莹！"许尧随着人群走到苏可莹身边，他的身高大概有一米八，站在苏可莹的面前，却像个小弟弟。

"小尧，你这臭小子长得越来越帅了嘛！"肖钰已经扑了上去，肆无忌惮地捏着许尧的脸，咯咯笑道，"快说，祸害了多少美少女？"

"肖钰姐，别开玩笑，我没那么多情。"许尧轻轻扣住肖钰的手腕，却满眼深情地看着苏可莹。

"小尧，我们先去吃饭吧，你想吃什么？"苏可莹的表情没有多大的变化，只是将视线转到张慕扬的脸上。她知道许尧的心思。"想吃西餐还是中餐？今天姐姐请客！"肖钰和苏可莹年纪相当，可许尧从不会喊苏可莹姐姐。

"想吃可莹做的饭。"许尧一直看着苏可莹，似乎张慕扬只是一团空气。

"那就先回家。"苏可莹看了眼张慕扬，突然想起什么，急忙介绍，"这就是张慕扬，我的……"

"我叫许尧，以后多多关照。"许尧不等苏可莹说完，就彬彬有礼地伸出手，只是眼神中充满了敌意。

张慕扬伸手握住他的手，笑道："我知道，可莹很久以前就提到过你。"

"她也提到过你，不过只是在几天前。"许尧也笑了，带着独特的加州阳光味道，却没有冲淡一丝敌意。

"走了走了。"肖钰闻到一丝醋味，急忙拽着苏可莹和许尧往前走。

许尧拖着行李箱，冷不防地问张慕扬："可莹有没有对你说，我一直在等她？"

扑通！肖钰差点扭到脚。这个家伙性格还是没变，以前他哥哥在的时候，还会收敛一点，现在干脆没皮没脸了，三句话不离追求可莹。

"小尧，你回来准备在哪里工作？"肖钰急忙将话题岔开，笑嘻嘻地问。

"再说吧，再不济也能去可莹公司当平面模特吧？"许尧眼睛不离苏可莹。

"你是学金融管理的，当什么模特！"苏可莹淡淡地说，带着一丝长辈的口吻。

"在这边有吃有住，我才不急着找工作。"许尧上前一步，竟伸手揽住苏可莹的肩，带着一丝撒娇的语气。

"小尧。"苏可莹无奈地挣脱他，摇头说道，"多大的人了，还和孩子一样。"

"反正你答应照顾我一辈子，我才不管那么多。"许尧说着，看了张慕扬一眼，眼神中尽是挑衅。

"那个人……还真有攻击性。"在超市里，张慕扬推着购物车，一脸苦笑。

"小尧就是这样，你别放心上。"苏可莹看着手中的罐头，脸上也有几分无奈。

"我是没关系，只是他如果长时间住在你家，那……那总有一天会发现我们在骗他。"张慕扬很担忧。

"你只要扮好你的角色，剩下的交给我。"苏可莹的脸色黯淡下来，她有些不想回家面对那张酷似许睿的脸。

许尧洗完澡穿着睡衣，一身清爽地坐到肖钰身边，看着她含笑说道："肖钰姐，三天前，你还没告诉我可莹有男朋友。"

"我也是昨天刚知道。"耸耸肩，肖钰一脸无辜。

"你们是合起来骗我的吧？"他挑眉问道。

肖钰一愣，接着大笑起来，"怎么会？你肖钰姐会骗你？虽然看上去可莹找的类型是有些奇怪，可才子配佳人，人家就是喜欢这类型的也没办法。"

"他们已经住在一起了？"微带着醋意，许尧还是不死心。

"瞧你这模样……"肖钰伸手点了点他的脑袋，带着一丝宠溺的笑，"小尧，明天姐带你去公司吧，那里的美女模特多得是，要什么类型的都有……"

"除了可莹，我谁都不要。"许尧坐直身子，眉头微微皱起，还带着些许孩子气，这分孩子气是为苏可莹保留的。

"现在的可莹和你记忆中的可莹不一样，她不再是小时候寻求许睿保护的小女孩了。小尧，你在外面那么久，没有看出她的变化，可我……"

"所以才不要离她太远太久，从今以后，可莹由我代替哥哥来保护！"许尧微微有些激动，他的话音未落，门就开了，苏可莹拿着钥匙站在门外，表情有些尴尬。

"啊，你们回来了？"肖钰急忙打破片刻的沉寂。

"今天楼下似乎有什么表演，人好多。"张慕扬拎着购物袋换鞋，微笑着说。

"你快回屋写文吧，做好饭我叫你。"苏可莹温柔地对张慕扬说。

"可莹，我帮你洗菜！"许尧立刻走了过来，接过购物袋，笑眯眯地说。

"小尧，你刚下飞机，去坐着休息。"苏可莹看了他一眼。

"呃……是，小尧，你休息休息，我来帮忙。"肖钰走了过来，满脸笑容地说。

许尧拗不过两个女人的坚持，只能悻悻地坐到沙发上，眼神定在厨房里忙碌的两个女人身上。张慕扬难得能躲开这种局面，早就躲回书房打开笔记本。前天晚上，这个书房正式成为他和苏可莹"办公"的地方，而他的卧室，也搬到苏可莹的房间，在许尧回来之前，先适应两人的生活。

QQ上有头像在闪动，是温柔的刀。

温柔的刀：在吗？

温柔的刀：断刃！你知道自己消失了多久？123个小时！你要是再不上线，我再也不理你了！

最近他因为要专心练习当苏可莹的"男友"，手机一直关机，而难得开电脑，开电脑也是忙着写文，没开QQ，难怪汪霞找不到他。

断刃：我在了。打了三个字过去，张慕扬静静地等着回复。

温柔的刀：你小子还活着！老娘满世界找你，玩什么失踪！

温柔的刀：手机关机，邮件不回，QQ不上，你去哪了？

噼里啪啦一段话加上愤怒的表情跃上窗口。虽然被骂得狗血淋头，张慕扬心情却很好。世上还有一个人在找你，在关心你，这种感觉真好。

张慕扬的双手在键盘上飞快地敲击，汪霞要不是有很重要的事情找他，也不会急成这样。先是乖乖赔礼道歉，等对方的火气消下来几分后，张慕扬才切入正题，问她发生了什么事。

温柔的刀：你的小说怎么样了？人家编辑都不好意思催你了，改成天天催我！

断刃：啊，今天已经周三了……

张慕扬用力拍了拍自己的脑袋，他只记得周三要接机，却忘了自己的正事。

温柔的刀：白痴，你最近是不是被哪个美女勾了魂？连周几都不知道了！今天晚上十二点前，三万字不给我，我就杀了你！

断刃：霞霞，拜托给我点时间，最近真是很忙。明天中午之前，我保证给你三万字。汪霞和《暮光》编辑的关系很好，只要能过了汪霞这一关，《暮光》编辑那关也能过。

温柔的刀：你还差多少字？

断刃：八千字。张慕扬老老实实地回答。

温柔的刀：现在还有四个小时二十八分钟，八千字对你来说，三个小时就搞定了。就这样，晚上十二点前给我稿子。汪霞说完，连一秒钟的时间都没留给张慕扬，头像立刻灰了下来，任凭张慕扬怎么说话都不理他。以给其他作者当枪手的写作速度来说，别说一个小时四千字，就是一个小时五千字对张慕扬来说都很轻松。可这次他是为自己写书，不能只要速度不要质量，并且今天的情况实在不利于写文，他一半的心思都放在屋外的三人身上，思路根本不畅通。

苏可莹娴熟地做着菜，许尧表面上在和肖钰聊天，可他的眼睛一直看着苏可莹，里面闪着热切的光芒。将所有的饭菜都做好，端上桌后，苏可莹解下围裙，对着书房喊："慕扬，吃饭了。"

许尧满是醋意地问："你平时都这样照顾他？"

"小尧，你先坐，我去叫他。"苏可莹不答只笑，她自始至终都像个姐姐的模样。

书房里，张慕扬在构思着情节，差不多到了忘我的境界，别说没听到苏可莹喊他，就连苏可莹走进来也不知道。站在他身后有半分钟，苏可莹终于开口："先吃饭吧。"

张慕扬这才发觉身后站个人，急忙回过头，"啊，要吃饭了吗？"

"嗯。"苏可莹点了点头，没有外人的时候，他们之间的话还是很少。

"要不你们先吃？我要赶一个稿子。"张慕扬刚找到写作的感觉。

"现在很忙？"苏可莹看了眼笔记本上的文档，"那你先忙，我把饭菜端进来。"

"哎……不用，你别对我这么好。"张慕扬下意识地说。苏可莹飞快地伸手示意噤声，她警惕地看了眼门，生怕许尧会听到。

"就这样，你先忙，我去给你端饭菜。"苏可莹说完，微微一笑，丢给他一个"谨言慎行"的眼色，退了出去。

一会儿，苏可莹走进来，端了几碟菜、满满一碗饭放在桌边，出去了，只留下张慕扬对着饭菜发呆。从没人这样关心过他，更没有人为他端茶送水过，虽然这只是逢场作戏，可他心中依旧暖暖的。孤儿的世界，从没有如此温暖的时刻。

而此刻外面的许尧正万分不爽，他满是妒忌地看着苏可莹穿梭在书房和餐厅之间，看上去她还挺在意那个男人。一顿饭吃得十分郁闷。肖钰吃饭的时候一直在接电话，似乎又找到一个新的猎物，所以吃完饭后，立刻匆匆忙忙地告辞，去找她的新欢，只留下许尧和苏可莹收拾桌子。

"你别忙，让我来。"见许尧替她擦桌子，苏可莹急忙制止。

"可莹，让我代替哥帮你做家务，好吗？"突然苏可莹的腰被圈住，陌生的男人味道充斥在自己周围。

"小尧，放手！"有些无力地呵斥，虽然许尧已经被她和许睿宠坏，但苏可莹也没想到，只是去了美国两年，许尧已经大胆得让她感到生疏了。

"不放！即使你有男朋友也不放。"许尧手臂紧了紧，索性将头埋入她的颈间。苏可莹伸手抚着自己额头，她最近已经头昏脑涨，没精力和他辩解。

"小尧，先去休息，"深吸了口气，苏可莹握住许尧的胳膊，推着他往客房走，"你先休息，明天我就给你安排工作。"他已经回来了，再说什么都无济于事，苏可莹只能尽快给他安排工作来分散他的精力。

"我要跟你在一起工作，时时刻刻能见着你。"许尧这次没做出什么反抗，只是要求和她在一起工作。

"小尧，你学的专业会有更好的平台，在我们公司只会屈才。"苏可莹无奈地说。

"不管，我就是要和你在一起，我会每天送你上下班，给你做饭，等你……"

"得得得！这些事情有人会做。"苏可莹看了眼书房。

"可莹，你确定你爱那个男人？"站在她身后的许尧，紧紧盯着她。

"我们现在很好。"微微呆滞片刻，苏可莹随即说道。

"你只是在把他当成某种解药！"许尧咬着唇，恨不得将这个女人的心挖出来晾晒在阳光下，看她还能隐藏多少过往，能有几分阴霾。

"解药？"铺好床站直身体，苏可莹耸耸肩，往门外退去，笑道，"解药总比毒药好。睡吧，晚安。"伸手带上门，苏可莹深深地出了口气。把厨房收拾好，苏可莹往卧室走去，屋内似乎有些空荡，华丽的紫色窗帘衬着白色的轻纱，仿佛梦幻。

今天两只狗都被送去了楼下的宠物屋，因为已经很累了，她怕它们看见许尧会兴奋过头——它们曾是许尧喂养的宠物，后来因为许尧要去美国进修，才留给她和许睿照顾。没想到一眨眼，它们已经两岁大了。曾经吵闹贪玩好奇心比天大的它们，渐渐变得安静懂事，可身边一起看着它们长大的人，已经不在了。

苏可莹疲惫地躺在床上，看着橙色的天花板，记起许睿说过，这是阳光的颜色，睁开眼睛随时都能看到阳光……泪水无声地滑下，她很想许睿，想很想很想……

书房里，张慕扬终于将三万字的开篇打上了句号。他敲了敲酸痛的脖子，又草草地检查了一遍才给汪霞发了过去。这时已经十二点半了，他关了电脑，突然想到今天晚上，他要去苏可莹的卧室睡觉。想到这里，他不觉打了个激灵，心中紧张起来。他闭上眼睛先平静下心情，然后站起身，往卧室走去。苏可莹还没有睡着，见他走进来，从床头拿出一套衣服给他，"先洗澡吧。"

苏可莹正在地上给张慕扬铺被子，见他洗完澡出来，笑着说道："这段时间委屈你了。"

"哪有，很乐意为你效劳。"张慕扬口上说着，心里却失望不是两人同床共枕。

"早点睡吧。"苏可莹走到床边直挺挺地躺下去，闭着眼睛说，"我是困死了，又累又困。"张慕扬几乎一夜没睡，一个美女睡在离自己一米不到的床上，睡得着才怪。所以苏可莹醒来的时候，张慕扬也睁开了眼睛。

两人微笑着互道早安。张慕扬看着她刚睡醒时的面容，带着几分娇憨和迷糊，和平时所见又不相同。

"你没睡好吗？"苏可莹细心地看到他眼中的血丝。

"哦……想着那本小说……"张慕扬忙含糊地说。

"不会是在地上睡不舒服吧？"苏可莹已经将他当成了朋友，而不是房客。

"不是。"张慕扬看了眼她的大床，其实很想说是。

张慕扬准备先去厨房做点早饭，可一走出房门，就听到外面的响声，原来许尧竟然已经在厨房忙碌起来。

"可莹，我给你……"听到开门的声音，许尧兴冲冲地转头，见是张慕扬，当即脸色就沉了下来，转过头继续忙碌。

"起得这么早？"张慕扬努力拿出一种"姐夫"的姿态，笑容却有些勉强，"嗯……有什么需要我帮忙？"他明显感到许尧的敌意，只得再次开口。

"你不用对你的情敌摆出这副宽容的姿态。"许尧声音很冷，"无论你在她心中有多重要，我也不会承认你是可莹的男人。"

张慕扬脸上挂着的笑容凝固了，他虽然一向好脾气，可大清早被这样对待还是有些不爽。"很抱歉，我和可莹的感情不需要你的承认。"张慕扬带着些不悦说道。

许尧背部的肌肉绷紧了，他转过头，一字一顿地说："可莹不过找了个失败的替代品，小心点，因为不知道哪一天，我就会取代你的位置。"

"那就祝你好运。"张慕扬不愿与他生气，转身走回卧室，顺手关上房门，苏可莹坐在梳妆镜前整理着头发。"他在给你做饭。"张慕扬靠着窗台说。

"今天我就想办法给他找份工作，你坚持一天就好。"苏可莹从镜子里看着他，有些歉意。从张慕扬搬进来到现在，她还从未听他说过一句重话，今天早上却有些动怒，她心中过意不去。

"我倒没什么，只是他老是把我当成杀父仇人一样……"张慕扬皱了皱眉，话没说完就见苏可莹脸色微沉，于是急忙打住话头。

"他和你一样，没有父母。"苏可莹眼神黯淡下来，"唯一比你幸福的，就是有个哥哥。"张慕扬没想到衣着光鲜的许尧竟然没有父母，当时就愣住了。

"事实上，我们三个人一起在孤儿院长大，直到我九岁时，被我现在的父母领回家……"苏可莹低下头，长长地叹了口气。

她也是孤儿？张慕扬看着她的背影，在惊愕之余，不觉叹息生死有命，富贵在天。同为孤儿，怎么自己就没有他们这样的好命，没人领养没人照顾，只能一个人孤零零地奋斗……

"小尧会做饭了？"苏可莹称赞着许尧，一双眼睛笑成了明亮的月牙。

"你喜欢吃的，我都会做。"许尧眼里满是宠爱，只有这个时候，他似乎才褪去一丝青涩的少年气息。

"我送你下楼，顺便去把苹苹和果果接回来。"吃过早饭，张慕扬拿起苏可莹的包，一副每天早上都会送她上班的模样。

"嗯，"苏可莹换着鞋，抬头对许尧说，"小尧，你继续休息，我会争取给你安排一份你喜欢的工作。如果你想出去逛逛，慕扬要是有时间，他会陪你一起的。"

"你中午不回来？"许尧站在玄关处问。

"最近公司比较忙，中午就不回来了，慕扬会管你午饭的。"苏可莹笑了起来，看了眼张慕扬亲昵地说。

"时间不早了，我们先下去吧。"张慕扬适时地说。

"是快到了。"苏可莹看了眼表，对许尧笑着挥手，"在家好好休息，拜拜。"

苏可莹不等许尧说话立刻带上房门，快步往电梯口走去。两人站在电梯里一阵沉默，苏可莹揉了揉太阳穴，一想到黏人的许尧就头痛不已。

"是我做得不够好吧？"张慕扬突然幽幽地说，他感觉自己还没完全进入角色，所以对许尧应有的反应做得也不到位。

"你做得很好。"苏可莹转过脸看着他说，"谢谢你，是我给你添麻烦了。"

"别这样说，我很乐意为你效劳。"虽然是真心话，可张慕扬总觉得自己说话也寡淡得很。电梯门开了，张慕扬与苏可莹一前一后走出去。这时张慕扬的手机响了起来，掏出手机一看，居然是陈铭兴打过来的，这死小子在温柔乡里还记得自己，真是难为他了。陈铭兴大呼小叫："慕扬，我终于把上次那个游戏程序修改好了，你赶紧上网！"

"等会儿，我现在正有事。"在安静的地下车库，张慕扬压低声音说。

"什么事比我的游戏还重要？你小子不会还在睡大觉做春梦吧？赶紧起来，快点快点！"陈铭兴很兴奋。

"你等我十分钟。"张慕扬立刻挂断电话，不好意思地看了眼苏可莹，解释道，"我朋友，研究程序的，缠着我给他写游戏脚本，整天做梦自己能弄个火遍网络的游戏。"

"还有梦做的人很幸福呀。"苏可莹走到自己的车边，转头一笑。

"啊？"张慕扬微微一愣，在他心里，只有穷疯了的人，才会做这种梦。

苏可莹交代了他几句就上班去了，张慕扬领出两只大狗，还没走几步，陈铭兴又打过来电话，"慕扬，你还没上网啊？"那边的声音急吼吼地传来。

"再等十分钟，我现在外面，马上就回去。"张慕扬拽着两只狗。

陈铭兴和张慕扬是初中到大学的朋友，大学的时候，甚至还被分到了一个寝室。张慕扬一直都是游戏高手，只是在遇到他的初恋女友袁惠芳后，就不再没日没夜地玩游戏了，而是将多余的精力放到风花雪月上。虽然张慕扬对游戏的热情已经退却了很多，可每天在闲暇的时候，还是会消遣一下，所以，新游戏刚刚开发，陈铭兴第一个要拿来试手的当然是张慕扬。只要能吸引玩过无数游戏的张慕扬，就算是有新意和创意了，这个游戏也成功了一半。当然，这游戏可不是陈铭兴一个人能做出来的，他是与一个游戏策划小组合作，并且游戏背景和设定的脚本还有张慕扬的功劳。

"慕扬，要不今天我去你那里，顺便来探望你一下……"陈铭兴问道。

"不用！"张慕扬立刻拒绝，要是陈铭兴来了，他和苏可莹之间的事情肯定败露，"这样吧，我一会儿去你那里，网上说不方便。"

"也好，咱哥俩好久没聚了，让你嫂子给你做桌好菜，咱们好好喝一杯。"陈铭兴高兴地说道，"就这样，我在家等你，快点过来。"

"嫂子？"张慕扬苦笑。铭兴的速度还真快呀，认识不到一个半月的女朋友就成了媳妇，相比之下，我就逊色多了。

苹苹和果果一见到许尧，几乎疯了，口中呜呜地叫着，将许尧扑倒在沙发上，快乐得尾巴都快摇断了。张慕扬心里升起一股淡淡的酸意，不由得骂它们忘恩负义，好歹自己也陪伴它们那么久，没见对自己这么亲热过。"小尧，我今天有点事，要出去一下，你……"

"你走你的，不用管我。"许尧没等他说完，就从两只狗的中间传出声音。

张慕扬见他对自己态度冷淡，也不多说，立刻换好衣服出了门。

四 自己的事情自己把握

陈铭兴还是住在那间狭窄的单身宿舍，到了这一室一厅的房子里，张慕扬突然觉得自己能住在苏可莹家里是多么幸福。

"你可算来了。"陈铭兴叼着烟，赤着上身，穿着大裤头，将张慕扬往卧室里拽，"赶紧给我看看这个游戏弄得怎么样，大部分的人物背景和设定用的都是你当初的想法。"陈铭兴点开游戏的界面说道。

"那个……嫂子呢？"张慕扬从进来到现在也没见他的女朋友，不由问道。

"上班去了，晚上回来给你做大餐，快点给我看看。"陈铭兴只顾着自己新研发出来的游戏，根本没发现张慕扬身上细微的不同。

"晚上？下午我就要回去了。"张慕扬有些遗憾见不到"嫂子"了。

"回去那么早干吗？你有约会啊？"说到这里，陈铭兴终于从上到下打量了张慕扬一番，眼神渐渐惊奇起来，"慕扬，你该不会……真的有约会吧？哪里的女人？多大了？姓什么叫什么？在哪里工作？"陈铭兴有些不能接受短短一个月没见，张慕扬就能勾搭上女孩子。

"铭兴，我有话要对你说。"张慕扬又好笑又好气。

"难道是你楼下那个小超市的收银员？不对呀，你都搬家了……"陈铭兴仔细想着可能和张慕扬有交集的女孩，在他没交这个女友之前，他一直和张慕扬住在一起，对张慕扬的生活和感情最了解。

"她漂亮聪明，是个模特经理兼策划人，有房有车，年薪百万！"三番两次被打断，张慕扬憋了一口气快速说完，"而且我现在就住在她的家里。这样够了吧？"

陈铭兴瞪大了眼睛，片刻后拍拍张慕扬的肩膀，转脸看着电脑，"好了，慕扬，我们还是来看看这个游戏吧。"什么意思？张慕扬瞧陈铭兴的表情，显然以为自己刚才那番话是痴人说梦，一个字也没有相信。他伸手夺过鼠标，一脸的认真，"铭兴，我说的都是真的。"

"是真的，是真的。"陈铭兴抢回鼠标，"上次你说界面不够精美，我们又改动了一部分，这次由咱们的小皮设定服装，瞧，是不是很吸引眼球？"

张慕扬看了眼衣着暴露体态风骚的游戏人物，伸手拽过鼠标，"你先听我说，我现在的房东要求我假扮她的男友，如果以后碰到面，你可千万别说漏了嘴。"

"切！继续编吧，我行走江湖大半生，怎么就没遇到这种好事，偏偏被你这种呆头呆脑的家伙遇到？"陈铭兴转过脸，一脸诚恳地说，"慕扬，现实一点，你还是加入我们来做游戏吧。你有文学功底，可以帮助我们写个脚本设定，大家一起研发出新游戏，有钱就自然有美女投怀送抱了，是不是？"

张慕扬无奈地摇头，深吸了口气，仔细研究起游戏来。等到张慕扬肚子开始抗议的时候，他看了眼电脑上的时间。

"啊……已经六点多了！"张慕扬急忙站起身。

"你嫂子可能又加班了，平时这个时候都已经回来了呀，别走，她不回来我们先吃泡面……"陈铭兴哪里肯放张慕扬回去，他们正讨论到争议最大的地方。

"不行，可莹六点就到家了。"张慕扬匆忙穿鞋子，头也不抬，"走了啊，剩下的事情晚上网上说。"

"可莹？"陈铭兴微微一愣，这小子还真的有女友了？瞧这副居家男人的模样。"哎，等等！"他迅速地拽住张慕扬的衣服，"你这家伙真有女朋友了啊？"

"谁和你开玩笑？反正下次遇到我和美女在一起，看我的脸色，说话小心点。"张慕扬说着急急甩开他的手，"向嫂子问好，下次有时间我再过来。"张慕扬一转头，看见一个穿着职业装的女人拎着大包小包的东西，气喘吁吁地站在楼梯口，扯着嗓子叫道："陈铭兴，你不会来接我一下啊，累死人了！"

"老婆大人，我来了。"陈铭兴立刻笑眯眯地迎上去，轻声细语地说，"今天回来得有点晚啊。"

"还不是你说你兄弟来了，让我做晚饭，特意绕去菜市场买这么多东西，累死我了。"阮风娇这才看向张慕扬，"怎么？要走了？"

"不是……不是，我们不是说去楼下接你嘛。"陈铭兴立刻说道，笑眯眯地将张慕扬又推回房间，"书呆子，这是你嫂子。"

"时间不早了，我今天晚上真的要回去，你和嫂子说一声。"

"不成，你嫂子那脾气，你要是走了，她忙活了半天，还不把我给劈了！"陈铭兴将他拖到电脑面前，"说实话，你不会真的有女人了吧？真是不敢相信……"陈铭兴的话没说完，张慕扬的手机就响起来了，他一看电话，正是苏可莹的。

"你家是张飞，我家的是曹操！"张慕扬苦笑，立刻接起电话来。

"怎么不在家？"苏可莹的声音压得有些低，径直地问。

"今天一个朋友找我，所以就……"

"那你应该告诉我一声呀。"苏可莹有些头大，她刚一出公司，就见许尧站在外面，回家之后又没见张慕扬，还被许尧取笑是不是雇了个不负责任的男友，出门也不打电话通知她一声。

"本来说下午就回去，结果耽误了。"看了一眼满脸惊奇凑过来偷听的陈铭兴，张慕扬解释道。他知道他今天的表现不好，至少在许尧眼中，他和苏可莹之间还不够亲密。

"晚上什么时候回来？一些朋友邀我们出去喝酒，你在哪里？我去接你吧。"

"他晚上很忙，有饭局了。"陈铭兴一把抓过手机，大声说，"美女，你不会就是慕扬说的那个有房有车，又漂亮又能干的人吧？"

"铭兴！"张慕扬脸色刷地变了，他甚至能想象到现在苏可莹的表情。"可莹，我……"张慕扬终于将手机抢了过来，急忙说，"刚才是我朋友，他就这样……"

苏可莹沉默了半晌，她和张慕扬曾经约好这件事情知道的人越少越好，只要将许尧骗过去，他们之间的关系就解除。"你晚上要是有事的话，就忙你的吧。"苏可莹的声音清淡响起，"我今天晚上可能晚点才回去，你带钥匙了吧？"

"带了，可莹，其实刚才……"

"那就好，"苏可莹打断他的话，声音中带着一丝笑意，"我和小尧先走了，你回来的时候给我打个电话。"

"……好吧，"现在的状况，陈铭兴也不会让自己走，张慕扬转过身，声音低了下来，"少喝点酒，我会给你打电话的。"

苏可莹似乎微微一愣，接着说道："知道了，拜拜。"

九点多，好不容易从陈铭兴家里出来，张慕扬拨通苏可莹的电话。

"我回家了。"张慕扬听到夹杂在杯盏交错中的说笑声，有一种"热闹是他们的"的落寞感觉。

"吃过饭了吧？"苏可莹走到稍微安静点的地方，问道。

"嗯，你什么时候回来？要不要我煮点水果粥等你回来？"张慕扬生怕她酒喝多了不舒服，体贴地问道。

"不用，你要是不忙的话，一会儿来长青路的聚友阁 511 包厢，待会儿他们还要去酒吧玩，然后还有夜宵，估计要闹到半夜了。"苏可莹依旧想让张慕扬过去，至少在这样的场合里，她希望在朋友和许尧面前再次确立张慕扬的身份。

"长青路，聚友阁，"张慕扬重复一次地址，"那我一会儿过去，等到了楼下给你电话。"

"好的，这里有几个朋友都是我曾经告诉过你的，蓝玥、黄麟贵、秦鹏，还有肖钰，反正初次见面谨言慎行，一切都有我替你挡着。"苏可莹声音压低，快速地说。

"好，那等我到了给你电话。"张慕扬说着，开始寻找的士。已经过去十分钟了，他还没有打到车。正在他准备坐地铁过去的时候，汪霞却打过电话来。张慕扬心中一紧，他今天一天只顾着忙陈铭兴的游戏，忘了自己的稿子在今天给审核答复。

"等你一整天又没有上Q！"刚接起电话，那边气势汹汹的声音就传了过来。

"我今天刚好有事……"

"平时没事的时候都在网上，一有事找你，就不见人了，你最近实在有些古怪……"汪霞不等张慕扬说话，立刻转换话题，"你还在乎自己的稿子吗？今天本来让编辑和你联系，结果又找不到你人，赶紧上网看她给你的留言。"

"编辑怎么说？"张慕扬有些紧张地问。

"赶紧上网，她今天正好加班，十点半前她还在。"汪霞似乎一肚子的气。她昨天改了大半夜的文，就是想让张慕扬的稿子能顺利通过审核，结果今天编辑要亲自找他，他居然一直不在，这家伙对自己的前途一点都不上心。

"现在上网？"张慕扬现在可是要去"约会"。

"以后你的书我不管了，自己都不放在心上，你真是……气死我了！"汪霞咬牙切齿，不是自己的文，她夹在中间一点好处没有，还得花时间为他做这么多，可这男人一点都不感激。

"别生气别生气，《暮光》编辑找我有什么事？要不你上我的QQ。"张慕扬依旧在纠结一会儿的"约会"。

"她找你应该是要一些资料和你以前的书稿，我没法代替你上Q发文件给她。"汪霞强忍怒气，"反正我已经尽力帮你，后面的事情你自己把握，别人没法替代你。"

"我知道了，马上就回去。"张慕扬知道她现在十分不悦，挂断后拨通了苏可莹的电话。

"到了吗？我下来接你吧。"苏可莹一接到他电话就说。

"可莹……"张慕扬十分歉意地说，"我可能没法过去了，刚才接到朋友的电话，有个编辑……"

"哦，那就先忙你的事情，"苏可莹有些低落，"我们可能晚点才能回去。"

"那我就先回去了。"张慕扬其实很想去陪她。

"OK，拜拜。"苏可莹在门外挂了电话，刚转身，却差点撞进一个人的怀里。

"小尧？"后退半步，苏可莹看着他半醉的模样，微嗔地说道，"让你少喝点，你要是被蓝玥他们灌倒，我可没法把你弄回家。"

"张慕扬不过来了？"一身淡淡的酒味，许尧的眼睛却亮如星辰。

"他……有事先去忙了，"苏可莹唇边浮起一丝微笑，带着宠溺的味道，"而且他本来就不太喜欢太丰富的夜生活，书呆子一个。"

许尧脸上的表情一点点僵化，一种说不清道不明的滋味涌上心头，让他难过得想哭。

"好了，快点进去吧，少喝点，知道吗？"见许尧不说话，只紧紧地盯着自己，苏可莹也被看得心里有些发毛。她正要举步回酒桌上，许尧突然伸手揽住她，"可莹……"

"小尧，你们在……"蓝玥的声音传了出来，只是刚说一半就戛然而止，她看见许尧揽着苏可莹的腰，半晌才挤出一个笑容来，"大家都等着呢，快点进来啦！"

许尧终于默默地松开手，率先转身钻回屋里。蓝玥脸上的表情还没恢复自然，苏可莹走到她的面前，微微笑着，"别灰心，小尧只是喜欢在我面前耍小孩脾气……"

"他还是这样……哈，没什么……那个……你也快进去吧。"蓝玥说着将苏可莹推了进去，自己却走进了洗手间。苏可莹略一思索，推开门走了进去。蓝玥正站在镜子前，眼角隐隐有泪光闪动，她看见苏可莹走进来，急忙低下头，默默地洗手。

"玥玥……"

"我知道你想说什么。"蓝玥低着头，"我都懂，都明白。即使想欺骗自己，许尧还是不会喜欢上我。那么多年了，他的心里都只有你一个人。"苏可莹不知道该说什么，她沉默地看着镜子里的两个女孩。她们都那么年轻，却都那么寂寞和不如意。

砰，砰。一个带着醉意的男人敲门喊道："你们两个女人干吗呢？不会是喝多了吧？怎么还不出来？"

"小尧……有机会的话多约他出来玩。"苏可莹说完便走了出去。蓝玥依旧站在洗手台前，水龙头的水不住地流，像她无望又悠长的单行线的爱。

张慕扬终于忙完了稿子的事情，他靠在椅子上长长地吐了口气，没想到《暮光》的编辑这么快就通过了审核，让他明天就寄合同过去。他看时间已经十一点半了，于是拨通苏可莹的电话。

苏可莹的声音隐约传了过来，只是那边异常嘈杂，张慕扬一点也听不清。"你在哪里？要不要我过去？"张慕扬不得不提高声音。

但是刺耳的音乐和嘈杂声将苏可莹的声音淹没了，张慕扬反复说了几遍，都听不到苏可莹的声音，他只得挂断电话，发信息过去。不久，苏可莹回了一条信息：我们很快回来。

"小尧，不要乱动。"苏可莹等着红灯，许尧因为醉意一次次凑过来，都被她推开。

"可莹……"迷迷糊糊地呢喃着，许尧伸手在苏可莹的腿上摸索。

"你再乱动，我就把你扔下车了。"苏可莹将他的手拨开，有点生气地说。

一路磕磕碰碰，苏可莹终于将车开进了小区的地下停车场。打开车门，她艰难地将许尧扶出来，刚刚关上车门，许尧整个人又压了过来。

"许尧，你要是想在停车场过夜，我不介意！"苏可莹被他拦腰抱住，后背紧紧抵在车门上，情况很被动。

"可莹，我喜欢你……那么多年……为什么你不喜欢我？"许尧紧紧抱着她，满身的酒气，"以前你选择了哥哥，我不怪你，我一直在等，可现在……现在……"

许尧真醉了，他一直都是在麻醉自己而已。在这样寂静阴暗的停车场里，他居然哭得像一个孩子。苏可莹被他的眼泪弄得手足无措，她突然想起小的时候，许尧受了委屈，从来不会和许睿说，只会躲在她的身后偷偷地哭。

"小尧，我们回家了。"拍着他的背，苏可莹被他拥得喘不过气来。

"我不要回家，我只要你……"许尧微微俯身，一个激烈的吻迎头罩下。

在停车场的拐弯处，一个沉默的穿着白衬衫的男人站在那里，脸上的表情隐在黑暗中。张慕扬知道许尧喝多了，想到苏可莹一个女孩子，扶着许尧会很吃力，所以特意到停车场等着，谁知道看到这一幕。他的心头有一丝嫉妒，还有一丝恼怒。这种感觉根本不该出现，他和苏可莹只是在演戏而已，可是他竟然会不开心。苏可莹终于用尽全力推开许尧，她喘着气，脸颊微红，完全没想到许尧会做出这种举动。许尧脚步踉跄，倒在地上，他真的醉了，醉得满身满心都是苏可莹的味道……

苏可莹抬手抚上自己红肿的唇，她的视线从摔倒在地的许尧身上，转移到不远处从阴影中走出来的男人身上。

"他喝醉了？"走到许尧身边，张慕扬费力地扶起他，声音一贯的温和。

"你都看见了。"答非所问，苏可莹单刀直入。

"回家吧。"张慕扬扶着彻底醉过去的许尧,发现苏可莹想要在另一侧扶着许尧,就说,"我来吧,你先去等电梯。"张慕扬依旧温和,这是他第一次要求苏可莹做事。虽然他很吃力,可是他不想让苏可莹扶着许尧,没有理由,只是单纯的不想。苏可莹松开了手,走到电梯口前,按下了键。

将许尧扶到床上,张慕扬动了动唇,似乎想说什么,但是看看熟睡的许尧,最终什么也没说,一言不发地进了卧室。等苏可莹进来,他已经铺好被子睡下了。这一晚上,两人都没有再说话,他一直听着她细微的呼吸声,在两只狗争夺领地的"排挤"中,闭着眼睛等到天亮。苏可莹五点就醒了,轻手轻脚地起床,她先看了看地铺上的张慕扬,发现两只狗已经将他的被褥占去了大半。两狗一人睡在地上,格外滑稽,也格外温馨,让她忍不住想笑。

苏可莹一晚上都担心许尧醉酒后不舒服,万一呕吐或者有其他要求,她都没法照顾。轻轻推开许尧的房门,她看见他还在熟睡,稍微松了口气,回到自己的卧室。

张慕扬正在叠被子,听见苏可莹推门进来,就转过头说:"我去做点早饭吧,想吃什么?"

"你怎么起来了?"她注意到张慕扬脸上的疲惫,"昨晚没睡好吗?今天我来做吧。"她以为他是因为昨天晚上睡觉的时候被两只狗"排挤"得没睡好,不觉又想到一人两狗的睡姿,唇边扬起一抹笑来。

张慕扬有些出神地看着她的笑容,突然想,如果这一切都是真的,那该多好,他真是她的男友,哪怕每天都睡地铺,也是心甘情愿。

许尧正式上班了,每天早上和苏可莹一起去公司,晚上也一起回来。张慕扬整天对着电脑,依旧是昏天暗地的码字生涯。两个男人看似相安无事,实际上却波涛暗涌,好在张慕扬一向忍让,而且许尧被安排了很多工作,这才风平浪静地过了一周。周五晚上,苏可莹一个人回来了。

"许尧呢?"按时做饭的张慕扬围着围裙,像个十足的家庭煮男。

"他今天加班。"苏可莹和两只狗亲热地贴脸打招呼,笑着说,"别做饭了,今天出去吃吧!"

"出去吃?"张慕扬看着做了一半的菜,觉得有些可惜,"算了,还是在家里吃吧。"

"走吧。"苏可莹晃了晃手上的两张电影票,笑靥如花,"吃完饭去看电影。增进感情!"

张慕扬看着那两张电影票，突然觉得有些恍惚。他的脸发烫，虽然她只是在开玩笑，但是自己却希望能发生什么。

苏可莹关掉灶火，催促他换衣服，却又走过来说："先去洗个脸。"

张慕扬乖乖地转身往浴室走去，他虽然不像以前那样不修边幅，却依然像一个居家男人，一副宅样。前段时间一直太忙，今天终于有时间了，苏可莹决定要让这个宅男大变身！

苏可莹径直拉开张慕扬的衣柜，找出一条牛仔裤和一件白T恤。她也为自己找出一条清爽的棉麻裙子，这样两人看上去至少穿得比较般配。

张慕扬洗完脸出来，苏可莹指指床上的衣服和袜子让他换，自己则抱着裙子走了出去，随手带上门。等他走出去的时候，苏可莹已经换好了裙子，正对着玄关的镜子整理头发。

苏可莹笑着招招手，他举步向前，站在她身边，看着镜子里的两人，干净清爽，像对大学生情侣。苏可莹没有开车，因为小区位于最繁华的地段，小区的东侧不远就是购物街和商场。

"慕扬，去百盛看看吧。"苏可莹站在百盛下面，见张慕扬点头说好，微笑着拉他走进商场。

这样的购物场所对家境较好的人来说，也许并不算什么，可是在张慕扬眼中，百盛的东西足以让他望而却步。苏可莹似乎心情很好，一直在男装那里徘徊。"试试这个。"苏可莹看中一件衬衫，让服务小姐拿个中码，将处在神游状态的张慕扬推进了试衣间。

张慕扬瞥见吊牌上四位数的标价，不由得皱起了眉头。这么贵的衬衫，他疯了才会买。虽然心里不情愿，可他还是换好了衬衫。

正在挑选裤子的苏可莹看见他走出来，眼神一亮，随即递上一条裤子让他换。他无奈地拿着裤子走进试衣间，下意识地看了眼价格，依旧是四位数。接下来的时间里，张慕扬轮番试衣服，等苏可莹终于示意他换回自己的衣服时，他已经累得不行。他第一次觉得穿衣服也是体力活儿，真不知道那些女人为什么对买衣服乐此不疲。

张慕扬从试衣间出来却找不到苏可莹的身影，服务员小姐对他说："刚才那位和你一起来的小姐去付款了，很快就回来。先生坐着等一下吧。"张慕扬立刻坐不住了。所谓一文钱难倒英雄汉，张慕扬平时一个人还无所谓，可是有个有钱的美女房东在身边，那就不一样了。

苏可莹已经回来了，她远远看见张慕扬神情黯淡，走到他身边轻声问道："怎么了？不会是已经累了吧？"

"不是……"他感觉自己很无用，却只能佯装镇定地说道，"我们还是先去看电影吧。"

苏可莹随口答应下来，取过导购员递过来的几个包，轻松自然地挽住他的胳膊，"走吧。"

"这些衣服……"他看着那些购物袋，苏可莹好像将他试穿的衣服都买下来了。虽然对她来说，钱并不算什么，可张慕扬的心里不是滋味。

"以前公司发了很多购物卡，再不用掉就作废了，"苏可莹知道他在想什么，"所以趁着今天有时间逛街，能花掉的就花掉，也算是借花献佛。"

"但是……"

"等一等，我觉得还少点什么。"乘扶梯下到一楼，苏可莹立刻拉着张慕扬去挑鞋。

"可莹，我们先去看电影吧。"对他来说，让女人给自己买东西，实在太难接受了。

"试试这双。"苏可莹没有理会他，取下鞋架上的一双鞋，将他按在矮凳上，俯身就想脱他的鞋。张慕扬低头看着她乌黑的长发，缩回了脚，心中有些甜，可更多的是酸。他知道她是在迁就他，只因为他现在的身份是她男友，所以他的衣着，他的品位，他的生活习惯，一切都要与高雅而聪慧的她相配。而这一切，似乎都昭示着他是个卑微可怜的男人。没有钱，没有事业，没有野心，什么都没有！而苏可莹甘心俯身低头为他做这一切，都只是因为他是她假冒的男友。这种想法盘桓在张慕扬脑际，他一贯都保持着平常心，可是这一次，他受伤了。苏可莹看见他缩回了脚，抬起头看着他，温柔地问道："怎么了？不想试吗？"张慕扬看着那张秀丽的脸，心中的想法突然崩裂，他站起身，慌不择路地往商场外跑去。

苏可莹还是半蹲在地上，低下头，长长的睫毛忽闪着，掩去一丝失望。她虽然已经很小心了，可还是伤了那个大男孩敏感的自尊。其实在许尧回来之前，她就想过要给他换一身行头，就是怕他会有这样的反应，才一直拖到现在。

张慕扬出了商场，一个人沿着街道漫无目的地走着。他知道苏可莹很好，真的很好。从一开始住进这个房子开始，那个看上去有些疏远高傲，心底却蔚蓝澄清的女孩就从没想过要伤害他，更没有故意拿自己的金钱和美貌去炫耀。

他到了一处安静偏僻的地方，坐在河岸边的石凳上，对着眼前的河水发呆。他想其实他不该走，苏可莹没有恶意，是他自己不像个男人……几分钟后，心情渐渐平静下来，他拿出手机，想了半响，还是给苏可莹打了过去。

"你在哪？"苏可莹的声音一贯平稳，也许是因为职业关系，她从来不会将真实情绪展现出来。

"现在……"张慕扬内心不断挣扎，有些迟疑，"还能赶得上看电影吗？"

"当然。"苏可莹带着笑意的声音传了过来，"我在电影院门口等你。"

"嗯。"张慕扬深吸了口气，抛起刚才的烦躁，站起身，平静地往回走。他远远地就看见电影院门口挎着大包小包、捧着爆米花的苏可莹，她的衣裙和长发被风吹动。他心中突然有些疼，电影院来来去去的情侣中，只有她一个人看上去孤单落寞。他快步走过去，不等她说话，立刻帮她拿过那些购物袋，却一直没有看她的眼睛，只是低声问道："等很久了吗？"

"我也刚到。"苏可莹露出一个笑容，拉着他往里面走。

坐在电影院里，两人一直没有说话，眼睛盯着大屏幕，却各自想着心事。等电影终于结束放映，人们纷纷离席散场时，两个人还坐在位子上没有动。

两人的第一场约会以失败告终，张慕扬觉得自己的表现真差。他想：铭兴说得没错，我简直就不是个男人，面对这样好的女孩子，一点积极性都没有，只会躲避和克制。突然，张慕扬心中冒出了一个疯狂的想法：追求她。

五　两个男人的战争

"小心，很烫。"伸手握住苏可莹的手腕，张慕扬低声说，"我来。"

苏可莹抿唇一笑，转身坐到餐桌旁，看着许尧，"上次那个策划书已经通过了，小尧，公司准备派你去法国参加发布会。"

"我？"许尧皱起了眉，"你不去？"

"我可能没法过去，不过 Ann 会和你一起去。"

"你不去的话，我也不去。"许尧一口拒绝。

"我没时间，快十一了，我想放自己一个假，顺便陪慕扬去北京玩玩。"苏可莹似乎有些歉意，"平时太忙，没时间陪他，这次他要去北京参加作者聚会，我想……"

"别这样说，"张慕扬将汤锅端上桌，笑着说，"如果公司的事情很忙，我自己一个人去就行了。"

"难道陪男朋友出去玩比工作还重要？"许尧很不高兴。最近苏可莹给他安排了好多工作，每天和她见面的时间越来越少，他进这个公司可不是想要这样的结果。

"小尧，我也是想放松一段时间，最近太累了。"苏可莹丝毫没将许尧的牢骚放在心上，"到了法国，你也有几天假期游玩，Ann对那边很熟悉，可以当你的导游。"

"我只想和你一起。"许尧依旧口无遮拦，张慕扬的脸色微微一沉。苏可莹细心地发现了张慕扬的神情变化，那模样还真像自己的男友。嗬，这男人的表现越来越好了，已经入戏了。

"别这样说，虽然你是弟弟，可慕扬他还是会吃醋的。"苏可莹看着张慕扬说。

"哎呀，糟了，忘了一件事。"张慕扬抬眼看到时间，急忙往书房走去，听见苏可莹叫他先吃饭，他摆摆手，"你们先吃，我马上就好。"

他冲到电脑前，果然，某个人已经发飙了，发了一连串的表情，弹出视频窗口。今天汪霞要他晚上六点上线传一份文件，他居然忘记了，这次一定又会被骂得很惨。果然，他刚一说话，就遭到汪霞的痛斥。

温柔的刀：张慕扬，北京作者会别让我看到你！这段时间你一直放我鸽子，你到底在做什么？

温柔的刀：今天只有半个小时上网时间，现在都等你四十多分钟了，你个白痴！

劈头盖脸的一顿臭骂，张慕扬只有一边传文件，一边说好话。

"可莹，你到底喜欢他哪一点？我不够好吗？"餐厅里，许尧再次不甘心地问。

"萝卜白菜各有所爱。小尧，经历了那么多事情，我更喜欢平淡长久的感情。"苏可莹淡淡说道，"你不觉得慕扬是个很好的人吗？如果你们的位置互换……"

"可是……一个整天对着电脑的男人哪点值得喜欢？他没激情又不浪漫，可莹，你跟着这种人，也会变得死气沉沉。"许尧说得没错，以前的苏可莹，根本不是这样。

"小尧，我很喜欢他，所以，以后不要说他的不是了。"苏可莹站起身，叹了口气，"你慢慢吃吧，我饱了。"

"你生气了？"许尧推开碗，抬头看着她，"我说他不好，你就和我生气？"

"我先回房去。"苏可莹不想与他争吵，转身就往自己房间走去。

"别走！"许尧攥住她的手腕，双眼亮若寒星，"你忘记以前答应哥哥的事了？"

"就是因为我没忘记，所以……你现在才会这样肆无忌惮！"苏可莹脸色阴郁，回头看着他，一字一顿地说。

"什么意思？"许尧霍然起身，眼眸中有怒火闪动，她竟然为了张慕扬对他发火。

"小尧，适可而止吧，我已经有了自己喜欢的人，不会和你在一起！"苏可莹压低声音，不想被书房里忙碌的张慕扬听到。而张慕扬已经取得了汪霞的原谅，正准备回饭桌上吃饭，突然书房的门似乎被撞了一下，他急忙站起身，拉开房门，却傻了眼——许尧将苏可莹按在书房对面的墙上激吻。

他确定现在许尧没有喝醉，所以他不能再像上次那样毫无反应，可是现在他应该做什么？僵立了两秒，张慕扬冲上前，文文弱弱的他不知哪来的力气，竟然拽住许尧的胳膊，将他推到书房门口。

"可莹，你没事吧？"张慕扬本来不知道应该说些什么才够符合现在的情境，可是一看见苏可莹唇上的血丝，当即慌乱了。他还没来得及查看，肩膀突然被擒住，接着脸上火辣辣地挨了一拳。他踉跄地后退几步，差点摔倒在地。

这一拳太用力，张慕扬的牙齿磕到了口腔和舌头，咸腥味立刻在口腔内蔓延。从十岁之后，他就没打过架，这一次突然被打，着实惊住了。

"许尧！"苏可莹也被那一拳吓呆了，回过神的时候，已经出离愤怒，她不明白许尧怎么可以这样一而再、再而三地挑战她的底线。"住手，你太过分了！"看见许尧还想上前，她急忙挡在张慕扬身前。

"你说我过分？那他呢？他算什么？他了解你多少，他知道我们多少过去？他陪伴过你最难挨的日子吗？"许尧异常暴躁，他讨厌这个看上去温和儒雅的男人，在他眼中，张慕扬什么都没做，就得到了苏可莹的爱，这太不公平！

"闭嘴！"苏可莹没时间和他理论，她扶着张慕扬，焦急地说道，"先去卫生间。"

张慕扬有轻微晕血症，尤其是看到自己的血，他一直没有反应过来，任苏可莹将他扶进卫生间，用毛巾擦拭。

"疼吗？"苏可莹看他那模样就知道他从小到大都是乖孩子，没打过架。

"还……还好。"嘴角一下就青肿起来，张慕扬吐掉口中的血水，他好久没这么痛过了。

"我去找些止痛膏，你先去房间休息。"苏可莹见他的模样，突然觉得一个大男人被一拳打傻了，居然有点可爱。顶着可怕的杀气，张慕扬被苏可莹扶到卧室里，许尧依旧站在那里没有动。

"我去拿药，稍等一下。"苏可莹知道许尧的脾气，她将张慕扬扶到卧室之后，立刻走出去，顺手带上房门，看着僵立在外面的许尧。她没有说话，片刻后，拿了药膏走进卧室。

张慕扬一动不动地让她上药，尽管那张脸近在咫尺，却不敢直视，因为他感觉到苏可莹的怒气。

"牙齿没事吧？"苏可莹发现他紧张的神情，稍微缓和了脸色，说道，"对不起，我没想到小尧的脾气这么坏。"她十分内疚，原本让张慕扬做自己的假男友就已经很不好意思，现在又连累他受伤，心中更加过意不去。

"没事。"张慕扬倒是难得的好脾气。

"今天早点休息吧，别熬夜了。"苏可莹看着他说。

"我电脑还没关，文档也没保存……"张慕扬终于多说了一句话。

"我去把你的笔记本拿回来。"苏可莹现在不想让张慕扬出去，许尧还在外面，万一又冲突起来，她担心控制不住自己的脾气。两个男人争执就算了，她要是发火，这两人几天都别想消停。

苏可莹走出房间，很意外，没看见许尧的身影，她心中感觉不妙，转头看了眼许尧的卧室，门开着，但是里面没人。她快步走到玄关处，他的鞋果然不见了。虽然她很生气，可是许尧这么晚出去，身上什么东西都没带，她还是会担心。她没有多想，拉开门追了出去，也顾不得跟在后面的两只狗。

张慕扬坐在房间里等了很久，苏可莹还没有回房。他坐不住了，心里想着：该不是可莹又和许尧闹了起来吧？可是拉开房门，外面空空荡荡，所有房间的灯都开着，唯独不见两人的身影。房间安静得只能听到自己的呼吸，他发现甚至两只狗都不见了。走到玄关，他看见防盗门都没关，外面的走道空空的，没有一个人影。他思索了半天，选择了在家等待，他想他们之间的事情还是少管为妙。他坐在电脑面前，文档还没关，QQ头像闪动着，汪霞已经给他留了好长一段话，作者群里也热闹非凡。

这个群里都是些平时走得比较近的杂志写手和编辑，其中有一个网名叫华安的风流小才子，和汪霞认识已经快五年了，是一家杂志的总编，曾或明或暗地追求过汪霞，可汪霞和他完全不来电，只当他是好朋友。这次，华安见汪霞在群里说话，又开起了一贯的玩笑。汪霞大大咧咧地和他互相打趣，连他的暧昧话也没点破。张慕扬进了群一看，原来华安正在众人的起哄中，准备收拾行装去见汪霞呢。华安喜欢汪霞，是群里人都知道的事情，他去见汪霞，也没什么奇怪。可是两人的见面，被群里人一起哄，似乎成了相亲。

张慕扬只看见汪霞甩出一句话：我老娘要我相亲，你们谁来江湖救急？华安你要是来看我，可要做好准备，充当我男人。

张慕扬心中微微一苦，他想到了自己现在的身份——假男友。对于这种事，他也只是笑笑。相比汪霞的相亲，他现在的情况可复杂得多。

不知不觉已经深夜两点，张慕扬揉了揉肩膀，走到阳台上，看着外面灯红酒绿的世界，感到自己的渺小与孤独。不知道站了多久，一阵电话铃声突然响起，拉回了他的思绪。

　　"慕扬，他还没有回来吧？"那边是苏可莹疲惫的声音，在这样的深夜，听得张慕扬有些心疼。

　　"没。"抿了抿唇，张慕扬低声说，"你先回来吧。"

　　"再找找吧。"苏可莹叹气，"你是不是已经睡了？"

　　"还没。"张慕扬欲言又止。

　　"快去睡，别熬夜太久。"苏可莹对他有些歉意，温柔地说道。

　　"你回来吧。"张慕扬沉默了片刻，再次说道。

　　"怎么了？"察觉到张慕扬低落的情绪，苏可莹关心地问道。

　　"如果真的要找他，也带上我。"说不出为什么，张慕扬不愿一个人待在这样冷清的房子里。

　　"我现在在朋友家，可能还要等一会儿才能回来，你先休息吧。"苏可莹心底微微一暖，笑道。

　　"那……我在家里等你。"张慕扬不再多说。

　　"你先睡，晚安。"苏可莹挂断电话。

　　张慕扬在偌大的房间里埋头打扫卫生，他将所有的家具都擦拭干净，又拖完地，接着蹲在卫生间洗衣服。他在心情郁闷或者感觉孤独的时候，会找许多事情来做，好像这样就可以填满那些说不出的空虚和寂寞。洗衣机转动着，他面前的盆中还有几件内衣，那是苏可莹换下还没来得及洗的。她从不用洗衣机洗内衣，张慕扬早就发现了她的这个习惯。一般情况下，她洗完澡会顺带将内衣洗干净晾起来，可是最近不知道她是不是太忙了，浴室的盆中已经堆了两套内衣。

　　为一个女人洗内衣，本身就是一件微妙暧昧，又可能会难堪的事情。如果换成平时，张慕扬连看都不敢多看一眼女人的内衣。可是今天，他已经将所有的家务都做完了，还是没能纾解心中的郁结，所以看着那堆内衣，头脑发热地将手伸了过去。等放了洗衣液之后，张慕扬突然开始后悔，仿佛一瞬间发热的头脑清醒过来，他不知道苏可莹回来发现自己为她洗内衣，会有什么反应。正在张慕扬拎着黑色蕾丝内衣发呆时，卧室外有脚步声传了进来。

　　这一次，没有先冲进来两只狗，而是走进来一脸疲惫的苏可莹。她一开门，就看见除了许尧的房间，其他的灯都亮着，地板光可鉴人，所有的东西都打理得井井有条。自己的浴室里传出隐约的水声，这种水声肯定不是洗澡的声音。她走进浴室一看，果然，水龙头放着水，而张慕扬正站在里面，手上拿着她的黑色内衣。这一幕，让一贯镇定自若的苏可莹都有些发窘：是我回来的时间不对吗？深更半夜，为什么这个男人看上去那么兴奋，丝毫没有睡意，手中还拿着她换下的内衣？兴奋吗？不不，这是惊慌！张慕扬满面通红，表情僵硬，手也不知道往哪里放，在透明的浴室里，他觉得自己像是个被当场抓住的小偷。数十秒后，他才强行挤出一丝笑容来，"你……你回来啦？"

苏可莹看着他的窘态，点了点头，"是啊，你在洗衣服？"

"嗯……做点家务。"张慕扬慌忙将手中的内衣扔进洗衣盆里。

"怎么不去写文了？"苏可莹举步走了进来。

"思路有些卡，又睡不着，所以……"张慕扬见她到现在为止，似乎都还很平静，可她越平静，他的心中就越没底。

"为什么睡不着？"苏可莹看着他问道。

"啊？这个……因为……"自己为什么睡不着？张慕扬看着离自己越来越近的苏可莹，紧张得连话都说不出来了。

"因为心情不好？"苏可莹见他半天也没说出话来，突然伸手抚上他青紫的唇角，低声说道，"我最怕的，就是发生这种情况，牵连你受伤。"原本疼痛不已的肌肤被她柔软的指尖触到，他面皮一阵发麻，仿佛是伤口上闪过一阵电流。

"我……其实……没事。"他唇角有些抽搐，好不容易才说一句短短的话来。

"还很痛吧？"苏可莹的目光从他唇边移上他的眼睛。

"啊……洗衣机的衣服好了……"他不敢如此近距离地看她的眼睛，突然听到洗衣机停止运转的声音，如获大赦。苏可莹微微侧过身，看着他从自己身边匆忙地往外走，又看了眼洗衣盆里的内衣，唇边隐约浮起一丝笑意。

晾好衣服，张慕扬睡在地铺上，而苏可莹在床上，气氛有些压抑。今天他格外寂寞，哪怕是苏可莹就在身边，他也觉得孤单。苏可莹看着他，似乎能感觉到他的孤独，就伸手关了灯，房间陷入一片黑暗中。空气静默得能听到轻微的呼吸声。

张慕扬在黑暗中睁开了眼睛，片刻之后，他听到窸窸窣窣的声音从床上传了过来，紧接着，苏可莹躺在了他的身边。他的心跳猛然乱了，他慌忙闭上眼睛，全身僵硬起来。苏可莹想做什么？可惜，苏可莹什么都没有做，在他的忐忑不安中，她只是盖着自己拿下来的毯子，在他身边安静地躺着，不多时就沉入睡梦中。

一个香软的美女躺在自己身边，张慕扬原本就激动的心情更加无法静下来。他感受着苏可莹的气息，终于，在天快亮的时候，鼓起勇气轻轻动了动。见她没有任何反应，依旧在熟睡，他小心翼翼地转过身，早已适应了黑暗的眼睛，隐约看见她美丽的轮廓。他掌心都是汗，头脑昏昏沉沉，不知道自己接下来要做什么。她的肌肤散发着独特的清香，让他不由自主地靠近，再靠近。张慕扬的喉咙很紧，所有的血似乎都涌进了大脑，让他口干舌燥。有生以来，他第一次这么激动紧张，控制不住自己的身体……

苏可莹像是睡美人，一点也没察觉身边男人的异样。她双手放在小腹上，胸口随着呼吸微微起伏，长发散落在枕头上，露出漂亮迷人的脸蛋。即使在睡着的时候，她也美得无可挑剔。

天亮了，厚重的窗帘已经挡不住淡淡的晨曦。张慕扬呆呆地看着她，小腹的火越烧越旺，直到全身滚烫得仿佛血液都要沸腾起来。颤抖的手不听使唤地往她脸上伸去。滚烫的指尖触到她凉滑的肌肤，某种东西在心中轰然崩溃，他像是沙漠中快渴死的人，突然看见了一汪清泉，抑制不住地想扑过去。即便心中的理智几乎消失殆尽，可他手上的动作却仍温柔而小心。

他不安地舔了舔还隐隐作痛的唇，仅有的理智谴责着他的行为，可是欲望却驱使着他继续行动。屏住呼吸，他一点点地靠近熟睡中的苏可莹，心脏越跳越快，终于，他的唇触到了她的脸颊，那肌肤与他的不同，柔软光滑如同丝绸，似乎正将他颤抖的唇吸住，一点点往她的红唇上引。他是第一次偷吻一个女孩，这种刺激又卑鄙的行为让他内心无比矛盾。他很想继续，但是他不敢。如果苏可莹醒来，一切都完了。他一动也不敢动，像是在天堂里享受从未有过的快乐，又像是在地狱里备受煎熬。苏可莹的眉头皱了皱，眼角渗出一丝泪光。她在睡梦中又看见了许睿，平时不会梦到许睿，但自从许尧回来之后，她几乎每夜都会梦到许睿。他在拥吻自己，像以前一样，动作很温柔。苏可莹瘫倒在他的怀中，流着泪接受他的爱抚。因为她知道，只有在梦中，才能和许睿有一刻的温存。每每梦到许睿，她就不愿意醒来，无论是噩梦还是美梦，她都知道，如果睁开眼睛，又会回到永远无法看见许睿的现实。许睿的唇在她的唇边流连，多么熟悉的感觉，苏可莹主动地回吻过去，喃喃地喊着许睿的名字。

张慕扬突然被苏可莹搂住，他所有沸腾的欲望几乎立刻冻结，当即僵硬得一动也不敢动——她醒了吗？自己被发现了？可苏可莹像是在低喃着什么，蹭着他的脸，寻找到他因为紧张而稍稍离开的唇，吻了上去。他僵硬的身体再次燃烧起来，浑身的血液继续沸腾，轻轻扶着她修长脖颈的手也不知不觉地往下移去。他不知道自己在做什么，他只顺从身体的渴求。一切对他来说都是那么的新奇刺激，他掌心下，是柔嫩至极带着温度的女人肌肤，让他不敢用上半分力气。

苏可莹在睡梦中，感受着许睿给她的一切，今天的梦太真实，她甚至感觉到唇舌都吻得有些痛了。而许睿的手也不像往日梦中那样冰冷，他掌心火热，让苏可莹有些喘不过气来——这个梦境真实得让她心痛，她就这样失去了许睿。苏可莹的心脏似乎在抽搐着，热吻也变得绝望，眼泪从眼角滑落，冰冷的湿意打破幻灭的梦境，她突然睁开眼睛，定定地看着伏在身上的男人。在梦境和现实中，苏可莹一贯灵敏的大脑竟然半天也没有反应过来。她突然想到一件很不合时宜的事情——庄周梦蝶。

张慕扬在昏头昏脑的冲动中，终于迟钝地发现苏可莹没有再迎合自己，他因为沉醉而闭上的双眼，疑惑地睁开一点点，却看见身下美女的一双全无睡意的明眸。他极度亢奋的身体像是被当头泼了冰水，欲望全没了。他急忙翻过身躺下，脑子里飞速地思索着现在苏可莹的心里会怎么想。

苏可莹猛然坐起身，心脏不规律地跳了起来。她昨夜不该在地上睡，一个女人单身太久，果然不是什么好事。她伸手摸上床头柜，拿出一支烟，点燃，深吸了一口。烟草的味道充斥着口腔，冲淡了一点点男人的味道。

"我做了一个梦……"终于，站在窗前良久的苏可莹说话了，声音有些哑，但是终于结束了这尴尬的沉寂，"梦到许睿了。"

张慕扬想挤出笑容，可是脸上的肌肉却僵硬得做不出任何表情，嗓子也绷得紧紧的，发不出声音来。

"我会尽力让许尧的事情早点结束。"像是开了一个很好的头，但是因为张慕扬的沉默而不知道应该怎么继续下去，苏可莹不得不仓促地结束她的话。

张慕扬依旧木然地坐在地上，他越想越自责，越想越觉得荒谬——他一直认为自己算不上谦谦君子，可也不是龌龊小人，但是早上却顺从身体意愿，做出那种事情。他今天所做的事情，在自己的准则里，属于爱情的范畴。如果只是喜欢，他不会想吻她，还有欲望的冲动。他一贯将自己的感情分得简单而清楚，除了喜欢和不喜欢之外，还有一种情感，那就是爱。这样一想，张慕扬突然感觉浑身都起了鸡皮疙瘩。自己不会假戏真做了吧？在这短短的数月时间里，他已经不知不觉爱上了自己的房东？

六 送不出去的戒指

苏可莹驱车赶到公司，首先找的就是许尧，可是她很失望，许尧今天没有来上班。"可莹，我打电话问了所有的朋友，没有人知道他的去向。"一开始并没有把这件事放在心上的肖钰也有些紧张了。

"没事，你去忙吧。"坐在宽大的办公室里，苏可莹缓过劲来，勉强笑道，"他一个大男人，不会出什么事的，说不准现在回家睡觉了呢。"

"许尧的脾气你又不是不知道，许睿都走了，现在他把你当亲人一样，你呀……"肖钰并不知道昨晚具体的情况，她也懒得过问别人的私事，只是埋怨了几句就走了。

张慕扬一直坐在沙发上，现在已经是上午十点了，他没做早饭，没遛狗，没上网，没写文，就坐在沙发上发愣。不知过了多久，放在书房的手机突然响了起来，他一听到铃声，终于灵魂归窍，站起身往书房走去。

他有些不敢看来电名字，他的心里隐隐有些期望是她，可是又害怕是她。迟疑了几秒之后，他突然觉得自己很可笑，伸手拿过手机，看见上面闪着汪霞的名字，心中如释重负，却又有些失落。

"怎么没上网？"非常不悦的语气。

"有事吗？"张慕扬心情正低落，所以回答得一反常态。

"没事就不能找你了？"汪霞突然火大起来，原先就不高兴，现在更是想发飙。

"我不是那个意思。"听见汪霞的口气又怒又怨，张慕扬急忙解释道，"我是想问，你打电话过来有什么事。"这样的解释和没解释一样。

"猪头！"汪霞深吸了口气，努力平静下心情说，"我今天要去'相亲'。"

"今天就去了？"张慕扬诧异地问，"不是说书会的时候……"

"华安今天中午就会到这里。"汪霞打断他的话。

"华安？"张慕扬突然想起群里的聊天，他当时并没有在意，没想到华安真的要去见汪霞。这样一想，张慕扬突然觉得昨天晚上好像发生过许多许多的事情，有种恍若隔世的感觉。

"你不会真的准备让他冒充男友吧？"张慕扬如今对这种事情非常敏感，他不愿华安成为第二个自己，或者说，他不愿汪霞成为第二个苏可莹。

"不可以吗？"汪霞反问道。

"其实你可以和父母开诚布公地谈一谈，有些事情弄不好就骑虎难下……"

"你觉得我怎么样？"汪霞打断他的话，突兀地问。

"很……很好啊。"张慕扬愣了愣，觉得汪霞今天很奇怪。

"真的很好？"汪霞苦笑，那为什么相识了几年，他对自己一点感觉都没有？

"你今天怎么了？"张慕扬在感情方面有些迟钝，他根本摸不透女人的心思。

"没事，就是……太开心了，华安就要来了，想找个人分享一下而已。"汪霞抬头看着天空，眼里蓄满了泪水，自己干吗要喜欢上这个不解风情的书呆子！

"霞霞，你怎么了？"听到她话语间似乎有些哽咽，张慕扬心中微微一紧。

"手机没电了，挂了！"汪霞本来还能忍住悲伤，可是听到他关心的话语，眼泪终于不争气地流了出来。她知道，这个男人只是把她当成了志同道合的朋友而已，说得更好听一点，就是红颜知己。她讨厌这个暧昧不清的词。张慕扬拿着手机，听着那边"嘟嘟"的挂断声音，摇了摇头，觉得最近汪霞的脾气越来越怪了。

对苏可莹来说，如果世界上没有"工作"这种东西，她真的无法想象自己在许睿离开之后，是怎样度过那灰暗的日子的。没有爱情，就必须有事业，这两项是支撑一个女人走下去的理由。电话铃声响起，肖钰兴奋地告诉她他找到许尧了，"在GJ酒吧，他在那喝了一整夜的酒，幸好酒吧调酒师听见他喊你的名字，这才找你的电话，可你之前留的电话号码换了，就又找到我的电话，说酒吧都关门了，许尧醉得不省人事，只好将他送到酒吧旁边的宾馆，让你去领呢。"

苏可莹静静地听着肖钰一口气说完，立刻说道："我知道了，现在就去。"

GJ酒吧是肖钰的一个朋友开的，在许睿去世之后，苏可莹在那里醉生梦死了整整半年。后来她终于慢慢恢复正常的生活，也换了手机号码，想和过去的自己一刀两断。

车经过GJ酒吧的门口，想起自己不愿回首的往事，苏可莹的眼中闪过一丝痛苦。当她看到躺在床上呼呼大睡的许尧时，终于松了一口气。满屋子的酒味扑鼻而来，她将窗户打开，把随身带的醒酒药、酸梅汁和一瓶矿泉水放在床头柜上。坐在床边，她看着这张酷似许睿的脸，心底有着细微的疼痛。她最快乐的时光，就是和他们两兄弟一起走过的最纯真的岁月。

仅仅一夜，许尧年轻的脸上布满了疲惫和悲伤，即使在沉睡中，也紧蹙着眉头。喝了大半杯酸梅汁后，他迷迷糊糊地睁开眼睛，一看见苏可莹，以为自己还在做梦，定定地看了她许久，才艰难地喊道："可莹……"

"醒了？"苏可莹敛去过多的表情，脸上带着几丝冷漠，"如果没事了，下午去公司写一份检讨。我已经给你订好了去美国的机票，护照……"

"什么意思？"头脑还有些昏沉，但许尧仍感觉到了苏可莹的某种变化。

"去培训，我们决定让你去美国培训半年，如果可以留在美国总部的话更好。"苏可莹走到窗边，扭过头说道。

"我不去。"许尧坐起身，倔强地说。

"已经决定好了，你必须服从公司安排。"苏可莹没有看他。

"你就想让我离开你。"许尧突然下了床，他一点都不甘心，他才是哥哥的替补，她的爱情应该延续到自己身上。

"看起来你已经没事了，跟我回公司，明天晚上十点的飞机。"苏可莹没有给他任何的回旋余地，这次必须把许尧调走。可是许尧根本不理会她，借着尚未退去的酒意，伸手就要来搂她。苏可莹扣住他的手腕，闪过一丝不悦，"别再胡闹，跟我回去。"

"想让我离开？"许尧在极度恼怒和伤心之下，血液沸腾起来，他坐起来，盯着苏可莹，"很简单，只要你今天给我一次。"

"如果你的酒还没醒，我可以放你半天假。"听到他突然说出这样不堪的话来，苏可莹秀美的眉头完全皱了起来。

"只要和我做一次，我就会完全离开你，这个条件不好吗？"许尧盯着她，想到了昨天晚上蓝玥的话，不由冷笑，"难道我不比那些酒吧的男人好？"

"你……住嘴！"后面一句话，让一贯冷静自持的苏可莹也不那么镇定了。他在酒吧里是不是听到了什么？

"为什么要住嘴，你是在害怕吗？"许尧带着血丝的双眼牢牢地盯着她，"你告诉那书呆子男朋友多少你的过去？你不觉得你和他在一起不过是在自欺欺人吗？"

"够了，我的生活不需要你来指点。"她咬着唇，从包里掏出钱来，扔到他的身边，深吸了口气，"酒醒了自己打车回去。"说完，她大步走出去。

许尧没有去拦她，依旧坐在床边，看着窗户，像是失了魂。为什么要说那种伤人的话？自己明明不是那样想的……

整整一个下午，苏可莹都强迫自己紧张地工作，即使到了下班的时间，她依旧在策划部忙碌。张慕扬在家中已经煲好了莲藕猪蹄汤，经过一天的沉淀和冷静，他终于能定住神做好一桌子的菜。他坐在餐桌边，等着苏可莹回来。大概过了十多分钟，两只睡在他脚下的狗突然站了起来，走到玄关处摇着尾巴，张慕扬急忙起身把门打开。

防盗门外站着还没来得及按门铃的许尧。两个男人面对面地相互看着，时间像是突然静止了。苏可莹接到张慕扬的电话，赶到家里的时候，两个男人正面对面地坐在餐桌上，脸上都没有过多的表情。

"回来了？我热一下菜。"张慕扬将菜放入微波炉里，脸上依旧木然。许尧则是眼神阴冷地盯着他们两个人，突然觉得张慕扬是个奇怪的男人，非常奇怪。张慕扬似乎没什么悲喜，也没有什么可放在心上的事情。苏可莹怎么会喜欢上这种男人？张慕扬看似一切都不关心，甚至当自己告诉张慕扬苏可莹的过去时，对方也是一副并不将那些事情放在心上的表情。这种反应出乎了许尧的意料，他越发觉得张慕扬对苏可莹的感情很奇怪。虽然张慕扬听到那些之后，对他说喜欢一个人并不会在乎她的过去，可是真的能不在乎吗？

三个人默默地吃完饭，苏可莹去书房查找资料，许尧回了自己的房间。张慕扬收拾好了厨房之后觉得无事可做，于是也去了书房。

"出去逛逛吧。"张慕扬突然站起身说。

"嗯？"像是没听清楚，苏可莹看着张慕扬期待的目光，脸上有一丝疑惑。

"我说，我们出去走走吧。"张慕扬合上笔记本，直视她的眼睛。

感觉到他今天像是变了一个人，苏可莹关了电脑，"我去换套衣服。"

张慕扬暗暗地握了握拳头，这算是他第一次主动约苏可莹吗？反正无论怎样，他约到了。两个人走在繁闹的夜市里，苏可莹像是第一次逛夜市，看着一个个地摊，兴致渐渐高了起来。她蹲在一家摆着各种银戒指的小摊上，好奇地看着那些价格低廉的纯银戒指，对她来说，大商场的价格和这里相差太多，她很想研究一下这些到底是不是纯银的戒指。

"小姐要是喜欢，让你男朋友给你买一个咯。"操着外地口音的摊主说，"小姐的手这么好看，戴什么类型的都很漂亮。"一听这话，苏可莹突然不好意思起来，站起身拉着张慕扬往前走去。

"不喜欢吗？"张慕扬拉住她问。

"戒指有很多啦，看看其他的吧。"苏可莹转过头，微笑着说。

不知逛了多久，苏可莹有些累了，于是两人找了个地方坐了下来，张慕扬给她买了一大包的薯片，借口去买水，让她坐着别走，自己一溜烟地消失在人群里。苏可莹看着他的背影，抱着薯片吃起来，突然觉得现在的自己有些陌生。好像她很久没有逛过这样的夜市，也很久没有在街头的长椅上抱着薯片大口吃，更许久没有这样坐着乖乖地等一个男人回来……

张慕扬气喘吁吁地冲到卖银戒指的小摊边，蹲下身，一言不发地挑选起戒指来。"哟，这不是之前那位漂亮姑娘的男朋友吗？"摊主火眼金睛，而且刚才试戒指的女孩太漂亮，她到现在还记着。她递过去一枚戒指，"小伙子，刚才她看中的就是这款。"

这是一枚尾戒，是最简单的光面戒指，非常细，戴在手上晃动时像是带着一线银色的光芒。张慕扬拿起这枚戒指，并没有立刻付钱，而是又挑选起来。今天原本是值得庆祝的一天，他拿到了一笔稿费，比以前要多很多的稿费，按照行话来说，是他的身价涨了。

此刻坐在长椅上的苏可莹抱着膝，像是睡着了。远处灯火通明，一双双情侣来来去去，谈笑声从她耳边掠过，没有人会感觉到她的悲伤。

张慕扬双手插在裤兜里，低头慢吞吞地往回走，他的右手攥着一枚戒指，而左手却握着一把戒指。他刚才大脑像是短路了，竟然把可能适合苏可莹手指粗细的戒指都买了下来。他不知道一会儿看见苏可莹，能否把右手掌心的戒指递出去。

走到苏可莹旁边，看着似乎已经熟睡的她，一种莫名的情愫充塞了张慕扬的胸膛，他真的好想去疼爱这个女人，给她一个肩膀依靠。但想到现在的情况，他流露出一丝无奈的苦笑，任戒指在掌心变得滚烫。苏可莹抬起头，疲惫的脸上带着一丝微笑，看张慕扬还在傻傻地看着她，就问道："怎么了？"

"我……我想……相处了这么久……"张慕扬不知道应该怎么说，那枚戒指沾满了他的汗水。苏可莹见他的表情越发古怪，也不说话，静静地等他说完。

"我……我们……回去吧。"憋了半天，他终于还是放弃了送给她戒指的念头。

"嗯。"苏可莹神色不变地转过身，往家的方向走去。张慕扬跟在她身后，一遍又一遍地骂着自己：你就是个白痴！情商为负值的白痴！

两人默默地回到家中，发现许尧又消失了。这一次，苏可莹没有再找他，甚至没有任何紧张的表情。张慕扬明显感觉到苏可莹对许尧态度的变化，他隐隐觉得苏可莹和许尧之间似乎发生了什么，或者说，即将会发生一些意外的事情。

此刻的许尧正坐在一家酒吧里，等着一个肯定会出现的女人。果然，没过多久，衣着性感的蓝玥出现在他的视线里。他端着高脚杯，看着她走到自己身边，眼里既没有微笑，也没有拒绝。

"小尧。"蓝玥坐在他的身边,深情却无奈地看着这个长相俊美的男人。她知道自己一直是一相情愿,就像许尧对苏可莹一样。

"我需要你帮我一个忙,可以吗?"许尧喝了一口酒,看向她,开门见山地说。

蓝玥看了他许久,轻叹了口气,"你何必问我可不可以,我拒绝过你吗?"许尧眼里终于闪过一丝笑意,他侧过头,在蓝玥的耳边低低地说了几句话。蓝玥的脸色骤然变得极为难看,她看着近在咫尺的男人,眼中充满了怀疑,这还是她喜欢的那个男人吗?

"怎么,你不敢?"见她这种表情,许尧唇边挑起一抹坏坏的笑容,却让那张脸变得更加英俊性感。

"你真的要这么做?"蓝玥知道这一天总要来临,可是依旧有些不甘心,她等了那么久,许尧却离她越来越远。

"我知道你喜欢我,"许尧的笑容渐渐扩大,"所以,你一定不希望我离开这里吧?而且,昨天晚上你不是还对我说了那么多……"

"我是不想你走,但……但是可莹她……"蓝玥突然心乱如麻,一瞬间她有些后悔昨天对许尧说了那么多。

"帮我这一次,我会永远记着你的。"唇瓣蓦然贴近她的耳畔,许尧低声说道。

蓝玥闭上眼睛,微微颤抖着,感觉整个人都快不属于自己了。她只知道一件事,那就是她爱身边的男人,为了他,她愿意下地狱。

第二天早晨,苏可莹发现许尧不知几点回了家,一大早,已经带着两只狗出去转了一圈回来。

"许尧,东西都收拾好了吗?"看见他抚弄着两只狗,苏可莹喉咙突然有些发痛,以前她是多么喜欢三个人相聚的时刻。如果许尧把自己当成他的姐姐,那她会多高兴欢迎他回到这个家。许尧抬起头,停下手中的动作,深情地看着她,眼里满是不舍和难过,"你真的要让我离开?"

"这是一次好机会,公司里许多人都想争取的机会,你很幸运。"苏可莹勉强挤出一丝笑容,走到他身边,抚弄着苹苹宽厚的背,"那边一切都安排好了,你过去之后就能正常地生活,有什么事情可以给我打电话。"

"哈,你安排得真周到。"许尧嘲讽地盯着她说。她低下头,看着苹苹的眼睛,笑容多出了一丝苦涩。

"那你呢?你什么时候回去?"许尧深吸了口气问,"你的父母不是在美国吗?

什么时候回到他们身边？"许尧干脆坐在地板上，看着她问道，"你总不会想在这个城市待一辈子吧？"

"待一辈子有什么不好？"苏可莹浅浅笑着，亲了亲苹苹的额头，"再看吧，等我结婚了，说不准就回去了。"

听到这句看似无意的话，许尧脸色微微一变，随即恢复了正常，低下头说："我知道你决定的事情没人能改变，所以我想了一晚上……还是如你所愿。"

"小尧……"苏可莹抬头看着他，眼中压抑着无数复杂的感情，她真的不愿意伤害这个像弟弟一样的大男孩。

"别这样看着我，我会误解你是舍不得。"许尧走到阳台，对着阴沉的天空深深吸了口气，"今天天气真差，希望下午可以转晴。"

苏可莹并没有听出他话中有话，在她的心中，过了今天，她就能从束缚的感情中挣脱出来。从今天晚上开始，她就不用再让张慕扬扮演不属于他的角色……一整天，苏可莹都将自己关在办公室里忙碌，她不敢停下来，因为一想到许尧晚上就要离开，她就会很难过。她记得许睿曾经对她开玩笑：如果有一天，他不幸无法守护两人的幸福，最大的希望就是能让弟弟继承这样的情感，当一次幸福替补。不过那只是玩笑而已，她对许睿的爱和对许尧的感情是不同的。所以当许睿真的走了，她害怕面对许尧，害怕许尧爱着自己，也害怕许尧恨着自己……已经是下午四点多，苏可莹一直没有走出她的办公室，桌上的电话铃又响了起来。

"你好。"礼貌甜美的声音，苏可莹接起电话，依旧看着策划书。

"可莹，他要走了？"那边传来的声音很熟悉，带着微微的颤抖。苏可莹终于抬起头，看着办公桌上的海芋花，眼神微微黯淡下来。

"为什么要让他走？你不是答应许睿会好好照顾他，哪怕是一辈子？"蓝玥很激动，带着哭腔，"苏可莹，你到底怎么回事？许睿死了，你的心也死了吗？你……"

苏可莹一直沉默，她的视线移回到策划书上，拿着笔继续在策划书上写写画画。

"苏可莹，你说话呀！"说了一大通，蓝玥也累了。

苏可莹放下笔，轻轻叹了口气，"玥玥，你想去美国吗？"

蓝玥微微一愣，随即难过起来，她咬着唇，没有说话。

"美国那边有很多空缺的位置，你考虑好，我会尽力帮你安排。"苏可莹知道蓝玥有多喜欢许尧，但她一直觉得感情的事外人无法插手，可是如果蓝玥准备为许尧放弃这里的一切，她会调动一切关系，想方设法帮助她。

"我定了一间包厢，晚上请所有的朋友为小尧饯行，你提前下班过来吧。"蓝玥深吸了口气。

"他晚上十点的飞机。"苏可莹并不反对她为许尧饯别，只是不想众人闹起来，误了时间。

"知道了，你带上小尧一起过来，还是老地方，贺刚他们都到了。"

"等等，我想把慕扬也叫上。"苏可莹微微沉吟，说道。

"老天，你喊他做什么？给小尧饯行，你叫上他……"蓝玥有些恼火地说，"天底下的人都知道他是你现任男友，你不是给小尧难堪吗？"

"好，我不带他，一会儿见。"听见她恼怒的声音，苏可莹苦笑着挂断电话，拨通张慕扬的号码。张慕扬正在写文，看见来电显示是苏可莹公司的电话号码，立刻接起，"可莹？"

"我晚上可能会回来晚一点，你自己先吃饭吧。"很自然的嘱咐。这段时间她已经习惯每天晚上回家都能吃到热腾腾的饭菜。

"要送许尧走吗？"张慕扬今天的心情尤为复杂，他既希望许尧离开，又希望自己能继续扮演现在的角色。

"嗯，十一点之前我就会回来的。"

"那你路上小心，我等你回来。"张慕扬想到今天晚上自己又独守空房，眉眼间带着一丝黯然。

七　纵情之夜

华祥酒店五楼的大包间布置得非常典雅，附带休息室和沐浴间，苏可莹走进去之后，里面已经坐着几个熟悉的朋友。蓝玥走到她身边，递给她一杯水，淡淡说道："肖钰怎么没和你一起过来？"

"她五点半赶过来。"苏可莹接过水，坐到高峰的身边，特意把许尧身边的空位留给蓝玥。"今天先说好，不准让小尧喝酒，他要赶飞机，喝多了不好。"苏可莹看着十多个好朋友说。

"他不喝没关系，你替他喝。"子萱笑着说。

"只怕有人更愿意替他喝，"苏可莹看向蓝玥，微微一笑，"我要开车送他去机场，也不能喝太多。"

"可莹今天是怎么了？怎么突然学聪明了？"高峰不由打量着她，调侃着，"你以前喝酒可干脆得很，现在怎么学会推托了？"

"那是以前有人照顾，现在……"秦鹏大大咧咧地说，只是还没说完就被子萱顶了顶，立刻闭上嘴。"可莹现在也有人照顾啊，除了你，这么一大堆不是人啊。"

苏可莹听着他们的话，微笑着托腮看着一桌子的人，独独不去看许尧。

一顿饭吃得很热闹，仿佛许尧不是要离开，只是平时的聚会而已。七点的时候，桌上大半的人都醉了，只有许尧和苏可莹几乎滴酒未沾。苏可莹以前和他们聚会时，会肆无忌惮地喝酒，因为那时有许睿照顾她……后来许睿离开了，她在酒吧彻夜不归，因为该死的酒精，也做过让自己无比后悔的事情，所以现在她很少会放肆地喝酒。

"可莹，和小尧喝一杯吧。"蓝玥没有喝多少酒，此刻看着两人，拿过一瓶红酒说，"喝点红酒不会耽误上飞机的。"

苏可莹看着她为自己倒了杯酒，也没有拒绝，端起酒杯，终于看向许尧，"让小尧喝果汁吧，要坐很久的飞机，还是不要喝酒。"

许尧没有推托，端起果汁，看着苏可莹喝完红酒，也一口气喝下果汁。他盯着苏可莹，突然说道："我有些话想对你说。"周围的人并不意外这样的情况，反而纷纷起哄，开着无伤大雅的玩笑。

"去休息室好好聊，我们不打搅。"高峰醉眼蒙眬地说。

"是啊，去吧，记得把门锁好。"几个人哈哈大笑，唯独蓝玥的脸上没有笑容。

许尧走在前面，等苏可莹走进来之后，将门关上，把朋友的吵闹声都关在了门外。这里说是休息室，其实和宾馆的布置差不多，一张很大的床，一条沙发，还有电视机。

"有什么话要说？"苏可莹坐在沙发上。

"如果给你时间，等我再回来的时候，你会接受我吗？"许尧坐在床上，见她蹙着眉轻柔额头，又说，"我是说，我变得和哥哥一样好，你会爱上我吗？"许尧看见她渐渐泛起红晕的脸，紧张地问。如果她点头，那他一定会耐心地为她改变，如果她还是拒绝自己……

"小尧，你不用成为其他人，你只要做你自己，会有很多人喜欢你。"苏可莹有些热，口干舌燥的感觉让她拿过茶几上放着的还没有开启的矿泉水。

"那你呢？"许尧紧紧逼问。

"我……我……这是怎么了？"苏可莹一开始只是觉得有些疲惫，喝了几口水之后，渐渐发觉自己浑身无力，有一团火从小腹往四肢蔓延。她察觉出自己的异样，站起身就要往门外走。那么多的好朋友在，她根本想不到有人会在酒里下迷幻药。

药力渐渐发作，原先只是口渴乏力，可是她没想到密封的矿泉水里也被加入了强力的催情药，她根本没有防备。

"你……你做了什么？"苏可莹昏沉沉的，有些无法支配自己的意识。她想去开门，手却抵在许尧的胸口，像是被黏住了，怎么也撤不回。感觉到她掌心的火热，许尧颤抖着握住她的手，看着她的双眸，费力地咽了咽口水，说道："可莹，你只要点头，你只要对我像对哥哥那样，我绝不会做你不喜欢的事情……"

苏可莹很想说什么，可是她难受极了，眼前也出现了幻觉，仿佛进入一个不真实的空间。"我……好难受……"那双水汪汪的美眸此刻布满了迷乱，她只能感觉到身体在燃烧，而眼前的英俊男人渐渐变成了许睿……

许尧没想到药力发作得这么快，他本想只要她愿意接受自己，今天绝不会碰她，可是现在看来，他根本无法拒绝苏可莹与以往截然不同的媚态。一双柔若无骨的手再次抚上他的胸口，淡淡的香气凑近他的俊脸。许尧的呼吸渐渐粗重起来，他无法拒绝这样主动贴上来的心爱女人。颤抖的手重新攥住她柔软的手腕，将她拉进自己的怀抱，紧紧抱住，像是拥住一生的珍宝，胸口燃着一团看不见的火焰，将他的激情完全点燃……

"我说，这两个人怎么还没出来？"半醉的肖钰没忘记许尧和苏可莹还在房间里，她看了眼时间，都过了二十多分钟，里面却一点动静都没有。

"肖钰姐，你可真爱多管闲事，小尧今天晚上就要走了，人家说说心里话不行呀？"高峰呵呵笑着，醉意十足。

"不过他们什么时候出来啊，我这最后一杯酒等着许尧呢。"子萱看着那扇门，她一喝醉就想睡觉，此刻快坚持不住了。蓝玥一直没说话，放在桌上的手机突然响了起来，她拿起来一看，是苏可莹的电话号码，就故意将手机冲着几个人晃了晃，"可莹居然在房间给我电话，你们猜里面现在是什么状况？"

"这女人在搞什么鬼？有什么事出来喊一嗓子不就得了。"肖钰虽然很了解苏可莹的脾性，可是现在酒喝多了，加上 贯神经大条，也没发现什么不对。

"估计没法出来……"子萱咪咪笑着，手支着额头，推开高峰手里的酒，"再喝就要你背我出门了……"

蓝玥故意走到休息室的门前，接起电话，笑着问："可莹，干吗呢？有什么话开门说呀。"

"可以散了，让他们各自回去吧。"那边传来许尧的声音，有些低哑，听得蓝玥心头微微一颤，难言的心痛蔓延开来，她知道此刻他已经顺利得手。

"让他们回去？你会送小尧去机场？不行，他们还要见小尧一面，手里都端着酒等着呢……"蓝玥靠着门，故意大声说。

"算了算了，这杯酒留着去美国见小尧再喝。"子萱再也招架不住，舌头打着卷儿，摆手说，"你们谁送我回去？"

"不介意的话，去我家吧。"高峰执着子萱的手，醉醺醺地说。

"得，那不是去了狼窝？听我的，去我家。"贺刚立刻将子萱拽过来。

"你们这群没安好心的臭男人，子萱跟我回去。"肖钰头重脚轻地走到子萱身边，从背后抱着她。

"你家才是狼窝，不知道半夜会进去多少男人，太不安全！"众人插科打诨，一点也没注意休息室里正发生着什么。

这个完美的计划进行得十分顺利，甚至连细节都考虑到了，休息室里只有苏可莹的包，其他人的衣物全部放在餐桌边的沙发上。至于那瓶只倒了一杯的红酒，在苏可莹和许尧进入房间之后，就被蓝玥"失手"打碎。

外面的朋友三三两两地互相搀扶着往外走，蓝玥将他们送走之后，转了一圈，又重新回到了饭店。她坐在沙发上，看着服务员收拾着狼藉的饭桌，心情无比复杂。

留下一瓶只喝了一点点的白兰地，看着服务员都退出房间后，蓝玥开始灌醉自己。此刻她右手边不到两米的房间里，许尧得到了他最爱的女人，可是自己呢？辛辣的酒呛得她流出眼泪，她觉得自己像个没有明天的女人。

张慕扬坐在家中，心情忐忑，也许是因为许尧要走了，所以他一直静不下心写文。苏可莹说，十一点之前会回来，算算时间，从机场到这里，如果一路畅通的话，需要四五十分钟的路程。再过一会儿，许尧进了机场，她就该开车回来了。抬头看着时间，已经快十点了，张慕扬在屋中转了个圈，最后选择去健身房。他将音乐调到不会扰邻的声音，在跑步机上开始慢跑。

华祥酒店豪华的包厢里，许尧亲吻着苏可莹的红唇，"可莹……对不起……"许尧心好痛，他曾经那么想得到的，现在终于得到了，可是激情过后，心脏却出现了一个黑洞，无比疼痛和难过。

张慕扬慢跑了四十分钟，又练了练臂力，回到客厅看看钟，已经到了十一点。他走到阳台，一动不动地看着外面的车辆，希望能看到那辆熟悉的红色甲壳虫。十一点十分，那辆熟悉的车还是没有出现。他开始不安起来，他想给苏可莹打电话，但是又想到从现在开始，自己已经不是她的"男友"，而只是一个普通的房客。凌晨两点，他再也坐不住了，一遍遍地打苏可莹的手机，可都是无人接听，许尧将她的手机调成了静音。

苏可莹在渐渐明亮的光线里睁开眼睛，发觉自己浑身酸痛。入眼处，是皱巴巴的床单和枕巾，地上则是七零八落的衣服，而身后是一具温暖的裸体……苏可莹的心脏猛然揪了起来，她急忙要起身，却发现自己的力气仿佛都被用光了。

"可莹……"低低的呢喃声在她耳边响起。她被人从身后搂着，小腹被紧紧按住，挣扎不得。她记不起昨天晚上究竟发生了什么，可从现在的状况来看，昨晚的疯狂程度一定出乎她的想象。更加糟糕的是和她上床的男人居然是许尧！

"MY GOD！"苏可莹一张口，发觉自己声音的嘶哑，不由羞红了脸，隐隐约约记起那一次次疯狂的激情。积攒起力气，她挣脱了许尧的怀抱，伸手捞起皱巴巴的被单裹住身体，勉强起身。

看着背对着自己的曼妙身躯，许尧一丝不挂地移到床边，伸手从背后抱住她，"可莹，你昨天晚上好主动，我没法拒绝你……你说你想哥哥，想我们的过去……"

这句话如同晴天霹雳，苏可莹当即惊呆了。她主动？不可能！昨天晚上我没喝多少酒，不可能发生酒后乱性这样的事情。

"你说的都算吗？"许尧亲吻着她的耳垂，灼热的目光看向被单下裹着的玲珑身段。

"一定是弄错了……"苏可莹的思路开始混乱，她想不起昨天晚上进入房间后具体发生了什么，而且还有那么一大群朋友，他们都到哪去了？

"你说我们要像以前一样幸福，你说以后会像对哥哥那样对我……"苏可莹的耳边依旧是缠绵的情话，许尧的眼神闪烁不定，他一边说，一边观察苏可莹的反应，"昨天晚上，你好热情……"

"不可能……"苏可莹无论如何也想不起昨天晚上这一切到底是怎么发生的，她头痛欲裂，转身推开他，"小尧，这其中一定有误会，我不可能……"

"难道你要反悔？"许尧盯着她。

"先穿上衣服！"苏可莹看见他的身体上也有自己的吻痕，脸色蓦然一红，急忙将他的衣服扔到他身上，然后抱着自己的衣服裹着被单就冲出门外。她看见外面沙发上双眼红肿的女人，不由一愣。

"玥玥……"她急忙扯紧被单，不知道有多尴尬。

蓝玥一整夜都没有合眼。她看见苏可莹头发散乱地走出来，就站起身，二话没说，抬手给苏可莹一耳光，"苏可莹，你明明有了新的男人，为什么还不放过小尧？

说什么让我去美国，都是鬼话，枉我还把你当成姐妹，现在你如愿以偿，满足了吗？"一番没头没脑的痛斥，并没有减轻蓝玥的难过和心虚，也让苏可莹更加茫然。

昨天晚上难道真的是自己主动勾引许尧，酒后乱性？不可能，不至于喝了那么一点酒就失去了理智。

"你做什么？"许尧已经穿上了裤子，听到动静，上衣没来得及穿就冲了出来，将蓝玥推到一边，心疼地看着木然的苏可莹。"可莹，你没事吧？"看着她莹白的脸上一道道指印，许尧心里不由责怪蓝玥下手太重。苏可莹看着气愤伤心的蓝玥，急忙推开许尧，转身退回休息室，将门反锁。背靠着门，她看着凌乱的房间，苦恼困惑地抓住自己的头发。她是被下药了？这是第一反应。可是那么多的朋友在场，为什么独独她一个人被下了药？难道大家都串通好了？不可能……那么，自己真的是酒后冲动？

她看到自己的手机在不远处闪烁着，无力走过去拿起来。见是张慕扬的电话，她想也没想就挂断了，她现在可没有心情接电话。颓然地坐在床边，看着这糟糕的一切，她此刻唯一能做的就是努力想着应对方式。

苏可莹翻看着手机，几十条未读短信全都是张慕扬发过来的，问她在哪里，什么时候回家……冰冷绝望的心突然有了一丝温暖，许尧没有离开，又发生了这种事情，张慕扬必须继续扮演他的角色。外面许尧敲着门喊她的名字，她握着手机思忖片刻，当机立断地拨回张慕扬的电话。她知道此刻只有张慕扬才有可能扭转现在糟糕透顶的局面。

张慕扬的心情一半高兴一半失望，高兴的是苏可莹没发生车祸或者其他意外，失望的是她挂断了自己的电话，对自己恢复了冷漠和疏离。正当他纠结的时候，手机突然响了起来。

"可莹？"张慕扬原本失落的情绪一下就高涨起来，他立刻接通电话，急急地问道，"可莹，你在哪里？还好吗？我……"

"我现在……有点糟糕。"苏可莹声音沙哑，原本以为对张慕扬说这种事情很轻松，可是听到他关心的声音，刚才酝酿好的说辞突然变得难以启齿。

"糟糕？究竟发生什么事了？"张慕扬感觉苏可莹的声音有些不对劲，立刻紧张起来。

"我……"苏可莹伸手捂住自己的脸，不知道该如何往下说。

"到底怎么了？你在哪里？我去找你。"张慕扬从没见过苏可莹吞吞吐吐，他本能地感觉到事态严重，如果不是出了大事，苏可莹不会这样。

"华祥酒店528房间。"苏可莹揉揉脸，深吸了口气，"但不是我一个人……"

"还有许尧？"几乎是同时，张慕扬脸色一变，说出这个让他担心的名字。

许尧，华祥酒店528房间，还有她那疲惫沙哑的声音，这一切都让张慕扬心脏缩紧。他虽然不是苏可莹真正的男友，可是这段时间的相处，让他对苏可莹产生了强烈的保护欲，他不希望苏可莹出现任何意外，可是现在似乎发生了他最不敢想的事情。

"他是不是……是不是欺负你了……"不敢说出任何敏感的字眼，张慕扬手脚发凉地站在沙发边，闭上眼睛问道。

"坐车过来接我，带一套我的衣服，包括……内衣。"苏可莹沉默了半晌，开始吩咐，"过来之后，什么都不要问，带我离开……"

"许尧这个禽兽，你对他那么好，他怎么可以……"张慕扬的手指骨节都泛白了，他压抑着声音，有种想杀人的冲动。

"听我说，你带着衣服过来，这是一次意外，可能……是……是我。"苏可莹的声音有些颤抖。张慕扬突然觉得浑身的血液都凝固了，他握着手机，站在明亮雅致的客厅里，觉得自己出现了幻听。

"你到了之后……不管我说什么……不管我做什么，你都不要惊讶，只要带我离开……"苏可莹低声急促地说道，"拜托……只有你能带我走……拜托了……"

张慕扬将苏可莹的衣服塞进一个大纸袋里，飞快地出了门。

休息室的门已经用服务员送来的钥匙打开了，许尧真的担心苏可莹会出事，虽然她并不是一时想不开会做出傻事的女人，但是发生这样的事情，她现在一定有些错乱。

"玥玥呢？"看见许尧拿着钥匙走进来，苏可莹出乎许尧意料地平静。

"在外面。"许尧不太清楚她此刻究竟在想什么，他试探地移到她的身边，伸出手，想要碰触她露在外面的胳膊。

"昨天晚上是我勾引你上了床？"苏可莹盯着他开门见山地问。

"是，你难道不记得？你不能推卸责任，也不要找借口，我们已经……"

"我会重新给你订一张去美国的机票，"苏可莹打断他的话，冷漠无情地说，"昨天晚上如果真的是我主动，那么很抱歉，我可能是把这里当成了夜店。"

绝情的话语刺得许尧脸色突变，他无论如何也没有想到她在清醒后会说出这种话。她明明不记得昨天晚上具体发生的事情，却以退为进，把所有的事情主动揽了过去，并说出这种话，让他无从下手。

"可莹，你怎么能这样对我？如果不是你说你想要，说你要和我在一起，我怎么会和你疯狂？"许尧的进退攻守都失了方寸，完全不知道怎样才能再次抓住她。

"小尧，她不值得你这样去爱……"一个带着哭腔的声音响起，蓝玥站在门口，痛苦地看着他们，"可莹从许睿走了之后，就死了。"

"不，可莹不会骗我……"许尧和蓝玥从没有如此默契过，一场戏演得天衣无缝。

蓝玥的痛苦是真的痛苦，许尧的绝望也是真的绝望，自始至终，苏可莹的脸上只有冷漠。

"可莹。"正在许尧和蓝玥一唱一和时，张慕扬从外面冲进来。他看到房间的一切，纸袋从手上滑落，他在车上想象过无数次这样的场景，可是当看见长发凌乱、脸色苍白、裹着被单坐在床边的苏可莹时，他的心好疼。

苏可莹看到张慕扬，立刻站起身，拽着裹着自己身体的被单，走到他的身边。

"可莹……"张慕扬看见憔悴的她走到自己的面前，伸手一把抱住她。他早已忘记这是高高在上的完美房东，他只想带她离开。

"张慕扬，可莹现在是我的女人，她说要和我一生一世……"许尧对张慕扬的到来非常讶异，他没有想到苏可莹会打电话让张慕扬过来。

张慕扬看着许尧，没有说话。苏可莹让他什么都不要问，什么都不要说，所以他一直保持沉默，只是脸色铁青。

"你们出去，等我换了衣服再说好吗？"苏可莹将头埋在张慕扬的脖颈间，哑着嗓子说道。

这次没有人反对，许尧和蓝玥走了出去，他们也需要时间来考虑如何应对现在的局面。现在的情况对许尧他们很不利，因为有一个破釜沉舟以退为进的苏可莹，又有一个看上去对苏可莹完全臣服，哪怕是看见自己的女人和其他男人发生性关系也不多说一句话的张慕扬。房间里只剩下他们两个，张慕扬握紧拳头，狠狠地捶在墙上，他好恨自己没用……

苏可莹将衣服拿到沙发上，背对着张慕扬，缓缓松开床单。她看见自己身上红色的痕迹，有些心痛，她在他们面前装作不在乎，装作自己就是个放荡的女人，可是她无法欺骗自己的心，装作一切都无所谓。

肩微微抽搐，她扣上自己的胸衣扣，正要拿牛仔裤，张慕扬突然转过身，双眼血红地看着她。感觉到他的视线，只穿着内衣的苏可莹拿着裤子，没有动。那样美好的身段，他曾经偷偷地用"东家之子"来形容她：增之一分则太长，减之一分则太短……腰如束素，齿如含贝，嫣然一笑，惑阳城，迷下蔡……那个东家之子，如今变成了这副模样，他不是性观念可以开放到这种程度的男人，他只是个受过传统教育遵守礼教偶尔幻想的男人。

如果她真的是自己的女友，那他会怎样？他痛苦地闭上双眼，她还不是自己的女友……她为什么不是自己的女友？脑中一片纷杂，他突然上前几步，从背后抱住苏可莹。他的手触摸到她的肌肤，柔软光滑，像上等的丝缎，可是这不属于他。

"为什么……为什么……"不知道自己在问些什么，他紧紧抱着她，一遍一遍地问为什么。为什么他要遇到她？为什么他会成为她的爱情枪手？为什么他不能成为她的依靠？为什么他无法给她名正言顺的温暖和真实的安慰？

"这都是为什么？"张慕扬突然狠狠一口，咬在苏可莹的脖子上。

苏可莹微微抽了口气，她无法知道身后这个书呆子复杂的内心，她只是默默地忍受这不知是爱还是恨的疼痛。张慕扬不知道自己在做什么，他只想抹去许尧留在她身上的印记，他想让她有其他的表情，哪怕是痛哭流涕，也不要这样漠然。可是咬下去，痛的是自己的心。他下口很重，可是牙齿触到她的肌肤时，渐渐地减轻力道，到了最后，他几乎是在轻吻着她。

"究竟为什么会变成这样……你那么聪明……怎么会变成这样？"他把头埋在她脖颈间低声地问。

"没有为什么。"苏可莹推开他，转过身看着他，一双明亮的眼睛里尽是疲惫，"已经过去了……"

"是你，还是他？"明知不该问这种问题，可是张慕扬的心紧缩着疼痛，根本管不住自己的嘴。他刚才咬的这一口，让她明白他对自己的感情，多多少少夹杂着爱。轻轻地挣脱他，优雅从容地穿上衬衫，扣好衣扣，她淡淡地笑着，一脸的无所谓，"许尧昨天对你说的那些话都是真的，我原本就是放荡的女人，只不过现在对男人没什么兴趣……"

张慕扬痛苦地看着她，他不管她的过去，他只要她现在能快乐。苏可莹拿起沙发上自己的包，将化妆盒拿出来，随意地绾起头发，用化妆棉蘸着化妆水将脸擦了一遍，然后仔细地打上轻薄的粉底，半分钟后，她的气色变得好起来。

"回家吧。"简短的三个字，她敛去了脸上所有的表情。

"为什么要这样说自己？你根本就不是那样的人。"张慕扬挡在她的面前，他的心像是被人用无数的针扎了进去。

"你根本不了解……"话还没说完，她的唇就被突然堵住。她精致而冷漠的脸上闪过一丝愕然，不太相信这是张慕扬做出的举动。他在吻自己，这个看上去安静又胆小的男人，居然主动吻了自己。舌尖传来淡淡的唇膏香味，他俯身紧紧吻住她的唇，他不要听那些胡言乱语，在他的心中，苏可莹就像女神一样，不容他人亵渎。他亲吻的方式笨拙而执著，他只是贴在了那两片柔软如花瓣的唇，并没有强制性的侵略，只是久久地贴在她的唇上，让她说不出话来。

"你……"她刚一开口，就被他扣住后脑勺，笨拙地堵住了她的唇。她痛苦地闭上眼睛，他真的就是个呆子，又笨又固执的书呆子。

这一刻，张慕扬好想对她说：我们在一起吧。可是他始终没有勇气说出口，因为他没有资格去爱这样的女人，他无法给她任何东西……

苏可莹终于挣脱了他，她举步往门口走，低声说："我们……回家。"

张慕扬用力地收紧拳头，走到她身边，拿过纸袋和手提包，打开门。许尧和蓝玥一直站在门外，看见两人走出来，许尧立刻迎上说："可莹，你要去哪？我送你。"

"不需要，谢谢。"苏可莹看也不看他一眼，径直往外走。

"可莹，你还不该和他分手吗？"许尧急忙挡在苏可莹的面前，坚持不懈地说，"你根本就不爱他……"

"抱歉，即使她不爱我，也不会爱上你。"一直沉默的张慕扬突然说道，"我不会让可莹跟一个会伤害她的男人在一起。"

"张慕扬，你知道她昨天晚上跟我在一起的时候多幸福吗？她说她最爱的就是我和哥哥，而你，不过是个失败的替代品，她根本不在乎你！"许尧盯着他，眼里闪过一丝恨意，"你也不配爱她，更不配得到她的爱……"

嘭！拳头击到脸上的声音很响，张慕扬第一次主动攻击别人。他浑身都在颤抖，不知道是气愤还是紧张。许尧不可思议地看着他，这个男人居然出了这么快的一拳，打到自己的脸上。许尧因为昨天晚上的纵情，双腿发软，没防备地受了这拼尽力气的一拳，一下倒在了地上。

"小尧！"蓝玥尖叫一声，扑了过去，她也没想到这个文弱书生会动手打人。

"你会后悔今天所说的话，并为自己所做的事情付出代价。"喘着气，一字一顿地说完，张慕扬拉着表情冷漠的苏可莹，快步离开这里。

坐上车后，张慕扬仍旧难以平静下来。他的拳头很痛，可相比之下，许尧的话更让他心痛。配不上……他知道自己配不上，所以他才没有将口袋里的银戒指套在苏可莹的手指上；所以才没有在今天这种时候，对苏可莹说，我们在一起吧，我会爱你一辈子……

"今天没法回家了。"苏可莹发动汽车后，淡淡地说，"我在楼下等你，收拾一下东西，带两只狗下来，我们去休息几天吧。"苏可莹没法回去，张慕扬肯定也不能一个人待在这里。

　　张慕扬点头说好，看着路边的梧桐树，他知道她不想看见许尧。

　　他的动作很快，只带了笔记本电脑和几件衣服，牵着两条狗飞快地下楼。等许尧赶回这里时，只剩下空荡荡的房子。

八　山到高处我为峰

　　苏可莹席地而坐，抬头看着阳光下的风铃。已经快入秋了吧？夏日的中午，会很热，可是现在的风却隐隐带着一丝秋意。她将手机拿出来，无视那些未读短信和未接来电，先拨通公司的电话。她安排好公司近期的事情，并嘱咐给许尧再买一张机票，准备给自己放个长假。

　　天空很蓝，风也带着一丝清凉。不知过了多久，天上的云渐渐地变成鱼鳞状，阳光暗淡下来。

　　"要下雨了。"苏可莹突然低低自语，打破长时间的静谧。在张慕扬默默的注视中，她走回屋里，重重地躺在床上，拉过薄毯盖住眼睛，不一会儿就睡着了。

　　风铃偶尔晃荡着发出清脆的声音，阳光渐渐消失了，没过多久，淅淅沥沥下起了雨。张慕扬淋着雨从远处的河边跑回来，手中端着一个小小的土陶花盆，里面栽了几束野花，正在雨水中舒展着小小的精致的花瓣。

　　苏可莹在湿润的空气中醒来，闭着眼睛听了好久的雨声，然后睁开眼睛，映入眼帘的是一盆娇艳的野花。外面阴云密布，这盆小花在雨景中，仿佛一道被留住的明媚的阳光。这样一盆简单的花，苏可莹看了足足十多分钟。

　　她终于爬起来，揉了揉乱糟糟的头发，环顾四周，看见张慕扬坐在屋后的走廊，背对着屋子，似乎正在出神地看着雨景。苹苹和果果趴在他的脚下，懒洋洋地打着盹，这温馨的一幕勾起她某种相似的回忆。

　　苏可莹下了床，她赤着脚轻轻地走到窗边，果果听到动静，猛然抬起头看向窗台。张慕扬感觉到果果的反常，也转过头，看见苏可莹正静静地站在他身后。

　　"你醒了？"张慕扬急忙站起身，关切地问，"有没有饿？"

"不饿。"苏可莹坐下来，刚好可以趴在窗台上，她拍拍兴奋地跑进来的两只狗，视线移到雨中。张慕扬从窗口看见她赤着脚，立刻又说："今天温度有些低，你换一件暖和点的衣服吧，别着凉了。"

出乎张慕扬的意料，苏可莹居然淡淡地"嗯"了一声，而且非常听话。张慕扬期待地想：这种回答和表现，能不能理解为她的心情已经变好了呢？

苏可莹站起身，在木制的大衣柜里找出一套长袖家居服，抱着往洗浴间走去。沐浴完毕，苏可莹就在厨房里忙碌开来。

"你去写文吧，今天是不是耽误你很多事情？"张慕扬很想过去帮忙，但遭到苏可莹的拒绝。

"没有……我最近不是很忙。"张慕扬总感觉她在压抑着，其实他更希望眼前的女人能够放开地大哭一场，无论怎样发泄，总比憋成内伤要好得多。

"真的不用帮忙了，我来准备晚饭。"她推开张慕扬的手，可是指尖刚刚碰到他的肌肤，两人就不约而同地躲闪开了。他不知道应该再和她说些什么，只好无措地站在她身边，像一根没有思想的木头。

"谢谢你这段时间的陪伴和照顾……可是……"苏可莹感觉到身后的男人一动不动地傻站着，她咬了咬唇，终于转过身，深吸了口气，"我很抱歉，没想到让你陷入现在的状态，许尧只要离开了，希望你能忘记这一切……"

"忘不掉。"动了动唇，张慕扬突然打断她的话，"总有一些什么……会留下来……"他看着近在眼前的俏脸，胸口又有些疼了，他不住地在心里告诫自己，不要对她说那些莫名其妙的话，这样会让她厌恶。可是他从今天看到她那时起，才终于确定了自己对她的感情，真的是爱情。如果说以前是不确定的逃避，今天，他终于鼓足了勇气要面对，否则他不会对许尧说那些话，也不会在看到她之后，难过得几乎窒息。

苏可莹现在有些后悔当初把他牵扯进来，她还记得当初这个年轻人看她的眼神只有惊艳，不会有复杂的情绪和隐隐的痛苦。她一向心思玲珑，他对她的感情，她也多多少少感觉到了一些，她这样着急地送走许尧，一部分原因就是想和他回到最初房东和房客的关系中。没想到中途会发生意外，从今天他的表现来看，他根本就不像一个和她只有着口头约定的普通房客。事实上，他对她的细致照顾，早已经超过一般的关系。他越是对她这样好，她就越头痛。

没过多久，饭桌上已经盛好了热腾腾的米饭，张慕扬越发觉得今天的苏可莹很反常。她不停地为他夹菜，说他太瘦，应该多吃点，自己却吃得很少。

"可莹……你怎么了？"消受不起她突然的热情，张慕扬放下碗，看着她。

苏可莹也放下碗筷，沉默了半晌，终于开口，"慕扬，你想过自己的未来吗？"

未来？张慕扬低下头，自己是一个没有未来的人。

"那……有没有其他感兴趣的工作呢？"她继续问。

"除了SOHO，我不喜欢任何受命于人的工作。"张慕扬的心情非常灰暗，因为自己无望的感情，他甚至不想再交谈下去。

"如果自己当老板呢？"苏可莹托腮看着他，虽然听出他心情不好，但依旧坚持不懈地问下去。

"自己当老板……怎么可能？"张慕扬突然想到自己曾经兼职做过一份网编，也成立过一个网上的文学工作室，可都以失败告终，"你看，我根本不适合做管理者，我做什么都不会成功……"

"不试一试，怎么知道不可能？"苏可莹专注地看着他，并没有将他泄气的话放在心里，"你知道有的人是天才，还有一部分人，是管理天才的人。"

"你想说什么？"他抬头看着她。

"慕扬，我早已把你当成了朋友，最信任的朋友，所以……也不绕圈子了。"她闭上眼睛，微微沉吟，不知道说这种话会不会伤到他的自尊，"我不准备在这家模特公司继续做下去，我想重新开一家公司。当我的合伙人吧，我出资，你出力，怎么样？"张慕扬微微一愣，随即摇头拒绝，"我无法帮你。"

不知道为什么，当她说出这句话的时候，他的心突然空了。她说，自己只是她的朋友，而她有那么多有钱有路子的朋友，唯独选择了没有一点经验的自己作为她的合伙人，没有让他承担任何的风险投资，只有一个原因，那就是她想帮助自己走出现在的局面。或者说，她是在怜悯自己，因为自己一无所有……

苏可莹见他如此坚决，不再说话，慢慢地吃着饭。今天本来就不适合谈这种事情，虽然她努力地去靠近张慕扬，可是因为早上发生的事情，她也无法全身心地投入谈话中。她想也许是自己太唐突太心急，所以张慕扬一时无法接受，过几天还可以用其他更好的方法来说服……想到未来，她的眼神黯淡下来，她的未来在哪里？

晚上的气氛变得诡异，张慕扬对着电脑，打不出一个字，苏可莹则抱着书去了阁楼。张慕扬总觉得苏可莹晚饭时对他说的那番话是出于对他的怜悯。因为他觉得两人之间的差距一直太大，他总是敏感而自卑地站在她的身后，虽然看上去他很正常，可其实在她面前，他将自己伪装成了一个蜗牛。外表有着看似坚强的壳，里面却是柔软的不堪一击的心。两个人一个在楼上，一个在楼下，各自怀着不同的心思。外面雨声纷杂，让这个夜平添了几分愁绪。

这样的雨夜很适合写作，可张慕扬一个字也写不下去，他没有上 MSN 和 QQ，而是在一个个论坛上消磨着时间。收藏夹里有一个创业的论坛，他不止一次去看过，但是一次次地失望，根本找不到适合自己的工作。

"心比天高，命比纸薄"，这句话一贯是说女人的，可是好友陈铭兴就这样形容过他。如果有第一桶金，他想做一个文化公司。他知道这还只是个梦想，他没有第一桶金，也许靠苏可莹可以拥有一笔创业的财富，但是他不能依靠一个女人……闭上眼睛，他第一次在雨夜里感到内心无比嘈杂。

有许多声音在他耳边说着话，仿佛有无数个自己在脑海中分裂，有卑劣的小人，有高尚的君子，有童言无忌的幼童，有老成中庸的夫子……那些人对他说，要爱她，必须先有爱她的资格……许尧可以用伤害的方式去爱，你为什么不能？这句话从脑海中一跳出，他猛然睁开眼睛。自己在胡思乱想什么？伸手关掉电脑，他走进卫生间。

从卫生间出来，张慕扬从没拉上百叶窗的窗口看见远处点点橘黄色温暖的灯光，那是一户户农家散出的光芒。在雨中，那些微黄的灯光只写了一个字——家。他没有家，他很想有个家，可是现在，哪怕是一间这样的木屋，对他来说，都是奢望。他突然很想说出藏在心中的感情。

他泡了一壶菊花茶，端在手中，站在楼梯下，看着小阁楼。上面的光线很温馨，没有一点动静。他扶着木制楼梯，一步步往上走去。

还没等张慕扬走上去，苹苹就迎了出来，站在上面，居高临下地看着他，尾巴轻轻地摇动。张慕扬摸摸它的头，站在门口，看见苏可莹正抬头看着透明的屋顶，听着淅淅沥沥的夜雨，像是入迷了。

"你不用写文了？"苏可莹并没有动。

"哦……有些写不下去。"张慕扬依旧站在门口，也没有动。

"坐下听听雨声吧。"终于转过头，苏可莹看着张慕扬。

"哦。"心中有着千军万马，可表面上还是那样的木讷，张慕扬将菊花茶放在矮脚木桌上，为她倒了一杯，然后安静地坐在她身边的蒲团上。

"说说你的故事吧。"安静地坐了很久，苏可莹再次开口。

"啊？"正在想着心事，张慕扬一时没反应过来。

"说说你写的故事啊。"苏可莹看向他，俏脸在灯光中显得很温柔，一双眼眸像是沉寂了千年的湖水。

"哦……那个啊……"

"灵感这种东西，回忆多了就会出现。"苏可莹重新看着屋顶，淡淡地说。

"很多女生不喜欢我们营造的世界……"张慕扬怕自己写的故事太枯燥，让她觉得无趣。

"说说吧。"苏可莹打断他的话。

"那……你不想听的时候，一定要对我说。"张慕扬清了清喉咙，不放心地说道。

"好。"伸手端过那杯泛着菊花香味的茶，苏可莹将蒲团推到墙角，选择一个舒服的姿势，抱着茶伸展开坐下。

"嗯……有一个奇异的世界，可以发生任何只要你能想到的事情……那个世界需要努力和机遇，也需要实力，更需要天分……"第一次将故事用声音叙述出来，张慕扬有些紧张。

夜越来越深了，张慕扬已经喝完了两杯茶，而身后的苏可莹依旧没有喊停。

"要不，今天就到这里吧，明天我继续说给你听。"张慕扬已经说了前十万字的大概内容，如果要讲完正在写的部分，可能要到明天早上了。身后没有传来声音，张慕扬回过头，发现苏可莹已经闭上眼睛，安静地靠着墙壁，呼吸均匀。他慢慢凑了过去，在温馨而柔和的灯光下，苏可莹看上去非常疲惫。不忍吵醒她，张慕扬从楼下抱上来两床被褥，轻手轻脚地铺在阁楼的木地板上，放好枕头后，再次凑近苏可莹，轻声说道："可莹，在这上面睡吧，身体会舒服一点。"

睡意蒙胧中，苏可莹隐隐约约知道他在对自己说话，勉强睁开眼，看见面前铺好的地铺，也不说话，默默地趴在上面又不动了。

张慕扬帮她盖上薄薄的空调被，蹲在她身边静默地看着她许久，才轻手轻脚地起身，准备下楼。

"欸，继续说吧，龙城之战，他死了吗？"苏可莹突然发出低微的声音。

"主角是不会中途死掉的。"张慕扬在门口转过身，他想自己可能又把苏可莹的睡意搅没了。

"也是……即便死了，还能再复活。"苏可莹被黑发挡住的眼睛微微睁开。虚幻的世界和现实不一样，现实中，自己的主角死了，就是死了，永远都不会再出现。

"那个世界，百世轮回，三死三生，才能涅槃得道。"

"你说人生真的有轮回吗？"苏可莹低低地问，"我一直不相信命运，可是当遇到那些无能为力的事情时，总会有宿命的感觉。"

张慕扬重新坐回她的身边，迟疑地伸手抚摸着她肩头的黑发，"你哭出来吧，别这样压抑着自己。"

"如果哭有用的话，这世界就不会有那么多微笑的人。"苏可莹咬着唇，感觉到舌尖泛着淡淡的血腥味。这句话是许睿告诉她的。

"继续说故事吧。"她翻过身，拍拍身边空出的床铺，示意他坐在被褥上。张慕扬看着她，他们是如此的不同，无论是思想还是行为。

苏可莹听着听着就睡着了。她做了很多梦，梦见了张慕扬口中虚幻的世界，还梦到她的父母……从纷杂的梦中醒来时，她看见的是雨中的天窗。这场雨淅淅沥沥地下了一夜，现在依旧连绵不绝。她身边躺着一个散发着温热气息的男人。她轻轻地坐起来，将身上的薄被盖在他身上。她觉得昨天晚上让他说那么久的故事，有些任性。她差点忘记这个男人昨天也很累，睡眠也不足。

洗漱之后，她在厨房忙碌起来，仿佛这是一个美好的早晨，她要做美味的早餐，来迎接一天崭新的开始，不再去想过去的事情。

几天过去了，张慕扬渐渐有了写文的心情，而苏可莹除了在木屋里看书，平时会牵着两只狗去前面的池塘边钓鱼，有时候，也会去张奶奶家里，只是张慕扬还是没能看见她的笑容。他这几天被照顾得很好，苏可莹会做所有的家务，不准他插手。她想要弥补什么，也是她的时间太多，需要用这些家务来填满。一周下来，张慕扬实在忍不住了，当他看见一双纤细白皙的手拿着抹布擦窗户时，终于夺去她手中的抹布，第一次对她皱起了眉头，"你今天已经擦了三次，能放过你自己吗？"

"今天已经擦了三次？"苏可莹伸手拍拍脑袋，懊恼地说，"我还以为是昨天擦的，最近记性太差……"

"根本不是记性的问题，是你自己放不下。"淡淡的阳光照在她那张无瑕的面容上，让张慕扬实在不忍心大声对她说话，生怕把她震碎。

"好了，我去钓鱼。"她显然不愿和他争论，耸耸肩，就要去拿钓鱼竿。

"可莹，你不要再这样了，我会很担心。"张慕扬终于说出心里话。

"不用担心，我已经没事了。"苏可莹拿起钓鱼竿，两只狗见她这样的举动，早就蹿出了矮栅栏围成的小院，率先往池塘边奔去。张慕扬看着她纤细的背影，闭上眼睛，将手里的抹布狠狠地扔在桌上，说不出的懊恼和挫败。她总是喜欢一个人扛着所有的事情，不愿让他替她分担一点。

张慕扬捶了捶闷得难受的胸口，重新坐到电脑边，看见 QQ 消息闪个不停，其中一个当红作者的催稿消息。他突然想起自己帮这个作者当枪手，忘记交稿的时间了。最近他一直忙着其他事情和《暮光》杂志的文章，已经不知道拖欠了这个作者多少万字。这个作者非常生气，之前说好张慕扬一天至少交八千字，如今已经拖得此人一周多没有更新，而且找不到张慕扬的人。对方接受张慕扬的道歉，但还是非常生气，并提出了解约。

两人签署的是个人之间的合同，虽然中间写到关于违约的赔偿，但是对方并不想将这件事弄得太大，否则只会坏了他自己的名声，毕竟找枪手写文不是一件光彩的事情。整整一上午，两个人只不停地用语聊交涉。对张慕扬来说，写枪手文是他重要的生活来源，如果解约，他未来的生活可能会更加艰难。他没注意到苏可莹已经回来，更没想到她把一切都听在耳中。她早就意识到张慕扬的处境和自己不一样，所以之前希望可以用合伙开公司的方法来帮助他，现在，也许是重新提出那个想法的最好机会。她走到他身边，手抚上鼠标，关闭了他的聊天窗口。一直戴着耳麦的张慕扬无比尴尬，他不想被自己心仪的女人看到他的窘境。

显示屏弹出来一个窗口，那个作者写了一句话：我们之间的合作就到此为止。苏可莹摇了摇头，在张慕扬的错愕和窘迫中，伸手打了几个字过去：OK，再见。她回答得干脆利落，对方似乎也觉得这个转变很奇怪，半晌才打了一个"再见"的表情符号，接着就不再说话了。

"你不觉得给别人当枪手很屈才？"关掉窗口，苏可莹靠在桌上，看着他。

"没办法，要生活下去……"张慕扬真想把刚才的一切抹杀掉，他觉得很窘，被苏可莹看到他央求别人给他机会。

"昨天晚上说的那个故事很好，用自己的身份继续写下去，你会比他更好。"苏可莹希望他能更加自信，她可以帮助他成名。

张慕扬黯然地摇摇头，没有强大的后盾和机遇，要想一举成功，实在太难了。

"那个北京书会是不是要开始了？"苏可莹沉思片刻，突然问道。

"上次通知说推迟一个月，还有一段时间。"张慕扬低沉地说。

"一个月。"苏可莹沉吟着，"在灵感十足的情况下，你每天可以写多少字？"

"试过一个小时写五千字，如果是这种状态，一天最多能写十个小时，除去修改部分，至少也可以有三四万字。"张慕扬算了算说。

"下午别写了，我们去爬山吧。"苏可莹眼眸一闪，提出建议。

"爬山？"张慕扬看着她，随即点了点头，"好。"

苏可莹看了眼外面的天空，云层在西边翻滚着，看起来下午可能有一场暴雨，不过没关系，她要帮助这个男人找回灵感。

午饭过后，太阳被云层遮住，并不是十分炎热。张慕扬和苏可莹休息了片刻就带着两只狗，选择了屋后不远处的青山。这座山并不是很高，爬起来却相当吃力，崎岖蜿蜒的山路，有野花，也有荆棘，张慕扬在前面开道，苏可莹跟在后面。两个人边走边聊，一个多小时后，终于到达山顶，却发现山顶的风光和想象中的完全不一样，树木稀稀落落，很多地方都是坚硬的岩石。

"山到高处人为峰，海至尽头天是岸。"张慕扬看着远处小小的木屋说。

"错，你应该说，山到高处我为峰。"苏可莹临风而立，极目远眺。

张慕扬看着她挺拔的背影，感觉到虽然只有一字只差，可这就是两个人的区别。她虽是女子，却当仁不让，该露锋芒时，绝不会躲在暗处。而他，却是一个中庸之人，一切奉行中庸之道。

"要下雨了吧？"风渐渐大了起来，厚厚的云像是擦着他们掠过，颇有点惊心动魄的感觉。

"嗯，今天会有场暴风雨。"苏可莹点头，从登山包里拿出一瓶水喂狗。

"那我们回去吧，别淋坏了身体。"如果下起雨来，这里连个躲雨的地方都没有，张慕扬不想让苏可莹生病。

"来不及了。"苏可莹转过身，突然露出一丝微笑，"我是一个宁可站在最高处淋雨，也不愿在山腰成为落汤鸡的人。"

张慕扬的眼眸突然一亮，像是一道闪电划破了乌云，他终于看见苏可莹笑了。虽然那抹笑容稍纵即逝，却让张慕扬的心中悄悄地洒进一丝阳光。苏可莹像是没有看见他眼里的一抹欣喜，找到几米外的一处平整的大岩石，躺在上面，看着天空翻滚的云说："有没有觉得像面对千军万马？"

"嗯。"张慕扬也躺在岩石上，那些云让他晕眩。

"你有没有看过沙漠的夜空？"苏可莹侧过脸，看着几尺外的清秀男人，见他摇头说"没有"，就继续说，"有机会去沙漠看看吧，一定能给你灵感。"苏可莹闭上眼睛，回想很久以前，许睿带着她去了撒哈拉沙漠。他说那里有最纯净的星空，"那些星星会让你浑身起鸡皮疙瘩，仿佛走进了最远古的时代，那银河，像真正的泛着银色光芒的河水。在那样的苍穹下，根本无法用语言形容那种感觉，那些星星，那么近，又那么远。"

"像是古人说的那样，手可摘星辰，是不是？"张慕扬很想问：如果有机会，你可以和我一起去沙漠看星空吗？

"对，伸出手，那些星星像是在指尖……"苏可莹说不下去了，再去想许睿，只会控制不住自己的情绪。张慕扬侧头看着苏可莹，她的眼角有泪光隐隐。

　　啪，一滴雨水打在脸上，紧接着，豆大的雨点噼里啪啦地打下来，很快将两人淋湿。

　　苏可莹突然翻身坐起，蓝色的T恤紧紧地贴在身上，勾勒出曼妙的曲线。看着远处连绵的青山，她的胸口似乎堵着某种东西想要宣泄。疯跑的两只狗尤为兴奋，在几株松树间不停地打转追闹，丝毫不知道主人心中的郁结。

　　张慕扬默默地起身，走到她身边坐下。苏可莹微微扭过头，不愿让他看到自己的脸。他正要说话，苏可莹却突然站起身，手围成了喇叭状，对着连绵不绝的山脉大喊："许睿，我想你——"远山层层回荡，在雨声中，传来低沉的"睿——我想你——想你——"

　　张慕扬心中突然一苦，像是胆汁在五脏六腑里蔓延，他低下头，推开凑过来的果果，胃里翻腾着又苦又涩的感觉。

　　"许睿，你这个不负责的男人，说好要照顾我一辈子，却不信守承诺……"一连喊了数声，苏可莹终于找到了宣泄点，在雨中嘶吼，丝毫不在意身边还有个男人。

　　"我们在一起吧，别再想已经离开的人了。"张慕扬的声音低得连自己都听不到，他站起身，却没有勇气对她大声表白。"某个人，我可以替他爱你一辈子吗？"这句话在心中徘徊着，却始终说不出口，他知道自己什么都没有，没有爱她的权利和资格，他连带她去撒哈拉看夜空的资本都没有。

　　苏可莹在滂沱大雨中，将那些自己从来不会说出口的思恋一股脑儿地都倒了出来，她感觉到某种液体从心中倾泻而出，而声音也变得颤抖哽咽起来。"许睿……我真的很想你……"最后的声音变得无力，她抬手捂住脸，手指上沾满了温热的泪水。

　　张慕扬的手颤抖着，扶住她的肩膀，"哭出来就好了，我在这里……陪你一起……"千言万语在心中，却汇成这么一句不完整的话。

　　"我最讨厌哭……"苏可莹抽泣着，突然转过身，抱住张慕扬，靠着他潮湿的胸口，哇的一声大哭起来。她从不愿在别人面前露出软弱的一面，只因为这个世界一向弱肉强食。

　　张慕扬犹豫了许久，终于，手搭上她的腰，将她圈在怀中。胸口感觉到温热的泪水，张慕扬的心又痛了起来，她伤心的时候，他比她更难过。

　　仿佛要把这些日子积攒的泪水全部倒出，苏可莹哭到筋疲力尽。夏末的雨，渐渐收了，天空的云已经泛白，似乎下一刻，太阳就会出来。

苏可莹突然发觉自己竟然在张慕扬的怀中哭泣，脸上蓦然一红，离开他的胸口半寸，看着他潮湿的衣服，垂着头，半晌也没再动。

"天要放晴了。"张慕扬急忙收回圈在她腰间的手。

"嗯。"声音都变得嘶哑了，苏可莹有些尴尬，又不着痕迹地往后退了退。

"是不是好点了？"张慕扬见她眼眶红红的，看上去楚楚动人，和平时的神韵又不相同。

"嗯。"吸了吸鼻子，苏可莹抬头看了眼天空。她感觉好多了，连日来压在心头的阴霾，像是挥发了一部分。

"我们回去吧，衣服都湿了，别感冒了。"张慕扬见她黑幽幽的眸中似乎多了一丝光华，心中踏实了点。

"嗯……我好多了，你呢？"苏可莹终于看向他，羞赧地笑问，"灵感找到了吗？"

"哦……找到了。"看见她的笑容，虽然还是极淡的，但是张慕扬的心也跟着欣喜起来。

"那就回去吧。"苏可莹不再看他，将登山包拿起，沿着湿润松软的山路往回走。张慕扬急忙跟上来，将她手里的登山包拿到自己手上。被大雨淋得全湿的两只狗，也没有了一开始的兴奋，有点疲累，蔫巴巴地跟着下了山。

九　打造出一个连名片都值钱的男人

苏可莹沉郁的心情晴朗了点，她给肖钰打了电话。当知道许尧在家中等了自己三天，终于被朋友们劝上飞机时，她松了口气。

"这里的环境是不是更利于写作？"晚饭的时候，苏可莹问。

"比起城市，这里就像世外桃源。"张慕扬笑了笑。

"我准备明天回去，你留在这里写作，怎么样？"苏可莹看了两只伏在脚底的狗，"它们也留在这里，我过两天就会过来。"

"……好。"张慕扬有些不放心，但想到许尧已经飞去美国，半晌才点了点头。

"那就这样说定了，一会儿吃了饭，我们去村东的食品店再买点蔬果粮油，保证我回来前，你和苹苹、果果不会断粮。"苏可莹脸上浮出一丝笑容。

张慕扬想她离开公司一周多，肯定堆积下许多事情。他其实想跟她一起回去，至少可以给她做早餐和晚饭。

"慕扬，我希望你对我说的那个故事，在北京书会前，至少能写好一百万字。"苏可莹大略计算了下，如果张慕扬在一个月内可以心无旁骛地码字，加上之前他已经写好的二十来万字，怎么说到北京书会开幕时，他都会有一百万字的书稿。

看出张慕扬的不解，苏可莹解释："我等着看故事的结尾呢，我不在这里的时候，每天晚上你把当天写好的稿子传给我。"她微笑着说道，"别多心，就当我是这本书的新粉丝。"

张慕扬有些不好意思地挠挠头，"那还真要努力，给你看……会比给编辑看还要紧张。"

"哈，紧张什么？"苏可莹看见他微红的脸，笑容不由得渐渐扩散，心中一个策划渐渐明晰起来。

办公室里，苏可莹纤细的手指在键盘上敲击着，她需要尽快熟悉作者、出版社、发行、网络、宣传之间的关联。她做过时尚杂志的总监策划，这种经历让她在短短数天就完全掌握了如何捧红一个作者。按下回车键，她的脸上浮起了一丝笑容。只有忙碌的工作和新的挑战，才能让她孤苦的内心得到充实，她可以在别人面前笑容完美，无懈可击。苏可莹因为工作需要，一直用 MSN，为了张慕扬的方便，她只得注册了一个 QQ 号，每天晚上十点左右接收张慕扬的文稿。

张慕扬在宁静的山村中，每天最期待的事情，就是等着苏可莹上线，这样就可以视频语聊，能够看见她的脸，听到她的声音。苏可莹说两天后会来，结果都一周了，她还没有过来。今天他终于忍不住问："可莹，你最近还在忙吗？"

"嗯，是呢。"苏可莹专注地看着文档，对着笔记本上的麦克风说，"不错呀，最近的状态越来越好了，趁着这个机会，把之前的一点改动一下吧。"

"哪个地方？"张慕扬发觉苏可莹有着敏锐的直觉和洞察力，她像是天生的商业精英，有着非凡的头脑，学习能力也非常强。每次看完文章，她都会提出许多中肯的意见，而且按她提出的意见修改后，故事会更加精彩，并能吊足读者的胃口。她似乎属于那种天生对金融或者商业有着敏锐嗅觉的人，能迅速定位他前面的路，其实，这就是一个策划人的能力。今天他写了三万八千字，用了将近十个小时的时间，而她在二十分钟内就看完了，还给出了很好的意见。

苏可莹需要一个平台将张慕扬捧红。如果只是平平淡淡地将书出版了，与她的期望相差太远。她要把他打造成一个连名片都值钱的男人。这个平台就是强大的网络资源。她利用自己的关系，找到现在最大的一家文学网站沧浪的负责人，并且和他相谈甚欢。沧浪网站有一个文学大赛，她和负责人通过几次谈判，将张慕扬的书挂在了榜首。苏可莹深谙其中的利益之道，已经花费了不少钱财确定张慕扬的书会在前三名以内，至于到底是第几名，也要看小说的人气。

宣传，炒红，她已经做好了百分之九十，剩下的百分之十就靠张慕扬自己的能力。而张慕扬没有让她失望，至少他在写作方面有着强大的实力和经验，所以只要将他的书挂在各个大网站的首页，不愁没有读者和市场。

短短几天，张慕扬在沧浪网站已经人气飙升，声名鹊起。苏可莹趁热打铁，发动自己的策划小团队，在各个论坛和网站发布文章，然后就等着坐收"渔利"。果然，在小说只发布到五十万字的时候，已经有出版社来联系她的助理，希望可以签约这本书。她并不着急，只等着更好的出版社找上门，开出更好的条件。

张慕扬噼里啪啦地敲打着键盘，因为苏可莹不在，他由一个"干净整洁"的男人，迅速变成以前标准的不修边幅的宅男形象。

不知道是不是因为苏可莹每天晚上和他谈论情节的原因，他越来越有灵感，码起字来也心无旁骛，甚至连轿车鸣笛的声音都没有听到。两只狗在红色甲壳虫刚一出现的时候，就变得兴奋不已，在栅栏边摇着尾巴蹦跳，呜呜低叫。

将车停在栅栏外，苏可莹没有看到张慕扬出门迎接，她从窗户看到他背对着自己，正全神贯注地敲着键盘。

张慕扬终于听到外面两只狗兴奋的声音，他揉了揉肩膀，转过头，一下僵住了。栅栏外站着一个优雅漂亮的小女人，正被两只狗缠得寸步难行。

天啊，她终于来了……此刻他的心情比那两只狗还要兴奋，如果可以，张慕扬真想像苹苹和果果那样扑上去。他摸摸自己的脸，想到自己已经两天没有洗漱，胡子一直没刮，此刻还邋里邋遢地穿着睡衣，就急忙推开木椅，往卫生间冲去。刷牙洗脸刮胡子，然后整理乱糟糟的头发……不，最好再洗个澡。张慕扬在浴室里将自己上上下下洗了个遍。他看见木盆里堆积的脏衣服，也来不及洗了，却突然意识到自己竟没有一套干净的衣服……

苏可莹一进屋子，就发现锅碗瓢盆都堆积着，屋里只有一条张慕扬的裤子，晾衣架上没有他新洗的衣服。不用等到张慕扬出来，她大概也能猜测到他在浴室里的窘迫。好在她今天带了很多东西过来，其中就包括男人的衣裤。

拍拍浴室的门，她拿着两件她已经清洗过的新衣服说："慕扬，你在里面吧？"

"是……"张慕扬看着那件睡衣想：实在不行，就套上这件脏衣服吧。

"那刚好，试试这两件衣服合身不？"她忍着笑。

"哦……"张慕扬将门开了一条缝，躲在门后，伸手接住苏可莹递过来的衣服。他现在只想赶紧穿上衣服出去。可是没有内裤，他还没来得及高兴，又郁闷起来，不穿内裤直接套牛仔裤，他还没尝试过。

"可莹，能不能……帮我拿一条内裤？"张慕扬磨蹭了好久，终于开口，"在我的包里放着。"

"哎呀，瞧我，居然忘了。"苏可莹正在收拾凌乱的书桌，她立刻回身，从自己的包里找到一个小纸袋，然后敲敲门，递了进去，"我帮你买了两条，都已经洗过了，穿吧。"

"这……真不好意思。"张慕扬的脸都红成了番茄，他一半是因为害羞，一半是因为紧张和激动。在他的心中，女人能给一个男人买内裤，那就是非常亲密的关系了。他看见内裤的牌子居然是 Calvin Klein 的，他急忙看向那条看似很普通的牛仔裤和衬衫，里面的商标被苏可莹剪掉了，但是外面有 PRADA 的标志。张慕扬虽然对品牌衣服，尤其是国际品牌的衣服知之甚少，但是想到上次的购物经历，他知道这种东西都价格不菲。

牛仔裤和衬衫的款式和上身效果超乎寻常地好，这其实是 PRADA 为年轻人设计的款式，而精心设计的衬衫将年轻人独特的朝气和阳光衬托得十分儒雅。

"慕扬，你几天没吃饭了？"苏可莹收拾着厨房，皱着眉头。她不过走了几天，这里就变得如此狼藉。

"我……我早上吃过。"张慕扬打开门，头发湿漉漉地贴在眼睛上。几天时间，他的头发又长了。

"写文本来就辛苦，再不吃一点东西，身体……"苏可莹转身，眼眸微微一亮，张慕扬穿着她亲自挑选的衣服英俊多了，看上去像是变了一个人。加上一周多没见了，让她感觉有点陌生。

"挺好。"苏可莹走到他身边，笑吟吟地上下打量着，她想，果然是人靠衣装佛靠金装，这男人稍微注意一下形象，说不准还可以包装出一个帅哥写手来。苏可莹见他一直傻站着，不由笑道："走两步看看。"

"可莹，好好的为什么要给我买衣服？"张慕扬很听话地走了两步，他最在意的是苏可莹连内裤都帮他买来的心思。

"等一下，你的裤子……看我，忘记给你拿皮带了。"苏可莹没有回答他的话，转身从包里拿出一条LV的皮带，低头帮他系上。这个男人比较适合青春的随意的装扮，一些太职业化的服装反而不适合他的气质。给他系好皮带，她又拿了新鞋和袜子递给他，"换上给我看看。"

"头发该剪了。"她满意地打量着他，最后伸手拨弄拨弄他仍然湿漉漉的头发。

张慕扬受宠若惊而又享受，但是看见她随即拿出一个单反和各式各样的配饰，包括挂链围巾帽子手表，他就有些疑惑了。见她在一个大包里翻找着东西，他很纳闷，"要我帮忙吗？"

"不用，你保持这个姿势，不要动。"苏可莹完全进入了工作状态，她将一副眼镜找了出来，给他戴上。

她不是专业的摄影师，但是接触过很多拍摄现场，她也可以轻松地将一个模特最完美的一面展现出来。

张慕扬完全僵硬地任她摆布着，好半晌才问："可莹，你今天究竟要做什么？"

"记录你的青春啊。"苏可莹笑着说道，连按了好几下快门，"在这里，坐下，看着我的镜头。"苏可莹需要一套生活照，她要将这个男人打造成最时尚的作家。

"穿上这件外套，来个外景。"

"这块手表……不要动，脸再侧一点，一点点……"

"围巾这样系，帽子给我……"

张慕扬享受着被她注视的美妙感觉。夕阳很美，拿着单反的女人比夕阳更美……

"好了，我们回去吧。"苏可莹长出了一口气，她已经隐隐感觉到一个默默无闻的写手即将红遍网络和时尚圈。

"你拍那么多照片做什么？"

"秘密。"苏可莹转过头，微微一笑，她要给他一个惊喜。

张慕扬做着饭，不时看着抱着笔记本处理照片的苏可莹，他有好多话想对她说，又不知道怎么开口。张慕扬觉得几天没见，苏可莹变了。可是具体哪里变了，他也说不上来。好像她重新找到了某个方向，又好像是走出了那段阴影，整个人都恢复了职场精英的模样。

苏可莹选择了一部分照片，传给了专业制图小组，她希望色彩方面能处理得更到位。相对那些平面模特来说，张慕扬根本没有化妆，这样足够真实，但是有些细节会影响整体效果，所以她需要后期处理图片。

吃完饭，苏可莹再次向助理交代了一些事情，才关了电脑，又在大包里翻找东西。她为张慕扬买了两套衣服，但是有很多的衣物配件都是从公司的道具师那里拿过来的，还有一些贵重的东西，则是借用其他男模的。几套衣服就已经价值不菲，一块欧米茄的手表，可以花去几十万的银子，她还没有富到眼都不眨地为手表皮带随便刷去几百万的地步。

明天再拍摄一组生活照，就可以收工了，而今天晚上开始，估计迷恋张慕扬的女书迷们会激增。苏可莹想着自己成功大半的策划，就忍不住笑了起来。她看着张慕扬穿着PRADA的紫色衬衫，却围着围裙在做家务，忽然眼睛一亮，立刻拿起相机，按下快门。

"可莹，你今天是怎么了？"张慕扬任她拍着，虽然他很不习惯面对镜头。从小到大，除了毕业照，他基本上没有任何照片。

"慕扬，假如有一个看上去很宅很懒的女人，每天穿着香奈儿的晚礼服在家里洗衣拖地，是不是很有视觉冲击感？"苏可莹边拍边笑。"会有很多人疯狂的。"苏可莹见他不说话，笑着说。

她要让无数的女人为这个书呆子疯狂。想一想这些照片发布到各个网站和论坛，内地年轻俊秀的作家，唯一一个穿着PRADA，戴着欧米茄，却系着围裙淡定地做着家务……这样一幕会让多少女孩痴迷？

一个彻彻底底的宅男，默默无名的小写手，被她精心打造成，穿着PRADA敲击键盘的男人，即将成为国人瞩目的新星。

张慕扬收拾完厨房，似乎无事可做了，他见苏可莹在梳妆台边忙碌，也没有去打搅，走回书桌边继续写文。因为苏可莹的存在，他一开始的激动和兴奋，渐渐都转化为灵感，安静的木屋里，只有敲击键盘和点击鼠标的声音。时间不知不觉就流走了。《暮光》的编辑有信息发给他，他点开窗口，有些不敢相信。编辑居然主动提出加薪，由千字六十的价格，上涨到千字一百。这已经是很好的待遇了，要知道一本玄幻小说，少说也有两三百万字，这样高的稿酬，在国内并不常见。但是编辑有个要求，就是让他补写一份合同，希望《暮光》杂志可以买断他这本书的所有版权。

"可莹，帮我看看这份合同。"张慕扬说道。

苏可莹走过来，只看了一眼，立刻摇摇头，示意张慕扬让位，她来和这个编辑谈。她觉得这个杂志社还真会投机，她砸了那么多的精力和银子打造的张慕扬，岂能随随便便就被一个杂志社控制了？那份合同上说，张慕扬的这本书所有版权都由他们杂志社代理，包括实体版、电子版、影视版，他们代理之后，将抽取百分之三十的代理费。用小恩小惠来钓取大的利益，骗骗涉世未深的小孩还可以，她苏可莹可不会上当。张慕扬站在苏可莹身后，看着她一行行礼貌却很强势的回话，突然觉得她有当外交官的潜质。差不多聊了二十分钟，《暮光》编辑被苏可莹绕得糊里糊涂，只得狼狈地下线。苏可莹转身对张慕扬说："慕扬，以后无论谁要签你的书，或者其他的合作，你都先问我，我当你的经纪人。"

"经纪人？"张慕扬讶异地看着她。

"反正你只要一心写文就行，剩下的都交给我。"苏可莹笑着说。

张慕扬微微一愣，越发觉得她今天真的很反常。她以前从不会关心他的外表，更不会插手他的写作。

"睡觉吧，明天还有事情要忙。"苏可莹冲他甜甜一笑，转身往床边走去。

第二天一早，张慕扬就被轻快的厨房合奏曲唤醒，他在清新的空气里睁开眼睛，看见一个曼妙的身影快乐地忙碌着。这是在做梦吗？他又闭上眼睛，这情景如此温暖幸福，是他二十多年来从不敢奢求的。

"慕扬，起床啦！"苏可莹的心情真的很好，不仅仅是因为她再一次将一件事做得完美，更是因为她做的这件事很有意义。是张慕扬让她觉得原来人生要是过得有意义起来，就会美好得多。她很感谢这个书呆子，虽然自己在帮助他，可是他又何尝不是将她慢慢拉出了阴霾？

香喷喷热腾腾的早餐已经准备好了，她半跪在地台上，显然以为张慕扬还没有醒，"张慕扬，我要掀被子咯。"她将两只凑过来的狗推到一边，笑眯眯地抓过张慕扬的薄被。

张慕扬立刻睁开眼睛，拽住被子，红着脸说道："你起得好早。"他怕她真的掀开被子，因为他每天早晨都会"一柱擎天"，要是被她看见多丢人。

"那当然。"苏可莹看着他红了脸的模样，忍不住又笑，"你很喜欢脸红吗？"

"啊？"张慕扬急忙拽起被子，把自己发烫的脸掩住一半，一大早看见自己心爱的女人站在身边，还真的有些紧张。

吃完饭后，苏可莹拿出两套衣服让张慕扬换上。这一次她没有让他摆POSE，而是任他自由地做自己想做的事情，她在一边不时地抓拍。他被两只狗缠着出去扔飞碟的时候，他认真打字的时候，他做午饭的时候……苏可莹将一组组照片传给助理。

傍晚时，苏可莹在收拾东西，"我要回去了，明天一早公司有个会议。"

"你上次说，不准备在公司做了……"张慕扬尽量地找一些话题，两人相聚的时间太短，他不想让她离开。

"等手边的这个策划做完，我就把公司的股份转了。"苏可莹淡淡一笑，许尧已经去了美国，她也不着急立刻卖掉股份，而且这个公司是她的养父留给她打理的，真的要转，还得和住在美国的父母联系。

"你下次什么时候来？"张慕扬幽幽地问。

"很快……你这段时间要安心写文，我会陪你去北京开书会。"苏可莹像是突然想到了一件很重要的事情，转头对他说道，"慕扬，你的生日快到了。"

张慕扬愣了愣，从小到大，他都记不住自己的生日，孤孤单单一个人，他宁愿选择不过生日。

"你想要什么礼物呢？"

"你。"张慕扬回答得倒是很快。

"什么？"苏可莹皱了皱眉，脸上的笑容少了几分。

"我是说……你怎么知道我的生日？"张慕扬急忙改口。

"你的身份证啊。"苏可莹忍不住笑了，"呆子，我走了，你好好照顾自己，别让我再看到你的黑眼圈。"

张慕扬站在栅栏外，很羡慕两只狗可以张扬地跟着红色甲壳虫跑很远。廊檐下，他抱着两只狗，重新回到了相思的痛苦里——一人两狗，满面的悻悻表情，眼里俱是苏可莹离开引起的哀怨。

在北京书会之前，苏可莹终于将最关键的一步完成了，那就是顺利地和一家电影公司联系上，签下了可能会带给张慕扬百万财富的影视改编权。

离北京书会还有四五天的时间，张慕扬终于等到了那辆红色甲壳虫。这一次，他和两只狗一起冲了出去，一点也不顾及形象和风度地拉住苏可莹的胳膊急急地问道："可莹，我给你的留言看到了吗？"

"没有，最近很忙，都两天没上网了。"

"很奇怪，我收到无数的信息，和我那本书有关……"张慕扬很激动，因为这段时间他一直收到读者和其他作者的留言，昨天他终于点开一个作者给他的网站时，就愣住了。那上面是他的照片，下面都是疯狂粉丝的留言。这二十多天来，他一直都是两耳不闻窗外事，一心只写玄幻书，而且唯一的八卦来源汪霞也很久没出现，他根本不知道这段时间自己已经成为人气NO.1的新晋美男作家，红遍了网络和小说界。他上网一搜自己的名字，无数的网页都有他的照片和介绍，还有他那本书……而那些照片，正是苏可莹那天拍摄的画面，他认定这些都是苏可莹做的。

耐心地听他说完，苏可莹微微一笑，拿出一个文件包来，递给他，"生日快乐！"

"这个……是我的礼物？"他见她一直镇定从容，就尽量控制住自己激动紧张的心情，打开一看，里面全是合同：影视改编版，繁体版，简体版，电子版……还有一部崭新的手机。

"都是需要你亲笔签名的合同。手机嘛，是我那次购物抽奖得到的，我看你的手机太旧了，就做个顺水人情。"苏可莹看着他惊愕的神情，淡淡一笑，"慕扬，现在有兴趣做一个公司吗？"

"公司？"他一时间承受不了这么多的喜悦，脑子里一片混乱。

"这些合同有可能让你成为百万富翁，你现在有第一桶金做生意了。"苏可莹看着他又惊又喜的模样，忍不住笑着说，"你这样的人，勤奋，低调，朴实，才华横溢，拥有成功的必要因素，只是少了机遇而已。知道村上隆吗？我想让你成为他那样的人。"

村上隆？那正是我们这一代人的偶像级人物啊。没有他，LV还在暮气沉沉的线线格格里转悠呢。他的异想天开，他的无拘无束，他的"欢乐下的黑暗"，他的传奇经历，他引领着的"宅艺术"，让多少"御宅族"心驰神往呀。我也会成为他那样的人吗？

张慕扬幸好昨天晚上已经激动了半宿，这会儿才不至于晕过去。名和利，别人辛苦一辈子也未必会得到的东西，他在一夜间，全都有了。可是，给予他这一切的，正是眼前这个看似弱不禁风的动人女子。

"这都是你的劳动成果，"苏可莹看出了他的心思，微微一笑，"我投入的成本当然会收回来，放心吧，我不会白做一件事，我会抽取百分之十的策划报酬。"

"可莹……"张慕扬失态地伸手抱住她，千言万语，却无从说起。

"好了好了，我有点渴，先回房吧。"苏可莹伸手推开他，见他开心得都傻了，一直压抑的心情终于好了点。

"可莹，谢谢你。"张慕扬半晌只憋出这一句话来。

"果然是呆子。"苏可莹伸手弹了弹他的额头，嫣然一笑，转身往房间走去。张慕扬见识到她难得一见的活泼，愣住了。

"冷静了？"苏可莹开着车，他们已经在去往北京的路上。

张慕扬红着脸点点头，他最近像是在做梦一样，仿佛突然中了五百万的大奖，时时对着苏可莹傻笑。他用了整整两天时间才平静下来。

"今年的生日是不是很开心？反正你一直在傻笑……"苏可莹想着他傻笑的模

样，她还真怕这男人会犯心脏病。也怪她一开始没有给他任何的暗示，换了谁遇到这样的情况都会疯狂，张慕扬表现得已经够好了。不过张慕扬即便在疯狂的时候，也像个书呆子。

"可莹，真的谢谢你……"张慕扬除了感谢她，说不出另外的话来。

"好了好了，我也是收取劳务费的。"苏可莹见到自己包装成功，当然也开心，但是她没有松懈，还要继续打造他这个品牌。

张慕扬突然转过脸，认真地看着苏可莹。他想：现在要是说出心里话，是不是太心急？才刚刚走出成功的一小步，还是在她的帮助下……如果现在表白，会不会让她反感？

"又怎么了？"以为他还在狂喜中，苏可莹看了他一眼。

"可莹，你真好。"张慕扬痴痴地看着她。

"呆子。"苏可莹笑着摇头，"我宣布，从现在开始，我正式成为你的经纪人！"

"成为什么都可以。"张慕扬心中无限欢喜，但是他说不出来，最好她能成为一生相知相伴的人……

"好，等北京书会结束后，我们就一起做家公司吧。"苏可莹笑了出来，从后视镜看了看两只狗，把它们也带在身边，有种一大家出游的感觉。

"可莹，你现在的公司呢？"

"已经转让了股份。"苏可莹收回目光，看着前方笔直的公路，似乎漫不经心地说，"我现在也是自由人了，否则怎么能这么轻松地自驾游？"

"你已经辞职了？"张慕扬突然觉得自己不值得苏可莹为他做那么多，他的心里对身边这个小女人充满了感激、尊重和愧疚。

"嗯，辞了。"苏可莹笑容微微黯淡下来，她没有告诉张慕扬，因为工作的问题和她的任性，她的父亲一气之下，收回了她所有的股份和产权。她从一个职场白骨精一夜之间成了无业游民。现在她拥有的仅仅就是这辆车，还有她的房子。她终于再任性了一次，像年少时那样，不顾一切地放弃所有，跟着许睿奔向并不光明的未来。

"反正早就不想做这份工作了。"察觉到张慕扬默默的注视，苏可莹将音乐声调大，"而且，这份工作是家人安排好的，一开始就没有什么挑战，我喜欢刺激的生活。"

事实并不是这样，苏可莹只是想让自己有存在感。整天朝九晚五地上班，自己的未来能一眼看到最后，她不愿那样继续生活。本就应该重新审视自己的未来，她不想在平静的生活中变得麻木，让自己的灵魂也跟着枯竭。她现在没有一丝年轻人对未来的激情和追求，明明才二十多岁，却像一个暮气沉沉的老人。

十 穿PRADA的型男作家

傍晚的时候，苏可莹将车开下了高速公路，在一个小县城里找到一处旅馆，好在小县城的旅馆并不在意他们还带了两只大狗。

张慕扬一直处在高度兴奋状态，写作速度也慢了下来。今天写到一半思路突然卡住，只想着北京之行和隔壁的苏可莹。反正睡不着，张慕扬干脆接上无线网络，挂上QQ，找到关于他的网站和八卦，重新看了起来。

张慕扬点开一个在八卦论坛十分火热的帖子，名字起得很官方——生活态度，穿PRADA的型男作家。帖子里只有两张照片，一张就是穿着紫色PRADA衬衫围着围裙刷锅的照片，另一张是从窗户往外拍的，他穿着一身奢侈的品牌，在草地上和两只狗嬉闹。

他看见无数的跟帖，越发觉得这个帖子更像是一个征婚帖，后面跟帖的女生纷纷贴上自己的玉照，毫不保留地写下对他的倾慕之情。

张慕扬突然觉得自己完全是沽名钓誉，因为这都是苏可莹策划出来的，而他根本没这些人说得这么好。什么阳光俊秀，什么才华横溢，什么居家好男人，什么生活浪漫而有品位……

他原本只是一个宅男而已，默默无名的小写手，根本想不到，在一个女人的帮助下，会成为风口浪尖的弄潮儿。

穿PRADA的型男作家……张慕扬看着自己的照片，他那一身光华流转，全都是苏可莹打造出来。

张慕扬翻出那些合同，仔细计算着，按照合同上的内容，他很快就会有一笔定金的进账，几份合同加在一起，定金大概就有十多万。他想先给苏可莹买份礼物，可是又不知道她喜欢什么。他的电脑包里有一个信封，里面装着大大小小的银戒指——他还没有把这第一份礼物送出去。正当他幻想着有一天，苏可莹会接受他的戒指时，QQ头像闪了起来，就是他找了好久的汪霞。

来火车站接我。

汪霞是用手机上的QQ，这是第一句话。张慕扬心中一紧，她这句话是什么意思？难道说她到了自己所在的城市？他急忙打一行字过去：你在哪里？

你所在的城市，快点来火车站接我。手机也关机，我饿死了，你要请我吃牛肉面。

张慕扬心中一凉，他下午已经离开了那里，根本没办法去火车站接她。他立刻开机，给汪霞打了一个电话过去。

"你怎么来了？"电话刚一接通，张慕扬就问，"没见我给你的留言吗？"

"见面再说吧，我的手机快没电了，我现在在火车站广场的东面……"

"可是，我现在在去北京的路上。"张慕扬打断她的话，"你过来怎么不提前告诉我呢？"

"你……已经去北京了？"汪霞很失望，声音低落下来，"看来我们真的无缘……"她本来还想给他一个意外惊喜，现在看来，非但没惊喜成，还扑了个空。

"SN市有你认识的朋友吗？"张慕扬可没想有缘没缘的问题，汪霞一个人来到SN市，他不放心。

"除了你，没其他人。"汪霞的心情很沮丧，她本想两人一起去北京书会，没想到他提前离开了。

"你的手机不要关机了，去火车站里，有一个充电的地方，等我的电话。"张慕扬挂断电话，立刻打开门，走到苏可莹的房间门口。

可是站了半天，他也没能敲门。汪霞是他网上最好的朋友，虽然认识并不是很久，但是帮了他那么多忙，丢下她一个人在陌生的城市，他肯定不放心。可是如果现在又折回去，苏可莹还要开大半夜的车，他更心疼。他犹豫了很久，终于转身回到自己房间，再次拨通汪霞的电话："霞霞，要不你再买一张去北京的火车票吧，我们北京见，行吗？"

"好吧，我先去买票，等一下……"汪霞突然惊呼起来，"我的钱包丢了！"

"什么，钱包丢了？"张慕扬只怪自己没有提醒她火车站的扒手很多，"现金和银行卡都丢了？"

"刚才下火车的时候还在……"汪霞着急了，钱丢了无所谓，可是她的银行卡和身份证都丢了，这就让她头痛了。

"你先别动，我找个人去接你，看好自己的其他东西。"

张慕扬现在只能先找陈铭兴帮忙了，打通陈铭兴的电话，张慕扬还没开口，就被对方兴奋的声音淹没。

"慕扬，网上穿着PRADA的张慕扬真是你吗？天啊，你小子中五百万了，还是被星探找去签约了？搞什么啊，一直关机，有了钱出了名就忘了朋友？才二十多天啊，你简直比煮龙虾还要红，我真不敢相信……"

"别吵，先听我说。"张慕扬趁着他喘气的当口，快速地将情况大概说了一遍。

"霞霞是不是知道你出名了，赶紧先示爱来了？"陈铭兴知道汪霞，之前和张慕扬合租时，经常见两人视频聊天，还开玩笑怂恿张慕扬把她骗来当老婆。

"她的电话号码你记下了？先带她去报警，挂失身份证和银行卡，然后给她买去北京的车票，带她吃点好东西，反正别委屈了人家，回来我谢你，双倍报销你的支出。"张慕扬怕汪霞一个人在火车站不安全，嘱咐道，"现在就出发，快点。"

"得了得了，知道了，我还以为你小子把我忘了呢，给你打了多少次电话都没人接……看在你还记得我的份儿上，我就替你好好照顾小妹妹，到时候回来先给我拍照签名……"陈铭兴一边拿钱包，一边向女友示意一起去接人。

"对了，慕扬，我也在看你的小说，你有兴趣把它做成游戏不？我觉得这个比你之前定下的脚本要好很多。"陈铭兴下楼了，"聘请我和我的团队做你的游戏开发人吧，也算赏我一口饭吃，你的侄子要出世了，就当给他奶粉钱。"

"侄子？"张慕扬愣了愣，随即反应过来，"铭兴，你可真够快啊，还没买票，就先上船了。"

"你以为我是你啊，放着一个大美女在身边不敢动……"陈铭兴正要调笑张慕扬，收到女友阮凤娇带着杀气的眼神，立刻笑着说，"过段时间我和你嫂子就简单地先登记，等你回来我们再说详细的情况。"

"好，等我回来。你先去接霞霞，她和以前没变化，你应该能认出来，接到之后给我打个电话。"

"好，放心吧，我还等着你养我儿子呢。"陈铭兴笑着挂断电话，摸了摸女友还看不出来的肚子，笑着说道，"哎呀，小张终于发达了，我可算给孩子找到一个前途无量的叔叔。"

张慕扬一直心神不宁，虽然陈铭兴做事很可靠，但是汪霞好端端的怎么突然来找他呢？而且之前几天一直没有在网上联系到她，是不是出了什么事情？张慕扬看着QQ，突然心中一动，立刻翻阅起被他屏蔽的群消息，于是他找到了一段很有价值的"八卦"。

原来华安见了汪霞之后，汪霞的家人还真把华安当成了准女婿看待，盼着女儿早点结婚生子的汪妈妈，更是想招华安当上门女婿。而华安是很喜欢汪霞的，所以多少带着点假戏真做的感觉。眼看渐渐骑虎难下，汪霞急在心中。最后，汪霞不得不花费更大的精力来摆平这件事，将华安送走，向父母解释……因为这件事，汪霞情绪非常低落，也没有时间上网，事情刚结束，她就和家人大吵一架，于是带着一点钱，赌气出走。

汪霞原打算放下女生的矜持，去告诉张慕扬自己的爱意。在汪霞心中，张慕扬不仅会成为一个好老公，而且因为他的身世，如果和自己结婚，就可以和爸爸妈妈住在一起，也不用怕以后老人孤单。张慕扬一直都把她当成小妹妹看待，根本想不到汪霞会真的喜欢自己。

陈铭兴打过来电话："接到了，你放心吧，我让媳妇先带她去吃饭，这小妮子饿坏了。"他说到一半，声音突然压低，"慕扬啊，她可比视频里漂亮多了，要不你先回来吧，晚上开个房，差不多就搞定呗……"

"铭兴。"张慕扬微微提高声音，微恼地打断他的玩笑，"反正你照顾周到一点，替我尽尽地主之谊，别口无遮拦吓到人家小女孩。"

"好了，我知道了，放心吧，我们先带她去买火车票，晚上她就住我那里，有房间给她休息，别担心。还有那个游戏的事，你考虑一下。"

"那好，我先挂了，有什么事再给我打电话。"张慕扬放下心来，觉得陈铭兴的提议不错。如果可以将小说改为探险寻宝类的大型游戏，这收益又会是多少呢？张慕扬突然看见了自己光明的未来，苏可莹为他推开了一扇门，让他看见门外有着无数的可能。

隔壁房间的苏可莹也在接电话，相比张慕扬的兴奋，她的心情却是阴郁的。

"Dad，你不能限制我的自由，更无权规划我的未来。"苏可莹对她的"养父母"的做法一直无法释怀。因为，她名义上的"养父母"，其实就是遗弃了她的亲生父母，只是他们不愿说，而她也只有假装不知道。

父母当初将她丢弃在孤儿院，是因为那时家里条件不好，父亲只想要一个男孩。后来父母抓住机遇，将事业做大，这时母亲生的男孩，却不幸得了一种奇怪的病，需要血脉相连的亲人捐献骨髓，如果手术成功，在他十六岁之后，还需要移植一个肾。父母想到了被丢弃的苏可莹，于是把她接回去，希望通过手术可以救活自己的儿子。苏可莹当时只有九岁，她只知道那对好心的"养父母"好吃好喝地供着她，然后带她去医院，看一个很小很可爱的男孩，告诉她，那是她的弟弟。但是很不幸，第一次骨髓移植手术还没开始，只有三岁的弟弟就夭折了。从此，父母将悲痛的心情全都转移到工作上，开始拓展海外市场，对苏可莹却只一味地给钱，认为这样就是对她的补偿。

苏可莹在十七岁那年无意间听到父母的谈话，才知道自己的身世。她永远都记得自己当时的心情，比被丢弃更难过。仿佛自己是一个没有任何价值的玩具，父母想要的时候拿回来，不想要的时候就丢掉。只是她并没有表现出任何的异样，不幸的童年让她比普通的孩子更加坚强和独立。

许睿离开之后，她想过去美国陪父母，可现实再次打破她对家庭的幻想。父母希望她能嫁给一个有可能给他们带来巨大利益的美籍华人，那个人比她大了整整二十岁。倔强的她并没有乖乖就范，但是父母已经渐渐控制住苏可莹的财务，企图借此控制她的身心。当她离开父亲为她安排的那家公司时，长久以来潜伏的矛盾终于爆发，父亲收回了她所有的股份，并冻结了她一部分的信用卡和银行账号。

"可莹，如果你再不听话，你爸爸会将你所有的房产都收回。"那边传来妈妈的声音，"到时候，你将一无所有。乖女儿，妈妈很想你，来美国吧……"

张慕扬不知道此刻苏可莹的烦恼，他在记事本上正踌躇满志地规划自己和苏可莹的美好未来。他很庆幸自己宅了那么久，因为宅，他才有大量的时间去阅读书籍，观察商机，并不断地学习新的东西，虽然他曾一直以为这一辈子可能都用不到那些纸上谈兵的知识。如今，他要赚很多的钱，然后做一家文化公司或者游戏公司，也可以投资股票，然后买一处大庄园，让苏可莹过自己想过的日子。

阮凤娇虽然刚刚有孕，但是依旧过着上班族的生活。陈铭兴的收入太不稳定，两个人没有房子，又有了宝宝，这让他们的压力都很大。阮凤娇一做饭，汪霞也醒了，洗漱之后，立刻拿过手机，给张慕扬发了一条短信：起床了没？我昨天晚上梦到你了，你猜梦到你在做什么？

张慕扬觉得汪霞好像哪里变了，但又说不出所以然来，所以只回了三个字：不知道。

汪霞咬了咬唇，只恨自己喜欢上这么一个木头人。她飞快地又发了条短信：张慕扬，我真为你担心，像你这样笨的人，以后肯定没人要。张慕扬读完这条短信，转头看了看苏可莹，她正心无旁骛地开车。

他还没来得及回信息，汪霞又发来一条短信：你还记得你说过，二十五岁的时候，要是你还没老婆，我也没人要，你就娶我的话吧？张慕扬心中咯噔一下，突然想这个丫头突然跑来他居住的城市，该不会是"增进感情"来的吧。苏可莹终于发现张慕扬的异常，看了发愣的他一眼，"怎么了？收到一条信息就变傻了？"

"哦……我……我一个书友……"张慕扬有些混乱，好像自从遇见了苏可莹，他连桃花运都旺盛起来，"可莹，你说假如一个从没见过面的书友，千里迢迢突然跑到我所在的城市，还说一些奇怪的话……是想做什么？"

"你的表达能力相比写作能力实在差太远了。"苏可莹忍不住笑了，这个男人情商太低，她复述一遍，"你的意思是不是一个从没见过面的网友，突然要见你，还和你说了一些……嗯，可能是暧昧的话，是不是？"

"没错。"张慕扬立刻点头。

"是刚才给你发短信的人？"苏可莹看了眼他的手机，这时，他的手机又震动起来。信息写着一句话：不用回答了，北京见了再说吧，我挺想你的。

"被人追求了？"苏可莹一眼就看穿他的窘迫和无措。

"我一直把她当成妹妹看待。"他将手机扔到车上，烦恼地皱起眉头，"不知道她是什么意思……"

"男人的感情都很'博大'，只要不是亲妹妹，所有的妹妹都有可能成为情妹妹，反正在他们心中，情爱和爱情的概念很模糊。"苏可莹淡淡一笑，对有人追求张慕扬并不意外。

"我不是那种人。"张慕扬立刻为自己澄清。

"因为你还很单纯。"苏可莹见过无数的男人，这个宅在家里没接触过情爱的男人太单纯。不过很快就不会那么单纯了，男人有钱就会变，虽然未必是变坏，但是总会有所改变。等到他有了名利，一定会发生质变。

"我只会喜欢一个人，永远只喜欢她一个。"张慕扬看见苏可莹眼底闪过的一丝失望，有些激动起来，他害怕她会不信任他，害怕自己在她眼里变成不值得托付的男人。苏可莹淡淡一笑，掩去突然多愁善感起来的心思，细长洁白的手指在音乐的节奏中点着方向盘，不再说话。

手机突然震动起来，将张慕扬刚刚鼓起来的勇气全打破了。汪霞发过来的信息问他：你已经有了女朋友，还同居了几个月？

张慕扬立刻想到陈铭兴的大嘴巴，于是急忙打电话过去，但是汪霞已经关机，他立刻又拨通陈铭兴的电话。

"慕扬，我发誓我不是故意的……我是说漏了嘴……"陈铭兴刚一接到电话，立刻哭丧着脸解释，刚才三个人坐在一起吃早饭，记不清女友说了什么，自己就一不小心说了张慕扬和苏可莹"同居"的事情。

"你这张嘴，乱说什么，我不是和你说过……"话没说完，车进了山洞，手机没信号了。张慕扬气恼地握着手机，揉了揉眉心。

"怎么了？"苏可莹看见他的异常，开口问道。

张慕扬不想隐瞒她，于是将事情原原本本地说了一遍。而另一边陈铭兴也示意女友去卫生间看看汪霞现在的情况。都怪他平时太大大咧咧，管不住自己的嘴，刚才一句话惹得人家小女生脸色大变，立刻放下碗筷躲到了卫生间……

"小妹，我可以进来吗？"阮凤娇也白了他一眼，敲着卫生间的门。

半晌里面也没声音，正在陈铭兴他们担心的时候，汪霞眼圈红红的，低着头走了出来，"我吃饱了，谢谢你们的照顾……我想出去走走，不用送了，火车票的钱，我回家后会打过来……"

"小妹，你这是什么话？你是慕扬的朋友，就是我们的朋友，别那么见外。一会儿让你大哥带着你出去走走……"

"不用了，谢谢你们。"打断阮凤娇的话，汪霞开始收拾自己的行李。

那个又宅又无用的男人，果然已经找到了感情的寄托。她在很久之前就觉得张慕扬在改变，但他从没跟她聊过他的感情，而她也一直以为，两三个月的时间而已，他不可能这么快就找到了女朋友。

"唉……小妹，你别伤心啊，我刚才没说清楚，慕扬不是真的在谈恋爱，他也是在帮忙，你坐下来听我说清楚……"陈铭兴哪能真的让她到处乱走，万一弄丢了，或者出了什么意外，张慕扬还不把他杀了。

高速公路的两边是一望无际的平原，苏可莹听完张慕扬的话，半晌也没说话。

"对不起，我们之间的事情，我只对铭兴提起过，因为那时我怕万一在路上碰到，他拆穿了我们之间的关系。"张慕扬不知道苏可莹在想些什么，他小心翼翼地问，"你生气了吗？"

"没有……只是你应该早点告诉我，不然北京见面，会有多尴尬？"苏可莹对这些事并不是很在意，反正许尧走了，她又辞职了，她和张慕扬之间早就应该恢复正常的关系。

"我没想到她对我……"张慕扬现在都不确定汪霞对自己的感情，也许是自己多心了呢？在别人没有亲口告诉自己一件事之前，他从不愿随意去猜测。

"慕扬，北京之行，我的身份是你的经纪人，但是你也要学着接触外界的东西，尝试自己去和别人沟通谈判。"苏可莹打断他的话，"至于你的私事，我不会干涉。"张慕扬的心沉了下去，她对他公私分明，让他再次觉得自己的感情无望。

"哦，我忘了告诉你，北京书会结束后，我可能要回一次美国。"苏可莹从后视镜里看着后座上的两只大狗，"如果可以，希望你能继续住在我那里，照顾它们。"

"你要走了？"张慕扬心中一空，"那什么时候回来？"

"很快吧。"苏可莹有些黯然，"反正你要学着打理自己的事业。万事开头难，我能帮你的，只有这些，剩下的需要你自己去经营。"

"你不是说，北京书会后，我们一起做事业？"张慕扬急急地问。

"可能有些变故，等我从美国回来吧。"苏可莹冲着他微微一笑，"我会给你整理好一份文件，里面都是一些可以合作的伙伴的名单，这些人对你的事业都有帮助……北京书会我已经约了一部分书商，和他们处好关系……"

"可莹，你是不是遇到了什么事？"张慕扬的目光在她的脸上探寻，他希望苏可莹可以对他敞开心扉。

"我能有什么事？"苏可莹扯出一丝笑容来。

"那为什么好端端的要去美国？"张慕扬没忘记许尧也在美国。

苏可莹沉默了半晌，终于开口，"父母想见见我了。"

张慕扬看着她俏丽的侧脸，不知道怎样才能把她留在自己身边。陈铭兴发过来短信：搞定，她没事了。张慕扬现在根本没有心情回信息，他闭上眼睛。他想，如果想把身边的女人留住，那他至少要和她一样强，否则还是没有资格对她说爱。这一天，除了在加油站停顿了片刻，两人几乎没有休息，一直到了晚上，才下高速找了一处宾馆住下。苏可莹开车太累了，想的事也太多，一沾枕头就睡着了。

第二天天气非常不错，苏可莹的精神也好了很多。车在高速路上飞驰，她一边听着轻快的音乐一边对张慕扬说："慕扬，我对你说的那些书商还有网站负责人，你都记住了吧？"

"都记着呢。"张慕扬没说两句话，短信就来了。

汪霞从昨天上了火车之后，就一直给他发一些无关痛痒的信息，没有再提"同居"和情感上的事情。

"网站的更新速度已经放慢了，实体书第一册可能在下个月末出版，我已经谈好了签名售书的事情。"苏可莹需要巩固他的人气，她最明白趁热打铁的道理，"如果我那时还在美国……你可以把苹苹和果果寄养在宠物店，到时候你可能要忙很久，从哈尔滨、北京、上海，到广州、深圳，有八场签名售书的活动；繁体要是上市，你还要去台北……"

"等等，你要在美国待多久？"张慕扬皱了皱眉，突然觉得不对。

"不知道，我是说假如没有回来……"

"可莹，你说你当我的经纪人，你怎么可以丢下我那么久？我根本不懂应酬，更不会去应对那些情况……"张慕扬着急了，他虽然已经知道了流程，但是为了留下苏可莹，他不得不将自己说得很笨，"如果那时你不在，我不会参加任何售书会和宣传。"

"这些都是安排好的，你按时到场就可以。"苏可莹知道他的心思，忍不住笑道，"你把自己当成了小孩吗？真是个呆子。"

"可是……如果你不在，我不会出席任何宣传。"张慕扬真的着急了，他觉得最近两天苏可莹太反常，总是在不经意的时候透露着一种信息——她要离开。

"宣传和包装是打造你最重要的一步，所以你自己也要把握机会，有些东西错过了，那就是错过了。"苏可莹对他略带任性和孩子气的话只报以一丝微笑。

"错过什么都可以，只有你……"张慕扬深吸了口气，脸也涨红了，"我不想错过你。"他说完之后，心中突然变得敞亮起来，这句话堵在他心里那么久，终于说出来了。可是苏可莹的神情没有任何变化，她搭在方向盘上的手依旧沉稳优雅，甚至没有看他一眼。在张慕扬紧张地等待着她的回话时，她的手机铃声响起。这是她的工作手机号码，打过来的是一个策划助理，咨询一些细节。她虽然辞职了，但是她也为自己留了后路，那就是组建了一个属于自己的策划小组，收集了无数宝贵的资料，只要她愿意，这个策划小组随时都可以成为"金牌幕后推手"。

"慕扬，我有一个工作能力很强的策划组，曾陆陆续续地制造娱乐话题，成功捧红了很多二线明星和模特，也策划了很多成功的广告，"苏可莹沉吟片刻，"这个策划组真正的核心成员只有七个人，分工明确，关系网庞大，和很多媒体网站新闻报纸关系良好……如果我走了，她们会接手你的书，只要你配合应有的宣传，人气只会上升不会下跌。"

张慕扬听着她仔细为自己分析策划着未来，紧紧抿着唇，一贯谦和温雅的眼里，蒙上一丝悲伤和失落。他的表白像一片羽毛飘落进大海，连一丝涟漪都没有激起。心脏沉入了冰冷的海底，他开始觉得爱情对他而言，遥远得有些不现实。即便成名了又有什么意义？

苏可莹曾经笑说，他就像村上隆，只是一直没有遇到 LV。可无论是 LV，还是 PRADA，无论是村上隆，还是张慕扬，苏可莹根本就不会爱他，她的心里只有死去的许睿。一直以来，都是他一个人在自导自演，一相情愿地做着一个不愿醒来的美梦……

"慕扬，在听我说话吗？"苏可莹见他突然闭上眼睛，终于止住自己的话问。

"无论怎样，我都会等你。"张慕扬声音有些暗哑，"无论你是在美国，还是在月球，我和苹苹果果都会等你回来。"

苏可莹不说话了，她握着方向盘，眼神飘向前方，仿佛那里就是她虚空的未来。

十一　门外的生活

火车晃动着，仿佛是一个巨大的摇篮，汪霞躺在卧铺上，换上新的电池，从电子书里打开一个文本文档，那里面都是她和张慕扬的聊天记录。从最初张慕扬礼貌而简短的回话，到后来偶尔会开玩笑，关心她的身体……一页一页翻过，汪霞一会儿笑，一会儿又阴沉下脸，暗骂这个书呆子不解风情。她三年前就在群里认识了张慕扬，只是那时张慕扬不爱说话，他们之间从没有真正交谈过。后来她无意中进了张慕扬的博客，看见他写的一些诗歌短句，很喜欢他的才情，才开始慢慢注意他。

火车终于到达终点站，汪霞早就接到了张慕扬的短信，他说自己穿着红色的外套，已经在火车站出口处等她。大大小小的宾馆早就被订满，幸亏苏可莹之前已经让助理预定了两个房间，因为汪霞的到来，苏可莹便住在了北京的一个朋友家里。这让张慕扬很郁闷，一整天他的情绪都不好，而苏可莹更是借口对北京路段不熟，不愿驱车和他一起接汪霞，让他一个人赶来。

没有苏可莹在身边，张慕扬有种人在异乡的孤独感。他默默地等着汪霞，在这一刻他终于明白，原来苏可莹已经不知不觉成为他的"归宿"，她就是他的家。

"白痴，有你这样接人的吗？"突然，一个清脆活泼的声音在他耳边响起，带着明显的不悦，"看着地上能找到人？"

张慕扬一抬头，看见面前站着一个娇小可爱，略带婴儿肥的女生，正鼓着腮帮子看着他。这是他第一次看见汪霞本人。

"就你一个人？"汪霞看了看他的四周，没有发现"情敌"，这才放下心来，将大包小包都扔进他的怀里，撇着小嘴说道，"你怎么一看见我就一副心事重重的模样？"

"没有。"张慕扬立刻笑了，带她往车站外走，"你累了吧，先回宾馆休息。"

"喂，你见了我怎么一点都不兴奋？"汪霞对他温和平淡的态度非常不满，她可是激动得要命。

"谁说的？"张慕扬转过脸，淡淡一笑，"很开心，很开心你没把自己弄丢。"

"我有那么笨吗？"汪霞白了他一眼。

"霞霞，你去哪里都是带这么多的东西吗？"在宾馆里张慕扬帮汪霞收拾着行李，他觉得这女孩出门简直是搬家。

"我带得还多？"汪霞坐在床上，将手提包里的东西都倒在床上，不以为然地说，"我已经很精简了！"

"这还叫精简？"张慕扬对着一地的行李哭笑不得。他还是喜欢苏可莹出门的方式，除了生活必用品，衣服只需要两三套，带够钱就行。

"对了，她呢？"汪霞翻着手提包里的东西，故意装作不经意地问。

"嗯？"张慕扬一向跟不上女生善变的思维。

"你的那个房东，超有钱的美女房东。"将美女两个字咬得很重，作为一个才女和宅女，汪霞对美女，尤其是所谓的"时尚多金"的美女本能地排斥。

张慕扬脸色沉了下来，他听出汪霞语气里的不屑和敌意。不过很快他就调整了脸色，如果因为这种事情生汪霞的气，那自己太小心眼了。"她去朋友家了。"他拉好窗帘，将灯光调亮，淡淡地说。

"真的？"汪霞很调皮地看着他。

他看着她古灵精怪的表情，忍不住摇头，略带宠爱地问："饿了没有？"

"你说呢？我在火车上什么都没吃。"汪霞很喜欢张慕扬这种温柔的眼神，这样的他才和她想象中的一样。

"那出去吃点东西吧。你想吃什么？我请客。"

"等等，我要先洗漱……"像是突然发现一件很重大的事情，汪霞立刻摸摸自己的脸，懊恼地说，"等我一会儿。"

张慕扬忍不住笑了，汪霞和网络上的感觉不太一样。她在网络上说起文学来像个沉稳的老婆婆，在现实中，却调皮可爱得像个小孩。张慕扬给苏可莹打了一个电话，他还是不放心她，"可莹，晚上一起吃饭吧。"才分开没多久，张慕扬就开始想她了。

"我已经在朋友这边吃了，"她的声音依旧甜美可人，"你带着小妹妹好好逛逛吧。对了，我有一张信用卡放在你的钱包里，带她去商场玩玩，看见什么喜欢的……"苏可莹摆弄着阳台上的花花草草，细致地向他描述北京购物的好地方。

"可莹……你真的不和我们一起？"张慕扬只失望不能在晚上见到她。

"嗯，我开车很累，马上就休息了。明天早上十点，京江宾馆见。"苏可莹说完就挂断了电话。

在一条小吃街上，汪霞左手一串糖葫芦，右手一串关东煮，正吃得不亦乐乎。

"小扬扬，我要那个糖人。"汪霞吃得腮帮子鼓鼓的。

"扬扬，前面有摩天轮！"张慕扬刚来了糖人，汪霞就看见远处高高的摩天轮，兴奋地说，"我们去坐摩天轮好不好？"

张慕扬在汪霞的一再要求下，不得不和她一起上了摩天轮。巨大的摩天轮慢慢地转动起来，张慕扬坐在汪霞的对面，不敢看向外面，他有轻微的恐高症……

"张慕扬，你听说过有关摩天轮的浪漫传说吗？"汪霞眼睛亮晶晶地看着静坐不动的张慕扬问。张慕扬摇了摇头，他不能说话，怕自己呕吐起来。这种轻微的机械式晃动和悬在高空的感觉，让他胃里一阵翻滚。

"张慕扬，我喜欢你。"高空的夜色太暗淡，汪霞没有看出他脸色的变化，她靠近他，鼓足勇气，俯身在他耳边说，"做我的男朋友吧！"

张慕扬睁开眼睛，脸色苍白地看着眼前活泼可爱的女生，他刚才有些耳鸣晕眩，她在说什么？汪霞握住他冰冷的手，有些羞涩，但更多的是主动和大胆。她写过很多风花雪月的爱情，可是没有想到自己会喜欢上一个木头人。深吸了口气，她闭上眼睛，对着他倾身过去。

咯噔！巨大的摩天轮发生轻微的声响，他们已经到了最顶峰。张慕扬突然一把推开汪霞，捂着胃开始干呕起来。

"张慕扬！"汪霞被他推到了一边，又羞又恼，难得她一个女生主动，他怎么可以对她呕吐？但很快汪霞就发现他并不是有意的，他似乎真的很痛苦。

"扬扬，你没事吧？"她紧张地抚着他的背。

摩天轮终于慢慢地下降到了最低点，游乐场的工作人员刚一打开门，张慕扬就惨白着脸冲了出来，抱着垃圾桶继续干呕。

"扬扬，你别吓我……要不要去医院？"汪霞被他吓得花容失色。

张慕扬摆了摆手，几次深呼吸之后，他一回头，看见灯光下转动着的巨大摩天轮，立刻又一阵晕眩，急忙扶着垃圾桶边的树，闭上眼睛压下胃里不舒服的感觉。

"刚才吓死我了！"汪霞紧紧盯着他，一双眼睛眨也不眨。

"你刚才说什么？"张慕扬想逃避这个问题，但是他知道自己逃不掉。

"刚才是什么时候？"汪霞现在不想说了。

"摩天轮上面，你说什么？"张慕扬想确定。

"你真坏。"汪霞咬咬唇，突然一转身，脸上露出害羞的笑容来。

张慕扬一时间不知道自己应该怎么问下去。女孩的心思真是奇怪，他只是想问清楚她的话而已，怎么就坏了？追上汪霞，他每次想问她在摩天轮对自己说的话时，她就立刻转移话题，这让他一度觉得，当时是自己出现了幻觉。两个人回到宾馆，等电梯的时候，汪霞突然说道："扬扬，北京书会之后，去我家玩几天吧。"

"可能不行。"张慕扬转头对她一笑，"我现在不是一个人，还有可莹……"

"可莹可莹！你今天已经说了她二十八次！"汪霞脸色一沉，一脸的不高兴，"出去玩的时候，你喊我多少次'可莹'？"汪霞真的很生气，一开始她还说服自己不要太在意，可是张慕扬总是把她喊成其他女人。

"啊，是吗？我可能是……习惯了。"张慕扬不好意思地挠挠头。

"你知道我们认识了多久？"走进电梯里，汪霞问。

"十多个月吧？"张慕扬算了算。

"错！"汪霞突然伸手，狠狠掐了掐张慕扬的胳膊，"是三年整！三年前，我们在一个群说了第一句话。那时候，我还没毕业！"汪霞就知道这傻小子一开始就没把自己放在心里。

"三年？是吗？"张慕扬揉揉吃痛的胳膊，伸手按下电梯的按钮。他很诧异，他实在记不起自己三年前就和汪霞说过话。

"你和她认识了多久？"汪霞挑眉问道。

"九十八天。"他几乎不假思索。汪霞的脸立刻黑了下去，这种回答一对比就知道自己和那个房东在他心里的位置。

"我们认识一千多天了，却比不上她的九十多天。"汪霞怒气冲冲地走出电梯，开门走进去，把门重重地关上。张慕扬被她关在门外，无措地看着紧闭的门。他的房卡在汪霞的包里。

"霞霞……"抬手敲门，他不知道自己哪里又惹她不高兴了，他一直都在说实话啊。汪霞不觉委屈起来，她那么远来看他，可是他心里居然有了其他的女人。不甘心，她不想就这么错过这个男人。

"霞霞！"门突然被打开，张慕扬硬生生地收住自己敲门的手。

汪霞幽怨地看着他，侧过身，"你进来。"

张慕扬见她神色不对，站在门口没动，"我的房卡……"

"你进来再说。"汪霞索性把他拽进房间，关上门，却发现他后退了几步，和她保持距离。那副谨慎的模样让她一肚子火，又忍不住想哭，"喂，你是男人欸，你这副表情……怕我吃了你吗？"

张慕扬勉强一笑，"当然不是。"

"张慕扬，我问你几个问题，你都要认真地回答，不准骗我。"

"好。"张慕扬点点头。

"你喜欢我吗？"第一句话就开门见山。汪霞是一个相信星座的人，张慕扬是天秤座，优雅而优柔的天秤，一生都在摇摆不定，尤其对爱情。所以对于天秤座的男人，可以采取强势出击，汪霞决定不给他留一点喘息的机会。

"当然，但是我把你当成妹妹……"

"只要你说喜欢就可以。"打断他，汪霞又问，"你喜欢你的房东吗？"

"她……不仅仅是喜欢。"张慕扬眼神闪亮。

"你更喜欢她？"汪霞心凉了。

"不仅是喜欢，我爱她。"张慕扬坚决地说。

"她……她也喜欢你吗？"汪霞从没有过这种绝望的感觉，虽然她一直在担心，但是亲耳听到张慕扬这样说，她一直忐忑不安的心立刻碎了。

"会喜欢的。"半晌，张慕扬才回答。

"也就是说，她的喜欢还是一个未知数？"汪霞觉得自己好像进入了一种写作的状态，进入了别人的故事里。

"我会等她喜欢上我。"张慕扬深吸了口气，看着汪霞，"你早点休息吧，房卡给我。"

"不准走！你以前不是说过，找一个自己喜欢的人，不如找喜欢自己的人吗？"汪霞按住他的肩膀，她管不了那么多了，她可不想被父母逼着和一个自己不喜欢的人结婚。

"张慕扬，我喜欢你，我要和你结婚。"汪霞深吸了口气，她豁出去了。张慕扬一愣，一时间说不出话来。虽然网上的汪霞一向落落大方，热情大胆，但是对一个见面还不到半天的男人说这样的话，未免有些头脑发热。

"霞霞，你说什么傻话？我们之间不可能。"他担心的事情果然发生了，这傻丫头居然真的喜欢上自己。

"没什么不可能，你也说过如果我嫁不出去，你就娶我。"汪霞依旧不气馁。

"可你怎么会嫁不出去，你这么好……"

"我好，那为什么你不喜欢我？"

"这根本不是一回事……"

两个人几乎争吵起来，张慕扬面对任性起来的女生，有理说不清，他只怪自己一时迟钝，没有认清汪霞对自己的感情。

"张慕扬，我恨你！"吵着吵着，汪霞突然抓起他的手，狠狠咬下去。他倒抽了口气，手上传来火辣辣的痛感，他突然想起了苏可莹，在许尧把她玷污了那天，他也失控咬过她。她一定很疼，又或许她感觉不到疼了……

汪霞双眼含泪地看着他，扑进他的怀里，呜呜地哭了起来。正当张慕扬手足无措，不知道怎么去安慰她时，他的手机突然响了起来。他见是苏可莹打来的，还没接起，却被汪霞伸手夺去。

"霞霞，你做什么？"张慕扬没想到她会有这样的举动，脸色一沉。

"你留下来，我才给你手机。"汪霞知道这样太冲动，可是她很想冷静认真地和张慕扬谈一次。

"先给我手机。"张慕扬很心急，那是苏可莹的电话，不知道是不是出了什么事。

"你答应留下来陪我，我们好好谈一次，手机才会给你。"汪霞握着手机说道。

"霞霞，别闹了……我答应你，快把手机给我。"

"慕扬，还在外面？"苏可莹接通电话。

"没，回宾馆了，有什么事吗？"张慕扬掀起窗帘，看着外面的夜色。

"也没什么事，只是想和你说一下关于小说的影视版权，我给你争取了自挑演员的资格，你可以选择最符合你心中男女主角的人选，但是最终决定权不在你我的手上。"苏可莹看了李明昊一眼，笑吟吟地说，"也就是说，这只是一场秀。"

张慕扬更关心的是，苏可莹居然住在一个异性朋友家里，他能听见那个男人对着苹苹果果说笑的声音，讲电话的苏可莹偶尔也会与之交流几句。这些都让张慕扬紧张，可是他又不能说什么。

汪霞仔细观察张慕扬的表情，但是很快，她就被两人的对话吸引。张慕扬的书已经出版了？不对，是要拍成电影还是电视剧？她立刻翻出笔记本，连上网络，她刚一搜索到"张慕扬"三个字，脸色立刻变了，有惊讶有欢喜，但更多的却是复杂的失落。张慕扬已经红遍网络，关于他的新闻有无数条，据说《剑噬》第一部《问道》将要在下个月出版，并且可能会被拍成电影和连续剧。而还未开始连载的第二部《锋芒》，也分别签下了简繁体版权，电子版也将在沧浪网站独家连载。她还看到和平时的张慕扬一点都不同的生活照。她脑中有些空白，如果这些新闻八卦都是真的，那她是应该恭喜他，还是应该和他说再见？

她的血液被冻住，她知道自己和张慕扬已经不是同一个"圈子"的人了，就好像他突然成了巨星，而她还是三流演员一样，他们之间突然拉开的差距，注定让她不能再直白地对他说"我喜欢你"。

"张慕扬，你一夜成名了？"汪霞看着新闻，眼神很复杂。

"都是她的功劳。"张慕扬心中浮起一丝柔情和愧疚。作为一个男人，他非但没能保护她，还需要借助她的力量成功，这对张慕扬来说，也是一种精神上的折磨。汪霞明白了，低头看着屏幕上清爽优雅的男人，抿了抿唇，将房卡扔到床上，"我很久没上网了……没想到，世界已经变了。"

张慕扬发现她的眼角隐隐闪着泪光，十分不解，他成功了，她好像更不开心。于是问道："你怎么了？"

"没事，我收回今天所有的话。"汪霞的眼泪终于忍不住大颗大颗掉了下来，"你现在前途一片光明，我对你说那些傻话，简直是疯了……"

"霞霞。"张慕扬终于明白她的意思，急忙递给她面巾纸，见她不拿，只好坐在她身边，帮她擦泪水，"你在胡思乱想什么？我不是那种人，我们是朋友，对吧？"

汪霞伤心地摇头，她不想只是朋友。她哭累了，也说得疲倦了，加上最近一直都没休息好，终于抵不住困意睡着了。张慕扬这才回到自己的房间，坐在椅子上写了一整夜的文。

苏可莹出现在书会上，她优雅知性的衣着和美丽的脸庞引得人人惊艳。她这次是带着"外交"的性质参加活动，所以特意打扮得成熟庄重一些，不想因为自己的年龄而被人轻视。

她已经约见了几位书商和一家出版社的老总，只是张慕扬还没到。还有十分钟就十点，苏可莹借口去卫生间，再次拨通张慕扬的电话。

"我马上就到，已经到了会场……"张慕扬早上因为汪霞，差点就脱不了身。

"709房间，别迟到了。"苏可莹听见他气喘吁吁的声音，嘱咐道，"注意你的形象，进来之前整理一下仪容。"

苏可莹正和几位书商闲聊，张慕扬突然打来电话："我……被堵截了，你快来救我吧。"他根本没有料到会场有这么多等候多时的书迷和媒体，他也没见过这种场面，当时就傻眼了。他寸步难行，不得不求救于苏可莹。

"今天我没找媒体啊。你等等，不要乱说话，也不要回答任何问题，保持微笑就好。"苏可莹有些诧异：我安排好的媒体采访是在明天下午，今天会场上怎么会冒出媒体？她刚从电梯出来，就看见被人群团团围住的张慕扬。一切的宣传和包装都在她的掌握之中，只是没有想到，张慕扬比预期中要争气得多，许多媒体已经潜伏在会场中，很多狂热的书迷也都不请自来……效果超过了她原先的估计。

这几家本地媒体苏可莹都认识，所以她一出现，混乱的局面立刻稍微安静下来。手足无措的张慕扬看到这个漂亮优雅的小女人挡在他的面前时，他的心立刻就放下了。她从容镇定地和媒体打招呼，两个保安也左右护驾，维持着秩序。被狂热的书迷们挤到一个角落里的汪霞，一看见苏可莹，立刻就知道自己一点胜算都没有了。她脸色悲伤，不发一言，完全听不到相熟的作者对张慕扬和苏可莹的臆想和讨论。

整整一天，张慕扬都没有休息，中午，应出版社老总的邀约，和几家合作的发行公司高层人士一起用餐，下午，确定了如何宣传策划新书并签约了第二本书之后，他才有机会和苏可莹单独相处。

"晚上还有一个大饭局，算是晚宴，回去换上我给你准备好的那套晚宴服。"苏可莹坐在椅子上，撑着额头说道。

"我觉得好累。"张慕扬苦笑，这一天简直太疯狂了，他突然感觉还是做一个普通人比较自由。

"没事，只有这几天，忙完了之后你可以继续躲起来写文。"苏可莹抬头看了张慕扬一眼，笑了笑说。

"可莹，你怎么能应付那么多的媒体记者，还一点都不胆怯？"张慕扬一想到她挡在自己面前从容冷静的模样，就钦佩不已。

苏可莹淡淡一笑，翻着手边的合同，并不回答，话锋一转，"你的那个作者朋友呢？"

"哎呀，忙得忘了……"张慕扬急忙掏出手机，一边等着她接电话，一边对苏可莹说，"她应该和其他朋友在一起。"可惜汪霞的手机响了很久，也没人接。

苏可莹翻阅着一些名片，虽然没有看向张慕扬，但是她知道他的心思，淡淡地开口："你在担心她？"

"她没接电话，不知道去哪里了。"张慕扬不否认自己的担心，从昨天开始，汪霞的情绪就很低落。

"还有其他作者的电话吗？问问他们。"苏可莹建议。

张慕扬翻找着电话本，他发现自己的联系人少得可怜，一连打了几个电话，都没人知道汪霞的去向，倒是不少作者都很八卦地问他苏可莹是什么人，张慕扬就挂断了电话。

"这丫头不知道去哪了，我得先去宾馆看看她是不是回房间了。"如果汪霞情绪稳定点，张慕扬也不至于会担心她。

"好，八点参加晚宴，我会开车来接你。"苏可莹接到一个短信，于是收起了合同，美眸锁在他的脸上，"慕扬，你真的很在乎她。"

"我是怕她丢了，昨天晚上她一直心情不好，我都没敢离开半步。"张慕扬皱着眉头，一脸郁闷。

"是吗？"苏可莹低下头，微微一笑，"那先回去吧，别在这里悬着心。"

"对了，可莹，你昨天住在异性朋友的家里？"张慕扬差点忘记自己想问的话。

"怎么了？"苏可莹正要往门外走，听到他这么问，停住脚步，侧过头看着他。

"我只是问……"张慕扬其实很想说许尧那件事给他留下了严重的阴影，他总觉得苏可莹这样漂亮的女孩不应该住在男人家里。

"是的，他很可能会出演你书中的男主角。"苏可莹笑了笑，"内地首屈一指的男模，fans多也很帅，他如果因为你的书而进军影视界，噱头不小。"

"你说的是李明昊？"张慕扬没想到她居然就住在那个"话题男主角"家里。这个李明昊，作为内地最知名的年轻男模，身材好相貌帅，不知道有多少女人迷恋他。而苏可莹昨天晚上和少女杀手李明昊同处一室……张慕扬心中一凉，心情复杂起来。不知道为什么，第一个浮现在他脑中的词是"潜规则"。苏可莹该不会因为自己的书，而去曲意迎合那位人红是非多的男模吧？

"是昊，我昨天没告诉你吗？"

"你……"张慕扬说不出是什么感觉，他的胸口堵得慌，胃里直泛酸液，脸色一阵青一阵白。苏可莹喊李明昊喊得好亲密，让他掉入了醋缸。

"怎么了？"苏可莹看见他阴沉不定的脸色，挑眉问道。

"你……也回宾馆住吧，在外面多不安全。"张慕扬硬生生地压下翻江倒海的醋意和不快，他现在没资格冲苏可莹发脾气。

"在朋友家有什么不安全的？"苏可莹察觉到他紧张的原因，忍不住笑道，"昊是我一手打造出来的，早合作了几年，大家都知根知底，你以为会发生什么事？"

"可是……"许尧也和她认识多年，还不是发生了那件事情，张慕扬将嘴边的话吞下，他不想再提起苏可莹的伤心事。他默默地跟着她从专门通道去了停车场，径直走到停车场的一角，那里停着一辆黑色的凯迪拉克。车窗慢慢地摇下来，一个戴着深色墨镜的男人立刻打开车门，绅士地迎了上来。

"可莹。这一定是张慕扬先生吧。"摘下墨镜，李明昊很热情地冲着张慕扬伸出手。

张慕扬没有想到李明昊会在这里出现，微微一愣，随即礼貌地握住眼前身材高大健美的男人的手。

"不用客气，以后都是朋友。"苏可莹淡淡一笑，"昊，你来的时候有媒体跟踪吗？"李明昊冲着她眨了眨右眼，凑到她耳边低声说道："我做事你还不放心吗？你身后不远处的那辆黑色轿车里，已经有狗仔等候多时了，估计照片都已经拍下了几十张。"苏可莹并没有回头看，而是对张慕扬说道："上车吧。"

张慕扬嫉妒地看着两个人亲密地交头接耳，坐上车之后，情绪还没有恢复过来。他的感情一向温和，从来没有过强的占有欲，可是对苏可莹却不同。只要苏可莹身边出现其他男人，他就很敏感，充满了很可怕的嫉妒和醋意。

"慕扬，晚上七点我来接你。"将他送到宾馆楼下，苏可莹对张慕扬说道。

如果不是因为汪霞走失，张慕扬一定不会眼睁睁地看着李明昊带着苏可莹驱车离去。

汪霞并不在宾馆里，张慕扬只有登上 QQ，希望能够通过作者群里的汪霞的一个北京好友找到汪霞。

可是在线的作者们关心的却是他的小说和身价，或是和他套近乎，他的询问被七嘴八舌刷没了。张慕扬一见这阵势，赶紧说了一句"有空再聊"，关闭了群，正要下 QQ 关电脑，一个叫紫萱的人弹开他的窗口，单独找他聊天。

紫萱：张慕扬，你还知道找汪霞啊？

张慕扬心中一喜，立刻回道：是，你知道她在哪里？

紫萱：我先问你，今天会场一楼，挡在你前面的那个女人是你什么人？

张慕扬微微一怔，随即想到苏可莹的嘱咐，立刻回了三个字：经纪人。

苏可莹准时来到张慕扬所住的宾馆楼下，坐在车里，拨通张慕扬的电话，却无人接听。苏可莹又打了几次，那边都没有回应。

张慕扬此刻正在人潮汹涌的王府井寻找汪霞，紫萱告诉他，汪霞就在这附近，如果他找不到，那就非常遗憾，也许这一辈子，他都不会见到她。他当然不明白为什么女生会把一件简单的事情做得那么复杂。

紫萱和汪霞坐在咖啡馆二楼的玻璃窗边，旁观着张慕扬的心急火燎。紫萱说："霞霞，你还真有眼光。一开始我觉得张慕扬吧，虽然人品还不错，但是总觉得配不上你。他没房没车，而你身边还有条件比他好的男生。"紫萱出神地看着人群中的张慕扬，"不过现在看来，他是后起之秀，不久应该就能拥有一切，到时候你就能安心做阔太太了。"汪霞没有答话，脸上的表情依旧悲伤迷茫。

"你们在北京买房吧，这样我们还能经常聚聚，多好。"紫萱已经在幻想着未来了。

"我先下去。"汪霞站起身，准备下楼。

"别！你沉住气，再等等。"紫萱急忙拉住汪霞，"他既然都来了，就说明他很在乎你。女孩子就要矜持一点，吊吊他的胃口，别那么着急地投怀送抱……"

"只要他能来就够了，我还能奢望什么？"汪霞挣脱紫萱的手，跑下楼。

张慕扬看见汪霞，终于松了口气，微微有些责怪地问："你怎么关机了？让我很担心。"

"手机没电了。"当然是骗他的，汪霞低着头，踢着一边的树，"我见你那么忙，所以和朋友出来聚聚，你也去咖啡馆坐坐吧。"

"我还有事，不去坐了，你和朋友玩一玩，晚上早点回宾馆。"张慕扬拿出手机看了眼时间，发现三个未接电话。他心急汪霞，完全忘记了苏可莹七点去宾馆接他的事情。

汪霞默默地看着他，突然觉得自己很多余。她想，自己何必再见张慕扬？今天下午就该收拾行李回家，可偏偏还抱着一丝希望，希望能争取最后的机会。

"张慕扬，今天晚上不要去见她。"汪霞突然对正在通话的张慕扬说。

张慕扬诧异地看了汪霞一眼，手机那边苏可莹还在问他的位置。

"留下来陪我。"汪霞决定听从紫萱的建议，对天秤座的张慕扬强势出击。她握住张慕扬的手腕，"别走，跟我在一起。"

"可莹，你稍等一下……"张慕扬在人来人往的街头，被汪霞紧紧地拽住手臂，很是无奈，"我真的有事，你和朋友玩得开心点……"

汪霞咬着唇，她实在没法低姿态地去央求一个男人施舍一点爱给她，这已经是她的底线。"张慕扬，我是不是很讨厌？"汪霞一贯乐观开朗，这几天却一直哭鼻子，控制不住自己悲伤的情绪。

很多路人都对着他们投来异样的目光，有的人开始驻足。有年轻人认出了张慕扬，纷纷指指点点。

"剑噬，张慕扬"这些字眼传到张慕扬的耳中，他急忙低下头，握住汪霞的手腕，狼狈地从围拢起来的人群中跑出去。人怕出名猪怕壮，原来被认出和指指点点的滋味这么不舒服。

"霞霞，我晚上真的有个很重要的宴会。"站在相对偏僻的角落，张慕扬急忙松开汪霞的手。

"我只是想让你陪我一晚而已，明天一早我就回家，再也不会这样烦你……"汪霞的眼眶红得让人心疼。

"霞霞，宴会后我就会回来，你不要这样……"

"宴会后，你就找不到她了，"紫萱赶了过来，"或许永远也见不到她。"紫萱走到汪霞身边，对张慕扬说道："如果一场宴会比这么多年的朋友还要重要，就当霞霞看走了眼，你现在就可以走。"

张慕扬应付一个女生就已经很吃力，现在又多了一个女生，他顿时更加窘迫。

苏可莹挂断手机，对李明昊说道："我们先去，不等他了。"

"OK！"李明昊发动汽车，做了个潇洒的动作。

张慕扬传来一条短信，苏可莹看了一眼，神色没多少变化，但是眼眸深处浮起一丝不易被人发觉的复杂情绪。短信很简短：对不起，我不能参加宴会了。

苏可莹本来收了手机，但是又拿出来，看着屏幕几秒后，回了两个字过去：没事。她有些心痛，这场宴会她花了不少心血和精力在里面，动用了一切关系，临到开场主角却不来。

张慕扬能想象得出苏可莹云淡风清的模样，但是他看不到苏可莹从容淡定的背后，是一颗怎样的心。

十二 一张白纸，还有机会写出美好的未来

现在，小小的宾馆房间里，张慕扬和汪霞背靠着背上网，整个屋子只能听到键盘敲击和 QQ 消息的声音。

汪霞：你对我，真的一点感觉都没有？

张慕扬：我视你为朋友，为兄妹，从没胡思乱想过。

汪霞：明白了，但是你认为我们还有可能成为朋友吗？

张慕扬：为什么不可能？

汪霞：因为我无法向朋友那样对待你，我只会在想象你是我的恋人。也许你会觉得我这样的纠缠很可笑很讨厌很无聊，但是……我就是放不下！

张慕扬的手在键盘上停留了很久，终于打了一行字过去：对不起，我有了喜欢

的人，即便她不喜欢我。

房间安静下来，汪霞打过一行字过去：今天是我的生日，请我吃蛋糕吧。

"生日快乐。"张慕扬合上笔记本，走到汪霞身边，真诚地说。

"谢谢。"哑着嗓子，汪霞依旧背对着他，眼里蓄满了泪花，她不该去强求什么，她应该像以前那样，今朝有酒今朝醉……

张慕扬心里也不好受，他们之间的关系曾经那么亲密，可是却因为一个"爱"字而渐行渐远。

霓虹灯闪烁，城市喧嚣繁闹，夜越深，人越多。

"不陪我喝一杯？"汪霞斟了半杯白酒，看见张慕扬一直坐着没动，问道。

"我喝酒不行。"张慕扬微红了脸，"以茶代酒吧，你也少喝点。"

"今天我生日，不能为我喝一杯？"汪霞盯着他，再次问道。

"我真的不会喝酒。"张慕扬闻到白酒辛辣的味道，就有些晕。

"你不喝，我喝。"汪霞端起那半杯白酒，眉头也不皱，一口气居然全喝了。

张慕扬来不及阻止，忍不住说道："霞霞，你别这样喝酒，伤身体。来，吃点菜。"汪霞看了他一眼，又倒了半杯，再次一口气喝完。张慕扬看得头皮发麻，急忙把只剩下半瓶的老白干拿到一边，"霞霞，别喝醉了。"

张慕扬并不知道苏可莹此刻端着一杯杯红酒，喝得想停也停不住。张慕扬缺席，整个宴会的矛头都指向她，作为张慕扬的"经纪人"，她只有喝酒赔罪。虽然是红酒，可一连十几杯下肚，令她头昏脑涨。她去过几次洗手间，将胃里的酒和食物都呕出，又悄悄吃了一些早就备好的解酒药片，终于舒服了一些。

她扶着洗手台，稍微补了补妆。看着镜子中的自己，突然想到，如果许睿还在，那她只要躲在一边吃着甜点就可以，所有的一切，都会由他挡过去。可是……换成这个年轻稚嫩的张慕扬，情况完全相反，她必须站在最前面，替他挡风遮雨。她不明白为什么自己会这样纵容张慕扬。这可能是她最后一场策划，而且策划的对象，是一个没有被社会染满颜色的人。张慕扬像是一张白纸，还有机会写出无数美好的未来，她内心深处，总有一丝珍惜。仿佛从他的身上，她看见了自己最纯白的那段年华。

"霞霞，去挑选生日礼物吧。"一瓶白酒，汪霞喝得只剩下一点点。

"我还要喝……"汪霞已经昏昏沉沉，说话都开始咬舌头了。

"没酒了，我给你买生日礼物。"张慕扬急忙付账，一手拽着她，一手拿着生日蛋糕，硬生生地将她拖出店门。

"我不要生日礼物……我只要你……"汪霞咬字不清，但是就是抱着树不愿走。

"霞霞，你真的喝醉了。"张慕扬哭笑不得，试图将她拽离大树。

"张慕扬……"汪霞一个踉跄，突然抓住他的胳膊，整个人都倒在他怀中，一双醉意十足的眼睛盯着他的脸。

"我在。"张慕扬看见她醉酒的模样，忍不住心疼，今天是她的生日，应该开开心心才是，可是她的眼里却闪着泪光。

"你说，要给我买礼物。"汪霞摸到他的脸，突然笑了。

"是，你想要什么？"张慕扬任她捏着自己的脸。

"想要你……亲我。"汪霞突然抱住他，踮起脚尖，半闭上眼睛，等待着。

张慕扬睐睁了片刻，脸有些发烫，他从没有被人这样要求过，包括自己的前女友。"你醉了。"虽然他的心里装着苏可莹，但是任何一个男人面对这种"艳福"，都不会淡定。

汪霞红艳的唇就在眼前，张慕扬脑中闪过苏可莹醉酒时的娇憨模样，急忙移开眼神，伸手招了一辆出租车，将汪霞半推半抱地塞进车里。和司机说了宾馆地点之后，他攥住汪霞的手腕，长出了口气，"别闹了，马上就回去睡觉。"

正在张慕扬攥着汪霞乱挥的手时，苏可莹打来电话："慕扬，你现在有时间吗？"她有些挡不住了，这场宴会，有七八十个未来可能合作的对象，对张慕扬都是可能有帮助的人。她的酒喝过一圈多，已经有些不支，而且很多关键的东西，需要张慕扬亲自和他们沟通交流。

"现在……可能不行。"张慕扬为难地看了眼身边醉醺醺的汪霞。

"哦，我知道了。"苏可莹语气很平静，并没有泄露一丝失望。

"可莹……对不起，今天我真的……"张慕扬十分内疚，他隐隐感觉到她似乎有些醉意。汪霞却突然挣脱他，抢过手机大着舌头说道："他……他要陪我睡……别想让他离开我……"

"霞霞！"手忙脚乱地夺过手机，张慕扬此刻自杀的心都有了，他急忙对苏可莹解释道，"她喝醉了，刚才说胡话呢……可莹，你还在吗？"

"那你好好照顾她，多准备点开水。"苏可莹的外表永远光鲜完美，可内心在许睿走后，已经一片荒芜。"就这样，先挂了。"她伸手理了理鬓发。也许是喝多了，她在人群中优雅地端着酒杯穿梭时，有那么一瞬间，以为会有某个人可以代替许睿，可事实上没人能代替。

张慕扬再给她打电话，她已经关了机。

汪霞回去后抱着马桶，吐得昏天暗地，吐完了，舒服了点，也清醒了很多。她只记得和张慕扬喝酒，之后的记忆就是空白。至于怎么回宾馆的，她一点也想不起来。她不再闹，乖乖地走到蛋糕前，闭上眼睛，默默地许愿，然后吹灭了蜡烛。

"生日快乐。"张慕扬虽然一直担心苏可莹，脸上却满是笑容。见她切下一块蛋糕，呆呆地看着，不知道她在想什么。

汪霞手指蘸上蛋糕上的奶油，突然往张慕扬脸上抹去。张慕扬一愣，急忙躲了过去。

"别躲！"汪霞突然咯咯地笑了，仿佛恢复了原来的开朗。沉闷的空气活泼起来，没多久，张慕扬昂贵的衣服上就沾满了奶油，他自己也成了花脸猫。他终于喊"停战"，却已经被狼狈地逼到床边，汪霞直接扑了过去。

"霞霞……你好重。"张慕扬来不及躲开，被她结结实实地压倒在床上。

汪霞安静了，看着张慕扬被涂花的清秀面孔，情不自禁地把蛋糕塞进他的口中。还没等张慕扬反应过来，她突然低下头，咬住了他口中那块带着奶油的蛋糕。她掌心火热，内心颤抖，心里清楚得很，但是还有几分酒意，控制不住自己。他薄而柔软的唇，带着蛋糕甜甜的味道。她闭上眼睛，颤抖得更厉害，在她的心里，这也许是最后一夜，她不想让自己有遗憾。

张慕扬傻了。这算什么？是我占了便宜还是被人家女孩吃了豆腐？他突然察觉到她似乎想拽掉自己的上衣，才从错愕中回过神。霞霞真的喝多了？"酒后乱性"这个词，他总算见识了。他毫不犹豫地推开汪霞，可是衣服的领口被她撕开，扣子也被拽掉一个。

汪霞毕竟还是个女孩子，她没能抓住张慕扬，反被他推倒在一边。听着他夺门而出的慌乱脚步，趴在床上半晌，她才低声抽泣起来。她的掌心有一枚精致的纽扣，这就是她今年的生日礼物……她都不知道自己什么时候变得如此大胆冲动，对一个只见了一面的书友，抛开矜持，做出这样疯狂的举动。她一定是疯了！她悄无声息地走出来，看见靠在墙边微微气喘的张慕扬说道："站在外面不冷啊？傻瓜。"

"还好……"张慕扬这才觉得有点冷，现在还没到开暖气的时候，过道尽头的窗户没关，走道上有些凉意。

"快点回去洗个澡，睡吧。"汪霞看着他敞开的领口说，"我也困了，晚安。"她冲他笑了笑，在关房门的时候，突然又问："我们……还会像以前那样吗？"

"当然……"张慕扬握着房卡，点头。他不确定她现在的心情。

"张慕扬,你是个好男人……"可惜我们无缘,汪霞说不出来,她怕自己会将伪装打碎,"真的挺好,做朋友挺好……晚安。"将房门关上,她握着那枚精致的纽扣,虚脱地闭上眼睛。

第二天,张慕扬被苏可莹的电话唤醒,苏可莹说:"中午有个新书发布会,在会场三楼,你先赶到豪门花园八栋1108号,我整理了一份策划书你要先过目。"苏可莹因为宿醉有些难受,虽然她在之前和张慕扬说了许多关于图书市场的东西,但还是不放心,所以一早起来将电脑里的策划整理整理,做成一份详尽的策划书。

早上七点,苏可莹遛完狗,又接到了父亲的电话。这几天,家人的电话催得很紧,母亲甚至要回国亲自接她,让她很头疼。

张慕扬赶来的时候,她正坐在电脑面前,一边打电话,一边整理材料。她看见门外清爽干净的年轻男人,微微一笑,还没说话,就见两只狗先扑了过去,兴奋地跟在他身边打转。

张慕扬迎面就闻到她身上淡淡的酒味,夹着好闻的发丝清香。

"可莹,昨天晚上我真的很抱歉,因为我的朋友喝多了需要照顾,所以没法出席宴会。"

苏可莹笑容不变,"没事,快点进来吧。过来看看这份策划书,和之前的相比略有变动。"

认真地将那个长长的文档看完,张慕扬一转头,发现苏可莹趴在阳台的围栏上,一边晒太阳,一边沉思。今天一见面,他就觉得她心事重重。

"看完了?"苏可莹像是感觉到他的目光,收回心思,见他点头,说道,"好,今天中午的发布会,按照这个流程来,你熟悉一下。"她走到他身边,点开另一个文档。

"可莹,你是不是有心事?"没有看文档,而是看着身边的人,张慕扬问道。

"没有。"苏可莹矢口否认,滚动着鼠标说道,"你是第一次参加发布会,所以注意事项和一些可能出现的问题我都备注在上面……"

"可莹……回宾馆住吧。"张慕扬看着她,半晌才开口说,"霞霞已经回家了,宾馆空出一间房,我还没退。"今早,汪霞不辞而别,等他发现打电话过去时,汪霞已经在火车上,还有半个小时就到家。原本,她想带着他一起回去,现在一切都是徒劳,就觉得留在北京也无意义。

"你朋友今天就回去了?"苏可莹有些诧异,她突然上下打量着张慕扬,眯起了黑亮亮的眼睛,"你不是欺负她了吧?"

"我……没有……"被她这样看着，张慕扬心跳加快，立刻低下头说。

"真的没有？那她为什么突然离开？北京书会还没正式开始呢！"苏可莹对男女之间的事情，比张慕扬要有经验得多。醉酒的女孩、宾馆、男人，这三者结合在一起，用膝盖想想，就知道可能发生了什么。不过依照她对张慕扬的了解，觉得这男人应该不会做出禽兽不如的事情来。张慕扬被她盯得心里有些发毛，伸手扯扯衣领，突然觉得这个房间有些闷热。

"慕扬，你是不是对她做了什么坏事？"刚说完，她的目光又敏锐地掠过他的衣领下的锁骨，苏可莹突然发现了他手上的牙印，还有锁骨旁边几道红色的痕迹，像是女人指甲留下的抓痕。"如果没有，那这是什么？"

她指指他的手背，又突然将他衬衫最上面的一颗纽扣解开，几道清晰的抓痕呈现在她的眼前。张慕扬愣住了。

苏可莹心中微凉，他怎么会是那种衣冠禽兽？不可能。她自认看人很准，张慕扬绝不是轻浮浪子。但是，这伤痕明显是女人抓伤的，而且从位置上看，像是在拼命推拒时弄伤。

"啊……是她弄的。"张慕扬终于想起来两人之间的拉扯，却发现苏可莹的脸上闪过一丝微妙的不悦情绪，急忙解释。"可不是我欺负她，是她和我闹着玩。"

"闹着玩？"苏可莹牵了牵唇角，"算了，不用再解释。这两份文档看完了吗？"

"真的，她昨天生日，喝多了，然后抹蛋糕奶油……"

"不用说这件事了，你了解发布会的流程和要做的事情了吗？"苏可莹打断他的话，她不想听解释。

张慕扬闭上嘴，十分郁闷。她极少打断他的话，可是今天她似乎有些不耐烦，他不知道是不是因为自己惹她心情不好。模拟完流程之后，苏可莹又说了一些可能会遇到的记者刁难的问题，看了眼时间，说道："差不多该出发了。"

张慕扬问她："可莹，你今天心情不好？是不是我做错了什么？"她笑的时候艳若桃李，不笑的时候冷若冰霜，拒人于千里之外。

"没有。"苏可莹收起笔记本。这个男人什么都好，唯一不好的就是有时候太"柔软"了，情商低得让她无语。

两人坐在出租车的后排，苏可莹拿过副驾驶后袋子上的报纸，拿眼一扫，看见娱乐版的头条是李明昊的新闻。

大幅的照片，是在停车场偷拍的。她戴着黑超，遮住了半张脸，张慕扬只有一个侧面，李明昊完全正面。她今天一早起来就在网上浏览了新闻，都是张慕扬新书选主角的消息。网络上一旦放出这样的消息，会流传得很快，仅仅一天的工夫，再次热炒了张慕扬和他的书。

张慕扬将报纸拿过来，看见那条头版新闻下面，有一则只有几百字的配图小新闻，是他拉着汪霞逃离人群的照片和评论。他一下子感到这个世界的可怕，他只不过是一个小小的写手而已，却能在报纸上占据一角，成为娱乐焦点。而那则头版新闻，居然写李明昊、苏可莹和他之间剪不断理还乱的三角关系。所以下面小新闻的题目就是——《新晋人气作家桃花不断，一日连换三女伴》。难怪苏可莹只看了一眼就塞回去了，这哪跟哪啊？张慕扬彻底服了，立刻卷起报纸塞回去。

虽然张慕扬是第一次参加发布会，但是因为身边坐着他的"经纪人"苏可莹，他什么都不怕，应答如流，妙语连珠，相当出色的一个出场。发布会结束后，他和出版社的老总以及发行商很快就亲密起来。今天苏可莹一直很少发话，除非特别刁钻古怪的问题，她才会替张慕扬挡下；而书商和张慕扬交谈时，她干脆一言不发了，坐在一边默默地看着窗外。

"苏小姐您可真是女中豪杰，酒量太大了。"一位年近四十的中年男人，是某个连锁大书店的主要负责人，他这次预定了大量张慕扬的新书。"是不是现在身体还不舒服呢？昨天我本想送苏小姐回去，可惜自己先不胜酒力……"中年男人继续献殷勤。

"苏小姐，下次你要去哪给我打个电话，北京我最熟，到时候车接车送，方便得很。"另一个男人三十多岁，是某个文化公司的主编，也凑过来献殷勤。

"谢谢。"苏可莹温文有礼，其实心情很差。昨天晚上如果不是他们拼命找自己喝酒，也不至于一晚上那么难受。她已经厌倦这样的生活。

张慕扬发现苏可莹身边围着几个男人，心隐隐作痛，觉得自己好没用，让她为自己应酬赔笑脸。他真想带着她逃离，远离这些纷扰的人和事。但他不能，苏可莹不会答应，毕竟这是一个很难得的机会，这次聚会花费了她很多的心血。

晚宴上，苏可莹穿着火红的小礼服，明艳美丽地穿梭在人群中。张慕扬带着儒雅的微笑面对来人，只能掩去内心的焦灼，无奈地看着应酬不断的苏可莹。

终于有人发现张慕扬杯子里是白开水，立刻抗议，要求他喝酒。任凭他如何推托，众人就是纠缠不放。

"他真的不会喝酒，别为难他了。"苏可莹大大方方地走过来，不着痕迹地挡在张慕扬面前。

十三　神秘的策划团队

书会结束后，张慕扬和苏可莹没在北京过多停留就驱车赶回了 SN 市。

苏可莹很累，一到家，就回到卧室休息，而张慕扬一直坐在客厅里，想起他第一次来这里时的情景。他记得第一次签下出租合同时，苏可莹略带狡黠的笑脸。曾经，他不喜欢宠物，生活习惯懒散混乱，除了上网，没有任何其他的爱好，标准的宅男一枚。可是渐渐地，他不再通宵写文或玩游戏，每天的作息时间开始和苏可莹同步。他喜欢给她做饭，喜欢研究营养搭配，喜欢在她回来之前，把家里打扫得干干净净，等着开门的一瞬间，看到她的笑脸。他甚至还喜欢上两只狗。所有的改变都是因为她，但是她依旧离自己那么遥远。

"慕扬，你怎么在这里睡觉？"苏可莹一早起来，就看见沙发上抱着靠垫半趴着的张慕扬。张慕扬隐约听见苏可莹和自己说话，微微睁开眼，以为还在梦中，对她痴痴一笑，又闭上眼，睡了过去。

苏可莹啼笑皆非，略略俯下身，继续喊道："慕扬，回房间去睡，沙发上多不舒服。"

张慕扬再次迷迷糊糊地睁开眼睛，一颗金黄色的毛茸茸的头首先映入眼帘。果果一见他睁开眼睛，立刻兴奋地去舔他的脸。

"哎……"他急忙偏过头，彻底醒了。

他坐起来，将衔着他鞋子的苹苹推开，揉着眼睛说，"我坐着坐着就睡着了，早上想吃什么？"

"我来做吧，你要是还困，就回房睡一会儿儿。"

"我不困了。"张慕扬急忙站起身，感觉裤子绷得紧紧的，一低头，脸立刻红了，立刻往卫生间走。苏可莹听到关门的声音，才抬起带着一丝笑意的眼，她想年轻真让人羡慕。不对，自己羡慕什么？苏可莹越想越觉得好笑，她也是年轻人，怎么和张慕扬一比，仿佛老了很多？

两个人带着狗一起去晨练。苏可莹看着公园里晨练的老人说："不用上班了，一时还真感觉有些不适应。"

"你工作起来很拼命。"张慕扬看了她一眼说。

"有吗？"苏可莹看着蓝天笑道，"其实我很享受全心投入一份工作的感觉。因为那时候，可以忘掉一切，包括自己。"

"可莹……"张慕扬明明看见她在笑，却感觉她心里有一丝淡淡的悲凉。

"我有时候真羡慕你。"苏可莹的笑容渐渐淡去。

"我？"张慕扬微微一愣，他有什么值得她羡慕？

"是啊，像是一杯白开水，温温淡淡的，干净透明得能一眼看到底。"苏可莹看着脚下的石子路。

"太透明了……是不是不好？"张慕扬停下脚步。

"只要你自己觉得舒服，不用去管别人怎么想。"苏可莹转过头，"没有听过那句话吗？心底干净，这世界才干净。"

苏可莹虽然嘴上这样说，但是她的心底隐隐在担忧。张慕扬从北京回来之后，表面上看来并没有什么改变，可是男人的成长是惊人的，有时候只要经历一件事，就能立刻变得成熟。张慕扬的内心已经有了改变，只是他自己还没察觉出来。苏可莹从他不经意的举动中，感觉到这个男人正渐渐地从平和变得有些强势。

男人总有着雄性动物的压倒性和侵略性，他们喜欢掌控一切，并且习惯强势的主导地位。张慕扬正是在期望着变得强大的同时，渐渐显现出本能的一面。在北京书会时，他从一开始的手足无措，很快就变得能够应对从容，这不仅仅只是头脑反应快，更是一种尚未发掘的能力。

吃完早饭后，苏可莹就开始忙碌起来，她打电话约了好几个人，然后在电脑面前整理资料。"慕扬，今天中午见见工作室的那些人，我把相关的资料都整理好了，你先了解一下他们的基本情况。你最近一段时间只要存稿就行，写的新文就交给工作室的人，他们会妥善处理。"她说，"你就只管写文，其他的都别担心，安排活动或者宣传都有人……"

"你要走了？"张慕扬走到书房，有些落寞地问。

"对了，慕扬，我离开的时候，你去木屋住吧，那里环境好，对你的写作有帮助，而且也不用特意照顾它们。"苏可莹头也不抬。

"可是你……"

"他们已经帮我订好了机票，五天后去纽约的飞机。"她继续在键盘上忙碌。

"什么时候可以回来？"张慕扬虽然知道她会走，但没想到这么快。

"还不清楚，不过我想圣诞前会回来吧。"她微笑着说。

"也就是说，最多两个月的时间。"张慕扬真不想她离开，但是又不能阻拦。

"嗯，大概吧。"她站起身，在书柜的文件箱里翻找着资料，拿出房产证。

她没告诉张慕扬，这栋房子虽然是她和许睿一起买下的，但是当初是以许睿的名义，现在要被收回了。她不知道这是父母的主意，还是许尧在背后做了什么。看着熟悉的家，她突然伤感起来。这间房子有她和许睿的过往，真的无法割舍。

"可莹，你怎么了？"见她痴痴地看着书柜里摆放着的陶瓷瓶，张慕扬走上前问。

"帮我把它拿下来。"苏可莹指着那个颜色和造型都很古朴的陶瓷瓶。

她将瓶子放在桌上，手伸进去，掏出一个牛皮本，还有大堆的小玩意儿，什么玉葫芦、小铜牛、水晶挂件、木手镯、小石子……这都是许睿每次去外地给她带回来的小礼物，每一样都有着特别的纪念意义。苏可莹看了很久，又默默地收起来。她要走了，这里的东西不可能全部带走，只能将最珍贵的回忆打包起来。

中午的时候，来了五个人，最年轻的大概二十五六岁，最大的也不到四十岁，这便是苏可莹团队的核心人物。原本核心成员是七个人，但是其中一个在澳大利亚，另一个在新加坡，这两个人都是靠网络和电话联系，无法赶过来。

这些人中，有运筹帷幄行事沉稳的主要策划人，有精明强干的网络高手，有眼光独到的"星探"兼律师，也有专门出面联络各家媒体的负责人，还有精通各国语言和市场需求的风险测评人。张慕扬在和他们的交谈中，越来越心惊，他不知道苏可莹是怎么找到这一群各行各业的精英，也不知道她是怎么捆住这群人的心。看上去，他们和苏可莹不仅仅是团队合作的关系，还有着不可撼动的感情在里面。

可他们对张慕扬的态度分歧很明显，有两人对他客气礼貌，另外三个人却对他爱理不理。黄映格曾是公共关系学和市场营销教授，在这几个人中是最年长的，牧志刚是做对外宣传的，只有他们两个人对张慕扬比较友好；一个人也许是因为太成熟，而另一个人可能因为长期做业务，所以天生一副笑眯眯惹人喜欢的模样。刘琼华是对外联系人，和她交谈的黄富锦，是处理后期宣传的技术人员，他们两人完全无视张慕扬，自顾自地聊天。最年轻的女孩叫白芳芳，毕业于哥伦比亚大学，主修经济学，也是个电脑高手。她更是干脆和苏可莹站在阳台上说话，根本对张慕扬不屑一顾。

"可莹，我们不需要再加进来一个人，你考虑好了，我们八个人，如果他加进来，我就退出。"白芳芳一点也不掩饰自己对张慕扬的厌恶。

"我没说他会加入，只是我要去美国，有关他的所有宣传策划，都由你们接手安排。"苏可莹笑着说。

"哼，反正我保留对你这次所作所为的意见。"白芳芳一向脾气火暴，说话也向来直来直往，"还有一点，我要代表大家问清楚，你是不是看上这男人了？"

"为什么这么说？"苏可莹有些诧异。

"我只是给你提个醒，你可以在感情上用他来代替许睿，但是……团队不需要。"白芳芳转头说。张慕扬坐在沙发上，时不时地感觉到一股杀气从阳台上传过来。

"芳芳，你还是没放下……"苏可莹突然叹气。

"是，我是没你厉害，说忘就忘。"白芳芳转过头，强忍着泪水，"反正许睿的位置，谁都别想代替。当初我是因为他才进这个团队，不是因为你。"

"芳芳！"刘琼华走到阳台上，白芳芳声音有点大，屋里的人全听见了。

张慕扬看着阳台上站着的三个女人，她们又压低声音开始争论。

"可莹，我先说好，我和小妹的意见差不多，他当我们的策划对象可以，但是不要妄图加入这个团队。"刘琼华也开门见山，"我还是坚持自己的意见，大家一起打拼了这么多年，走到今天不容易，要是因为一个男人闹别扭可不好。"

"至于我，只会承认有实力的人。"黄富锦也走了过来，端着一杯茶，慢悠悠地说，"他如果能做到许睿的一半，无论你做什么样的决定，我都保持沉默。"

"我好像还没说什么吧？"苏可莹见这三个人神经兮兮的模样，无奈地说，"这次聚会，只是让大家彼此熟悉一下，找好市场定位，后期的工作开展起来也方便些。"

相对阳台的争吵，张慕扬和教授先生聊得很投机，因为在这个团队中，黄教授是唯一一个喜欢没事看看书的人，算是张慕扬半个书迷。

张慕扬在心里盘算，这支团队虽然平均年龄还不到三十岁，却个个比老江湖还要老江湖，如果这群人能为自己所用，不知道会创造多少财富。换句话说，这些都是"人才"，是成功最重要的筹码。他也许不是一个商业奇才，但是如果有管理人才的本领，那真的会纵横一方。

北京书会的那几天，对张慕扬的影响太大了。他终于彻底知道"权"和"钱"的重要。他从无欲无求的宅男，变得想要振翅高飞。他要通过努力，去得到自己心中最宝贵的东西。苏可莹，他要用自己的生命去爱她。

十四　玻璃做的男人

将大包小包都放在木屋的门口，苏可莹抬头看了眼阳光。上次的会议其实很失败，如果要走，她还真是有点不放心。

"可莹，这些东西都放哪啊？"张慕扬不明白苏可莹为什么要带这么多的东西来木屋。

"没地方放的话，就搬去阁楼。"苏可莹抱着一箱书，这都是许睿最爱看的。

"我来，你别累着。"张慕扬将一个箱子放下，立刻去接苏可莹抱着的书。

"你太弱不禁风……"苏可莹正要打趣他，却被放在一边的一个小箱子绊到，连人带书撞到他的怀中。

张慕扬一个趔趄，被撞倒在身后的青草地上。书散落了一地，有的还飞到他的头上，可他一声不吭。他定定地看着趴在自己胸口的美丽女人，心中暖暖的。

苏可莹被书硌到了胸口，痛得她眉头一皱，轻呼一声："哎哟……你没事吧？"但是一看见张慕扬，立刻觉得他更糟糕，急忙想爬起来。

"可莹，我……"张慕扬突然握住她抵在胸口的手，一颗心跳得越来越激烈，他想做"人工呼吸"。

苏可莹感觉到透过自己的掌心传来的激烈的心脏跳动，看见他复杂的眼神，她第一反应居然是：这男人不会哪里受伤了，不能动了吧？

"你还能动吗？"苏可莹有些着急起来，这里虽然有小门诊，大医院却没有。他太弱不禁风了，轻轻一撞，就成这样，这男人是不是玻璃做的啊？

"我可能……"看着她嫣红的唇，张慕扬喉结滚动，这样美好的秋天，他好想亲吻自己最喜欢的人。不知道如果自己现在晕过去，她会是什么样的表情。

"到底哪里不舒服？"苏可莹真的着急了，她动作很轻柔地试图从张慕扬身上移开，想检查他是不是后背受到了什么创伤。常言道，关心则乱。苏可莹一向聪明，现在却被演技笨拙的张慕扬骗了过去。

"我……呼吸不畅。"张慕扬指指自己的嘴巴。

苏可莹看向他的唇，愣了愣，一双漂亮的水眸闪过一丝复杂的情绪，随即抽回被他按着的手，紧接着一掌拍在他胸口处。这男人果然变了，居然敢拿她开玩笑！

"别装死，起来收拾书！"苏可莹立刻收拾地上的书，看也不看他一眼。张慕扬揉着胸口，见她不再理会自己，也觉得很无趣。他刚才的举动会不会让她觉得很幼稚？不过见她担心的模样，心里有股暖流，他觉得好幸福。

"哎，我的后背真的有些疼。"张慕扬站起来才发觉后背好痛，而且额头也很疼。可是苏可莹并不理他，只将书都整理好，搬到阁楼上。下楼时，她发现张慕扬一手扶着腰，一手拖着行李，动作缓慢吃力，似乎真的摔伤了。

"你别动，放下行李。"苏可莹越看越觉得他像是脊柱受了伤，或者扭了腰。

"过来趴下。"苏可莹扶着张慕扬，手在他的后背轻轻按着，皱眉问，"哪里痛？"

"这里，这里，这里都痛。"张慕扬费力地扶着腰趴到床上。

"你还真是玻璃做的。"苏可莹一边说，一边撩开他的衣服。张慕扬抱着枕头，沉默着。被关怀的感觉真好，这是他这一辈子都在寻找的温暖。

"把衬衫的扣子解开。"后背的衣服很难撩上去，苏可莹命令道。

"哦。"张慕扬乖乖地摸索着解开纽扣。

"这里痛吗？"苏可莹将他的衣服全卷了上去，纤手在他肌肤上游走，不时地按一按。

"痒……"张慕扬忍不住想笑，她的手嫩嫩滑滑的，让他浑身都痒痒，"可莹……你别捏了……"他被她轻轻一捏腰眼，差点跳起来，立刻求饶。

"闭嘴，别说话。"苏可莹被他的求饶惹得俏脸一红，伸手又在他背上按了按，稍微松了口气。脊柱完好，没有特别严重的伤，只是受到外力的撞击，皮肤青了一大块。她从柜子里找出一瓶药酒，仔细地替他上药。张慕扬将头埋在枕头里，努力忍受着她的抚摸带来的酥痒。

"转过来！"苏可莹已经给他涂完后背。

张慕扬转头看了苏可莹一眼，趴在床上一动不动，他不是不愿翻身，而是身体在她推按的时候，早就有了反应，要是翻身多尴尬。苏可莹见他脸色微红，眼神羞涩，立刻明白几分，不再勉强他。

"额头这里痛吗？"伸手轻轻触到他额上青肿的地方，这是被书脊砸到的，破了皮，但是没流血。张慕扬专注地看着她，点点头。

苏可莹蘸了点药水，轻轻揉着他受伤的地方，见他乖乖的模样，忍不住说："慕扬，你是不是应该找一个女朋友了？"

张慕扬紧张地问道："什么意思？"

"现在事业差不多上了正轨，可以开始找女朋友了。"苏可莹用一只手固定他的脸，继续抹着药。她说得一本正经，像是对家人的关爱，可张慕扬听得满脸通红。

"我还没有事业。"张慕扬避开她的手，原先喜悦的心情低落起来，"而且，我心里也有了人。"

"无论有没有事业，男人有了家，心才会安定，以后无论做什么，也都有个准。从某种程度上来说，家庭对事业的影响很大，会鞭策你去努力……"苏可莹像是没听到他后面的话，若无其事地将他的脸扳过来，给他涂药。

"你今天为什么好端端的对我说这些？"张慕扬突然感到奇怪。

苏可莹没想到他突然这样问，愣了愣，随即说："只是觉得你也老大不小了，应该尝试着去接触……"

"为什么会关心起我的感情？"张慕扬盯着她，继续问。

苏可莹微微皱了皱眉，放开他的脸："我只是随便说说，你要是不喜欢听，那就算了。"

"其实……你是在关心我，对不对？"他看着她的背影，鼓起勇气问。

她正在放药瓶，听到他这句话，心里又酸又涩。

"慕扬，你有没有觉得从北京回来之后，你开始变了？"苏可莹关上柜门。

"我只是……想把自己的想法说给你听，试着表达出来而已。"张慕扬声音低下来，试图挣扎着坐起来。

"别乱动，我给你上的药，药效还没进去呢。"苏可莹随手从床头拿了一本书，放到枕头边，"看看书，不要胡思乱想，我收拾东西去。"

"可莹，你是不是很在乎我？"张慕扬好不容易才鼓起了勇气，哪能放过她。

"你要听实话吗？"她停住脚步，背对着他。

"是。"他心里很忐忑，他真的很害怕听到否定的答案。

"我是一个投资人，如果你是一个值钱的宝贝，我就会标上相应的价值。"苏可莹声音有些冷，"但是，如果你只是路边的一块石头，那在我眼中，永远都是一块石头，我绝不会浪费一分钟在石头身上。"

"除此之外呢？"这番话不是张慕扬想听的，他有些泄气，"你难道没有把我当成朋友？"

"我们……当然是朋友。"苏可莹终于转过头，看着他说，"除去工作关系，我们只是朋友。"

张慕扬一早醒来，觉得后背没那么痛了，他爬起来，试着旋转腰身，果然好多了。拉开窗帘，秋晨美好明媚的阳光立刻充满了整个屋子。拉开窗户，一屋子都是清新的空气。他揉了揉酸痛的肩膀，突然愣住了——他没有看到那辆红色的甲壳虫。

楼上隐约传来两只狗的低低叫声。张慕扬立刻打开后门，顾不得腰疼，冲上阁楼，一推开门，里面只有两只大狗。他没有看到苏可莹，扶着门站了好久，任凭两只狗围着他转圈。阳光从天窗射进来，洒满了整个房间，异常明亮，张慕扬的心却刺痛起来。她是走了吗？没有和自己说一声，就走了？他立刻拨通苏可莹的电话，他的心情从没这样乱过，脑子一直是乱糟糟的。

"你醒了啊？伤还痛吗？"那边传来平静甜美的声音，张慕扬突然有种虚脱的感觉。

"喂？信号不好吗？"苏可莹没有听到张慕扬的声音，晃了晃手机，"听到我的话了吗？"

"……你去哪了？"张慕扬的鼻子很酸。

"哦，我今天还有一些事情要处理，你自己照顾自己哦，苹苹果果也拜托你了。"

"什么时候回来？"听到她这样说，张慕扬一直揪着的心稍稍放下了。

"圣诞前应该能回来吧。"

"什么？"张慕扬的心再次紧缩起来，声音都颤抖起来，她就这么走了？

"机票临时换成了今天晚上十点的，我没和你说吗？"苏可莹问。

"没有……"张慕扬心中一空，想抓却抓不住的感觉让他想哭。

"瞧我……这两天忙晕了，上次白芳芳她们过来换的机票，我居然忘了告诉你。"苏可莹其实是故意没有告诉他，她不想在去美国之前，看见这个男人悲悲戚戚的脸。

"为什么走之前，没有告诉我……"张慕扬一只手支着额头，沉沉地问。

"我看你睡得那么熟，就没吵醒你。"苏可莹带着笑意的声音传过来。

张慕扬摁断电话，将手机扔到床上，双手捂着脸。他只觉得天一点也不蓝，树也不绿，天地间灰蒙蒙的一片。昨天晚上还那么温馨美好，今天早上一觉醒来，发现自己突然被遗弃了，依旧什么都没有。

而另一边，苏可莹的笑容渐渐苦涩起来。不知道为什么，她刚离开的木屋的时候，就在心底隐隐地牵挂起那个书呆子。

张慕扬换好衣服，他的腰背隐隐作痛，但是更痛的是心。这个女人说走就走，根本就是把他当成了空气。他绝不做空气。他知道这里有班车直达市区，一天三班车，早上七点，中午十一点，还有晚上四点。现在已经到了九点，他一手牵着两只狗，另一只手插在口袋里，掌心攥着那枚苏可莹看中的银戒指。他不知道一枚戒指能套住多少东西，但是今天，一定要将这戒指送出去。

机场大厅里，人并不是太多，显得有点冷清。外面夜色深沉，已经是晚上八点四十。

"可莹，那边比这里冷，下飞机的时候多穿点，别冻着了。"牧志刚替她拎着小箱子，一边走一边叮嘱。

"可莹，许尧可能会接机。"肖钰一直接电话，此刻她挂断电话，低声说道。

"你的消息可真灵通，不去做间谍都浪费了。"苏可莹看见前面就是安检，停住了脚步，脸上挂着无所谓的笑，心里却乌云密布。不知道那个书呆子现在怎么样了，下午她打电话的时候，张慕扬的手机是无法接通的状态。他的腰受了伤，走路都困难，手机如果没信号，那就是他不知道跑哪个旮旯里去了。

"要不要安排几个朋友一起去机场接你？"肖钰现在很生许尧的气，因为房子的事情，她恨不得把许尧抓回来拷问一顿。

"不用麻烦。"苏可莹转过头，对牧志刚耳语几句，然后又笑道，"我走了，有什么事电话联系。"

"苏可莹，你是不是忘记了一样东西。"空旷冷清的机场大厅，传来一个年轻男人的声音。所有人都转过头，东门边，张慕扬牵着两只狗，头发凌乱，面容疲惫，眼里闪过无数复杂的情绪，盯着苏可莹。

"张慕扬？"肖钰首先反应过来，这男人经过苏可莹打造之后，现在穿衣服都有范儿起来，和当初围着围裙给她们做饭的居家男人大不一样。

"慕扬？"苏可莹的声音很低，恐怕只有她自己才能听到。她面对他的眼神，第一次慌乱地低下头，尴尬地站在安检边，找不到话说。

可是总不能一直沉默，她抬起头，勉强笑着问道："你怎么来了？"

"为什么走的时候，连一声再见都没有说，就一声不响地离开？"张慕扬一步步走到她面前，压抑自己心疼的感觉。

"我已经解释过了，因为你睡得太熟……对了，现在后背还疼吗？"

"你在乎过我的感受吗？"张慕扬深吸了口气，痛苦地蹙起了眉头，"一大早起来，看见屋子里空空荡荡……你连换机票这种事情，也会'忘记'告诉我，这连朋友都不算吧？"

苏可莹看着他，眼眸一闪，转过身，"我是真的忘记了。"

张慕扬看着她的背，突然想到，他来这里不是为了和她吵架。今天他两点钟才等到班车。到了城里之后，首先去的就是龙城小区，但是大门紧闭，怎么按铃都没人开门，手机也没电了，无法联系上苏可莹。那时候暮色已经笼罩着整个城市，从市里去机场大概需要一个多小时的时间，他不敢耽误，立刻又赶到机场，终于看到了熟悉的身影。

"可莹，无论你如何看待我，"张慕扬突然上前，搂住苏可莹，声音嘶哑地低声说，"有一句话，我都必须告诉你，那就是……我爱你，用我全部的生命爱你。"

苏可莹微微一怔，她还没来得及说话，双手就被他握住，一枚带着体温的戒指套到了她的手指上。

"张慕扬，你……"苏可莹嗓子有些干，清楚地感觉到右手食指上多了细细的一枚戒指。

"我会等你回来，不管以后会怎样，我都会等你回来。"张慕扬紧紧地抱住她，在她耳边一遍遍地重复，"还有它们，我会和它们一起等你回来，这是约定，无论你答不答应，我都会在这里等你……"

约定？苏可莹心中一痛，她最怕这两个字。她已经过了听到誓约和承诺就认为都一定会实现的年纪，她也不再相信男人口中的爱情，但是这个男人让她感动。手指上细细的戒指像是在见证这一时刻，将她虚无缥缈的感情拢在了一起。

"你们要抱到什么时候？"白芳芳不顾牧志刚的阻止，走过去，冷冷地说，"可莹，差不多该去候机了。"

苏可莹立刻整理了一下被打乱的情绪，挣脱张慕扬的怀抱。转过身，她已经调整好自己的表情，那枚戒指已经不着痕迹地握在了掌心。

"我是该走了。"苏可莹看了眼时间，漠然地接过小行李箱，准备递给一边的安检人员。

"可莹！"张慕扬心中一颤。

"你们都回去吧，不用再送。"苏可莹心酸，低下头说。

"我们马上就走，你记得上飞机前给我打个电话。"白芳芳立刻说道，一点也没给张慕扬说话的机会。

"好，这边的事情就拜托你们了，回国再见。"苏可莹已经将包放到了安检台上。

"苏可莹，你有没有记住我说的话？"张慕扬伸手抓住她的手腕。

"嗯。"虽然她只是淡淡的一个鼻音，但是足以能让张慕扬狂喜。至少，她这一次没有沉默，也没有拒绝，这说明她承认了他的感情。无论她会不会爱上他，只要能够了解自己这份爱，就足够了。张慕扬紧紧攥着她纤细的手腕，毫不迟疑地将她拉到自己怀中，他的眼中只有这一个女人，周围的一切都不重要。

"慕扬……"没料到他会这样大胆，苏可莹没有任何心理准备，本能地想推开他。平时这男人像玻璃一样，一用力就要碎了，可今天苏可莹却被他牢牢地抱在怀中。

张慕扬一只手移到她脑后，该出手时就决不能后退，否则他会后悔一辈子。苏可莹顾忌到张慕扬的伤，不敢真的用尽全力推开他，当她觉察到张慕扬是想吻她的时候，已经躲闪不及，唇被他紧紧贴住。

肖钰转过脸，仿佛什么都没看见，和牧志刚神态自若地继续聊天，只有白芳芳咬了咬唇，气恼得直跺脚，转过身，不去看紧拥着的两人。

苏可莹怎么也没想到这一向害羞的书呆子会在大庭广众之下做这么大胆的事情，一时之间，竟忘了如何反应。

张慕扬紧张得都不知道怎么去接吻了。他呼吸急促地贴着苏可莹香软的唇，半晌也没动。她的滋味又软又香，仿佛是最美味的水蜜桃，轻轻一掐，就会滴出甜甜的蜜汁。他脑中一片空白，只是唇瓣相贴而已，他就觉得拥有了整个世界。苏可莹突然很想笑，她越发觉得这个书呆子傻得有些可爱。

这个吻，像是用尽了全力，直到白芳芳再也看不下去了，伸手直接拍上张慕扬受伤的后背，"喂，我说，占便宜也要有个度，别耽误人家登机。"

张慕扬闷哼一声，松开了紧紧抱着的苏可莹。苏可莹急忙抽身而退，一张俏脸染上几分红晕，那双亮如寒星的双眸更是蒙着一层水雾，动人至极。

"可莹，你该走了，别再耽误。"白芳芳站在苏可莹和张慕扬之间，推着她站到安检机边，然后转头瞪了张慕扬一眼。

拎起行李，苏可莹站在护栏里，脸上依旧带着红晕。刚刚那个热情的长吻，让她回忆起自己和许睿第一次接吻。

"大家都回去吧。好好照顾自己，我会尽快回来。"苏可莹拎着包，唯独不去看张慕扬，但是后面的一句话却只是对张慕扬说的。

"知道了，你是不是更年期提前了？这么啰唆？"白芳芳隔着护栏推着苏可莹，皱眉说道，"快点走吧，别误了飞机。"

两只狗看着主人离开，开始躁动起来，想要挣脱绳子跟过去，肖钰拉着它们快撑不住了。一直静默不语的张慕扬走了过来，轻轻拍了拍苹苹果果厚实的背，它们低声呜呜叫着，虽然很不甘心，却听话地坐在他的脚边。苏可莹听到两只狗的叫声，突然有些心酸，急忙加快脚步，走上电梯。她伸手抚上自己红润的唇，表情渐渐沉郁下去。她不知道自己能不能顺利回来，如果她能够处理好美国那边的一切，再无后顾之忧，也许她会尝试着去接受另一份真挚的爱情。只是……自己的未来有着太多的不确定，谁能保证幸福这个词会回到她身边？

张慕扬一直静静地看着她的背影消失，该说的都已经说完了。现在的他，只想站在原地这么等着，等着她再次回来。

十五 不定时炸弹

任何事情都是有阴有阳，祸福相依，这次别离，对张慕扬而言，并不是结束，而是新生活的开始。

这是个硕果累累的秋天。在苏可莹离开的第三天，有人希望高价买下张慕扬的新书游戏权，他没有同意；第八天，他成立了萤火工作室；第三十九天，他在策划团队的帮助下，注册了萤火文化传媒公司；第四十八天，他和陈铭兴开始着手改编自己的书，准备开发成大型探险寻宝游戏，并在团队的策划下，进行铺天盖地的宣传。

他出席了五次新书发布会，但是他离开木屋的时间前前后后加在一起也只有十二天。无论出席什么活动，都有工作团队帮他安排好，不用自己出面，他就在木屋里安心写文，陪伴苹苹果果。

如今，除了白芳芳之外，张慕扬和其他成员的关系都很好，尤其是黄映格教授，简直是相见恨晚，两人早成了无话不谈的知己。从黄映格口中，张慕扬知道了这个团队当初组建的大致情况。

这支团队中，有一半的人都是孤儿，当初和许睿、苏可莹一起在孤儿院长大，后来因为种种机缘，有的出国留学，有的干脆就在国外定居。五年前，许睿发起了一个活动，希望大家能在一起做事，利用每个人不同的专长，组建一支精英小组。那时候，有的人还在大学读书，有的已经工作，还有的是无所事事的街头混混。许睿将这些人组织在一起，经过无数次的磨合，终于成功地让这支策划队伍团结起来。当时他们的愿望是，开心赚钱，自由生活。后来许睿因为意外而离去，一直担任副队长的苏可莹心灰意冷，本想解散这支队伍，却被众人阻止，被迫顶上许睿的位置。

白芳芳之所以对张慕扬态度恶劣，是因为她当初也深爱着许睿，总是以为他想取代许睿的位置，她不能允许一个外人轻易地站在许睿的位置上。所以一开始，有一半的人对他都怀有敌意。刘琼华对张慕扬很冷淡的原因是她觉得这个男人是个靠女人吃饭的小白脸，如果没有苏可莹，他什么都不是，因而非常轻视他。但一路接触下来，这种印象渐渐改变，虽然他看上去很儒雅，不过真要做起事来，也干净利落。黄映格曾对他们说，苏可莹绝不会看错人，更不可能把石头当成钻石，现在终于印证了他这句话。张慕扬确实不是石头，他是一块璞玉，一块已经渐渐显现出温润光芒的璞玉。

清晨六点，在山村里，初冬的早晨还有些寒意，张慕扬在被子里，露出乱糟糟的黑发。苏可莹一离开，他又变成了不修边幅的邋遢男人。女为悦己者容，男为己悦者容，没有喜欢的人在身边，自己什么模样都无所谓。

张慕扬为了上网更快，安装了电信宽带，这样打电话也更方便，不用担心哪一天手机会突然没信号。他熟练地拨通苏可莹的电话，这是每天他必做的事情。清晨在她的问候中起床，对他而言，是幸福一天的开始。

"Hello！"那边传来熟悉的声音，苏可莹正和母亲准备晚餐。

"那边很冷吧？还在下大雪吗？"张慕扬听到苏可莹的声音，立刻精神起来，睡意完全消失。

"是，现在的天气越来越奇怪，"苏可莹看了眼窗外白蒙蒙的一片，"以前到了圣诞节前后，才会下这么大的雪。"

"看看日历，还有一周就要过圣诞节了。"张慕扬推开凑过来的狗头，微笑着问道，"可莹，你是不是快回来了？"

苏可莹看了眼坐在餐桌边的母亲，走到窗边，低声说："再等等吧，可能还有一段时间。"

"是吗？"张慕扬非常失望，自从苏可莹走后，他一直忍着没有问她什么时候会回来，只因为在临走前，苏可莹曾对他说，圣诞前一定回来……终于在忙碌和思恋中，盼到了圣诞节即将到来，可是她又归期渺渺。

"妈妈的身体不太好，希望我能多陪伴她一些时间。"苏可莹看着玻璃上的雾气。

苏妈妈看着女儿，心里有一丝愧疚，她其实亏欠这孩子太多。"可莹，一会儿你爸爸回来，会给你一个惊喜。"正说着，门铃就响了。

苏可莹立刻打开门，父亲身边还站着一个抱着大束玫瑰花的人。鲜艳美丽的花束挡住了他的脸，但是苏可莹脸上的笑容瞬间凝固，她已经感觉到那熟悉的、恶魔般的气息——许尧。

"可莹，看我带谁回来了！"苏爸爸笑呵呵地说，"你一定想不到，我找到了你以前最好的朋友……"

许尧缓缓放下玫瑰花束，微笑地看着眼前惊愕但立刻掩去慌乱的小女人。每次见到她，都感觉她变得更加完美，这一次也不例外。

"许……许尧？"苏可莹摁断电话，并没发觉因为用力太久，直接关了机。

"是小尧，很惊讶是不是？"苏爸爸很开心。他这几年来也想通了，当时逼着可莹来美国，就是希望她能在这里扎下根。而一开始因为反对她和许睿在一起，没少给他们压力，现在许睿走了，苏爸爸想要弥补曾经"棒打鸳鸯"的过错，所以当许尧找到他的时候，他很爽快地带着这个年轻人回来，希望能给女儿一个惊喜。苏可莹好不容易在机场避开了许尧，却没想到爸爸居然带着他来家里。这一次，只有惊没有喜。

"可莹，我很想你。"将礼帽摘下，许尧极为绅士地对她轻轻一鞠躬，拿起她的手，放到唇边，在她洁白的手背上轻轻落下一个吻。苏可莹的脸上闪过一丝阴郁。

"可莹，你不知道，你回来之前，小尧听说我的身体不好，就托人送过来长白山的人参。我住院的时候，他也去照顾过我，真是个乖孩子。"苏妈妈笑着盛饭。

"妈妈为什么之前没有告诉我这件事？"

"小尧不让说，他说这是他应该做的事情。"

苏妈妈身体不太好，上次体检，查出食道癌和胃癌初期，好在治疗及时，抑制住了病情。也正是因为这场大病，让她感觉身在异国，如果有个孩子照顾着，是多么贴心。所以她才不顾一切地要苏可莹回来，一来希望身边有个孩子陪伴，二来也希望可以弥补这么多年淡漠的亲情。

"伯母，这种小事别放在心上。"许尧虽然是在和苏爸爸谈话，但是心一直放在苏可莹身上。

"小尧还真是有心人，从中国带了我最喜欢的普洱茶。可莹，你要学学人家。"苏爸爸五十岁，看上去要更年轻一点，很威严，一看就能想到他年轻时的风采。

"爸爸，妈妈，你们慢慢吃，我吃饱了。"苏可莹放下碗筷，看了眼许尧，强忍悲痛，说道，"失陪。"她不等父母说话，立刻拉开椅子，走回自己的房间。

"这孩子怎么了？看见老朋友不该开心吗？"苏爸爸眉头一皱。

"也许是不好意思。"苏妈妈也不太了解女儿，推测着说。

"不……是她讨厌我。"许尧低下头。

"讨厌？为什么？"两个老人几乎同时问。

"因为……我曾经做了伤害她的事情……"许尧更加低落，"伯父，伯母，我是来向她赔罪的。同时，还有一个奢望……希望她能嫁给我。"许尧满脸认真地说道："让我能够带着哥哥的那份爱，继续陪她走下去。"

这次来美国，原本不知道父母到底怀有怎样的意图，后来发现他们对她的态度发生根本性逆转，对她真的关心起来，这让缺少亲人关爱的苏可莹一下就陷入其中，她无法割舍这浓浓的亲情。而苏妈妈的病情只是暂时控制住了，需要一个细心的人在身边照顾，而且吃饭喝水都必须严格控制。所以她一直推迟着回国的日期，想陪母亲度过圣诞节。

只是她没有想到许尧会找到这里。埋在心底的伤痕被无情地揭开，血肉模糊，疼得她喘不过气来。那是一个不可原谅的巨大错误，虽然她无数次试图遗忘，但还是会在深夜梦到他们两兄弟，三个人不停地纠缠，让她疲惫至极。

她靠在床上，刚开机就收到张慕扬的数条短信。被人关心的感觉永远都是温暖的，但是她并不喜欢被多余的人关心，因为那意味着她也要付出同样多的感情。张慕扬的感情，曾是她最不想要的，可自从机场那个吻之后，她清楚地知道，张慕扬不再是多余的人。这个喜欢脸红的男人，已经不是房客的身份，他在不知不觉中，走进了自己的生活，仿佛和苹苹果果一样，成了她的家庭成员。好像如果回到家没有看到他，就少了什么东西。还没来得及回复，张慕扬就打来了电话："可莹？刚才是手机没电了吗？"刚才苏可莹突然挂断电话又关机，让他一度忐忑不安。

"嗯。"苏可莹怕他太担心，没有说许尧的事情，"你在吃早餐？"

"是，我每天都按时吃早饭。"张慕扬笑着说，"一点也没偷懒。"

"很乖。"苏可莹勉强笑了笑，她知道张慕扬一个人的时候会变得又懒又宅，所以叮嘱他每天要按时作息，尤其要按时吃早饭，晚上也不能熬夜。

"可莹，我的游戏开发已经正式开展起来，详细的策划书你已经看过了吧？"张慕扬再次听到她的声音很开心，只想把现在的心情和她一起分享，"下午就会发布正式的消息……"

"对，我今天早上就看到了，完全没有问题。"她现在心情很乱，想要诉说，却又不想让张慕扬知道关于许尧的事。她不想让他忧心忡忡无心工作。

"可莹，你准备什么时候回来？我去机场接你。"

"可能要过了圣诞，父母两个人在这边很孤单，我从没有陪他们一起度过圣诞，所以，今年想留在这边。"

"那圣诞节过完，你就会回来？"张慕扬仍不死心。

"回来会告诉你的。"苏可莹也不确定，她要陪母亲去做第二次诊疗，如果完全成功地抑制住病情，她就先回国。

"……苹苹果果很想你。"张慕扬看着两只狗说。

"我知道。"苏可莹平静的声音传过来。

"我比它们更想你。"

"……我知道了。"苏可莹沉默了半晌，一丝淡淡的笑爬进了眼里，这个书呆子变得越来越大胆。

"我知道"和"我知道了"虽然只一字之差，但是意义却相差万里，尤其对整天研究文字的人来说。张慕扬十分高兴，他非常喜欢被苏可莹承认的感觉，仿佛只要她点头，这个世界都是认可他的。

"那……你有没有想我……们。"张慕扬第一次问她这些，紧张得像一个青涩的少年。平时他都只是简单的问候以及汇报日常生活和工作上的琐事。

"你们？"苏可莹听出他语气的紧张和期待，眼里的笑意不由更浓，忘记了许尧还在外面。

"重点是……有没有想我。"张慕扬脸红了，他虽然在渐渐改变，变得面对偌大的会场和无数的闪光灯也能泰然自若，但是总是改不掉在苏可莹面前脸红的习惯。虽然她没有看见自己，但是听着声音，也觉得有些害羞。

"还好。"苏可莹抿着唇，在积满雾气的玻璃上用手指轻轻划着，很快，一个呆头呆脑带着黑框眼镜的卡通男人出现。其实这个男人真的挺好，做老公的话，又乖又听话，还会抢着做家务，知道疼老婆……就是不知道日子一久，男人的劣根性会不会渐渐显露出来。

"还好？就是说……还是有点想念吗？"张慕扬小心翼翼地问。

"你认为呢？"苏可莹忍着笑反问。

"我……我认为是。"张慕扬深吸了口气说。

"那就是吧。"苏可莹不再逗他，笑了出来。

"可莹……"张慕扬听着她的轻笑和回答，真的激动起来，紧紧握着话筒，声音已经微微颤抖，恨不得现在就飞到她面前，抱紧她，再也不松手。

"可莹，伯父伯母已经知道我们之间的事情……"突然，一个声音在身后响起。苏可莹骇然转身，看见许尧不知道什么时候站在了身边。

她立即摁断电话，笑意凝结，"你什么时候进来的？"

"和他说得太投入吧？"许尧英俊的脸上浮出笑意，带着淡淡的宠溺和嫉妒，"我刚进来。"

苏可莹看了眼被他掩上的门，平时她的警惕性很高，今天确实和张慕扬通话太投入，根本没有听到他进来的声音。"许尧，有一点你必须要清楚。"苏可莹盯着他说，"我们之间是不可能的，无论发生过什么事情，都不可能在一起。"

"还记得以前吗？无论我做错什么，即便是在哥哥训斥我的时候，你都会挡在我的面前，宠着我，呵护我……"许尧很悲伤，他并不想看到这种结果，他所做的一切，都是想把她留在身边。

"你走吧，我不想看到你。"苏可莹打断他的话，转身说道。

"可莹，你必须对我负责，那天晚上……"

"够了！"苏可莹面如寒霜，转身看着他，"那天的事情已经成为过去，如果这种事情要我负责，我只怕这辈子都嫁不过来。"

"别把自己说得那么不堪，我知道你不是那种女人。没有人比我更了解你，我们从小一起长大。可莹，你骗不了我，我也不会在乎以前的事情，我在乎的，是我们的未来。"许尧伸手，想要搭上她的肩膀，却被苏可莹侧身躲过。

"我们之间没有未来。"没有一丝周旋的余地，苏可莹冷冷地说，"我想过结婚，但是对象不是你。"

张慕扬正在狂喜，却突然被挂断电话，不由愣了片刻，难道自己刚才大胆的问题让可莹不高兴了？他立刻再打过去，那边已经关机了。今天似乎很奇怪，难道可莹的手机出了问题？他正疑惑的时候，牧志刚的电话打了过来。

"慕扬，安排又变了，媒体希望能够当面采访，你准备一下，赶快过来。"牧志刚的声音有些急促，显然也是刚刚得知变故。

"不是已经说好电话采访吗？"张慕扬并不想在媒体面前出现，网上乱糟糟的传闻太多了，他不喜欢自己被人指点评论。

"老黄做的决定，他现在正在和那些媒体交涉呢。"牧志刚匆匆说道，"你早点过来，还要做一下造型，怕时间赶不及。"

张慕扬沉默了半秒，终于说道："我在大山里，出不去。"

"我会安排车过去接你，说个地点，快……"

"我先给黄教授打一个电话，稍等一下。"张慕扬不想来回折腾，而且他很讨厌媒体失实甚至歪曲编造的一些报道。

"他现在正忙着。慕扬，你也不能总是做隐士，游戏的广告费已经花了不少，但是作为原书作者和编剧的你一直没有出现，宣传亮点和力度还不够，所以老黄临时决定今天下午四点，媒体采访和发布会合并，你就快点准备一下过来，不要浪费我们这么多天的努力。"牧志刚一向语速很快，他本来就是主要做对外交际，再长的话他都能一口气说完。

"知道。"听到最后一句话，张慕扬有些无奈，"你让车在高速公路的水莲路口下，左拐三百米，在一条盘山公路前有个加油站，我会在那里等车。"他不愿让别人知道他和苏可莹的小木屋，宁愿自己绕路赶过去。

所谓一回生二回熟，张慕扬面对媒体越来越从容冷静，每个问题都能回答得滴水不漏，再也不用苏可莹挡在他的面前。苏可莹并没有看错人，张慕扬的某些天分和潜力，以及他常年积累下来的知识，都为他的成长提供了强大的燃料和动力，他已经越来越让策划小组的人刮目相看。从一开始的不知所措，到现在的独当一面，张慕扬用自己独特的方式，心境平和地应对成名带来的利益和烦恼。

发布会顺利结束后，张慕扬从黄映格事先安排好的通道迅速撤离。他真的不喜欢抛头露面，宁愿宅在家中写文养狗，当一个闲散自由的写手。当然，前提是要有钱，很多钱。

"可莹一直关机，不知道今天是怎么了。"在车里张慕扬突然转过头，看着黄映格，"教授，你知道可莹父母在美国的住址吗？"

黄映格看了他一眼，随即笑道："你不会想去找她吧？不行，这段时间很忙，游戏开发的团队整夜都不合眼，通宵赶进度，就是希望能在新年前赶出预测版。你必须留在国内，随时根据要求修改脚本和沟通下一步的策划。"

张慕扬立刻就沉默了，转头看着外面的霓虹灯。

苏可莹是睁着眼睛到天明。许尧虽然走了，但是他留下了一个不定时炸弹。父母都用怪异的目光看着自己，欲言又止的模样让她清楚许尧对他们说了什么。虽然在他们心中，自己一向叛逆，但是现在，他们又会怎么看自己？

清晨五点半，苏可莹起床，提前煲粥，然后坐在沙发上拿起一本英文诗集随手翻看。"可莹，怎么起这么早？"苏妈妈自从生病了之后，睡眠又浅又少，她隐约听到外面的动静，就起了床，一开门，就看见女儿坐在沙发上，翻着一本书发呆。

"妈妈，是我吵醒你了吗？"苏可莹急忙站起来，扶着妈妈走到沙发边。

"是我睡眠不好。"苏妈妈端详着自己的女儿，她继承了父母容貌所有的优点，甜美又大方。

"妈妈，是不是这边的水土不好？要不，过完圣诞之后，您和我一起回国吧，我可以安排一个营养师来照顾您。"

"不行，你爸爸一个人在这边我怎么放心？"苏妈妈摇头笑道，"都这么多年过来了，也习惯了美式生活。"

"你和爸爸都回国吧，毕竟那里是故土。"苏可莹抿抿唇说。

"你爸爸的事业离不开这里，要是回去了公司怎么办？"苏妈妈拍拍女儿的手。

"我会照顾你们啊，我也可以赚钱……"苏可莹立刻说。

"说起来，我们也不缺钱。"苏妈妈打断女儿的话，"再等等吧，等有了孙子，一大家聚在一起，你爸爸肯定就会希望乐享天伦了。"

苏可莹没有再接话，这种未来对她来说，还遥远得很。

"昨天那个孩子，妈妈知道你们从小一起长大。"苏妈妈终于转入正题，"以前，爸爸妈妈对你的感情介入太多，现在想想，我们就你一个孩子，做父母的，当然希望你能幸福。小尧那孩子，论相貌才学，和你都很般配……"

"妈妈，我已经有了喜欢的人。"苏可莹轻声打断她的话。

"就是每天给你打电话的那个小张？"苏妈妈愣了愣，她很少听女儿说起过现在的感情。

"嗯。"苏可莹低下头，看着手边的英文书，精致的封面上，是一个暗色的振翅欲飞的蝴蝶。

"你……已经忘了许睿？"苏妈妈不太相信。她了解女儿和许睿之间的感情，简直是飞蛾扑火般的炙热，如果说可莹在短短两年的时间里，还可能去接受谁，那只能是和许睿长相相似，也有着血缘和浓厚亲情的许尧。

"我现在喜欢的那个人很好，妈妈也不想我一直活在过去吧？"苏可莹掩藏着内心的感情，反问道。

"很好吗？那为什么来这里这么久，都瞒着妈妈？"苏妈妈显然不太相信女儿口中突然冒出来的男友。

"因为……还没做好准备。"苏可莹咬咬唇，吸了口气，"妈妈，你应该知道我的性格，没有百分百的把握，我是不会开口……"

"那就是说，你们之间还没有把握？"苏妈妈问。

"妈妈，当我告诉你的时候，就是确定会和他结婚，会为他生子，会陪着他走一生一世。"苏可莹纤细的手指蜷曲着。

"那现在依旧是不确定？"苏妈妈看着女儿，咄咄逼人。

"本来不确定，但现在我确定……"苏可莹深吸了口气，表情十分平静。

"那么，说说你未来的丈夫，我们家未来的女婿，妈妈想看看，他哪里比小尧优秀。"苏妈妈突然微笑，握着女儿攥成拳的手，温柔地说，"我女儿喜欢上的人，一定有他的不凡之处。"

苏可莹闭上眼睛，点点头，"是，他是很好。"将所有复杂的感情都压抑在心中，苏可莹知道他很好，但是她还没有想过和他结婚。她对他，只是有一丝感动和心动，除此之外，就是对他的欣赏，和"爱"相差太远。如果说爱情，她的心中还装着许睿，容不下第二个人。但是面对许尧和家人，她别无选择，只能说谎。

"其实，只要你喜欢就够了。"苏妈妈听完女儿简单的描述之后，微微一笑，"斯斯文文的读书人挺好，至少不用担心他会欺负你。只是……你和小尧之间的事情，他知道吗？"

苏可莹脸色微微一白，立刻点头，"知道。"

"可莹，不要怪妈妈啰唆，一个女孩子在外面闯荡，应该多留点心思，别那么放纵自己，否则留下一堆麻烦。"苏妈妈意有所指，"很多男人嘴上说不在乎，可是心里总有疙瘩。你趁着在美国，处理好这件事，以后回国了也轻松。"

"我知道。"苏可莹低下头。

"但是……你爸爸的意思是，如果可以和小尧在这边生活，也是一件不错的事情。他上了年纪，公司需要信得过的人来打理，希望你能和小尧在这里落地生根……"

"不可能。"苏可莹抬起头，重复道，"我和许尧绝无可能。"

"这是你父亲的意思，他觉得毕竟你们之间发生了那些事。以后如果你嫁给那个什么小张，他要是耿耿于怀，小日子就没你想象的那么舒坦甜蜜。"

苏妈妈其实很喜欢许尧，毕竟女儿口中形容的"男友"和他们已经见过面的许尧感觉不同。许尧英俊又痴情，学历高，和自己的女儿从小一起长大，怎么看都是天生一对。

十六　抱着爱的人，就像拥有全世界

陈铭兴接到张慕扬的电话，没等他开口就说："慕扬，是不是要过来？"陈铭兴早就知道张慕扬下午已经到市里参加媒体发布会的事。

"你晚上方便吗？"张慕扬怕打搅到嫂子休息，先开口问道。

"当然方便，现在有你睡的地方，只管过来。"

张慕扬从北京回来之后，帮陈铭兴租了一套又大又明亮的精装房。他觉得陈铭兴的老婆有了孩子，每天床边放着电脑，对胎儿不好；而且租个大房子，可以给铭兴办公的地方，让他安心帮自己研究游戏的开发。从某些方面来说，张慕扬是一个能让别人为他甘心效命的人。

陈铭兴没等他说话，就补充说："顺便给你看看游戏开发的成果，元旦前，一个免费下载的小游戏可以先推出，热热身。"

"先别说游戏，铭兴，你可以通过 IP 找到具体的住址，即使是国外的 IP 也可以查到，没错吧？"张慕扬问。

"当然，只要没离开地球，不管哪个旮旯里，我都能给你查出来。"陈铭兴自信满满。

"好，一会儿等我过去。"张慕扬心中一喜，脸上都扬起笑容，"先把嫂子安顿睡下，别让她忙来忙去。"

"放心，那我在家等你。"张慕扬帮陈铭兴预付了一年的房租，让阮凤娇安心养胎，又把这套游戏的开发交给他负责，对收入不稳定又要强的陈铭兴而言，简直就是雪中送炭。他将老婆哄睡下之后，关上卧室的门，继续研究程序，希望在新年前和他的团队能赶出一个测试版。

"怎么还带礼物来？"陈铭兴看到张慕扬提着两大袋营养品，有点不高兴。

"嘘，别吵着嫂子了。"张慕扬看了眼卧室，轻声说，"这不是给你的，听说怀孕的女人要多补充点微量元素，你一向粗心大意，所以我就……"

"好了好了，先进来，下次不要给她带这些东西。"陈铭兴关上门说，"只要游戏开发成功，赚上一大笔钱，我就让她辞职，专门在家带孩子，以后想吃啥就自己去买……"

"你也会心疼媳妇了？"张慕扬笑道。

"不心疼媳妇，也要心疼儿子啊。"陈铭兴笑得脸都皱了，"你没当过爸爸，你就不知道，这有了儿子的感觉啊，就好像自己的生命得到了延续……唉，等你有老婆就知道了！不过以后小苏一定幸福死了，有你这么细心体贴的老公照顾……"

"咳，你打算什么时候举行婚礼？"只要想到那一幕，张慕扬心脏就跳得有些不规律，他怕自己又陷进甜蜜却遥远的想象中，立刻打断他的话。

"领了结婚证就行了，婚宴眼下哪有时间和精力去弄？等儿子到了三四岁，让他当小花童，"陈铭兴现在只想着老婆肚子里的儿子，"而且那时候游戏一定赚了许多钱，我可以补给她一个浪漫豪华的婚宴，这个想法不错吧？"

"这段日子，辛苦你了……"

"跟我别说这种话。"陈铭兴不高兴地说，接着问道，"对了，你今天说的那个什么国外 IP，是不是要找你的那位美女房东苏美人？"

"你知道还问。"张慕扬苦笑着说。

"已经想得受不了了？"陈铭兴的话一向粗俗，他趴在张慕扬的肩头，笑嘻嘻地说，"有了女人之后，一个人睡觉是不是很不习惯？食髓知味，有那么一个温香软玉的美人抱着，还不是夜夜笙歌，日日不早朝？你也真行，她走了快两个月，居然清心寡欲……"

"没有的事……你别乱想。"张慕扬立刻解释，"我和她……"

"得了得了，你早就不是以前的张慕扬了，别和我装傻。"陈铭兴打断他的话，"我可是记得汪霞来找你，又去了北京之后，就伤了心……你对兄弟实话实说，是不是把她……"

"我又不是你。"张慕扬真有些无奈，他已经解释很多次了，也在网上找了汪霞很多次，希望还能保持以前的良好关系。他真的希望可以利用自己现在的能力帮她出版那些短篇集。这是汪霞的心愿，他记得很清楚。

"对，你是一个有原则的人，可你更是一个男人。"陈铭兴笑着将桌面程序退出，找出张慕扬发给他的那个 IP 地址。

"你不会真要去美国吧？"铭兴调出那个 IP，双手在键盘上忙碌着。

"圣诞节快到了……"张慕扬看着桌上的相框，里面是陈铭兴和阮凤娇的合影。

"圣诞节？你想圣诞节赶过去？"陈铭兴惊讶地说，"签证很麻烦的，现在根本来不及拿到护照。"

"我已经准备好一切，包括机票。"张慕扬笑得很神秘。

"不会吧？"陈铭兴看着张慕扬，眼里闪过一丝怀疑，"好啊，小子，你现在越来越高深莫测了。"

"没有，我是在她走了之后，就开始办护照。"张慕扬耸耸肩说，"而且，如果来不及，跟旅游团也可以，反正总有办法飞过去。"

"你竟然这样老谋深算！看不出来啊看不出来。"陈铭兴摇头，重新打量张慕扬。

"别用这种眼神看我，看电脑，是不是已经好了？"张慕扬看见屏幕上出现一行英文，立刻问道。

"差不多，地址有了，我看一下地图方位。"陈铭兴双手飞快地在键盘上敲击。很快，一张纽约的地图出现，地图被不断地移动拉近，一个很小的红点出现。

张慕扬的心脏激烈地跳动起来，他仿佛看见那个红点下，苏可莹完美无瑕的脸。

张慕扬的深夜，是苏可莹的白天。这一天对苏可莹来说，非常难熬。一个上午，父母都在对她百般试探和暗示，希望她能留下和许尧在一起，不要再回国。直到下午三点，她才被父母放过，躲回屋里，处理邮件和工作。但是她一直微皱着眉头，心不在焉。

　　苏可莹看到公司的近况和张慕扬做的一些计划方案，她觉得张慕扬已经变得有主见，并逐渐上了道。她想她应该放手，让他去闯自己的天空了。他的社会经验是有些不足，但是多年看书学习不断充电的习惯弥补了这个缺点。他在理财投资方面虽然看上去稚嫩，但是眼光高远，心思缜密。如今注册的萤火文化传媒，因为资金和经验不足，并没有真正运行起来，张慕扬在耐心地等待时机，并且不断地吸收投资方的资金，利用别人的钱，获取自己的财富。

　　《剑噬》的第二部刚写出来，版权就被炒到了前所未有的高度。张慕扬却做了一个大胆的决定，早在12月中旬，就和出版社解约，准备以萤火文化传媒的名义亲自策划第二部小说。当然，张慕扬并非单方解约，他和出版社以及一些代理书商签订了一份代销合同，给他们最低的折扣，并且有一个奖励计划，把最大的利益让给那些书商和出版社，风险和成本投资由自己承担。这对书商来说，当然是一件有利无害的事情，而且因为之前的宣传噱头，第一部还在热卖，第二部又炒得火热，如果他们能拿到全国总销售代理的名额，肯定会大赚一笔。张慕扬的第二本书将于圣诞节那天，在萤火文化的官网上独家连载，这也将增加萤火网的流量和知名度。

　　这一系列出人意料的举措，都是张慕扬自己做的决定，苏可莹的策划团队只是协助宣传，他们都还不知道张慕扬已经暗中和出版社解约，准备自己亲自来策划出版。如果知道他做出这么大胆，甚至可能赔本的事情来，苏可莹一定不允许。苏可莹是一个至少有五成把握，才会去尽力做一件事的人。她不会利用百分之一的成功几率，去投资高风险的项目。相比苏可莹的稳妥和冷静，张慕扬似乎有些急躁。但是他很清楚一件事，风险越大，相应的收益也越大。

　　纽约的雪停了三天，现在又飘起了小雪花。这两天，苏可莹陪着母亲去医院复查，十分忙碌。圣诞节前后，正是公司业务最忙的时候，许尧这两天没抽出时间过来。他在苏可莹来美国之前已经辞职，自己和几个美国朋友弄了一个小工作室做理财顾问。而这段时间，他的主要精力放在了苏可莹父亲的公司上。许尧知道苏老爷子在商场摸爬滚打这么多年，已经萌生退意，他希望能够尽快取得老爷子的信任，事业感情兼得。

　　自从许尧上次来了之后，苏可莹的手机一直保持关机状态，和张慕扬他们都是用邮件来往。黄映格曾告诉她，张慕扬应该已经知道许尧收回房子的事情，这让苏可莹心里有种说不清的感觉。她有点不敢和张慕扬再次通话，怕自己忍不住对他说出许尧的事情。而和他往来的邮件中，他并没有提到房子的事情，只是每日汇报工作，说一些贴心的话，写给她长长短短的诗，也并没有问她为什么不开机。

除了陈铭兴之外，其他人都不知道张慕扬即将飞往美国。大家在圣诞节前后都非常忙碌，一是要推出一个免费下载的小游戏版本，二是张慕扬第一本书的影视版要正式开机拍摄，一场两个月的男女主角炒作终于落下帷幕，这场戏还没开机，已经赚够眼球，也拉动了新书的销售，让张慕扬的书在短短一个月里就被抢购一空，一再加印，让出版方笑得嘴都合不拢。投资方看见出版方赚得盆满钵满，对张慕扬更是信心百倍，想高价签下他的第二部影视改编权。如今的张慕扬身价倍增，成为抢手的人气王，加上他不喜在媒体镜头前出没，更显得神秘万分。

凌晨，张慕扬拎着简单的行李，和陈铭兴在机场低声交谈。这段时间他的日程很满，元旦要出席剧组的开机仪式，而他还不知道元旦能不能赶回来。免费下载版的小游戏将在平安夜推出，他正和陈铭兴敲定最后的一些细节。他把苹苹果果送去了一家很有名气的宠物训练营，一是怕两只狗不习惯在别人家里，二是觉得宠物训练营有许多小狗，每天还有训练的课程，不会让它们觉得孤单。

北京时间12月24日凌晨三点，是纽约时间23日下午三点。十多个小时之后，张慕扬就会赶到纽约，在平安夜到来之前，敲开苏可莹的家门，给她一个大大的惊喜。不过他想，也许对苏可莹来说，只有惊没有喜，因为她可能会责备工作这么忙碌的时候，他还偷偷地飞到美国。但是无论苏可莹的反应是怎样，他的心里都充满兴奋和欢喜。

平安夜这天，苏可莹再次见到最不想看见的许尧，他是陪着苏爸爸回来的。苏可莹知道他现在几乎成了父亲的理财顾问，外表英俊，看起来又礼貌绅士，还很有经济头脑，许尧的一切，都让父母很满意。

"可莹，"走到起居室，许尧将一个大信封推到苏可莹的面前，"这是送给你的礼物，希望你能收下。"

苏可莹沉默地摆弄着鲜花，对许尧的礼物看也不看。她的右手食指上，有一枚银戒指，在灯光下闪着光。

"可莹，别这样对我。"许尧握住她的手腕，急切地说，"你是不是恨我突然收回了你和哥哥的房子？"

"你知道我不会恨你。"苏可莹停止摆弄鲜花，淡淡地说，"所以你才会越来越放肆，对吧？"

"可莹，我怎么放肆了？收回房子，只是因为法律上的原因，现在我已办好了一切手续，房子的钥匙和转让合同都在这里，只要你签下名字，那栋房子就完全属于你。"许尧非常委屈和伤心，他所做的一切都是因为爱她。

"许尧，不是房子的问题。"苏可莹看着他，眼神复杂，"无论你做什么，我只能把你当成弟弟看待，懂吗？"

"我想做的是你的丈夫！"许尧想不明白，为什么他和哥哥长得那么相像，又和苏可莹从小一起长大，苏可莹偏偏不愿爱上他。

"许尧，不要浪费时间在我身上，我已经有了喜欢的人，你也看到了，他很好，我们很好。"苏可莹一双眼眸闪着冷锐的光芒，"即便我和你之间曾经发生过那样不堪的事情，他也从未想过离开我。"

"他配不上你，张慕扬是个没用的男人……"

"错了，张慕扬比你想象的要强大。"苏可莹微微一笑，"而且，我喜欢他，这就足够了。"

"可莹，那个小白脸不会给你幸福，他连我哥哥的一根手指都比不上……"

"但是我们已经决定要结婚。"苏可莹打断他的话。

许尧觉得难以置信，还有愤怒。凭什么？凭什么他苦苦等了这么多年，却被张慕扬轻易地夺走真爱？他一直就没把张慕扬放在眼中，他认为张慕扬根本不是自己的对手，但是没有想到，苏可莹竟然真的会对那种普通的男人动情。

"别骗我，可莹，你别骗我……"他几乎要崩溃了，他死命地攥住苏可莹纤细的手腕，两眼通红，"你不能和他结婚，不能！"

"许尧，你会找到更好的女孩，所以……"苏可莹心中一酸，她不忍心伤害他，但是他一次次逼着自己狠心说出绝情的话。

"可莹，不要和张慕扬结婚，否则你一定会后悔。"许尧不由分说地紧紧抱着她，像是要将她揉进身体一般，语无伦次地说，"相信我，不要和他在一起，我们都是被抛弃的人，这个世界上，只有我最爱你。可莹，接受我，你必须接受我……"

苏可莹被许尧紧紧地抱着，无法挣脱，几乎喘不过气来。

"可莹，我们说好一起幸福地生活，你不能因为可哥走了，丢下我一个人跟别的男人在一起……"

苏可莹痛得皱起了眉头，她知道许尧对自己的感情，不仅仅是爱，还有当初三个人被遗弃时，相依为命的那种依恋。但是，她一直把他当成家人，当成弟弟，而非情人。

"许尧，你先放开我。"胸腔被挤压着，呼吸很困难，她推不开他，只能开口说。

"不放……这辈子都不放……"许尧真的要被她折磨疯了，这么多年，她为什么不肯爱上自己？难道真的要逼着自己带着这份没有希望的感情走向绝路，她才甘心吗？

"许尧。"困难地吸了口气，她伸手推向他肋下的某个地方，这便是许尧从小就害怕被碰的"软肋"。果然，许尧的手臂立刻松动了一点，她乘机躲开他的手臂，退到壁炉边，抚着胸口，大口喘气。

　　张慕扬晕乎乎地下了飞机，他没有想到因为天气原因，飞机耽误了好几个钟头，现在已经是纽约时间上午十一点多了。他刚刚下飞机，还分不清东南西北。坐机场大巴去市中心时，他翻出陈铭兴给他的地址和打印出来的简易地图，全身的细胞都在期待着即将到来的相见。

　　纽约果然很冷，天空飘着细碎的雪花，张慕扬穿着羊毛大衣，戴着帽子，围着围巾，全副武装，依然很冷，他开始后悔没有穿厚厚的羽绒服。他在这个国际大都会晕头转向地找着苏可莹的住处，虽然之前已经让陈铭兴帮他在网上预订了一家宾馆，也稍微熟悉了一下地图，但这座城市太陌生，让他有种强烈的漂泊感。

　　出租车在一栋看似非常普通的公寓楼前停下，张慕扬没有想到苏可莹的父母住在这么普通的花园小区里。天空的雪花依旧飘着。他拎着精心准备的礼物，站在五楼的一扇门前，半晌也没有按门铃。他的心跳得很快，一切的行程都是秘密的，他没有打苏可莹的电话，也没有在网上告诉她自己会来。但是他并不担心找不到她，即使陈铭兴给的地址是错误的，他也有其他方法找到她的住处。终于，张慕扬伸手按向门铃。

　　苏爸爸走到玄关处，从猫眼看见外面站着一个斯文清俊的年轻男人，黑发黑眼，典型的东方人面孔。他将门开了一条缝，隔着防盗门，上下打量着张慕扬，然后问，"你找谁？"

　　苏可莹知道，她和许尧这么僵持下去也不是办法，因为无论她说什么，许尧都听不进去，现在最好的方法就是沉默。她走出起居室，看见父亲站在门口，似乎正在和一个人交谈。

　　"爸爸，是快递员吗……"她看清门外站着的男人，脸上的表情立刻变成了惊愕。

　　"可莹，你认识他吗？"苏爸爸很少看到女儿大惊失色的表情，微微侧过身问。

　　"张……张慕扬……"她真的以为自己是在做梦，今天早上六点她还收到了张慕扬的邮件，他祝她平安夜快乐，现在他居然出现在自己家门口。

　　张慕扬看见自己日思夜想的美丽小女人，掩不住温柔的笑意，陈铭兴果然不会出错，他破解的地址是正确的。

"天，慕扬……你怎么会来？"苏可莹努力平静着心情，打开防盗门。上帝才知道她刚才那一刻的心情有多复杂，仿佛她看到的不是张慕扬，而是一个外星人。

张慕扬微笑着张开双臂，右手的礼物还来不及送出，就抱住了面前这个小女人。多好，抱着她的感觉，像是拥有了全世界。闭上眼睛，他完全感受着她的温暖和馨香，在她的耳边低低说道："可莹，我好想你。"

"你要是在半夜出现，我会以为见鬼了。"半晌，苏可莹才咬着唇说。她的心脏第一次跳得那么飞快，张慕扬真的像天神一样出现，让她措手不及。

"可莹，他是你的朋友？那先进屋吧。"苏爸爸一直在打量这个看上去很书生气的清秀男人。

"爸爸，"苏可莹终于挣脱张慕扬的怀抱，兴奋地转过脸，"他就是我在中国的男友，张慕扬。"

"张慕扬？"苏妈妈听到女儿兴奋的声音，从厨房走过来，惊讶地看向张慕扬。许尧已经从起居室里冲出来，脸色一变。

"阿姨，您好，我是慕扬……"张慕扬有些不好意思，他没有想到苏可莹竟会这样介绍自己。但是随即，他看见了脸色铁青的许尧，立刻明白了，他的心里微微有些失落和懊恼。如果不是因为许尧在这里，可莹一定不会这样介绍自己吧？许尧怎么会在这里？他和可莹之间又发生了什么？有没有再次伤害她？能够出现在可莹的家里，一定是取得了可莹父母的信任了吧？这些怀疑和推测在他的脑海中浮现出来，让他从相见的喜悦中立刻抽离出来，还保持着一丝冷静。

"哦……"苏妈妈打量着眼前带着书香味的白净男人，发出一个长长的音节。

"快点进屋吧，喝点热茶。"苏爸爸最先反应过来，把张慕扬迎进屋里。他虽然对眼前这个年轻人不了解，但是只看外表，断定对方不是个坏人。

"谢谢，这是送给叔叔阿姨的礼物，希望你们能喜欢。"张慕扬双手奉上，恭恭敬敬。

"不用这么客气。"苏爸爸说话有礼貌但也有距离，很像张慕扬第一次看见苏可莹时的感觉。他在苏可莹的帮助下，换了鞋，走进客厅，看见许尧充满戒备的敌意姿态。

"你怎么穿得这么少？刚下飞机很冷吧？"苏可莹帮他脱去外面的大衣，带着关心埋怨道，"也不知道给我一个电话，以后不准一声不吭地就跑过来，害得我刚才真的以为见鬼了。"

"对不起，我是想……"张慕扬的话还没说完，苏可莹突然踮起脚尖，嫣红的唇径直贴住他的。"小心说话，看我的眼色。"仿佛是一个极度缠绵的吻，苏可莹其实只是点到即止。

张慕扬的心跳差点就停住了，他发现无论自己有多冷静，只要面对苏可莹，他所有的理智都会崩溃。苏可莹对他眨了眨眼睛，伸手揉揉他微红的脸，"快去先洗个脸，瞧你这风尘仆仆的模样。"

张慕扬任苏可莹牵着手往卫生间走去，经过许尧身边时，突然站住，直视着许尧的眼睛，微微一笑，"好巧，你也在这里。"

"是，没有想到吧？"许尧的脸色异常难看，但是唇边也浮起一丝笑容，在苏可莹父母面前，他不能没有绅士风度。

"是没想到在这里会遇到老朋友。"张慕扬感觉到苏可莹掐了掐自己的掌心，立刻收住话，"我先去洗个脸，一会儿聊。"

许尧眉头微微皱起：这个没用的男人似乎变了，无论是说话的语气，还是风度气势，都和以前大不一样。

苏可莹把张慕扬拉进卫生间，关上门，长出了口气。转过身，她低声问："你怎么会来这里？"

"你不想见到我？"张慕扬有些忐忑。

"没有，但是……太意外了……"她到现在还无法形容看见他的那一刹那的感觉，"你应该先告诉我……"

"你不是也有很多事情没有告诉我吗？"张慕扬打断她的话，盯着她。

"敢情你专程飞来美国，是来兴师问罪的？"苏可莹水眸闪了闪。

"怎么敢？"张慕扬突然笑了，腼腆地低下头，看见她右手上的银戒指，"我只是……来给你送只苹果。"

"这只苹果还真贵重。"苏可莹叹了口气，放着热水，拿出一块干净的毛巾在温水中浸湿说，"不过你能来也好，我需要你的帮忙。"她简短地将这段时间发生的事情对张慕扬说完，没有一点隐瞒和保留。

"那么，现在的情况就是……"

"定下一个婚期，让许尧死了心，也让父母别再逼我。"

"这样好吗？"出乎苏可莹的意料，张慕扬并没有立刻答应下来。

"但是，没有更好的办法……"苏可莹有些无力。

"假的终究会露馅，到时候，你会活得更痛苦。"张慕扬擦着脸，声音在毛巾下沉闷地传出。

"可是……"苏可莹当然知道，但是她急于摆脱许尧，没有时间和精力去布置长线战斗。

"我有个更好的办法。"张慕扬擦干手，将毛巾搭在架子上，转过脸看着她。

"什么办法？"苏可莹像是抓住了救命稻草，不自觉地握住张慕扬的手。

"我们……真的在一起吧。"握住她的手，张慕扬一脸认真。他已经对她表白过心迹，觉得没必要再遮遮掩掩。

苏可莹美眸一闪，没有想到他会说出这样的话来，他诚挚和期待的表情让她不知道应该怎么回答。

"可莹，我爱你，我想和你生生世世，直到白头。"他凑近她，声音颤抖。没什么说不出口，这句话，他不知道对着旷野练习了多少次，为的就是今天对她勇敢地说出来。

苏可莹心思百转，看见张慕扬半合双眸，薄唇渐渐地凑近自己，突然有一丝慌乱。感受到他紧张急促的气息喷洒在自己的唇上，她伸手推开他，一贯波澜不惊的脸上泛起一丝红晕，"差不多该出去了，磨蹭这么久，会让人误会。"仓促地转过身，她不去看他的脸。

张慕扬失望地看着她的背，但是很快就打起精神。没关系，只要能见到她，只要能在她的身边，机会多的是。他也没奢望过她会马上答应他，或者会立刻爱上他。这么长时间的相处，他知道她的心里住着一个叫许睿的男人，事实上，他很庆幸自己找到一个如此漂亮聪明又专情的女人，所以，他早就已经制定了追爱计划，他要让自己的爱不着痕迹地浸润她的心房。

苏可莹明显感觉到张慕扬的变化，虽然他表面依旧温和儒雅，但是整个人却强势自信了许多。面对这种变化，苏可莹喜忧参半。她希望张慕扬可以变得独立自信，但是又担忧他在改变的同时，丢掉了原有的敦厚本性。

苏爸爸、许尧和张慕扬坐在沙发上，看似聊得十分畅快，其实都各藏心事。许尧有些惊讶，如今的张慕扬真的让他刮目相看，无论是从谈吐还是整个人的气度上来看，张慕扬都不像半年前那样羞涩内向。他知道张慕扬在苏可莹的帮助下，成了国内炙手可热的新贵作家。但是只不过是一个写手而已，能成什么气候，而且还是在女人的帮助下？许尧如此想到。

苏爸爸分别从女儿和许尧那里听闻了一些张慕扬的事情。他无法将眼前这个谈吐风雅恭谨的年轻人和许尧口中依靠自己女儿爬上新贵作家宝座的人联系在一起。

苏可莹陪着母亲在厨房准备着平安夜晚餐，心却在坐在沙发上的三个男人身上。她怕爸爸或者许尧提出什么尖锐的问题，让那个笨男人难堪。可总是越担心什么，就来什么。

苏爸爸看着张慕扬突然问道："小张，听说你在国内很有名，小说要被翻拍成电影和电视剧，是吗？"

"都是虚名而已，"张慕扬敏锐地察觉到苏爸爸接下来可能要问的问题，立刻说道，"如果不是因为可莹的支持，我现在只怕还是个默默无闻的撰稿人。"

苏爸爸见张慕扬如此坦诚地先说出来，反而不好继续问下去，只能报以一笑。

"一个男人靠着女人发迹，会不会有点……"许尧带着一丝嘲讽的笑，故意停顿了一下。

"你把他说成暴发户了。"苏可莹在厨房接口，"一个人要是没半点才华，就是想扶也扶不上墙。况且，是他那本书红了，又不是我替他写的书。"

"在书市里，竞争很激烈，更新速度也很快，是可莹帮助我打红了第一本书，所以我才成了幸运儿。"张慕扬淡淡地笑着，语气里没有丝毫骄傲，只有对苏可莹的感激和敬重。

"我家可莹从小就有一双火眼金睛，看人从来不会错，做投资也是一样。"苏妈妈很愿意听别人夸赞自己的女儿。

"可莹的确是一块做生意的好材料，我一直想让她留在美国帮我打理公司。"苏爸爸不动声色。老头子心中更喜欢许尧，毕竟相处过一段时间，而且许尧的理财投资能力并不差，外形也更阳光俊朗一点，先入为主的感觉让苏爸爸对张慕扬在感情上有些疏远。

"爸爸，现在国内的市场也非常好，而且经济发展迅猛，如果能在国内投资，应该有更好的前景。"

"这里有这么多的老客户和资源，要是回国等于一切重来，哪有那么容易？"苏爸爸看了女儿一眼。

"叔叔，您其实不用这么劳累，和阿姨做点自己喜欢的事情，不用整天为工作烦恼，这样不是很好？"张慕扬笑着说。

"你的意思是我们可以退休了，让子女来赡养？"苏爸爸问。

"做自己喜欢的事情，并不等于退休啊。"张慕扬看了苏可莹一眼，笑道，"而且还能和女儿在一起，享受团圆的幸福，她也一定会好好照顾两位，对吧？"

"我也是这个意思。爸爸，你看妈妈身体也不好，纽约的生活节奏又太快，还不如回国找一处青山绿水颐养天年。"

"说起来我很久没去乡村吃过野餐了。"苏妈妈突然说道，显然对女儿口中的田园生活有些向往。

苏爸爸轻咳一声，立刻转移话题，"小张，你这次来美国没有带行李？"

"放在宾馆了。"张慕扬一直面带微笑。

"其实晚上可以在这里休息……"

"是呀，谁叫你住宾馆的，难道还想我每天去宾馆找你啊？"张慕扬听苏可莹这样一说，突然脸红了，腼腆地低下头。苏爸爸没想到女儿接话这么快，他本来只是客套话。虽然张慕扬是女儿承认的男友，但他还没有正式接受张慕扬的身份。这房子不大，原本三室两厅，但是有一间屋子做了起居室兼书房，女儿这样开口，摆明是他俩住一屋。苏爸爸抿了一口茶，感觉今天刚见到这个年轻人，自己就已经处于下风。

许尧一直在观察张慕扬，并估算着现在的张慕扬和自己之间的实力差距。因为公司有事，晚餐结束后他就匆匆离开了。

张慕扬一直等待着和苏可莹独处的机会，他有许多话想对她说。他坚持要和苏可莹一起收拾厨房，只要和她站在一起，心里就无比踏实。

"我来洗碗。"张慕扬抢过碗和抹布，什么都不让她做。

"那需要我做什么？"苏可莹苦笑地看着他忙碌，仿佛又看到了以前那个做饭遛狗的宅男。

"站在我身边就好。"张慕扬有些不好意思。他只是在说实话而已，既然已经确定了要把这朵带刺的玫瑰采到手，那他就必须克服面对她的羞涩，学着把自己的内心剖给她看。现在的他，已经不是一无所有的张慕扬。他有了自己的事业，就好像一个人终于有了根基，有资本去追求爱情。

苏爸爸和苏妈妈坐在沙发上，不时瞟向一侧敞开式的厨房，偶尔交头接耳。

"可莹，今天平安夜，你们不出去转转吗？"见收拾得差不多了，苏妈妈笑着问。

"要出去的，慕扬的行李还在宾馆呢，我们顺便拿回来。"

"叔叔阿姨，你们也一起出去走走吧。"

"不了，外面太冷，我身体又不舒服。我们就在家看看电视。"苏妈妈看了苏爸爸一眼说，"你们年轻人出去转转，看看热闹挺好。"

"好。"苏可莹甜甜地应道。她在家中完全没有商场女强人的气势，只是个听话的乖乖女。苏妈妈和苏爸爸对视一眼，他们今天晚上要好好交流一下，对这个飞上门的"女婿"，要制定一个全方位的考察计划。

"你穿得这么少，出去一定会冻坏的。"苏可莹在衣柜里翻找着一件许睿的毛衣，但是怎么也找不到。

"没关系，我不冷。我比以前强壮多了。"张慕扬不止一次想要拥抱她，却鼓不起勇气。和她单独相处，他更加紧张。

"是吗？"苏可莹转过身，怀疑地看着他有些偏瘦的身材，摇摇头，"还是那样单薄。"

张慕扬深吸了口气，拿起她的手放在自己的胸口。苏可莹透过自己的掌心，能感觉到肌肉结实的胸膛。不过，他要干吗？

"是不是比以前结实了？和上一次的感觉不一样吧？"

"上一次？"

"就是那次你摔倒在我的胸口，那时候，这里还不够结实……"张慕扬脸红了，不敢看她的眼睛。

"你还真是小孩子。"苏可莹忍不住打断他的话，想笑却又笑不出来。这些天，他果然变了，从内心到身体，都变得强健起来。

"我不是小孩。"张慕扬抗议着，拉着她的手往自己小腹移去，"瞧，还有这里，我没有找过健美教练，全是苹苹果果陪着我练出来的。"

苏可莹一脸诧异，不是因为这个男人有了结实的腹肌，而是因为他的举动。难道他不觉得这样很不妥吗？这还是以前那个羞涩的男人吗？他现在大胆得让她都害羞起来。

"可莹，我会变成可以保护你的男人，相信我。"张慕扬控制着气息，勇敢地看着她的眼睛。

"你的衣服果然穿得好少。"苏可莹立刻收回手，转身拿出一件毛衣。

"可莹，我不用你现在就答应我什么，只要你知道我的心就够了。"张慕扬非常渴望她，但是他不敢有越轨的行为。

苏可莹微微一顿，随即将毛衣扔在床上，找出一条红色的围巾，递给张慕扬说："这个应该暖和一点，你围上吧。"苏可莹帮他理着围巾，低声说，"你应该知道，我的心里还住着一个人。从一开始，我就没讨厌过你。但是，到现在为止，我还只能把你当成我最信任的朋友……所以，如果你身边有更好的女孩，我会解除强加于你的一切……"

"你在说什么？"张慕扬一阵心痛，她总是这样，即便口中说把他当成最亲密信任的人，可是在必要的时候，却宁愿一个人撑着全场。

"我是说，我不该让你陪着我演这出戏，对你来说，太不公平。"苏可莹一直觉得张慕扬会对自己动情，主要原因是当初让他假扮自己的男友。

"你后悔了？"张慕扬盯着她问。

"是我这件事做得太鲁莽，欠缺考虑。"她很后悔把张慕扬卷进来。

张慕扬咬咬牙，握住她的手说："你已经让我陷进去了，无论如何，你都不该说'后悔'这样不负责任的字眼。"苏可莹再次愕然，这还是她所认识的温文尔雅的张慕扬吗？虽然知道他会变，但是他的变化未免也太大了。苏可莹没有看见他在事业上的大手笔和魄力，如果她亲眼目睹他的事业渐渐风生水起，就不会诧异他的变化。

张慕扬俯下头盯着她水亮的双眸，深情地说道："我会等你接受我，而你也不要再说'后悔'这样的话。我们本就是并肩前行的人，无论发生什么事，你都不能丢下我一个人离开。"苏可莹睐睁地看着眼前的男人。搞什么鬼？我怎么突然变得如此被动起来？而且对他的温柔，完全没有反抗的能力？

十七　为她套上三十二枚戒指

平安夜，纽约处处洋溢着节日的欢声笑语，时代广场更是人山人海。张慕扬和苏可莹根本没兴趣在人堆里挤来挤去，苏可莹就建议去宾馆拿张慕扬的行李。地铁站里，张慕扬紧紧拉着苏可莹的手，生怕两人被人群冲散。

走出地铁，苏可莹吁了一口气说："还好这里离我家不远，不用再坐地铁回去了。"忽然她想起了什么，"慕扬，是不是他们都不知道你过来了？"

"是。"张慕扬简洁地说。

"我猜也是，否则黄教授一定会通知我，而且他也不可能让你飞过来。"苏可莹双手插在大衣口袋里，边走边说，"圣诞节前后，正是工作最忙碌的时候，你这样一声不吭地跑过来，万一有什么事，他们会急坏的。"

"没事，这段时间除了游戏和网站运营之外，没有其他重要的事情。"张慕扬撑开伞，走到她身边。

"你买了返程机票吗？我记得元旦是你的新书影视版开机发布会。"

"买了两张……除非你和我一起回去，否则，我会退掉机票。"

"我会和你一起回去。"半晌苏可莹才说。她不能一个人留在这里，否则这出戏就演不下去了。

"真的吗？"张慕扬欢喜得心都要飞起来了。

"嗯。"苏可莹点点头，看了眼他的衣服，"先去买件衣服套上，瞧你穿得那么单薄。"

张慕扬乐颠颠地跟着她往商场走去。他永远记得她第一次带着他去商场买衣服的场景，那时他还是一个卑微无能的男人。

当苏可莹准备付款的时候，看见张慕扬摸出一张信用卡来，她忍不住笑了，这个男人做事考虑得越来越周全，知道带着信用卡来美国消费。

张慕扬扭头对苏可莹微微一笑，"可莹，你喜欢什么，我买给你当平安夜的礼物吧。"

"你人来了就算是一份厚礼。"苏可莹摇了摇头，她什么都不想要。

"对，我是把自己打包给你了，"张慕扬笑眯眯地看着她，"只是不知道你签收了没有？"

苏可莹微微一愣，随即摆摆手，懒洋洋地往外走："去宾馆拿行李吧，我有些累了，刚好还能休息一会儿再回去。"

在宾馆里，只是张慕扬接热水的工夫，苏可莹就在床上打起了盹儿。

"可莹，你累了就先睡一会儿，到时我喊你起床。"

"嗯，十一点喊我。"苏可莹勉强看了眼时间，踢掉棉靴，钻进被子里，"要不你也休息一下，刚下飞机就这么奔波，时差应该还没倒过来。"苏可莹怕回去太早，父母会怀疑，所以决定不到深夜不回去。

"我没事。你脱了衣服吧，要不醒来的时候会冷。"

"嗯。"苏可莹已经懒得说话，她从被子里把外套扔了出来。她不止一次发现自己可以在张慕扬就在近旁的情况下睡得很香，也许是因为太过信任他。

张慕扬看着睡得香甜的容颜，心里涌起无法抑制的甜蜜。他从行李箱中拿出一只圣诞袜，掀开被子的一角，把苏可莹的右手轻轻拉出来。他将圣诞袜里的戒指都倒在床角，三十二枚全都套在了苏可莹纤细的手指上。这是那天花了他口袋里全部的稿费买的，直到今天，他才鼓足勇气让她的手指戴满自己的戒指。

苏可莹迷迷糊糊地睁开眼睛，被棉被遮住了视线，却感觉到张慕扬的慌慌张张。

她不动声色。

张慕扬不觉有些懊恼，戒指还是太少了，他应该多买一些，让她再戴不下别人送的戒指。他将唇凑上去，趁着她还没醒，想稍微表示一下压抑许久的感情。轻轻吻了吻她的指尖，他忍不住笑了，真是幸福的感觉。

"你在干吗？"苏可莹左手掀起被子，眼神清亮，没有丝毫的睡意，眸光微冷地看着把自己的手放在唇边，一脸幸福满足的张慕扬。

张慕扬的脸立刻红了，慌乱地放开她的手，一时间语无伦次，"哈哈……你醒了啊……我正要喊你呢，已经十一点了……"

"所以，就用这种方式喊醒我？"苏可莹想笑，但是忍住了。

"我……不是有意冒犯，"张慕扬面红耳赤，低下头说，"是情之所至。"

"越来越油嘴滑舌，这些是什么？"苏可莹摇头叹气，不觉对他过分的行为有些纵容，"你见过别人这样戴戒指的吗？简直就是暴发户。"

"我只是想……让你戴不上别人的戒指。"

"那这只手呢？"苏可莹晃了晃左手，不等他说话，就继续说道，"真是一个呆子，以后别再做这样的傻事，很幼稚。"

"幼稚……吗？"张慕扬半张着嘴。这个不应该很浪漫吗？此举乃是号称"情圣"的陈铭兴教他的办法，陈铭兴还信誓旦旦地保证十个女人有九个抵挡不住这样的浪漫，还有一个会直接晕过去。张慕扬看着苏可莹把戒指一个个褪下，真想把铭兴拉过来斩了。"我送你的平安夜礼物，不喜欢吗？"张慕扬越想越郁闷。

苏可莹拿着造型可爱的圣诞袜，在耳边晃了晃，听着银戒指之间碰撞发出的声音，突然微微一笑，"谢谢。"张慕扬看着她，这算是接受他的礼物吗？

"虽然戒指只要戴一个就好，但是我很喜欢收藏这种东西。"苏可莹突然皱了皱眉头，她还没给这突然飞过来的男人准备礼物。

在圣诞袜里找了半天，她拿出一枚造型简单、稍微大一号的银戒指递给张慕扬，"算我借花献佛，和你交换礼物好了。"

"我想要另一件东西。"张慕扬半天也没接，咬咬唇说。

"你想要什么？说出来，我尽量满足你。"苏可莹很喜欢圣诞袜里的礼物。

张慕扬眼眸一亮，立刻问："真的吗？"

"当然。"苏可莹知道依照他的性格，不会提出什么过分的要求，所以很爽快。张慕扬立刻欣喜地凑过去，左手搭上她的肩膀，拉开她的高领内衣。苏可莹脸色微红，他想做什么？换成别人对自己做这种失礼的举动，早就被踹飞了，但是因为是张慕扬，所以她忍耐片刻，她很好奇这个男人会对她做什么。张慕扬小心翼翼地拉出一段黑线，一块带着体温的黑色石头被拽了出来，他低声说："我想要这个。"

苏可莹脸色微沉，悲伤划过她的眼睑，"你要这个干吗？"她拉住黑线的一端，掩去内心的波动，淡淡地问。

"你答应满足我的要求。"张慕扬看着那块黑色吊坠。

"除了这个，你想要什么都可以给你。"

"那我就要你的心。"张慕扬突然间大着胆子说。

苏可莹眉头微皱，一直拽住黑线的一端，张慕扬则握着那颗黑色吊坠，两个人相持不下。

"我会替你好好保管，把它送给我，好吗？"张慕扬看着她秋水般的双眸，语气温柔。

"教授对你说了什么？"一定是黄映格对他说了什么，否则他不会突然要自己这个吊坠。这个吊坠盛满了她和许睿的过往，沉甸甸地贴在胸口，从许睿走了之后，一直没有离身。

"我想替你保管它，和其他人没关系。"

"我送你其他东西吧。"好久，苏可莹才说。

"我只想要这个。"张慕扬很固执。

"这个不能给你，因为它不属于我。"苏可莹拽着绳子，"换一个礼物吧。"

张慕扬看着她的眼睛，喉咙突然一干，他早就知道今天能要走这个吊坠的可能性只有万分之一，看她如此坚决，张慕扬有些挫败的感觉，他多希望自己能够拿到这个吊坠。

"换一个礼物……"张慕扬松开手，看着那枚怪异的黑色吊坠。据说这枚石头是一颗小小的陨石，碳元素含量很高，有金刚石的成分。一颗死掉的星星，这是黄映格对张慕扬说的，他说正是为了验证这颗陨石的分子结构，他们在路上出了车祸，许睿死了，而苏可莹在副驾驶被保护得好好的，只擦伤了额头。

要知道一个人在遇到危险的情况下，都会因为惯性和心理暗示下意识打方向盘，保护自己。但是许睿恰恰相反，在一辆失控撞来的卡车前，他在生死一线，将车冲向了护栏，安全气囊没有及时弹出，他受了重伤，而苏可莹只有轻微的皮外伤。张慕扬无法想象那一幕有多惨烈，但他想那时苏可莹的心，应该完全碎了。

黄映格将这段过往点到为止，没有对他说更详细的细节，他也不敢听下去。不知道为什么，他只恨自己不是许睿，或者说，如果可以用自己的生命去换许睿的生命他也愿意。苏可莹心底一直深藏的男人，确实值得她去爱。

"可莹……"像是从心底唤出她的名字，张慕扬颤抖地握住她的手，如果可以，他真想替她承担失去爱人的悲伤。

"你怎么了？"看见他眼里涌动的悲伤，苏可莹有些诧异。

"以后无论发生什么事，我都会和你在一起。"

"呆子，又在胡说些什么？"苏可莹见他的痴样，抽回手，忍不住想笑。

张慕扬看着她紧身毛衣下玲珑的曲线，突然喉咙一紧，他讷讷地说："那个……我的礼物……"

"嗯，你说，要什么……"苏可莹的话还没说完，双唇就被张慕扬火热的唇堵住。他青涩的吻勾起她的回忆，她竟呆滞了片刻才想起推开他。

"张慕扬……"她的声音被淹没了，她察觉到张慕扬手上的力道在加大。她被他直接压倒在床上，感觉到他的指尖从自己的脖子往下移，细细麻麻的酥痒感开始蔓延。她不想让他再这么放肆下去了，就恼怒地在他的胸口狠狠一掐。他闷哼一声，终于气喘吁吁地离开她的唇，脸色因情欲而显得异常红润。

"可莹，我只是拿走平安夜的礼物而已。"张慕扬看见苏可莹的眼神，立刻无辜地说道。

"你……真无礼。"苏可莹用力推开他，脸颊绯红。

"对不起，别生气，我……"张慕扬见她似乎生气了，急忙说，"我以后……"

"没有以后！"苏可莹带着怒气穿上靴子。这个男人突然的大胆举动让她非常不满，并且很无奈。

"以后没经过你的同意，我绝对不会再这样无礼。"张慕扬蹲下身，要帮她系靴上的带子。

"我今天也没有同意！"苏可莹对他根本没办法，瞧他现在那副模样，倒像是自己欺负了他一样。

"你之前说随便我要其他什么，所以我才……"张慕扬小声咕哝着。

"还狡辩……不用你来！"苏可莹拨开他越帮越忙的手。

"我没有，是真的以为你许可，所以才敢……"张慕扬当然觉得委屈，是她说随便什么都可以的。

"闭嘴。"苏可莹俏脸粉红。自己怎么这么被动呢？被他说得是非颠倒也无力反驳。

张慕扬见她又恼又羞，乖乖地闭嘴，走进卫生间。

苏可莹开始担心这段时间两个人晚上的相处。他不再是以前乖乖的书呆子，而她的房间里，两人只能同床共枕，这么冷的天气，不可能让他睡地上。他们还必须做点亲热的戏给父母看……她有些后悔让他搬出宾馆。见他出来，她佯装若无其事，稍微整理了一下行李，两个人就退了房。

回到家里，苏可莹告诫他说："妈妈他们应该已经睡下了。不过一切小心，他们多疑得很。"但是看着那张床，她第一次觉得与张慕扬同处一室，夜里会很难熬。

张慕扬洗漱之后，看见苏可莹站在床边，双手插在大衣口袋里，正想心事想得出神。"你在想什么？"张慕扬站在她身后问。

苏可莹身躯微微一颤，立刻转身，看了他一眼，"没事，你先睡吧。"苏可莹将外面的壁灯关了，把自己的房门锁死，才脱掉大衣，坐到书桌边，打开电脑。

"你不睡吗？"张慕扬看着唯一的一张床，心脏乱跳。

"嗯，我还有一些邮件要处理，你先睡吧。"

"今天……我也睡床上？"张慕扬干巴巴地问道。

"不然呢？你想和我爸爸一起睡吗？"苏可莹被他惹得想笑，随即说道，"快点上床躺下，早点睡。"

"那……只有一床被子。"张慕扬看见床上并在一起的枕头，摸摸后脑勺。

"嗯，你睡吧。"苏可莹这次只淡淡地"嗯"了声。

"一起吧……你不用担心，我不会……不会再要礼物了。"

苏可莹的脸突然热了起来，她佯装镇定，"我只是要处理一些工作，你早点休息吧，明天我们研究一下怎么把萤火网站规模做大。"张慕扬终于钻进充满女人体香的被子里，"可莹，你睡觉的时候喊我一声。"

"喊你干吗？"

"我把这边暖和的被子让给你。"

苏可莹其实有点小感动，但是她随即用毫不在乎的语气说，"不用，这里空调和暖气都开着呢，不冷。"

"那你早点睡，别熬夜太久。"张慕扬没再打搅她，闻着枕头上淡淡的洗发膏清香，闭上眼睛说"晚安"。

苏可莹直到听到张慕扬均匀的呼吸之后，才关了电脑，轻手轻脚地走到床边，看着他清秀的脸。他果然变了，脸上原本柔和的轮廓似乎增添了一丝刚毅。一个男人只有在历练之后，才能真正成熟。如今的张慕扬，和她初次看到的那个青涩大男孩已经完全不同，他将变得更加坚强独立，变得可以独当一面，独自承担风浪。

苏可莹早上醒来，察觉到背后的温暖，轻轻地拉开两人的距离，爬起来时，看见张慕扬被她挤到了床沿，只差没掉下去了。她看了眼时间，已经八点了，就轻手轻脚地起床，打开房门，看见母亲已经在准备早饭了。

"妈妈，我来吧。"

"昨晚睡得好吗？"

"……挺好。"苏可莹的脸微微一红。

"他还在睡吗？"苏妈妈又问。

"哦……是呢，昨天坐了十多个小时的飞机，晚上又出去玩那么久，累坏了。"苏可莹察觉到父母似乎对张慕扬提起了一丝兴趣，连问话都带着审问的意味。

"可莹，这孩子现在的事业，听小尧说，还是你扶持的，是吗？"苏爸爸最关心的还是一个男人的事业，他不能允许自己未来的女婿是个"吃软饭"的。

"爸爸，我不是说过吗，不是扶持的问题，是他本来就不是池中物，扬名立万是迟早的事情，我只是找到了一个契机，让他早点成名而已。"苏可莹不想再解释这件事情，她不明白为什么长辈这样关心张慕扬是不是被她捧红的。

"但是，我总觉得……"

"好了，爸爸，我们已经决定了在一起，所以……别再为这件事费心了。"苏可莹摆着餐具道，"对了，我们三十号一起回去，那边还有很多事情要处理……"

"什么？干吗要那么早回去？"苏妈妈不愿女儿回国，立刻问道，"是他让你回去的吗？"

"妈妈，我是真的要忙工作，而且你的身体已经进入康复期，只要注意饮食和营养，就没什么大碍……"

"你在美国待着不是很好吗？你妈妈一个人在家太孤单，作为女儿，你应该多抽时间陪陪她。"苏爸爸立刻说道，"至于工作，你完全可以接手我的公司，不用再回中国，一个人苦苦地……"

"我喜欢自己的工作和生活方式。"苏可莹打断父亲的话，脸上依旧带着笑容，"我也有一起为未来打拼的伙伴们，所以，我必须回去。"

"而且，还有他在那边是吧？"苏妈妈沉沉地叹了口气，看了看女儿卧室紧闭的房门，她知道自己的女儿不会轻易改变想法。

"不等小张一起吃？"苏爸爸问。

"不用等他，让他多睡一会儿。"

"吃了早饭再休息，对身体好一点。"苏妈妈因为大病，所以格外关注养生。

"你妈妈说得对，我去喊他。"苏爸爸没等苏可莹说话，就推开她卧室的门，咳了一声，"小张，起床吃点早饭吧。"

张慕扬迷迷糊糊地转过身，看见苏可莹的父亲出现在眼前，立时所有的睡意都没了，坐起身，抱着被子呆呆地看着他。

"爸爸，我来喊就好，你和妈妈先吃着。"苏可莹匆忙跑进来，将父亲推出门去，把衣服拿给还一脸惊愕的张慕扬，"穿上衣服，我去帮你准备热水。"

张慕扬抓了抓乱糟糟的头发，迅速穿上衣服，走出去和苏父苏母礼貌地打了招呼，然后走进洗手间，看见苏可莹为他放好热水，挤好了牙膏，心头不由一暖。

早饭结束后，他回到卧室里，看见苏可莹正在用卫生纸擦拭着湿漉漉的水杯，擦干净之后，立刻又倒进一点水，继续擦……

"可莹，你在做什么？"他对她的举动很好奇。

她将那些卫生纸全都扔进垃圾桶，抬头看了他一眼，低声说："爸爸妈妈都是老狐狸，他们怀疑我们呢。"

"有吗？"自己怎么没感觉到？

"你没听见他们今天的对话？"苏可莹一想到父亲进来看见张慕扬穿着衣服睡觉的表情，就有些郁闷。按照一般的思路来说，分离了近两个月的恋人，晚上应该是干柴烈火难舍难分，但是昨天晚上他们一点动静都没有，这让两个老人起了疑心。

"这个衣柜其实是打通的墙，虽然他们听不清楚我们的交谈，但是能听到房间的动静。"苏可莹见他傻乎乎的模样，只得解释，"而且，铁床的动静会有些大……明白了吗？"

"那……这些纸……"张慕扬立刻明白了，看着垃圾桶，脸色羞红。

"给你擦鼻子用的！"苏可莹忍不住开玩笑。

"难怪你爸爸今天看我的眼神有点怪……他们不会拿这些纸去化验吧？"张慕扬红着脸，低声问。

"你的脑袋构造果然和一般人不一样。"苏可莹被他说红了脸，指指床上，"你可以继续休息，中午吃饭的时候我会喊你。"

"那我们晚上是不是应该做些什么？"张慕扬看着床，想到那种场景，面红耳赤，浑身的血液都往下腹涌去。

苏可莹将他的反应看在眼中，哭笑不得，"是，每天晚上你做两百个俯卧撑。"见他错愕的呆样，她笑了，"好了，我要提垃圾下去，然后陪妈妈去买菜，爸爸也会去公司处理业务。你一个人在家，如果不困，就继续写文，有点存稿总是好的。"

张慕扬看着她走出去的背影，又看看那张床，既期待又害怕夜晚的到来。

当许尧按门铃的时候，家里还是张慕扬一个人。两个男人在开门的一刹那，有种主客颠倒的感觉。

桌上放着一沓照片，每一张的光线都有些模糊，但是依旧能辨认出，处于激情和迷乱中的美丽女人，正是苏可莹。

"许尧，你这根本不是爱她……你的心完全扭曲了……"张慕扬将那沓照片反扣在茶几上，喃喃道。

"无所谓，随你怎么说，反正你们订婚那天，这些照片也会登上各大网站和媒体的头条。"许尧恶意地微笑，"张慕扬，你自己看着办吧……哦，对了，还有一卷剪辑后依旧长达两个小时的激情片，如果你有兴趣，我可以先发到你的邮箱。"许尧见他脸色苍白，笑容更加灿烂。

许尧那天已经想好了万全之策，原本以为自己已经和苏可莹发生了关系，她一定会接受自己，如果两人顺利在一起，录像带他会立刻销毁。但是没有想到，事情发生之后，她的态度反而更加坚决强硬，逼得他不得不出此下策。

"无耻小人！"张慕扬用尽全力，才克制住自己想揍人的冲动，他铁青着脸，盯着许尧问，"你到底想怎样？"

"很简单，离开苏可莹，她是我的。"许尧扬了扬那一沓照片，抽出一张较为清晰的，在张慕扬眼前晃晃，"你瞧，她这时多美，看看这完美的身材，张慕扬，你不想全世界的人都看到她这副模样吧？"

张慕扬眼里跳动着火焰，但是他无可奈何。他想许尧一定有很多备份，他就是把许尧杀了，也无法销毁那些东西……

"当然，我不介意世人看到她的身体。"许尧看见张慕扬的模样，笑得越发得意，"这么美的东西，我要让所有的男人都嫉妒我，让他们都只能看着这一张张照片，欲火焚身……"

"住口！"张慕扬闭上眼睛，骨节都捏得泛白，他绝不能让这样的照片流出去一张，"我真的没想到，你竟然会这样'爱'她。"

"爱？"许尧靠在沙发上，笑容变得自嘲起来，"张慕扬，你当然不知道我有多爱她。二十多年了，我从有记忆的那天开始，就知道喜欢她，就开始爱着她。那么多年苦苦等候的感情，怎么可能会拱手让人？"

"如果许睿还在，你会对自己的嫂嫂做这种卑劣的事情吗？"张慕扬看见那些照片，就已经知道那天晚上是苏可莹着了道。虽然苏可莹在事后一直没有提起这件事，但是张慕扬知道她很痛苦，不仅仅是因为她和弟弟一样的人发生关系，还因为她不知道那天晚上是谁的错。

许尧微微一愣，显然没有想到张慕扬会突然这样问，但是很快，他就扬起唇，"无论她是我的嫂嫂，还是妻子，都是许家的人，轮不到你说三道四。"

"你想过她的感受吗？"张慕扬努力让自己平静下来，盯着许尧问道，"如果她不愿跟你在一起，怎么办？"

"她必须跟我在一起，必须！"许尧俊朗的脸有些狰狞，"只有我最了解她，我们一起走过了前面的路，也要一起走完剩下的路，这是约定！我和她，还有哥哥的约定！"

十八 男人，有点魅力总是好的

超市里，苏可莹和妈妈推着满满一车的食物，有说有笑，丝毫不知道家里硝烟弥漫。

"妈妈，等一下。"苏可莹推着车走到成人用品面前，大大方方地选了一盒杜蕾斯扔进购物车里。

"可莹，你真的决定和他在一起了吗？"苏妈妈脸色有些难看。

"当然了。"苏可莹继续挑选日用品。

"不要怪妈妈多嘴，虽然这年轻人看着也挺好，但是总觉得你和小尧更般配些，毕竟从小在一起长大。"

苏可莹知道父母希望自己能留在美国，但是对她来说，中国才是自己的家。从小她就在那里长大，见惯了黄皮肤黑眼睛，听惯了乡音，也习惯了自己的生活方式，不愿搬到美国来。

一老一少拖着大包小包的东西，按了半天的门铃，张慕扬才来开门。

"是不是写文写得入神了？这么久才来开门。"苏可莹对他微微一笑，视线移到屋内，看见了许尧，当即脸色一变。

他什么时候来的？他和慕扬聊了多久？都聊了些什么？再次看向张慕扬的脸，苏可莹试图从张慕扬的眼睛里读到一些信息。但是对方只是微笑着帮她们拎过购物袋，很平静地说："阿姨，你们买了这么多东西啊？"

"是啊，超市做活动，所以不知不觉就买了这么多东西。"

苏可莹换了鞋，立刻往沙发边走去，低声问许尧："你今天没有工作吗？"

"有也推了，这么重要的日子，我想陪着你。"许尧笑容很阳光，像一个大男孩，他抬头对苏妈妈说道，"Merry Christmas！伯母今天穿得可真漂亮。"

"瞧你这张小嘴，甜得像抹了蜜一样，伯母早就老了。二十多年前，倒是和可莹一样，把村里的小伙子都迷死了。"张慕扬忙着整理买回来的东西，苏可莹也过去帮忙，任由许尧和妈妈愉快地谈心。

苏可莹将一堆东西塞到张慕扬的手上，示意他先回房，然后继续整理两个大购物袋里的东西。

张慕扬走回房间，将东西都扔在书桌上，脑中纷纷乱乱的，都是那些激情照片。当时第一个想法就是报警，如果许尧敢发出一张照片或者一个镜头，他就起诉。可是不行，即便起诉成功了，警察也出动了，那些照片还是会被许多人看到，他不愿意苏可莹的身体被那么多双眼睛看到。而且，许尧并不笨，不会轻易让自己抓住尾巴，万一弄巧成拙，反而害了苏可莹。如果可以拿回带子，并且销毁所有关于那晚的记忆，那就完美了。但是怎么才能拿回带子，将照片和录像全毁掉呢？

"他对你说了什么？"苏可莹站在张慕扬的身后，看见他发怔，低声问。

"啊？"张慕扬吓了一跳，立刻将心情掩藏好，不想被她看出一丝异样来。

"慕扬，你们谈了什么？"苏可莹锐利的眼睛没有放过分毫，觉得这个男人有事瞒着她。

"没有，随便聊聊。"张慕扬挤出一丝微笑来，见苏可莹的眼神依旧犀利清透，不得不补充道，"你说我们能聊什么？就是聊聊你，还有未来……"

"有什么事情不要瞒着我。"苏可莹不再追问下去，"我们现在是同一条战线的人，我希望能够彼此坦诚信任。"

"真的没说什么，他就是说了点你们的过去。"张慕扬帮她关上柜门。

"是吗？"苏可莹再次深深地看了他一眼。以前的张慕扬不会掩饰自己的内心，但是今天，从他漆黑的眼中，她感觉不到他的想法。

"我怎么会骗你？"张慕扬温柔一笑。

"嗯，那你先上网处理下工作上的事吧，吃饭的时候我叫你。"苏可莹走出去，看着和母亲聊得正开心的许尧，心底一声喟叹。

许尧告辞的时候，张慕扬看着他优雅的微笑，脑中再次浮现出那一张张激情照片，忍不住打了个冷战。

"我送小尧下楼吧。"苏可莹敏锐地感觉到张慕扬的异样，想要一探究竟。

苏可莹拒绝了张慕扬陪她下楼的请求，给了他一个"放心"的眼神，就和许尧出了门。

"慕扬，你今天的脸色有点差哟。"苏妈妈看着一直站在窗口发怔的张慕扬，笑着说，"小尧和可莹是从小在一起的玩伴，你别多心……"

"没有，阿姨，我……只是有点不舒服。"张慕扬转身看着苏妈妈，勉强笑笑。

"是不是昨天冻着了？"苏妈妈看着他有些苍白的脸色，善意地问，"要不洗个热水澡，如果身体还不舒服，就去楼下的诊所看看。"苏妈妈还是比较关心可能成为自己女婿的年轻人。

"也好。"张慕扬勉强维持着脸上的笑容，心事重重地走进浴室然后泡在热水里发呆。一个下午，他都在想着那些录像和照片，但是始终没有想出来好的方法来应对这种完全被动的局面。好在许尧还没有提出过分的要求，但是张慕扬知道，许尧只是想慢慢地品尝得到的滋味而已，就像是胜券在握的人，并不急于杀死对手一样。他在享受胜利的过程，而不是已定的结果。可恶，这件事决不能让可莹知道，否则只是多了一个人苦恼惊惶而已。

夜色朦胧，寒风凛冽，苏可莹和许尧站在街边，仿佛都感觉不到寒意。

"可莹，有没有想过张慕扬有一天真的飞黄腾达了，他就会介意你的过去？"许尧靠在电线杆上，气定神闲。

"不用你费心，这是我和他之间的事情。"苏可莹淡淡地说。

"可莹，你是一心想他能够成为人中之龙吧？"许尧微微一笑，伸手挡住她头上的雪花，"我昨天收集了所有他的新闻，你还真是厉害，把一个普普通通的无用男人，打造成了当红作家。"

"不要轻易地说别人无用。"苏可莹也微微一笑，"你今天和他谈了些什么？"

"没说什么，只是谈谈事业和爱情。"许尧笑容灿烂，"对一个刚刚成名的男人而言，一定有着很多的烦恼。所以，就稍微谈谈这些。"

"然后呢？"苏可莹盯着他。

"名利还真是一把双刃剑，可莹，你感觉到张慕扬的变化了吗？"许尧感叹道，"男人一旦接触了名利场，成长的速度可真是惊人。"

"你想说什么？"

"可莹，张慕扬还会继续改变，你难道不害怕随着他的名利增长，身边年轻漂亮的女人也会越来越多？"许尧笑得邪恶，"你确定，能够拴住他的心吗？"

"我和他在除夕夜订婚。"苏可莹摊开掌心，看着手上迅速融化的雪花。

"他不会和你订婚。"许尧伸手覆在她的掌心上，"打个赌吧，他会在除夕那天，成为落跑的未婚夫。"苏可莹猛然抬起头，聪慧的眼里，闪过一丝暗沉的光，"许尧，什么意思？你不能伤害他！"

"别紧张，我只是觉得他不够爱你而已。"许尧微微俯下身，在她耳边轻声说，"你会回到我身边，这是我们早就约好的，谁都别想逃。"

恶魔般的话语在耳边回荡，苏可莹后退几步，和许尧拉开距离。她目光坦然地说："我没有想逃，是你偏离了轨道！是你不甘愿做以前听话可爱的弟弟，一直想取代你哥哥的位置……许尧，你该醒醒了，别再固执下去！"

"我有你固执吗？"许尧忍不住自嘲，"你宁愿接受后来者的感情，也不愿和我在一起。如果我错了，如果我偏离了轨道，也是被你逼的！"

苏可莹抬头看了眼昏黄的路灯，深吸了口清冷的空气，说道："无论怎样，不要试图伤害我身边的人，否则，我会抛掉所有的过往。"

许尧因她这句决绝的话，微微一愣，他从没有见过这样冷漠无情的苏可莹。

"为了张慕扬，可以抛下所有的过往和回忆？"许尧脸上泛起心痛的冷笑，他这次还真输得彻底。

苏可莹从他的话中，早就已经察觉到一丝不妙，也更加确定，他和张慕扬一定隐瞒了自己什么。她说道："没什么抛不下的，生活总要继续，人也总是要向前看。"她知道自己再问不出什么有价值的东西，只好挥挥手，"许尧，你也要学着对自己好，就这样。圣诞快乐，再见。"

苏可莹回来的时候，张慕扬刚好洗完澡，她接过他手中的干毛巾，给他擦头发，没发现两位老人交流的复杂眼神。张慕扬看看客厅的钟——苏可莹出去了二十分钟——享受着头皮轻柔酥痒的感觉，第一次发觉原来擦头发也会这么幸福。这是他过的最温暖也最苦闷的圣诞节。

"慕扬今天有点不舒服，你们早点休息。"苏妈妈清咳一声说。

"不舒服？"苏可莹立刻伸手摸上他的额头，"是不是昨天晚上受凉了？"

"不用担心，没事。"张慕扬微微一笑，轻轻握住她的手。

两个人回到房间，张慕扬坐在床边，抱着笔记本。心事重重的他，更让苏可莹觉得许尧和他之间发生了什么，但是他们都不愿意告诉自己。

"还在上网啊，快点睡吧。"

"嗯，要做俯卧撑吗？"张慕扬冷不防地问。

"啊？"苏可莹想着心事，还没反应过来。

"那个……早上不是说要做俯卧撑吗？"张慕扬脸色微红。

"如果身体不舒服的话，就睡吧，别做了。"苏可莹扭过头。

"没事。"张慕扬将床收拾好，翻过身，开始做俯卧撑。

"慕扬，能告诉我，今天和许尧说了些什么吗？"苏可莹靠在椅子上，似乎随意问起。

"没说什么。"张慕扬现在的臂力比以前厉害多了，他以前二十个俯卧撑都会做得很吃力。

"有什么事不能告诉我？"苏可莹关了电脑。

"我……都告诉你了。"张慕扬的声音开始不稳。

苏可莹确定，这两个男人对她隐瞒了一件重要的事情。她脱掉外衣，坐到轻微晃动作响的床边，抬手掩住眼睛，觉得好累。

"够了没有？"张慕扬气喘吁吁地问。

苏可莹看了眼电脑边的小闹钟，"才五分钟。"

"那要多久？"张慕扬完全没有经验，虽然他偶尔也会看一些影碟，但是那里面的时间怎么能做参照？

"你不行了？"苏可莹见他的认真模样，心中的阴霾稍稍退去，脱下鞋，躺在他身边。

"歇一歇应该还可以。"张慕扬趴着喘气，无力地说。

"看我的。"苏可莹双手抱头，开始做仰卧起坐。铁床又开始吱呀作响，两分钟后，苏可莹躺在床上，揉着小腹，苦笑着说："有一段时间没锻炼了，也坚持不了多久。"

张慕扬看着她酡红的脸，听着她喘息的声音，突然脸一红，立刻别开眼睛，想到了那些激情照片。他浑身都燥热起来，苏可莹的娇声喘息让他没有一点的抵抗力，他没想到自己的意志力竟然这么薄弱。

"累了就睡吧。"苏可莹伸手关了台灯，摸索着换上睡衣，躺在张慕扬身边。

"可莹……"张慕扬像是被一盆火烤着般地难受。

"嗯？"有些睡意的声音传来，近在咫尺。

"我……我想去卫生间……"张慕扬实在睡不下去。

苏可莹伸手开了灯，裹着被子说："去吧，披上衣服。"

张慕扬从卫生间出来，拿起自己的长裤，准备穿衣服。

"你做什么？"苏可莹看着他，"不睡觉了？"

"你睡吧，我写文。"张慕扬不敢睡在她身边，第一晚还能熬过来，但是今天未必。

"别熬夜，对身体不好。"苏可莹坐起来对他说。

"我……在你身边睡不着。"张慕扬很坦白。

"那也要睡觉，你不想明天挂着两个黑眼圈吧？"

"可是……"张慕扬脸色通红，"我怕……自己忍不住会冒犯……"

苏可莹有些难为情，伸手捂住脸，她知道自己确实做了一个错误的决定，那就是让张慕扬住在家里。

"这样下去不行。"苏可莹咬着唇，像是在想万全之策，"你躺下，我们说说话吧。"

张慕扬犹豫了片刻，重新钻回温暖的被子里，直挺挺地躺着，闻到淡淡的馨香。他想了想说："那……你可以说说许睿吗？"

苏可莹翻了个身，她决定对身边这个男人说出自己所有的过往，告诉他自己曾经的幸福与痛苦，快乐和忧愁，不再有任何一丝隐瞒。也希望张慕扬能够像自己一样，能够对她坦白和信任，彼此不再有隔阂。

第三天晚上，张慕扬更加烦躁不安。昨夜的深谈，让他和苏可莹之间更加亲近，而他看见靠在床上安静看书的苏可莹时，就有种抑制不住的冲动。他对着电脑，但是心一直在床上看书的人身上。

苏可莹做了几分钟的仰卧起坐，就累得倒在了床上，很快就陷入熟睡。一个多小时后，张慕扬关掉文档，将台灯调暗，借着橘黄色灯光看着苏可莹熟睡的脸。他的事业才刚刚起步，爱情却要夭折。他无法按照许尧所说的去做，但又没有完美的应对方法。他慢慢移到床边，半蹲下来，看着美丽平静的脸上长长的睫毛，小巧挺直的鼻梁，嫣红的唇。这一刻她就像一朵含苞欲放的花蕾，让人忍不住想象她绽放时，花蕊的艳丽。

张慕扬在不知不觉间，离她越来越近，近到能感受到她温热的鼻息。他的心刺痒着，所有的血液都涌到小腹下，得不到纾解的欲望让张慕扬的脸色潮红，双眼晶亮。可是，他不能让自己的感情沦为许尧那种极端的爱。他又完全控制不住自己，他离她的唇越来越近。呼吸缠绕，终于，颤抖的薄唇碰触到她柔软如花瓣的唇上，蜻蜓点水……

苏可莹六点钟就醒了。在不甚明亮的光线里，她看见张慕扬伏在桌上，笔记本屏幕上浮动着屏保。

苏可莹抱着被子坐起来，揉了揉散乱的长发，这呆子居然熬夜了，苏可莹心里很内疚。她叫张慕扬去床上睡觉，张慕扬就脱得只剩下内裤，钻进带着她体温的被子里……

张慕扬真希望自己能够日夜颠倒地生活，白天睡觉，晚上工作写文。但是因为是在苏可莹的家里，他只能眼看着夜晚的到来，痛苦地在欲望边沿行走。依旧是苏可莹先睡下，他在电脑前忙碌着，可是一行字写下来，又删除，反反复复，根本就无法静下心来。

苏可莹很自责，却没有补救的方法，还有三个夜晚，她真担心张慕扬的身体。"慕扬，睡吧，别忙了。"她揉揉眉心。

"我还不困，铭兴还在线上，找我有事呢。"

"游戏开发得怎么样了？"

"听说很顺利。"

"今天我们说的网站上的事情，你有没有和他说？"

"有，现在网站已经在完善，我想把文学版块做大。"张慕扬看着网页，"有很多作者朋友的收入并不是很好，我想把他们都拉过来，给丰厚的稿费，让大家都有创作的激情。"

"你的心倒是挺大。"苏可莹抿唇一笑。

"以前没能力嘛，只能独善其身，现在有些资金了，当然想做点事情。"张慕扬微微一笑，看着她说，"那些和曾经的我一样奋斗着的作者们，都不容易……你知道，不是每个人都可以遇到自己的苏可莹。"

苏可莹的心脏漏停半拍，随即避开他炽热的眼神，低下头看着手上的书，"别笑话我了，我只不过是个投资策划人。"

"对我来说，你并不只是策划人。"张慕扬想到那些照片，再次头疼起来，他根本没法保护自己心爱的人。

"张慕扬，"苏可莹突然抬头看着他，眼里闪过一抹复杂的情绪，半晌才说，"除夕那天……我们真的订婚吧。"

自己没有出现幻听吧？张慕扬脸色微微一变，心里一阵狂喜，但是紧接着，他突然想到了许尧的话。苏可莹看见他眼里的喜悦瞬间被阴霾覆盖，立刻知道，许尧说得没错。张慕扬有事情瞒着她，而且，除夕的订婚宴，他很可能真的成为落跑未婚夫。

"除夕夜，你会离开，对吗？"苏可莹虽然只是试探，但是看见他这副表情，心像是缺了一块，空空的，有冷风吹过。

"啊？"他没想到她会这样问，立刻愣住了。他没有想过要离开，虽然许尧要挟他，但是他一直在想办法，希望在除夕夜前，将许尧手中的录像带销毁。只是，现在还是一筹莫展。

"我知道了。"看见他这副表情，苏可莹有些失望。那夜长谈之后，她已经没有任何隐瞒，从过去到现在，她希望张慕扬也对自己这样坦诚。

看见苏可莹微微失望的表情和受伤的眼神，张慕扬心中一痛，立刻走到床边，试图解释："可莹，你知道什么了？我很高兴你做这样的决定，我等这一天已经很久了……"

"刚才我说的话不用当真，原本我们就是逢场作戏。"苏可莹疲惫地闭上眼睛。

"不是逢场作戏，是真的喜欢，你不能反悔！"张慕扬立刻着急了。

"那么，你确定除夕夜会和我订婚？"苏可莹其实不愿再问，但是她真的想知道他会不会像许尧说的那样，成为逃跑的人。

"当然……"张慕扬耳边再次响起许尧的声音，他咬咬牙。

"不说了，我有点困。"苏可莹看见他复杂的表情，微微叹了口气。

"你刚才说的，不可以反悔。"现在他才不会让她睡觉。

"就当听一个笑话……"

"怎么是笑话？我是认真的。"张慕扬在床边团团转，没想到自己的一丝迟疑，竟错过了这么好的机会，他恨死自己了。

苏可莹不理他了，脱去外套躺下来，抬起一只手遮住眼睛。

"我是真的想娶你为妻，可莹……"张慕扬急得满头是汗。自己真是笨，为什么那一刻会去想该死的许尧？

"让我休息，不要打扰我睡觉。"苏可莹干脆用被子裹住头。她不想这个书呆子对自己有任何隐瞒，尤其在许尧的事情上。

"不行，我要娶你！"张慕扬不知道哪来的勇气，抓着被子的一角，"我是真心的，你刚才的话我也当真了，我要真的和你订婚，然后举行盛大的婚礼，我们谁都不可以反悔！"

"你到底让不让我睡觉！"苏可莹瞪着他，第一次发现他的脾气真倔。

"当然让，但是以后我们要一辈子在一起睡觉，我会照顾你一辈子，即便你老得走不动路。"张慕扬抓紧机会，发动攻势。

无力地把脸埋进被子里，苏可莹发现自己并没有讨厌他的话，相反，她心里装着酸酸的感动。这个男人是个好男人，可她心里还住着一个死去的人。如果有一天，她可以在张慕扬面前不再想到许睿，那她才能完全接受他。不然，对他不公平。

张慕扬抓住她的手说："可莹，相信我，我不会离开你，永远不会。"

"你够了没有！让不让我睡觉了？"苏可莹一点都不讨厌这个男人，但是她有点害怕，害怕自己不能承受这份完美真挚的感情。

张慕扬第一次看见苏可莹这么暴躁，只见她掀开被子坐起来，像只张牙舞爪的小野猫，和平时优雅完美的形象一点都不相符。

"我不会放手的！除非你接受我！"张慕扬豁出去了，反正到了这种地步，他不介意死皮赖脸一点。

"你……不要后悔！"苏可莹居然立刻低头往他的手上咬去。但是，牙齿刚碰到他的手指，她突然想起张慕扬的手被别的女人咬过，心中莫名地泛起一丝酸味：我为什么要和别的女人一样？她立刻恼怒地甩开他的手。张慕扬本来做好准备，但是见她神色一变，把自己的手重重地摔在床上，脸上似乎多了一层寒意。

"可莹，给我点时间，让我成为真正可以给你幸福的人，不要再拒绝我了……"张慕扬呼吸急促，手摸上她滑嫩的脸。她想要避让，但是看见他涨得通红的脸，心一软，泛起淡淡的温柔。自己为什么要挑选他来打造？现在好了，这个男人的翅膀慢慢硬了，举动也一天比一天大胆，像是一个真正的强者，想要掌握自己的幸福。

"可莹……"张慕扬的眼神从她清润盈亮的眼睛移到红唇上，双眸变得深邃。浅浅的温柔的一个吻，让苏可莹缓缓闭上了眼睛。自己为什么会被一个手无缚鸡之力的宅男吃得死死的？他们原本并不是一个世界的人，从什么时候开始有了交集？想得好累，她根本理不清这段感情的开始。她只是欣赏他的温善本质和才华而已，好像还没有到爱的程度，可是，又比喜欢多一点。她想也许自己是沉沦了，从机场的离别，到现在的房间，一次又一次，无法拒绝他给的温柔。

张慕扬虽然也意乱情迷，但是他发现这一次苏可莹虽然没有迎合自己，但也没有像平安夜的晚上那样推开自己。这是不是表明他已经成功了呢？但是他还没有想清楚，就被一只手卡住了脖子。

"张慕扬，不要太过分！"苏可莹恨得牙痒痒，这个男人跟谁学的，亲吻的时候手居然不老实？张慕扬这才发现身穿居家服的她被拽得香肩半露，而自己的手正试图往不该去的地方去。

"我……不是故意的。"张慕扬脸上更红，急忙伸手想帮她拉好衣服。

"我自己来。"推开他的手，苏可莹叹息一声，"我不是不能接受你，只是……我觉得对你不公平。"

"没有公不公平，只有爱和不爱！"张慕扬眼角眉梢都浮上了点点喜悦，渐渐的，喜悦连成一片，像是无尽的海水，把他淹没。她接受自己了！

"我有三个要求。"苏可莹看见他的模样，心中也微微欢喜起来，但是面色依旧沉静。

"你说，无论是什么，我都会答应你。"

"第一，给我一点时间，让我将自己的心清理好，因为我不知道这里是否能重新容纳一个人。"她看着手指上光亮的戒指说，"第二，不要隐瞒我任何事情，如果想要在一起，彼此之间应该坦诚信任，对吧？"

张慕扬听到她这句话，晕乎乎的脑中一个激灵，立刻看向她，"还有最后一点呢？"张慕扬见她转动着食指的戒指，不说话了，期待地问道。

"第三点，留到以后再说。"苏可莹突然抬起头，微微一笑，"我会尽快做到第一点，而你必须要做到第二点，能答应吗？"张慕扬看见她春花般的笑容，脑中突然又浮现出那些不堪的照片，他急忙上前抱住她，将她的头按在自己的怀里，这样才不至于被她看出自己脸上的表情。

"好，我都答应。"复杂的感情，但更多的是激动和兴奋。

"我在考虑要不要再加上一条……"苏可莹被他搂得快喘不过气来，双手抵在他的胸前，"张慕扬，控制好你的行为。"

张慕扬哪里听得进去，他不知道多少次在梦中梦到这一刻，如今梦想成真，想让他放手，那是不可能的。但同时，幸福的感觉有多深，他的忧虑就有多深。但是他不敢让苏可莹看见自己的表情，他怕所有的伪装都会被轻易识破。伸出一只手，关了台灯，直接拔掉电脑电源线，他在暗下来的房间里，终于觉得安全了点。

"慕扬，你做什么？"

"睡觉！"张慕扬终于放开她，开始摸索着脱衣服。

"……你刚才怎么关的电脑？"苏可莹立刻伸手打开壁灯，惊呼道，"文档都保存了吗？你真是个冒失鬼！"

"不管那些，我想和你聊天。"才脱掉一半的衣服，张慕扬立刻又关上灯，让房间陷入黑暗。

"聊天也不用关灯吧？"苏可莹被他惹得想发笑。

"开着灯……我会害羞的。"张慕扬微微一顿，已经钻进了被子里。

两人之间有一拳之隔，张慕扬满心欢喜，但是并没有再做出失控的举动。他现在对未来充满了希望，同时还有一丝恐慌。许尧手中的照片，像是一枚不定时炸弹，随时可能让这份还未完全握住的幸福成为碎片。

"可莹，我想去见一次许尧。"张慕扬沉默了半晌，终于说道。

苏可莹微微一愣，随即问："见他做什么？"

"想和他聊聊。"张慕扬抿抿唇。

"你们之间能聊什么？"苏可莹闭上眼睛，淡淡地问。

"你。"张慕扬温柔地握住她的手，"我想和他好好谈一次，关于我们之间的一切。"

"许尧是很固执的人，所以……"苏可莹想到许尧，忍不住叹息，"还是算了吧，你们之间谈不拢任何事情。"

"我和他不一样。"张慕扬翻个身，面对着她，"我们都是男人，这是男人之间的战争。"

"男人之间的战争？"苏可莹声音里有隐隐的笑意，"这是我和他之间的事情，我会努力处理好。最近需要你关心的，是新书和公司的很多琐事，在回国之前，要做好拓展计划。"

"啊，对了，我忘记和你说一件事了。我和东家解约了，下一本书由我自己策划出版。"张慕扬原以为苏可莹会责骂他擅自做主，先斩后奏，却没想到，她只是平静地说了"很好"两个字。他感到奇怪，就试探地问："你……不觉得我太冒险？"

"你已经做了，我还能说什么？而且，自己的路就应该自己把握。男人嘛，有点魄力总是好的。"

"风险和回报是成正比的，我想尽快把萤火做大，虽然有点太心急，但是如果不趁热打铁，我怕时机就会溜走。"

"嗯，除此之外，还有什么事情没告诉我？"苏可莹温柔地问。

"好像没什么了……等我想起来再说吧。"张慕扬没想到她突然会这样问，好在光线很暗，她看不清自己的脸。

"那就睡吧，明天我还要陪妈妈去医院，如果你不用写文，也跟我一起出去走走吧。"张慕扬依旧没有睡着，不同的是，他没有想身边睡得香甜的人，而是想着如何应对许尧。

十九　赚很多的钱，才能做喜欢的事情

一切都如苏可莹所料，张慕扬和许尧的谈话再次不欢而散。他在陌生的异国街头，漫无目的地逛着。他还在想着有没有什么万全之策，可以通过许尧那一道难关。让他在除夕夜当逃兵，无论是不是真的订婚，他都做不到。

他在一家古色古香的玉器店的橱窗前停住脚步，里面有一个玉葫芦吊坠吸引了他的目光。他对玉石并不太了解，但是相比金银，他很喜欢这种东西。他走进去，看着那个色泽柔和的玉葫芦，想象着挂在苏可莹的脖子上的美好。

"请问有什么需要帮忙？"流利的英语拉回他的思绪，导购小姐挂着甜甜的笑容看着他。

"哦，我……"张慕扬习惯性地用中文。

"先生是中国人？"导购小姐换上标准的普通话。

"是的。"张慕扬微微一笑，指着那个玉葫芦，"我想……"

"小姐，把那个玉葫芦吊坠拿给我看一下好吗？"一个声音插了进来，让张慕扬浑身一僵，手指猛然缩紧。

那个女人把玉葫芦戴在自己的脖子上，看向镜子。无意间，她瞥到一边的年轻男人，本来要移开视线，又突然看了他一眼，随即脸色一变，"张……张慕扬？"她的声音非常小，小得几乎只有她自己才能听到。这是她大学的恋人吗？从衣着到气质，和记忆中的张慕扬判若两人啊。但是，袁惠芳不会认错。

极小的声音，但是张慕扬听到了。他一直没有看向她，却在听到这句惊讶的呢喃之后，立刻转身，大步往外走。

"哎，请留步……"

"小姐，玉葫芦……"袁惠芳一时忘记了脖子上试戴的玉葫芦。

张慕扬停下脚步，短短的几秒内，他从想逃变成了想面对。虽然袁惠芳当初走得那么决绝，但是过去了这么多年，他现在也有了心爱的人，应该能够平和地面对她。

"张慕扬？"声音有些颤抖，袁惠芳站在他身后。

他缓缓转身，终于看向她，露出一个微笑来，"好巧……"

"真的……是你！"袁惠芳激动得连话都说不出了。

从张慕扬的衣着和他来的这个玉器店，袁惠芳就断定，他不是以前那个穷苦无依的学生了，而是一个春风得意事业有成的男人。正所谓金麟岂是池中物，只可惜，她没能等三年。

"是，好巧。"依旧是这三个字，张慕扬温和地微笑。还没到四年的时间，袁惠芳已经从清纯可人的青涩大学生，变成了成熟时尚的小妇人，而当初他深深喜欢的那双眼睛里再也看不到一丝纯真。

"你怎么会在纽约？"袁惠芳将吊坠递给一边的导购小姐，紧紧盯着他问。

"嗯，来看女朋友。"张慕扬依旧礼貌客气地微笑。

"女……女朋友？"袁惠芳脸上的笑容黯淡下来，但是随即，她就殷切地问，"什么时候结婚？"

"还早。"张慕扬不想多说。

"真是他乡遇故知，现在有时间吧？去喝一杯咖啡怎么样？"听到他这样的回答，袁惠芳脸上的笑容扩大了。

"现在吗？"张慕扬看了眼时间，"我一会儿要去接女友，可能不太方便。"

"这样啊……"袁惠芳脸上明显写着失望，她叹了口气，"把你的联系方式给我吧，等你有时间了再联系。对了，你是想买这个送给女友吗？"袁惠芳并不想现在就和他说再见，刚存下电话号码，就立刻找话题。见他点头，她笑着说："没想到，我们俩的眼光还是如此相似。我也是一眼就看中了那个葫芦。"

"挺别致的。"张慕扬低下头。

"你还是那么腼腆。"袁惠芳眼神复杂，"现在的女友，是不是很好？"她的声音有些低落。

"很好。"张慕扬点点头，他找不到话说，只有不停地微笑。

"找一个自己喜欢的人真好……"袁惠芳幽幽地说，"我真后悔嫁给了一个自己不爱的男人。"

"只要对你好就行了。"张慕扬有些不自在。

"当初如果不是妈妈……算了，不说以前了，反正他都死了。"袁惠芳眼圈泛红。她一直想把话题往自己身上牵引，可是张慕扬偏偏一点也不关心她的生活。

"你现在住在纽约？"张慕扬终于问了一句关于她的话来，他并不想问太隐私的问题，毕竟两人之间有着尴尬的关系，他也不愿顺着她的话问下去。

"只是来这边和朋友过圣诞而已，马上就要回国了。你呢，要在这里待多久？"

"我也很快就要回去。"张慕扬看了眼时间，抱歉地笑笑，"我要告辞了，以后再联系吧。"

"等等，不准备买这个送给女友了吗？"袁惠芳指着玉葫芦。

"啊，如果你喜欢的话，我送她别的礼物好了。"张慕扬微微一笑。

"这叫君子不夺人之美吗？"袁惠芳转身对导购小姐说，"包起来，我要送人。"

张慕扬微微一愣，她那个意思，似乎是要把玉葫芦送给自己。他一直就摸不透女人的心思，现在也是。

"送给你女友吧，看你那么喜欢。"

"不……这种事情还是不要借花献佛。"张慕扬没有想错，她要送给自己。

"你还是那么客气，就当是老同学的见面礼好了。"

"不敢要这样贵重的见面礼。"张慕扬坚决地说，"你要是喜欢的话，我可以送给你……"

"真的吗？我可不客气！"他的话还没说完，袁惠芳就欣喜地笑道，"那我就选个其他的吧，这家玉器店每样东西都只有一个，我每年来纽约都会来这里挑选一个带回去……"

张慕扬没想到自己被她绕进去了，他一直小心翼翼，但还是说错了一句。并不是不愿意送礼物给她，也不是心疼这点钱，他只是觉得，送前女友和苏可莹的东西差不多，感觉很别扭。

袁惠芳看中了一个小小的普通心形吊坠，上面刻了一些花纹和奇怪的文字。她笑吟吟地说："我就要这个吧，虽然看上去很普通，不过上面的花纹我很喜欢。"

"只要你喜欢就行。"张慕扬刷了卡，拿着那个玉葫芦吊坠与袁惠芳告别。袁惠芳站在街角看着他坐上出租车消失在视野里，眉眼间有着淡淡的失落。

"是不是很后悔当初没有坚持留在他的身边？"一个男声在她身后响起，"不过也不能怪你有眼无珠，一般人都没有可莹那样厉害的眼光。"

"别说了！"袁惠芳转过身，看着英俊高大的男人，皱眉说，"我跟你不一样，我只是想看看他过得好不好而已。"

"真的？"许尧冷哼一声，"这世上的蠢女人实在太多了。"

"你对女士难道不能尊重一点？"被许尧刺激得面红耳赤，袁惠芳咬着唇，完全没想到他的长相和他的言谈一点都不搭。

"我只要得到我的女人，至于你一个寡妇怎么去勾引前男友，我不关心。"许尧懒得对这种吃回头草的女人好声好气地说话，"但是，你要是伤害到可莹，别怪我不客气。"

"你……"袁惠芳真后悔来找许尧，但是如果不找他，她就无法得知张慕扬更多的情况和真实的信息。那个老鬼死后，给她留下了一大笔遗产，她现在有的是钱，缺的却是爱情。虽然通过私家侦探调查了张慕扬所有的情况，但是袁惠芳没有任何把握，只好找到许尧，希望能够合作一次。她想想自己，觉得挺悲哀的，不缺爱情的时候，缺钱；等到不缺钱了，开始缺爱情……

　　张慕扬坐在出租车里，闭目回想着刚才的一幕。他总觉得这个偶遇太巧了，在异国，在如此之大的纽约，能在一个玉器店中，遇到初恋女友，比中头彩的可能性还小。

　　医院里，苏可莹坐在木椅上晒太阳，等着做检查的妈妈。张慕扬远远就看见乔木下的苏可莹，他从后面绕过去，站在椅子后，抚着椅背，低声说："阳光很好。"

　　"是啊，很好的阳光。"苏可莹依旧看着冬日的天空，淡淡地说道。

　　张慕扬从木盒里拿出那个玉葫芦，放在她的眼前。温暖的阳光下流动着圆润的光芒，像是蓝天和白云浓缩到葫芦里，泛着淡青色。苏可莹平静的眼神微微一亮，唇边浮起一丝笑容，懒洋洋地说："无事献殷勤，非奸即盗。"

　　"把我想得太坏了吧？"张慕扬见她眼里闪着喜悦，心里高兴。

　　"是不是和许尧没谈拢，所以就买东西发泄？"苏可莹伸手接过那个玉葫芦，在阳光下仔细地看着。

　　"没有，我只是觉得你戴上它一定会很好看。"张慕扬微笑，他好享受这样和她聊天的时光。

　　"然后呢？想用这个东西来换吗？"苏可莹拽出胸前的黑色吊坠晃了晃。

　　"如果你愿意的话，我会很开心。"张慕扬微微俯下头，温柔地说。

　　苏可莹眼波微转，将吊坠塞回去，依旧懒洋洋地说："如果我确定会和你这种呆子结婚，那就由你来保管好了。"

　　"可莹！"张慕扬有些无奈地喊了一声。

　　"这个玉葫芦确实很漂亮。"苏可莹不再理他，迎着阳光，眯着眼睛看着玉坠，越看越喜欢。

　　"如果没有东西换的话，我要收回来。"张慕扬非常不甘心地看着她脖子里若隐若现的那根黑线。苏可莹的视线从玉葫芦移到身后男人的脸上，见他懊恼的神情，忍不住微笑。她伸手勾下他的脖子，轻轻吻了吻他的唇，"谢谢。"

　　蜻蜓点水的一吻，让他差点就爆掉了。天啊，这次不是在演戏，也不是在做梦，是苏可莹第一次主动温柔地亲他！他幸福得有点晕眩。他们之间的关系，终于有了质的发展。

看见张慕扬傻乎乎的模样，苏可莹忍不住笑了，看着那美玉独特的光泽，和这男人身上散发的温润气质一样，让人想去亲近。她想也许在更早之前，她已经把这个爱情枪手当成了精神的寄托。

"那个……只这样还不够付利息。"张慕扬绕到前面坐在椅子上，大胆试探。

"嗯？"苏可莹转头看着他，明亮的眸中闪过一丝不解。

张慕扬见她嫣红的唇微微开启，终于忍不住扶着她的头，吻了过去。结束了长长的缠绵的吻，张慕扬喘息不定，眼里都是深深的爱意，"可莹，我好爱你。"

"这里是医院，拜托你注意点影响好不好？"苏可莹无力地低吟，她有点喜欢上这个男人热烈又温柔的吻，但是，这种亲密的事情还是留着回去做好了，被妈妈看到了，很丢人。

"啊……阿姨，检查已经结束了吗？医生怎么说？"张慕扬一抬头，看见苏妈妈就站在不远处，急忙上前问候。

苏可莹坐在长椅上，低低地叹了口气，"逃不掉的，许睿，他让我想起了那些幸福的过往，你会替我开心吗？"没错，爱情来了，无论逃到哪里都会被抓住。苏可莹不得不承认，当初来美国，其中一个原因就是想避开张慕扬的感情，所以一再拖延不想回去，直到被许尧逼得无奈……

现在的张慕扬充实了许多，他每天写书的速度放慢了，看书的时间越来越多，越接触社会，他就越觉得自己的知识还不够。他每天都在不知不觉中成长着，苏可莹都看在眼里。

晚上，张慕扬像是热锅上的蚂蚁，在房间里走来走去。不知不觉两人的关系已经上升到"准恋人"的地步，他一边欢喜，一边却是痛苦难言的渴望，毕竟他是一个正常的男人。

"你还真行，能够坚持和苹苹果果每天出去锻炼。"苏可莹坐在床上，翻着书，淡淡地对一边做俯卧撑的张慕扬说道。

"没办法，你总是说我瘦弱。"张慕扬咬牙说。

"没有专业的健身教练，两个月能有这样的效果，已经很不错了。"苏可莹将书放到他的背上，笑着说，"苹苹果果不知道是不是被你虐待瘦了，真想它们。"

"它们应该减肥了，一上床，就压得我喘不过气来。"

161

"它们愿意和你睡床上？"苏可莹眼里闪过一丝笑意，看来苹苹果果也在不知不觉中，把他当成了最亲密的男主人呢。

"每天和我抢地盘，脸皮也越来越厚，根本骂不走。"张慕扬气喘吁吁。

"对了，你那个文学网站找到合适的负责人了吗？"苏可莹话题一转。

"想找汪霞，但是她一直没影，回国后，我想去她家一次。"张慕扬趴在床上喘息，"你和我一起去吗？"

"我去做什么？"

"你不怕我被人拐走了？"张慕扬抬头，假装委屈地问。

"真是越来越自恋！"苏可莹忍不住翻白眼。恋爱中的男人果然会勇气倍增，觉得自己的一切都是好的。

"可莹，我有一件很重要的事情想要报告。"张慕扬翻身坐起来，平复着呼吸，认真地说。

"什么事？"苏可莹拿起滑落的书。

"那个……我总是想一些失礼的事情……"张慕扬不知道应该怎么说，自己总不能直接对她说那么直白吧。而且他觉得关系刚刚有进展，自己这样一说，岂不是太猴急了？万一惹恼了苏可莹，被一脚踹开就更惨了。发现苏可莹正等他说下去，他才困难地说："晚上睡不着……坐立不安……我怕有一天会控制不住自己的行为……"

"真是呆子。"苏可莹见他吞吞吐吐的模样，忍不住笑起来，"你觉得你能做什么？"

"我……"张慕扬微微一愣，随即脸色更红，低下头，攥着被单，他想做的都是少儿不宜的东西。这处男之身，什么时候能送出去啊？

"别胡思乱想。"苏可莹突然摸摸他的头，像是哄一个小孩子，"回国就好了，这段时间是委屈你了。"

"我没有委屈，只是……"只是拼命压制欲望会很难受，他没精打采地坐着，心想：这样会不会憋出病来？

苏可莹见他颓然的神色，突然想起自己和许睿的初夜，在美国的乡村。那天是她十八岁的生日，外面下着雪。他们喝了一点酒，围着壁炉，情之所至，就发生了难忘的一夜。好像在那之前，许睿也经常有这种苦恼，但是他从来不会说出来，都是默默地隐忍。张慕扬和许睿，两个丝毫不同的男人，却有着相同的温柔。曾一度坚冰般的心，渐渐被他融化了。

苏可莹沉溺在他深情温柔的模样，突然说："其实我的脾气并不好，而且有很多缺点……对爱人很任性，冲动起来不顾任何后果，有许多古怪的癖好，偶尔还会很暴力……你能忍受这一切吗？"张慕扬被她逗笑了——如果说她还有让人无法容忍的脾气，那世上很多人都可以去死了。

"笑什么？我是认真的！"在自己的爱人面前，她不用像上班那样伪装自己，可以完全放开自己的喜怒哀乐。这样会有反差，她怕张慕扬一时接受不了。

"可莹，我爱你的所有。"张慕扬说着，就低下头，已经先脸红起来，"不知道……你会不会像我喜欢你那样喜欢我。"

"呆子！"苏可莹听到他这样说，伸手关了灯，笑骂着钻进被子里。

枕边的玉葫芦在夜里发着淡淡的莹润光芒，苏可莹失眠了。她想着逝去的美好，想着未来，想着张慕扬的事业，想着许尧的以后，也想着父母……这时，身边的男人突然动了动，往她身边靠来。苏可莹没有动，依旧想着心事。紧接着，男人的身体侧过来，试图换个姿势拥着她睡觉。苏可莹想笑，虽然张慕扬并不敢做出太过分的举动，但是这两个晚上，她已经感觉到他每天都在试图靠近她一点，"蚕食"着她的领地。

另一只手小心地慢慢穿过她的颈脖，让她枕在自己的胳膊上，张慕扬才换了一口气，坚持不懈地一点点调整着两人的姿势，想让香香软软的小女人完全睡在他的怀抱里。

强烈的男性气息迎面扑来，让苏可莹的心房微微酥软。而那个该死的男人还在一点点地慢慢折腾，看似害怕吵醒她，其实完全没有顾及她的感受。苏可莹想叹气，这男人有身体需求，女人又何尝没有？只是女人没那么强烈的需要，但是一旦被撩拨起来，麻烦就大了。

"你想怎么才舒服？"

张慕扬动作一僵，没想到把她吵醒了，只好尴尬地低声说："我……那个……想让你暖和点。"

"我已经很热了。"苏可莹微微叹了口气，这男人像个火炉一样，她都快要出汗了。

"那……我想抱着你睡觉……就抱着，不乱动。"张慕扬的气息在她耳边喷发，令她痒痒的。

"你和苹苹果果一样，脸皮越来越厚，给点阳光就灿烂。"

"可莹，你忘记今天是什么日子了？"随便她怎么说，反正他就是不放开。

"什么日子？"苏可莹想了想，圣诞节已经过了，元旦还没到，今天是什么特殊的日子？

"你的生日啊，十二点已经到了。"听着外面悠扬的钟声，张慕扬温柔地说。

"我还真忘了。"苏可莹抵着他的胸口，浑身燥热，"然后要怎样？"

"然后，我想送你一样礼物。"张慕扬的手指缠绕着她的发丝，有些颤抖。

"那个玉葫芦我就很喜欢，其他的礼物就算了。"苏可莹敏感的耳垂突然被他含住，她差点就惊呼起来，"你……你做什么？"

"我把自己送给你好不好？"张慕扬轻轻舔舐着她的耳垂，紧张得声音都低哑起来。

"这种礼物……我可不收。"苏可莹被他撩拨得浑身发软。

张慕扬很感激陈铭兴，幸好在来这里之前，被陈铭兴彻夜辅导"功课"，学会怎么取悦女人，否则他还真不知从哪里下手。其实他的内心也一直挣扎着，因为传统的思想，张慕扬很想在新婚之夜再做这样的事情，或者在苏可莹主动的情况下，可是身体的需求让他考虑不了那么多。

顺着她的耳垂往下亲吻，张慕扬听到她微微抽气的声音，这细微的呼吸变化，让他更感兴奋。

"别闹了……"浑身的酥麻让苏可莹蹙起眉，强忍着情欲，推开他的头。

"你不喜欢吗？"张慕扬伸手抚着她的脸，半响才出声。

"不是……只是……这……"苏可莹一贯伶牙俐齿，现在却说不出一句完整的话，"我还没做好准备……"

"这样啊。"张慕扬悬着的心终于放下来，他以为是自己不够好，或者是她对自己没"性"趣呢，"那等你准备好的时候，告诉我一声……"

"呆子，闭嘴睡觉！"苏可莹又羞又恼，将红透的脸埋在他的胸口，伸手按向他的脸。这种事情谁会事先通告？

第二天，苏可莹去父亲公司，帮忙客串销售经理，谈一笔生意，而张慕扬在家里一边处理萤火的事情，一边陪着苏妈妈，帮她做地道的中国菜。

苏妈妈现在对他倒是很喜欢，而且他做得一手好菜，很对她的胃口。事实上，苏妈妈对谁做她的女婿都没意见，只要能够陪女儿留在美国就好。但是明天他们就要离开了，心里很舍不得。

张慕扬一边收拾碗筷，一边和苏妈妈聊天，他的手机突然响了起来，他看也没看就接了起来。

"张慕扬吗？"一个女人轻柔的声音，让他的脸色微微一变。

"是。"看了苏妈妈一眼，他歉意地笑着退到窗边。

"知道我是谁吗？"女人轻轻地笑着。

"嗯。"他昨天没有存下袁惠芳的电话号码。

"是不是女友在身边？干吗这么冷淡？"袁惠芳又笑了，"又或者是不敢说出我的名字？"

"没有……"张慕扬看着外面晴朗的天空。

"不开玩笑了，今天有空出来喝杯咖啡吗？"袁惠芳收住笑声，认真地说，"已经快四年没联系了，我真的很想知道你现在的情况。"

"抱歉，今天没有时间，"张慕扬拒绝得很干脆，"下次吧。"

"那可以耽误你五分钟的时间聊聊天吗？"袁惠芳像是知道可能被拒绝，立刻以退为进。

"嗯，你说。"张慕扬习惯有事说事，没事就保持沉默，这使他成了媒体口中特立独行寡言少语的酷哥……只有亲密的朋友才知道这是他的性格使然，而在苏可莹眼里，他在感情上甚至有点可爱有点傻。

可是，在袁惠芳听来，更让她的心酥痒难耐。以前恋爱的时候，张慕扬很少说话，那时她会觉得无趣，可现在，他的一分礼貌和疏离，让她觉得魅力十足，仿佛男人就应该这样。无论如何，她发誓要夺回初恋！

"不知道怎么说……你知道吗？昨天见了你之后，我一夜都没睡着，一直想着过去的幸福和甜蜜……如果毕业时不是因为妈妈得了重病，需要一笔医疗费，我……我根本不会嫁给那个院长！更不会离开你……"

张慕扬其实已经不在乎了，他已经完全放下了。在她刚离开自己的时候，只有陈铭兴知道他多么低沉和失落，那种可怕的颓废已经耗尽了他对爱情的向往。直到遇到苏可莹，他才知道爱情是可以重新来过的，如果曾经失恋，那是为了遇到下一段更美好的恋情。

"我一直想告诉你事情的真相，但是……那时候说不出口，我甚至不敢告诉你我要结婚了……"袁惠芳开始啜泣起来，毕业时，她就已经认识到现实的残酷。

"所以，连分手都不说，就直接消失了。"张慕扬平静地接上一句，心底闪过隐隐的痛。

"你恨我吗？"袁惠芳哽咽。

"不。"简单的一个字,张慕扬其实想说,他感谢她给了自己一段纯真的回忆。毕竟青春的恋情都是美好的,无论结果是忧伤还是幸福。

"那么……"

"今天就到这里吧,我还有事。"张慕扬看了眼阳光,淡淡地说道,"再见。"

袁惠芳听着那边挂断的声音,细眉拧了起来,乌云掠进眼中。她看着手中的那些资料,下面压着一张苏可莹的照片。那张照片上,苏可莹穿着紫色的晚礼服,在人群中举杯微笑,优雅美丽。她恨恨地握紧拳头,照片上浅笑如花的小女人被她捏皱成一团。若是在四年前,即便有十个苏可莹,她也不害怕张慕扬会爱上……

"可莹,生日快乐。"将精美的礼盒递过去,许尧的眼神却放在张慕扬身上。

"谢谢,其实不用这么客气。"苏可莹拿过来,按照美国的习惯,开始拆礼盒。

"哪里,只是一点小小心意,很普通的相框而已,但是里面放了我精心挑选的照片。"许尧唇边噙着微笑,眼神从张慕扬变了颜色的脸上收回。

"可莹……还是回房再看吧,饭菜已经准备好了……"张慕扬急忙抢过礼盒,勉强面带笑容。

"慕扬,注意礼貌。"苏可莹皱了皱眉头,对他这种异常的举动有些不满。

"我先放回房间。"张慕扬根本不理她。他此刻后背全是汗,生怕许尧会放入那些不堪的照片。一走进卧室,他立刻拆开礼盒,放心了,也虚脱了。果然是一个精美的相框,里面是许尧和苏可莹,还有一个长得和许尧很相似,却比他成熟得多的男人。

晚饭后,张慕扬决意要送许尧,两个在家中还说说笑笑的男人,一离开那栋楼,立刻都沉默下来,一副水火不容的模样。

"你到底想怎样?"走到路边,张慕扬终于开口了。

"你紧张什么,我都说了这种事情不会让可莹知道。"许尧冷笑,他要是真的把那些照片拿到苏可莹的面前,依照可莹的脾气,只怕会弄巧成拙,根本达不到目的。所以,不到最后一刻,他绝不会破釜沉舟。

"许尧,你要是真的喜欢她,就放手,这样下去对谁都不好。"张慕扬停下脚步。

"你为什么不愿放手?"许尧冷傲地看着他,"我又凭什么放手?"

"因为她现在喜欢的人是我。"张慕扬咬牙,一字一顿地说。

"是吗?那为什么她和我做爱的时候,喊的不是你的名字?"许尧冷哼一声,带着些许邪恶。

"你……"张慕扬心脏像被重物压住，一下喘不过气来。

"所以，放手的人应该是你。"许尧微微一笑，慢条斯理，"张慕扬，那些照片只有你知我知，但是，如果除夕前你还没有按照我的要求去做，很快，天下人都会知道……"

"反正我已经等了那么多年，不在乎等到除夕，你好自为之。"许尧耸耸肩，拦了辆计程车，扬长而去。

苏可莹看着相框里幸福微笑的三个人。她站在中间，笑容单纯明朗；右边的许尧还稚气未脱，已经是个美少年了；左边站的是许睿，有着超乎年龄的成熟和稳重，眼里写着满满的温柔和爱。那时候，他们三个人多快乐。

她伸手抚上相框里许睿的脸，她将关于许睿的一切都封存了起来，那些过往的照片，被她密封起来，埋在了木屋前的树下。这张照片，让苏可莹又陷入了思念中。

"睿，你在那边过得好吗？"柔软的指腹抚摸着那张无数次在梦中出现的脸，她喃喃自语，"别担心我……我现在很好……可能找到了感情的依靠。许尧虽然有点任性，但是请放心，他会慢慢明白的，也会成为像你这样优秀的男人。"眼前已经出现一层薄薄的水雾，她低声说道，"总之，不要挂念我们，在天堂幸福地生活……我们也都会重新找到自己的幸福……"

张慕扬打开门，看见苏可莹正坐在床边，看着手中的相框发愣，眼圈略微泛红。她看见张慕扬走进来，将相框放到抽屉里，漾出微笑，"怎么了？脸色那么臭。"

"没事。"张慕扬坐在床边，怕苏可莹怀疑，揉了揉太阳穴，"你知道，我和许尧总是谈不来。他太喜欢你了。"

"别再浪费口舌，再过几年就好了，现在他还太年轻。"

"嗯。"张慕扬低下头，想着和许尧的对话，还有如何取得许尧手中的东西。

手机震动，思路被打断，他接过苏可莹递过来的手机，"你好。"

"是我。"女人的声音让张慕扬敏感起来，又是袁惠芳。

"请说。"张慕扬看了眼正在专心处理工作的苏可莹。

"我还是想见见你，能出来吗？"袁惠芳幽怨地说。

"对不起，现在不行……"张慕扬看着自己的左手掌心。

"张慕扬，旧情人邀约都不给面子，你可真是绝情的男人。"熟悉的声音让张慕扬头皮一麻。许尧！他怎么和袁惠芳在一起？

昨天果然不是偶遇，袁惠芳是策划好的，还是许尧策划好的？反正事情不妙，张慕扬额上渗出汗来，低声问："你在哪里？"他知道自己不能拒绝了，因为许尧不会给他拒绝的机会。

"你出了小区往右走三百米，然后顺着路口左转，就能看到一家酒吧，我在门口等你。"袁惠芳立刻说道。

挂断电话后，张慕扬心思百转。他看了眼用眼神询问的苏可莹，说："一个大学同学，刚好也在纽约，约我见个面……所以，我出去一下，很快回来。你要是困了，就先睡。"

"需要我和你一起过去吗？"苏可莹站起身，帮他拿衣服。

"不……不用了，外面太冷，你在家里乖乖待着吧。"像是哄小孩，张慕扬接过衣服。

"那小心点，有什么事给我打电话。"

"好。"张慕扬走到门前，突然转身回来，抱住苏可莹，在她的额上轻轻一吻，"我很快就会回来。"

"知道啦，快去快回。"苏可莹推开他，有些沉醉。

"许尧呢？"张慕扬走到袁惠芳的面前，看了眼酒吧四周。

"什么许尧？"袁惠芳的脸上带着欣喜的笑容，却被问得一怔。

"别装糊涂，说吧，你们到底想做什么？"

"我只是想请你喝杯酒。"袁惠芳幽幽地说，"分别了那么久，叙叙旧的机会都没有吗？"

"你知道我不会喝酒，有什么话，快点说，我很忙。"张慕扬声音很冷，他一想到袁惠芳和许尧联合在一起，往日的情分就又消逝了一些。

"进去说吧，外面挺冷。"袁惠芳摸了摸自己的胳膊。

"换个地方吧，那里面太吵。"张慕扬对酒吧这类地方非常反感，他扫视一周，指指对面的咖啡店，"去那里。"

咖啡厅放着轻柔的钢琴曲。袁惠芳搅着咖啡，苦笑道："喝咖啡……你也不怕晚上失眠？"

"说吧，你和许尧到底想怎样。"张慕扬开门见山。

"我想知道一件事。"袁惠芳并不正面回答他，眼神黯淡又满怀期望，"你……还爱我吗？"

"我已经有了可以相伴一生的人，何必问这种问题。"

"但是……总还是有感情的吧？以前爱得那样深……"

"你走的时候也很决绝。"张慕扬不想回忆以前的事情，对他来说，现在就是最幸福的时刻。

"那个老鬼死了，留下大笔的钱……如果你愿意……我一辈子都不会走了……"袁惠芳干脆明说，她想了一夜，原本想慢慢接近张慕扬，一点点吃掉。可是现在，张慕扬不再是以前那个单纯听话的初恋男友，而是有着缜密心思的成熟男人，如果慢慢靠近，只会浪费大量的时间和精力。她决定速战速决，即使被他一口拒绝，也可以找其他的借口再接近。她自恃很懂男人的心思，认为世界上大部分的男人都想"吃白食"，不会拒绝到了嘴边的美味。她就不相信自己屈尊倒贴，还换不回他的一分柔情。不理他的沉默，她继续说道："我心里一直惦记着你，虽然和那老男人在一起生活，可我心中……"

"你不觉得晚了吗？"张慕扬闭上眼睛，"我们之间……早就结束了。"

"没有结束！你看，现在我们不是又坐在一起……"

"芳芳。"吐出那个在心底已经腐烂的名字，张慕扬唇边浮起一丝苦笑，"真的不可能了。"

"是因为她吗？"袁惠芳眼里写满了失望和痛苦。

"如果只是谈这些，那我该说的都说完了。"张慕扬站起身，面前的咖啡一点都没动，"再见。"

"等等！"袁惠芳急忙抓住他的风衣下摆，紧紧地攥着，"那……做朋友呢？你会接受我做你的朋友吗？"张慕扬终于转身，看着她央求的目光，心中一软，重新坐在她对面。

"现在……只当是普通的朋友，可以和我继续聊聊吗？"袁惠芳声音颤抖。

张慕扬依旧沉默，掩饰了心中难言的情愫。这就是他的初恋，那时多么纯真美好的一张脸，现在在脂粉的掩盖下，他完全看不到曾经真实的颜色。

"我很寂寞……"袁惠芳眼神空洞，"我有很多的钱……却没有一个可以说话的人……所以，我想找到你，半年前就开始寻找……你是这么多年来，我最牵挂的人，只是以前无法逃离那个樊笼，那个老鬼禁止我和任何异性接触，每天只知道虐打和……"

"当初为什么要嫁给他？"看见她眼圈微红，张慕扬终于问她。

"我妈妈要做手术，需要一大笔医疗费，那个老鬼就是院长，看上了我……我不敢对你说。其实在毕业前的三个月，我就已经被他……"袁惠芳捂住眼睛，抽泣起来。

张慕扬突然意识到不该问这样的问题，她嫁和不嫁，和自己没有任何关系。等袁惠芳情绪平静下来之后，张慕扬终于问："能不能告诉我，你和许尧之间是怎么回事？"

"许尧？"袁惠芳眼泪还没完全收住，"我找不到你，后来在一个朋友的介绍下，认识了他，这才知道你来了美国，所以我就想通过他找到你……"

张慕扬皱起眉头，这个理由并不好，处处都是破绽。如果说找到铭兴的话，还有可能，许尧那时已经在美国了，她的眼线未免也太长了点。

"今天电话里我听到他的声音，你们……"

"我们什么关系都没有，我只是想通过他找到你。"袁惠芳立刻打断他。

"你应该知道，许尧喜欢着苏可莹吧？"张慕扬不动声色。

"苏可莹？"袁惠芳眼里有一丝疑惑，紧接着一副明了的表情，"就是你的现任女友，对不对？我听他提过，但是没在意，不知道是不是这个人……"

"我只想提醒你一下，别和许尧走得太近。"张慕扬声音有些冷。

"为什么？他是个很热心的年轻人。"袁惠芳不解。

"我该回去了，下次再见。"张慕扬不想多做解释，他觉得袁惠芳旧情未了，可是他已经有了深爱的女人，不愿再和她周旋。

"慕扬……"袁惠芳见他起身，急忙说，"下次我找你，你会出来吗？"

"如果不忙的话，会的。"张慕扬此刻只有这样回答。

"真的？"袁惠芳有些开心。

"嗯，再见。"张慕扬转身往外走，将小费放在了桌上。袁惠芳从窗户里看着他渐行渐远，脸上浮起了得意的笑容。

苏可莹已经睡下了，给张慕扬留了一盏壁灯。一股淡淡的柔情和温暖浮上心头，这么多年来，她是第一个让自己有家的感觉的人。

张慕扬洗漱后，轻手轻脚地爬上床。他心事重重，一直睁着眼睛，脑中纷乱地闪过青春年少的过往。

鼻子里钻入男人的气味，苏可莹微微一动，闻到一丝极淡的味道。是女人身上的香水味，非常淡，如果不是熟悉了他的身体味道，根本察觉不出来这微妙的变化。突然，一只手抚上他的脸，紧接着，她闷闷地问道："你是不是有什么心事？"张慕扬微微一愣，没想到她并没睡着。

"不能告诉我吗？"苏可莹早就察觉到张慕扬的异样，他与许尧之间有秘密，现在连行踪都变得诡异起来，这让她很担心以后的交往。

"没有心事。"按着她的后脑勺，张慕扬低声说道，"我只是在想……什么时候你才能成为我的妻子。"

苏可莹沉默下来，抚摸着他面部的轮廓。她很喜欢在黑夜里，这样去描绘爱人的脸，因为可以闭着眼睛，把对方刻在心上。和许睿在一起时，每天临睡前，她都会画一遍。若是失眠，就会来来回回地临摹着那熟悉的线条，一点都不厌倦。

"怎么不说话了？"张慕扬有点害怕她的沉默，因为沉默背后，是许多的不确定。

"我在想明天回去后需要做的事情。"苏可莹收回手，轻声说，"慕扬，你想过事业顺利发展了之后，做些什么吗？"

"归隐。"张慕扬没有半分犹豫。

"哈，你还真是古代人。"苏可莹唇边浮起一丝微笑。

"和你一起，还有苹苹果果，在乡村的果林住着，置办一些房产，然后建几所希望小学。平时在家里待着码字，但是不准你上班……"张慕扬搂紧她，"你要陪着我，红袖添香，春看百花，秋赏枫叶，冬天暖被窝。"

"美好的理想。"苏可莹的笑容扩大，听着呆子说出来，就感觉很美很幸福，不过最后一句话让她热了起来。

"我会实现的。"张慕扬非常认真。

"那就要为此努力加油。"苏可莹低声笑着，"赚很多的钱，才可以做自己喜欢的事情。"

"当然，为了你，我也要努力。"张慕扬轻轻拍着她的背。

"嗯……"苏可莹突然沉吟起来。自己今天晚上酒喝得有点多吗？为什么冲动的情欲越来越强烈？

"可莹，你说我们以后……"张慕扬正要说话，一只柔若无骨的手从他腰际的保暖内衣下，往上游走，他浑身的血液顿时被点燃。那只手像是带着魔力，让他腰际酥麻的感觉延伸到脊背。

"为什么你要穿这么多的衣服？"像是娇嗔，苏可莹声音沙哑。

"你……你要我脱下吗？"张慕扬不敢动，他不知道苏可莹想做什么。

"嗯……可是你没洗澡。"其实苏可莹只是不太喜欢他身上隐约的香水味道。

"要我现在去洗澡吗？"她有点慵懒有点性感的声音，让他全身兴奋而紧绷着——她的意思是今天准备好了吗？

"算了。"苏可莹突然抽回手,翻个身背对着他,"还是睡觉吧。"

"可莹,我现在就去洗澡。"张慕扬立刻坐起来。

"会吵醒爸爸妈妈的。"浴室就在主卧的旁边,苏妈妈睡眠很浅,她想忍一忍,睡着了就好。

今天看到许睿的照片,她突然发现,自己终于可以接受许睿离去的现实。也许是因为身边这个男人,让她在颓废之后渐渐有了对生活的希望和对温暖的渴望。如果张慕扬没有成为她的房客,她或许还一直活在许睿的阴影下。

"那……我脱下衣服好不好?"张慕扬此刻精神饱满,才不愿放过这个机会。

"随便你。"苏可莹懒得说话,她想着自己和张慕扬之间的点点滴滴。以前那个羞涩的宅男,慢慢变成了完美的男人。想到这里,她就觉得这是自己这几年里最大的成就。

张慕扬得到她的允许,连裤子也一并脱下,扔到一边。但是苏可莹动也不动,背对着他,呼吸均匀,好像是睡着了,让他不知所措。对着一个毫无反应的睡美人,他完全不知道从哪里下手。

"可莹……"火热的掌心轻轻碰到她的肩头。

"嗯。"苏可莹有点困了,声音慵懒。

"我都脱了。"张慕扬被她弄得手足无措,只得红着脸低声说。

"嗯,那就睡吧。"苏可莹想起自己第一次故意醉酒时张慕扬那副呆样,忍不住挑起唇角——她看中的男人,其实还真的不错。

"啊?"张慕扬裹住被子,伸手碰了碰她,"我昨天刚洗了澡……"

"嗯,睡吧。"苏可莹忍住笑,故意捉弄他。

"那个……你给我挠挠痒吧。"张慕扬终于憋出一个借口来,"背上……有点痒。"

"不是昨天刚洗过澡吗?"苏可莹差点笑出声来,有时这书呆子还真可爱。

"但是……突然痒了。"张慕扬红着脸,趴在床上。

"哪里痒?"苏可莹终于翻过身,伸手抚上他的后背。

"上面一点……不,下面一点……左边……"张慕扬闭着眼睛,享受着她指尖带来的触感,舒服至极地叹了口气,"可莹,我也帮你挠挠痒吧?"

"不用。"苏可莹知道他的小心思,立刻拒绝。但是语音未落,他就探过手去,手掌从她穿着睡衣的背上划过,感觉到掌心有一条细细的布带。他的喉咙突然干起来,他哑着声音说道:"为什么只要我脱了衣服?你却不脱?"

"因为你没洗澡。"苏可莹找到一个风马牛不相及的答案，其实，她还是有点介怀他身上有女人的香水味。唉，自己什么时候变得这么小心眼了？

"可是不公平。"张慕扬的手移到她的腰间，顺着睡衣试探着往里面钻去，"那个……我能不能进去？"

苏可莹皱了皱眉，他这句话说得有点歧义。张慕扬已经等不及她的回答，一翻身，揽过她柔软的腰肢，火热的手掌顺着她丝滑的背部往上游去。掌心传来不可思议的触感，张慕扬忍不住顺着她的发丝，往脸上吻去。

"可莹，我着了火，怎么办……"张慕扬的唇从她光洁的额头，游到她柔软的唇上，有些粗暴地啃噬着。他这一次的冲动尤为强烈，怎么办？要犯错误了！

苏可莹想说话，但是唇微微开启，就被他的舌头顺势侵犯进来，翻搅着她的蜜津，掠夺她口中的芬芳。苏可莹感觉到他下身的火热，忍不住低低呻吟一声，手从他的背部移到他胸前。她今天本来就有些冲动，身体经不住这样的撩拨，等到张慕扬的唇移到她敏感的脖子时，终于气喘吁吁地推他离开一点。黑暗中，一双眼眸亮晶晶地看着伏在自己身上的男人。

"可莹。"忍耐得有些痛苦，可是如果她还没准备好，张慕扬不忍强来。不对，是他没法强来，因为会被苏可莹踹到床下。

"跟谁学的这些？"苏可莹的声音性感得像妖精。

"教育片……"张慕扬老实地回答，但是没有把陈铭兴供出去。

"骗人。"苏可莹突然用命令的口吻道，"躺下。"

张慕扬微微一愣，他的身体要爆炸了，却不得不遵守她的命令。

苏可莹见他痛苦地躺下来，眼里的笑意扩大，她突然翻身，坐到张慕扬身上，没等他反应过来，就轻轻咬住了他的唇。既然他这么乖这么听话，提前给点奖励吧。苏可莹听见他倒抽气的声音很大，挑起唇，在他耳边低声说："你准备好了吗？"

张慕扬没有想到她会主动，震撼得一时说不出话。

"事先说好，如果你准备好了，从今晚开始，就要对我负责。"见他绷紧了身体一动不动，苏可莹玩心顿起，轻轻舔了舔他的耳垂。

"一定会负责，你想逃都逃不掉……"张慕扬既兴奋又紧张，他想要动一下，却被苏可莹按住了肩膀。

"要不要开灯？"苏可莹继续调戏他。

"啊……"张慕扬微微一愣，随即拒绝，"不要……我会……会害羞。"苏可莹只是逗逗他而已，可是见他如此可爱，忍不住叹息一声，温柔地吻住他的唇，并且往下移去。滚动着的喉结被她轻柔地含住，张慕扬几乎不能克制地喘息着，她要带他去天堂……天啊，只是她的亲吻和抚摸，就已经受不了了。可是第一次不应该是男人主动吗？应该他主动才是……苏可莹知道他是个笨蛋，对男女之事更是不懂，所以第一次，就由她来当老师吧。

"可莹……不要……"张慕扬发觉她的手移到了自己的小腹下，握住了。胸口被她含住，轻轻舔舐，让他舒爽得快要缴械投降了。

"可莹……别动了……"张慕扬突然抱住她，哑着声音说道。他经不起这样的挑逗，已经濒临爆发。

"可莹，不行……"突然被她纤细柔软的手指一收，张慕扬浑身绷紧，喷发的液体弄得两人身上都是。苏可莹似乎预料到这样的情况，她的唇边含笑，摸到床头柜上的纸巾……

"对不起……我……"张慕扬说不出话来，还什么都没做呢，自己怎么可以这么不争气？可是，身体实在太兴奋了，他无法控制。

苏可莹再次吻上他的唇，慢慢抚弄着，"它还很精神……"

张慕扬的心跳再次激烈起来，他推倒苏可莹，翻身压了上去，这一次，他要取悦心爱的人。苏可莹已经给他一点点甜头了，现在抱着他的头，完全信任地把自己交给他。张慕扬在被子里什么都看不见，只能感觉到和自己身体截然不同的构造，香软柔滑，像是水蜜桃。

张慕扬很想学"教育片"那样，系统地从头到尾来一次，可是身体已经兴奋得等不及了……张慕扬咬着牙，急得汗水都渗了出来，就是找不到路口在哪里。苏可莹感觉到他不得要领的焦急，勾住他的脖子，轻轻吻了吻他的唇角，唇边噙着一丝笑意，调整着自己的角度，引导着他慢慢进入……

整整一夜，张慕扬像是一个饿狼看见一顿美餐，贪婪地一次次索要着。直到天微微亮，他才稍稍餍足，抱着疲惫得连话都不想说的苏可莹，躺在凌乱的床上。

苏可莹真的没想到这个文弱书生会有这么多的热情，爆发起来太可怕了……早知道这样，自己就不该主动去招惹他。

张慕扬从来不知道，原来男女结合的感觉那样美妙，去它的什么无性之爱，柏拉图真是害人不浅……二十四年，自己终于有了女人，还是最心爱的女人，他一点都不想浪费温存的时间，甚至连飞机都不想赶。屋子里的光线渐渐明亮起来，一室的旖旎，不曾消散。

二十　有机会，就牢牢抓住不放

机场。苏家三口，依依不舍。

许尧并未出现，张慕扬一直看着身边神情异常妩媚的小女人，唇边带着一丝宠爱的幸福笑容。经过昨夜之后，她像是一朵被滋润了的花，更美了，整个人看着都有些娇软，没有工作时强势能干的女王气势，反而带着一丝说不出的风情和慵懒。她挽着他的胳膊，将半个身体的重量都搭在他胳膊上。

"可莹啊，"苏妈妈把女儿拉到一边，语重心长地说，"虽然是年轻人，可是……也要注意休息……"

苏可莹立刻知道昨天晚上肯定被妈妈听到了动静，脸蓦然红了，有些微嗔地看向张慕扬，都怪他一点不知道节制……

"还有，那孩子挺瘦的，平时督促他多吃点好东西，不要工作起来就不要命。"苏妈妈有点舍不得这个"准女婿"。

在候机大厅里，苏可莹靠着张慕扬的肩膀闭目养神。张慕扬看着她娇憨的神情，忍不住微笑，原来她对爱人这么主动热情……好幸福的感觉。

"呆子，别傻笑了。"

"可莹，我爱你。"这句话好像说多少遍都不厌烦，张慕扬轻轻吻了吻她的额头。

"嗯，我也是。"苏可莹的声音带着睡意，很低，却让张慕扬分外激动和喜悦。她也爱我，就这样成功了吗？想想未来的日子，张慕扬就忍不住笑。她太困了，一上了飞机，就戴上眼罩，靠着他的肩膀昏昏沉沉地睡了过去。

一个戴着墨镜围着围巾的女人坐在了张慕扬的身边，"咦？"她突然惊呼一声，带着惊喜，"这么巧？"

张慕扬脸上的笑容没了，他将苏可莹的帽檐往下拉一拉，声音轻轻压下，"真是巧。"可是他不太相信航班这么紧张的时候，袁惠芳可以买到和自己同一个机舱，甚至邻座的机票。不可能，绝对不可能有这么巧合的事情。但是，她怎么知道自己买的机票和座位顺序？想到这一点，他心中陡然升起一股寒气。他被监视了……在出国前，行踪就被监视了。张慕扬看着衣着高雅、贵气逼人的初恋女友，心一点点沉下来。

"那位就是你的女朋友吧？"袁惠芳探头看着只露出半张脸的苏可莹。

"嗯。"张慕扬不着痕迹地将苏可莹挡得更严实。

"很漂亮。"见他这副呵护女友的模样，袁惠芳心中涌起醋意，嘴上却不住地赞美，"皮肤真好，又有气质，好乖哦。"

"谢谢夸奖。"张慕扬看了眼苏可莹，她的下半张脸看着是乖巧可人，甜美可爱。只是，袁惠芳没有看到她工作和交际时的模样。眼罩下的那双灿若寒星的眼睛，绝对不止是乖巧，还有聪慧和灵敏。

"多大了啊？有二十岁了吗？"

"和你同龄。"张慕扬简单地说。他看着甜美干净的苏可莹，日系风格的穿着，又戴着一个超级可爱的眼罩，看上去年轻水嫩。

"没嫁人真好，"袁惠芳叹气，"像我早就成为人妇，看上去老多了。"

"你也很年轻。"张慕扬淡淡地看了她一眼。

"年轻吗？我怎么感觉自己已经踏入暮年了？"袁惠芳摸摸脸苦笑。

张慕扬看着袁惠芳，几次想开口询问她是不是监视了自己，但是都忍住了。苏可莹还在身边，他不想让她担心。

"你的女朋友好像很累，怎么一上飞机就睡了？"

"昨天没睡好。"张慕扬不想与她在这种时候多说。

"哦，不会是因为你回去太晚了吧？"袁惠芳立刻自责地说，"都怪我不好，和你聊得忘了时间……"

"没有，只是昨天做得稍微有点多而已。"蓦然，一个甜美又带点娇柔的声音响起，苏可莹依旧倚在张慕扬的臂弯里，直白地说道。

袁惠芳万分尴尬，没想到苏可莹会接话，而且居然大大方方地说出这种事来，同时她又有一丝妒忌。她不甘心……

苏可莹在两人尴尬的沉默中掀开眼罩，对袁惠芳礼貌一笑，"你是慕扬的朋友吧？我叫苏可莹，以后请多多关照。"她伸出手，友好亲切地微笑着。

袁惠芳愣了愣，随即握住她的手，勉强笑道："不好意思，是不是吵醒你了？"

"没关系。"苏可莹落落大方，温柔中带着一丝犀利。

"可莹，这是我的大学同学……袁惠芳。"张慕扬没有对她提及两人见面的事，所以现在有点忐忑，生怕她会生气。

"早有耳闻。"苏可莹看了他一眼，微笑，"你对我说过很多她的事情。"

"可莹……你继续睡吧。"张慕扬有种山雨欲来的感觉，苏可莹越是平静，他就越心惊肉跳。

"是呀，吵醒你真不好意思……"袁惠芳摸不清苏可莹这反应的背后是什么。她看不见苏可莹的醋意，也看不见苏可莹的锋芒，这让与之初次交锋的她有些不知所措。

"那你们继续聊，我先休息一会儿，不打搅你们叙旧。"苏可莹甜甜一笑，又睡了过去。张慕扬替苏可莹整理好衣领，唇边浮起宠溺的笑意。

"对了，你们住在哪里呢？有空我去找你们聊聊天。"见他脸上满是柔情，袁惠芳心中一阵刺痛，以前他只会对自己这样微笑。

"哦，我们不固定……你住在哪里？有时间我们上门拜访。"张慕扬不确定她是否知道那个小木屋的地点。

"我住得离城市稍微有点远，在东陵风景区那边。"

"那里应该是别墅区吧？"张慕扬想了想。

"算是富人区，不过有点偏远，平时无事，就打打牌浇浇花，清闲得很。"袁惠芳微微一笑，"所以，你们只要有时间，什么时候过去都可以。"

"富太太的生活。"不知道是感慨还是讥讽，张慕扬低声说。

"别人都以为很好，其实还不如做一个普通的小职工，有个美满的家庭……"袁惠芳眼神黯淡。

苏可莹睡得很沉，一直睡到飞机即将降落，才慵懒地睁开眼，摘下眼罩。张慕扬几乎趴在她的身上，所以她一动，他也就醒了。

"睡好了？"声音还有点倦意，他亲昵地吻了吻她的唇角。

"很久没在飞机上睡得这么舒服了。"苏可莹揉了揉酸疼的肩膀，看了眼时间，"好像快到了，我要先去接苹苹果果。"

"然后就回去睡觉……"张慕扬在她耳边用极低的声音说。

"然后你要准备出席开机仪式。"苏可莹食指抵住他的眉心。

"真不想去参加。"张慕扬将头埋在她的脖颈间。

"有点志气好不好？"苏可莹被他的呼吸弄得脖子痒痒的，躲了躲，笑着说，"不过我好像也应该先去工作室一次，苹苹果果等开机仪式结束后再接回去吧，这段时间会很忙。"

"嗯，白天很忙，晚上也会很忙。"张慕扬满脸认真地附和，他真的应该早点锻炼身体，这样才能应对"忙碌"的生活。

苏可莹见他神游太虚的模样，掐了掐他的腰眼，无奈地说道："认真点，现在可是关键时期。"

"遵命。"张慕扬低低一笑，亲了亲她粉嫩的脸颊。

右边墨镜和围巾挡住的脸似乎也在沉睡，可是毛毯下，指甲已经将掌心掐出了血痕。

牧志刚和白芳芳来接机，看见张慕扬紧紧握着苏可莹的手，满面春风地走了出来，立刻对视一眼。

"这小子中了五百万吗？几天不见，瞧这春风得意的模样。"白芳芳咕哝着，非常不满苏可莹那副小鸟依人的模样。

拜托，他们的队长是头脑睿智举止优雅的女人，从来不会对男人有这种依赖的表情。而且，张慕扬身边还有一个少妇，跟他眉来眼去，苏可莹居然一点都不管！对男人不应该这么纵容，她以为张慕扬有许睿的自律吗？

"说起来……是有点不一样了，变帅了点，对吧？"牧志刚挑起唇，懒洋洋地说，"而且，身边多了个美丽少妇，慕扬还是真有一手，哪天我要向他学习。"

"根本不知道你的眼睛长在哪里！"白芳芳冷哼，"在你眼里，这世上只有两种人，一种叫美女，另一种叫帅哥。"

"你不觉得这样很好吗？我有一双发现美的眼睛。而你呢，看谁都不顺眼，所以眼角的皱纹这么快就长出来了。"牧志刚是乐天派。

"你真不懂尊重美女。"高跟鞋无情地踢上他的小腿肚，白芳芳怒目圆睁。

"我错了……"牧志刚吃痛地揉着小腿，他不该招惹这位火山美人。

"又在欺负人。"苏可莹已经恢复了常态，大步走到两人面前。

"可莹，你再不回来，我们就被这丫头折磨死了。"牧志刚立刻伸手搭上她的肩头，哀哀地诉苦，"整天乱发脾气……"

张慕扬见状，立刻上前想拿掉那只咸猪手，却被白芳芳先行一步拽过苏可莹。

"别理他，我们走。"白芳芳紧紧抓着苏可莹的胳膊大步往外走。

"慕扬，介绍一下这位美女。"牧志刚笑嘻嘻地凑到袁惠芳身边，殷勤地问。

"哦，我的大学同学，袁惠芳。"张慕扬边走边说。

"哎呀，不就是你的那位初恋情人吗？"牧志刚作为收集情报和谈判的高手，对张慕扬的事情一清二楚，"可真是位美女，我叫牧志刚，这是名片，有空希望常联系。"

"小牧。"张慕扬皱了皱眉头。平时牧志刚油嘴滑舌，开开无伤大雅的玩笑倒没关系，但是他没见现在情况很尴尬吗？

"得了，美女住在哪里？如果不介意，我可以送你一程。"牧志刚不管不顾，继续大献殷勤。

"可以吗？"袁惠芳看了眼这个模样机灵一脸花痴的年轻男人。她刚好没有借口接近张慕扬身边的人，于是微微一笑，"那我就不客气，麻烦你了。"

"不麻烦，这是我的荣幸。"

"小牧！"张慕扬知道牧志刚表面上玩世不恭，做起事来却心细如发，但是今天他好像对袁惠芳太亲热了。

"慕扬，你快去跟上可莹，给我点机会嘛。"牧志刚笑着把张慕扬推到前面，"我一定会好好照顾你的朋友，放心好了。"

"但是……"

"别那么小气，我都快三十了，还没固定的女友，多可怜啊……"

苏可莹的小团队，个个都不是省油的灯，专攻外交的牧志刚虽然表面是个花花公子，有时候还有点花痴，可其实脑瓜异常聪明，交际手腕非常强悍。牧志刚将张慕扬推开，眼里闪过一丝狡黠的光芒。

苏可莹和白芳芳说着话，看似无意地一转头，看见牧志刚已搭上了那个"初恋"，浮起一丝极淡的笑容，她必须要弄清楚这个女人到底想做什么。若只是情敌，她倒不怕。怕只怕，那个初恋并不只想"旧情复燃"。若是她苏可莹愿意相送的东西，就算倾尽所有都不会皱皱眉头，但是，若是她苏可莹不愿拱手相送的，就休想从她手中夺走一分一毫。

刚刚回国，连时差都没有调整过来，两人就立刻投身堆积下来的繁重工作中。张慕扬无数次委屈地看着忙碌的苏可莹，他想睡觉……但是工作中的苏可莹，可不是夜晚妖精般妩媚的女人，她优雅而严谨地处理积攒下来的工作，对张慕扬飘过来的眼神视若无睹。

"发言稿在哪里？"

"教授，把流程表给慕扬，让他再熟悉一下。"

"华姐，资料都准备好了吗？打印出来。"

"芳芳，你联系一下投资方，敲定最后的细节。"

"牧志刚哪里去了？这些不应该是他的工作吗？"白芳芳很不悦，"这家伙就知道泡妞，早晚会死在裙子下面。"

"他有他的事情。"苏可莹寻找着制片人的电话，说道。

第二天的开机仪式，张慕扬作为原著作者，和一些媒体交谈甚欢。苏可莹和牧志刚则在幕后忙碌。

"队长，今天晚上那美女要约我。"牧志刚抽空对苏可莹说。

"还真是迫不及待啊。"苏可莹笑了。

"一大早打电话来约我喝早茶。"牧志刚耸耸肩，"我说有活动走不开，所以，就改约了晚上吃夜宵。"

"你感觉那女人怎么样？"

"有点虚，摸不着边。"牧志刚挑挑眉说，"但是很有钱，要不是做任务，我都想把她勾到手，了结下半辈子得了。"

"你就那点志气了？"苏可莹对他的玩笑话嗤之以鼻，"帮慕扬的事业做成功之后，一起退休，到时候你愿做什么，就做什么。"

"幕后推手也好，策划人也好，我倒是要求不多，只要以后咱们都能在一起，做什么都无所谓。"牧志刚是孤儿，和许睿一起长大，少年时在外面混，顽劣不堪，什么坏事都做过，也因此练得八面玲珑滴水不漏。后来在许睿坚持不懈的劝说下，终于来到这个团队，现在一晃就过去了五年。许睿走了，他却越来越舍不得离开这个温暖的小集体。

"再努力几年，我们就建个大农场，你放牛养猪，没人会管你。"苏可莹看着他的眼睛，认真地说道，"还有，老大不小了，别在外面乱玩，已经有女人把电话打到我的手机上了。"

"啊？不会吧？我以为芳芳那天是乱发脾气呢，看来是真的接到骚扰电话了。"牧志刚看似惊讶，却满脸的无所谓，"女人真是可怕，天生做情报间谍的料。"

"反正你自己也收敛一点。"苏可莹不知道那些女人怎么能从精明鬼牧志刚手中拿到小组成员的手机号码，这个男人真得找一个强悍的女人管制管制。

"可能是我那次喝多了……不过你放心，咱们的女客户，我可是非常有原则的……"牧志刚抓着后脑勺边想边说。

"对了，我让你找的人，找到了吗？"苏可莹当然对他的工作能力放心，只是这家伙的私生活是团队中最乱的一个。

"已经联系上了。"牧志刚打了个响指，笑嘻嘻地说，"但是，那女孩可是相当喜欢咱们的书呆子啊。你确定要说服她，把她接过来？"

"先见面再说，慕扬希望文学网站多找几个编辑管理……"

"把一个年轻又有才的小女孩放在张慕扬身边，啧，你真的放心？"打断苏可莹的话，牧志刚故意问道。

"不要把工作和感情混为一谈。"苏可莹拿手中的文件敲敲牧志刚的头，没好气。

"他可不是许睿，虽然和我相比，他对感情还是很专注的，但是和前女友都还在纠缠不清，怎么说你还是应该留点心吧？"牧志刚好心提醒。

"不要随便拿人家和你比。"苏可莹白了他一眼。

"说真的，"牧志刚一改平时嬉皮笑脸的表情，"这两个多月接触下来，张慕扬确实很不错，但是你真的爱他吗？虽然你所做的一切完全都是为了他，可你真的能忘记许睿？我不想你把他当成许睿的替身。"关切地看着苏可莹，牧志刚诚挚地说："如果要开始新的感情，我希望一切都是新的，不要谁去替代谁。否则，你还不如找我做你的男友，毕竟咱们那么熟了……"

最后一句话又变得戏谑起来，苏可莹忍不住翻了个白眼，"我清楚得很，多谢你提醒。"

"可莹，我们大家都希望你能幸福。"牧志刚叹了口气，"当然，如果能肥水不流外人田就更好了。"苏可莹微微一笑，从场地的监控录像上看到张慕扬淡定从容的脸，"知道，谢谢你们。"

发布会很成功，李明昊排上了戏份，演男二号，所以开机仪式结束之后他立刻推掉一切，请苏可莹和张慕扬吃饭。他出道时就接受了苏可莹和许睿的恩情，几年后自己快过了男模最好的年纪，苏可莹又帮助半红不紫的自己转型，往影视方面发展，现在借着张慕扬的书，又上了几次头条，身价也提高了，所以李明昊对苏可莹是十分感激的。

"前段时间我去纽约拍时尚杂志的封面，因为时间太紧，没去找你，只能给你打了个电话，也没能去见见伯父伯母。"李明昊有些遗憾。

"那时候我也很忙。"苏可莹微笑，和他从公事谈到了私事。

"可莹，你们的喜酒准备什么时候办？"看了眼一边沉默不语的张慕扬，李明昊笑着问。

"喜酒？"苏可莹有点诧异。

"干吗？你不会想瞒着我们这样的老朋友偷偷结婚吧？"李明昊有些不高兴，"今天都已经有娱记问你们的婚期了，除夕夜确定会订婚吗？"

苏可莹神色一僵。她准备和张慕扬订婚的消息，除了她父母和许尧之外，没有人知道。就连自己工作室的人都还不清楚，李明昊是怎么知道的？

"对，今天娱记是问到这个问题。"一直没说话的张慕扬接过话。

"小张，你可真是好福气，可莹她旺夫帮夫，以后你的事业肯定平步青云。"李明昊大大方方地恭喜。张慕扬微微一笑，心里却非常苦恼。今天被媒体问到婚期的时候，张慕扬就有着强烈的不安，因为他知道，许尧肯定做了什么。现在和以前不同，他不是默默无闻的小写手，有许多人关注他。和苏可莹的感情和婚期越被炒得沸沸扬扬，之后就越难收手。无论他在除夕夜有没有按照许尧所说的去做，最后都会承受着惨烈的结果——要不就是自己毁约，成为负心汉；要不就是那些照片流出，苏可莹身败名裂。张慕扬并不在乎外人怎么看他，他在乎的是苏可莹。总之，许尧已经开始行动，而他的处境却依旧被动。

晚上九点还有一场盛宴，张慕扬心情很糟糕，并不想去参加，现在他只想安安静静地考虑如何应对许尧。苏可莹没有强求他去赴宴，但是作为他的"代言人"，苏可莹要和"外交官"牧志刚一起赴宴，他自己则去陈铭兴家里。

牧志刚没有应酬多久，就接到袁惠芳的电话，约好夜宵的地点。

"才十点多，夜宵也太早了点吧？她真是心急。"牧志刚挂断电话，摇摇头。

"小牧，最近辛苦你了，你要帮我查一下……"苏可莹压低声音，在他耳边低声嘱咐。苏可莹今天也有些忧虑，觉得自己的订婚消息流传得太快了点，明显有人在后面做推手，不知意欲何为。牧志刚脸上依旧一副笑眯眯的模样，可眼里渐渐没了笑意，像是一片深不可测的汪洋。

"兄弟，这个小游戏刚出来就获得百万的下载点击量，大大超过咱们的预期啊。事业这么顺利，你怎么还有心事啊？现在不正是爱情事业双丰收？喏，今天晚上就传出了你要和苏美人订婚的消息……"陈铭兴本来难掩兴奋，看到好朋友一脸苦相，就想劝劝。他点开一个网站感叹道，"这些媒体的速度可真快，自家人还不知道这件事，已经炒得天下皆知。"

"铭兴，我想喝酒。"张慕扬一直撑着额头坐在椅子上。

"啊？"陈铭兴以为自己听错了，张慕扬从前一直是个乖学生，烟酒不沾。

"陪我喝点酒，行吗？"张慕扬抑郁地问。

"当然没问题。"陈铭兴看见他的脸色，立刻将电脑关了，"楼下有一家川菜做得相当好，就去那里。"作为最好的兄弟，陈铭兴一直很了解张慕扬，但是最近，他越来越摸不清张慕扬的想法了。今天看好兄弟一直神色郁闷，他就猜想可能是小两口因为什么事情闹得不愉快。

"我把她当成了最宝贝的东西，怎么会吵架？"张慕扬苦笑。要是想不到办法对付许尧，那只有离开苏可莹。这件事，比他想象的要复杂得多。只要许尧手中有那录像，他就处于被动的位置。

"离开是伤害，不离开也是伤害……做人好难……"张慕扬有点头晕了。

"你在说什么？"陈铭兴越发听不懂了，既然他那么喜欢苏可莹，干吗说离开不离开的话？

"我……有点想逃……"张慕扬揉着眉心。

"喂喂，是谁和我说一个男人要有责任心的？"陈铭兴听到他这句话，忍不住说，"你是男人，别给我磨磨叽叽，喝酒。"

"可是，我真的害怕……"张慕扬从来没有这么恐惧过。他一个人生活时，哪怕是孤独、贫困和死亡，也会笑着面对；但是现在有了苏可莹，多了一份牵挂，一切都不同了。如果未曾得到，就不会害怕失去；如果未曾爱过，就不会担心悔恨。

苏可莹那边，晚宴已经结束了，她听到陈铭兴说张慕扬醉酒，立刻急匆匆地赶过去。她早就觉得今天张慕扬很反常，这个笨男人，不知道藏了什么心事不告诉她，想想她就有点生气。

苏可莹端来热水，把趴在床上的张慕扬费力地翻过来，用热毛巾擦着他愁云不散的脸。这个臭男人到底有什么事不能告诉她？他根本没把两人的约定放在心中嘛！苏可莹想着想着，手上的力道就大了，咬牙切齿地说道："你到底瞒了我什么事？当初答应我不会隐瞒任何事情，现在却满怀心事买醉，张慕扬呀张慕扬，你到底想让我怎么做？睁一只眼闭一只眼当做不知道吗？白痴的笨男人……"

张慕扬动了动，睁开眼睛看了她一眼，又闭上了，喃喃道："明明每天都见面，还总是梦到你……"

他一张口就满嘴酒气，苏可莹别过脸，端过醒酒汤，继续低声发牢骚，"不会喝酒就不要喝，喝醉了很好受吗？都懒得照顾你！"

嘴上虽这么说，苏可莹还是轻柔地把吹好的汤一勺勺喂进张慕扬的口中。整整一碗喂完，她刚要起身再盛一点，就被张慕扬拉住了裙子。

"可莹……谢谢你。"声音还带着酒意，可是张慕扬的眼睛却亮晶晶的。

"你醒了？"苏可莹坐下来问道，"头是不是还很晕？"

"嗯。"他老实地点头，但是胃里舒服了很多。

"为什么要喝酒？"苏可莹索性移过椅子，端坐在床边，开始审讯。

"心情不太好。"张慕扬说话还是有点大舌头。

"为什么心情不好？"

"因为……你身边有好多优秀的男人。"张慕扬将脸伏在枕头上，弱弱地说。他只能先这么找一个借口，否则酒后失言，万一没把好口风，就惨了。

"你是说李明昊？"苏可莹秀眉微微一挑，笑了，"我和他只是朋友而已。"

"他那么帅，身材又好，"张慕扬干脆顺着李明昊的话题说道，"而且……"

"你该不会只是吃醋吧？"苏可莹打断他的话，盯着他的眼睛。

"有一点。"张慕扬闷闷地说，事实上，他是不喜欢苏可莹身边有太多异性。

"只因为这个才喝酒？"苏可莹不太相信，但是见他的模样，也不再逼问下去，"算了，你先睡，等酒醒了我再找你算账。"

"我还想喝点刚才的汤……你喂我……"张慕扬立刻厚着脸皮提出要求。

张慕扬连喝了三碗汤，才心满意足地擦擦嘴，"我们明天是不是就能回去了？"

"嗯，你可以先回去写文，我还有其他事情要忙。"苏可莹卸了妆，理着长发。

"你不回去，我也不回去。"他喝的酒本就不多，只是酒量太差，几碗醒酒汤下来，头脑已经清明了很多。

"那你就先住在这里，刚好和铭兴谈谈游戏的事情。"苏可莹微微俯下身，看着他的眼睛，"好像酒醒得差不多了，水放在这里，我去找铭兴……"

"有什么事明天再说吧。"

张慕扬顺势就搂上了她纤细的腰肢，将蜻蜓点水的一个吻延续成一个火热的长吻。手不知不觉就游走到苏可莹光滑的肌肤上，从她的背后摸到细细的肩带，立刻毫不犹豫地撕扯着。

"住手……你会扯坏……"苏可莹的声音全被他吞了进去。换成平时，他一定会温温柔柔，但是今天他喝了酒，只觉得她越挣扎，他身上的火就烧得越旺。

"小坏蛋，我让你停下！"苏可莹突然伸手攥住他的要害，纤细的手指顺着他的裆部往后面一按，张慕扬立刻吸着气停下所有的动作。

"可莹……你想做什么？"张慕扬按着她的手，一脸郁闷。

"S你！"苏可莹收回手，扯了扯自己被他扒掉一半的衣服，"至少让我和铭兴说一声，然后再来陪你，OK？"

"那要多久？"张慕扬急切地问。

"半分钟。"苏可莹伸手将他推倒，低头吻吻他的脸颊，整理好衣服走了出去。

好吧，半分钟他还能等……张慕扬躺在被子里，默数着时间。一、二……二十九、三十……二百九……五百六……

天色微亮，张慕扬觉察到怀里多了一个温香软玉的女人，轻轻蹭了蹭，手臂环紧她，脸上浮起微笑。她昨天晚上说半分钟，结果让自己等得睡着了，这笔账现在慢慢算吧。张慕扬的笑容更深，闭着眼睛，手却抚上她的脸，有意无意地在她柔嫩的红唇上摩挲。苏可莹微微皱了皱眉头，翻了个身，躲开他的手。凌晨四五点，正是睡觉最舒服的时候，她可不想一大早就"运动"。

"让我睡一会儿嘛，别乱动。"

"你睡你的。"张慕扬埋在她的颈间，嘶哑着说。

苏可莹在他技术很差的勾引下，终于放弃了再睡一会的想法，翻过身任他笨手笨脚地探索……

日上三竿。"铭兴一般十一点起床，还有两个小时……可莹，再睡一会儿……"张慕扬话还没说完，伏在他身上的苏可莹伸手捞起衣服，准备起床，"十点我有重要的约会。"她从张慕扬身上爬起来，洁白的肌肤上留下了点点爱的痕迹。

"现在还早……"张慕扬像一个贪吃的小孩，看见她的身体，两眼放光，一刻都不想放过她，不过看见她的眼神，立刻说道，"但是约会不能迟到! 约会……你和谁约会? 男的还是女的? "

"帅哥。"

"带我去吗? "

"不带。"苏可莹转头看着他，"你会很碍事。"

"我已经是你的人了，怎么可以这样说自己的男人? "张慕扬将她拽到自己面前，不由分说地啃着她的柔唇，半晌才分开。她轻笑道："你在铭兴这里，或者先把苹苹果果接回去，这几天我会很忙……"

"忙着和别的男人约会? "张慕扬闷闷不乐，心里有些吃味。

"瞧你这副小心眼的模样。"苏可莹捏捏他的鼻子。

"我也先不接苹苹果果回去，这边很多事情也要处理。"张慕扬面色一整，不再是吃醋的小男人形象。他认真地说道："不能让你一个人打理这么多的事情。"

"你当然要工作，只是你的工作都不用出面，在哪里都可以。"苏可莹笑道。

"不……只在网络和电话上管理的话，还是有很多不便。"张慕扬心中早就有了大致的方向。

"随你怎么做，只要别惹麻烦就行。"苏可莹拉开窗帘，外面艳阳高照，天气很好。

"你对我好像很不放心。"张慕扬突然有一点点伤心，他可不想成为靠女人才能活下去的男人。以前是没有机会，现在既然有了，他肯定会牢牢握着不放。

"因为你太年轻。"苏可莹并不否认，"虽然有头脑，但是社会阅历终究太少……"

"我能够成为保护你的人。"张慕扬强调。

"嗯，我相信。"苏可莹认真地看着他微笑。

阳光在她脸上跳跃，勾勒出柔美的轮廓，像是一个纯净的天使。淡淡的光芒笼罩在她的身上，也笼罩在张慕扬的心上。

二十一　看得见的和看不见的

苏可莹坐在茶室里，安静地翻看线装书。这个茶馆，古色古香，文雅至极，绿萝盘绕的柱子，文雅至极，书架上都是仿古书，有穿着汉服的女子弹奏着古筝。她特意选了这间高雅别致的茶馆，因为她知道今天的客人喜欢这种东方情调。知己知彼方可百战百胜，她不会打无准备之仗。

竹帘被掀起，一个衣着普通的女孩走了进来。圆脸，圆眼睛，眼神单纯，眉宇间带着一丝灵气，看上去活泼可爱。

苏可莹立刻笑吟吟地迎上去，"你好，我是苏可莹。"

"有点堵车，让你久等了。"女孩并没有与苏可莹握手，而是直接走到位子边，坐下来。

"没关系，我也是刚到。"苏可莹淡淡笑着，也随意地坐下。

"我知道你，早就知道了。"女孩先端起茶，抿了一口。

"我也知道你。"苏可莹托腮看着她，微笑。

"张慕扬也会在你面前提到我？"女孩挑挑眉，紧接着无所谓地一笑，"你别误会，我们什么关系都没有，也没做过什么对不起你的……"

"汪霞，我找你来，是想让你做文学网站的责编。"苏可莹打断她的话。

汪霞端着骨瓷小茶杯的手微微一停。她"与世隔绝"了三个月，中间听到传闻，张慕扬在寻找她，但是她并没有放在心上，因为他的身边有苏可莹这样的女人，还需要找她做什么？而且，她并不想让他帮忙把自己的书出版，所以也一直不愿主动找张慕扬。

"我……要照顾家里，不会在这里工作。"汪霞终于说道。

"考虑一下吧，我会给你时间和空间最大尺度的自由。"

"我准备要个孩子，所以，不可能在这里工作。"

"好吧，先不聊工作的问题。"苏可莹见她态度坚决，立刻换了一个话题，"能聊聊婚姻吗？我对闪婚这种事情，还真的挺有兴趣。"

"你不会也想闪婚吧？"汪霞眼波一闪，看着苏可莹。

"我嘛……对婚姻……"苏可莹看着碧绿的茶色，微微启唇，"坦白说，很害怕。"苏可莹从牧志刚给的资料上得知汪霞从北京回去之后，就与一个网上结识的写手闪电结婚。男方留在了汪霞居住的城市，方便照顾汪霞的父母，只是工作还没有安排好。老人不希望两个孩子都没有固定的收入，所以想让女婿找一份比较稳定的工作，希望他能考上公务员，或者当教师。现在，汪霞的老公就在为工作的事情而烦恼。

"害怕？为什么？"汪霞有些不解，她虽然与苏可莹并不熟悉，但是从外表看，她根本想象不到苏可莹会有婚姻恐惧症。

苏可莹淡淡一笑，不答反问："你不怕吗？尤其是闪婚，两个根本不熟悉的人，突然在一起生活，要对彼此和家庭负责……"

"刚开始，是有些不适应，但是时间久了，也会觉得多一个人，多了一份温暖。"汪霞浅浅地喝了一口茶。

苏可莹一整天都陪着汪霞，两人又去吃了点特色小吃，然后逛街购物。汪霞看着苏可莹的笑脸。她不知不觉就被这个女人套出了许多心里话，可并没有讨厌对方。生活已经重新开始，汪霞对张慕扬的感情渐渐转淡，所以可以用淡然的心态去对待苏可莹。而且，两人之间的谈话投机而愉快。汪霞作为一个写手，很情绪化，非常看重"感觉"，她喜欢苏可莹的谈话方式和看得见的真诚与睿智。

夜色渐浓，眼看都到了晚上十点，张慕扬还没有等到苏可莹回来，也没有接到她的电话，终于忍不住发了条短信过去：就算是和帅哥约会，也要记得你家男人。我在铭兴家里等你回来。很快，他的手机就收到了回信，只有一个字：嗯。

张慕扬看着那一个字苦笑。苏可莹是很忙，刚刚把汪霞送去肖钰那里，又接到李明昊的电话，他凌晨两点的飞机，要和剧组去青城风景区拍摄电视剧，所以约了几个模特朋友出来唱歌。

苏可莹不喜欢住在别人家中，如果是熟悉的朋友，倒也无所谓。可是陈铭兴家中有一个大着肚子的老婆，她总觉得会打搅他们休息。所以张慕扬发来短信之后，她在考虑晚上要不要去陈铭兴家里。手机很快又震动起来，这次是张慕扬按捺不住，打过电话来了。

"你还在忙？"张慕扬发现自己根本离不开她了，尤其是不工作的时候。

"嗯，朋友聚会，我晚点可能去肖钰家中，你先睡吧。"

"又要丢下我一个人……"张慕扬很伤心，现在让他一个人抱着被子睡觉，是件多么痛苦的事情。

"因为我可能会很晚，还要送飞机，就不去铭兴那儿了。"苏可莹解释道，"凤娇还有身孕，那么晚弄出动静，会影响她休息。"

"那我去找你，晚上我们一起在外面休息。"

"芳芳晚上还有事情要和我谈，所以你就睡吧，不用管我。"苏可莹无奈地说道。

"那明天你去工作室吗？"张慕扬放弃了让她回来的念头。

"不一定，如果没什么事情，我还有其他工作。"苏可莹想到汪霞的事还没有搞定，只能这样回答。

"搞什么？你还有什么工作？"张慕扬真想爆粗口，两个人在同一座城市，早上还在一起，紧接着就找不到她人影了，感觉自己就像被抛弃了一样。

"陪朋友啊，反正你不用管我，这段时间只要做好你自己的事情就好。"苏可莹听出他语气里的懊恼和郁闷，只好笑着说道。

"好吧，那你晚上也要早点休息，别太累。"张慕扬心中开始七上八下，苏可莹平时的工作都是和工作室挂钩，可是今天他在办公室里忙了一整天，没人告诉他苏可莹的去向。而且牧志刚最近也很神秘，完全找不到他的人。这些人到底在搞什么鬼？

牧志刚很"幸福"，因为有一个年轻漂亮的阔太太每天请客约会。如果这个女人不是"任务"，他倒是很乐意把她当成猎物。不过既然是苏可莹亲自吩咐的事情，他即便再风流滥情，也会公私分明。

他在不经意间获取了一个非常重要的情报。送袁惠芳上了她的私人轿车，他笑眯眯地站在路边挥手，直到看见车子消失在视线里，才转过身，拨通苏可莹的电话。

"我都说了那个男人根本不值得你这样对待，看看他隐瞒你多少事情？许尧、袁惠芳，可能只是其中的一小部分……"白芳芳大把大把往嘴里塞着爆米花，含糊不清地说道。

"男人有男人的苦衷，像你这样的女人是不会明白的。"牧志刚忍不住反驳。

"是吗？像你朝三暮四，每天勾搭不同的女人也有苦衷？"白芳芳冷哼一声，"有的东西还是节省点用……"

"你好像对我有的东西很感兴趣，芳芳，要不我借给你用一晚吧，省得你每天用欲求不满的眼神看我。"牧志刚笑嘻嘻的。

"你为什么不去死？老娘对你有兴趣，还不如去找头公猪来研究！"白芳芳暴怒，一本杂志就砸到牧志刚的身上。

"好了，你们先别闹。"苏可莹坐在沙发上轻轻敲了敲茶几，"他这次确实不对，我也早察觉他有事情隐瞒我，可是许尧……怎么也不该和那个袁惠芳……"

"从理论上来说，有共同利益，才会勾结。"牧志刚耸耸肩。

"有脑子的人都知道，不用你提醒。"白芳芳冷哼。

"我给许尧打个电话，你们先休息吧。"苏可莹有些疲惫地走到一边的卧室。

"芳芳，今天晚上，我就牺牲一次……"

"滚！"白芳芳怒喝，顺便加上一脚，"给老娘滚出去，告诉你，我家的卫生间都不会给你借宿！"

"好绝情！"牧志刚急忙躲过她来势汹汹的一踹，转身跑进卫生间，"我先洗个澡，芳芳，你找个睡衣给我……"

"不准用我的浴室！"

二十二　　最大的财富是自己

第二天一早，苏可莹又去找汪霞，却只带着她去 SN 市北边最著名的风景胜地游玩，一句不提工作。而汪霞的老公华安，本名朱启贵，也被悄悄地接了过来。晚饭时，朱启贵突然出现，让汪霞着实惊喜。将浪漫的烛光晚餐留给两人，苏可莹还为他们安排好了住处。她有把握，三天之内，他们夫妻俩一定会留下来帮助张慕扬做文学版块的网站。

萤火已经成立了一段时间，一直都没有正式招聘员工，随着业务量的增加，工作越来越繁琐，仅靠苏可莹的团队已经忙不过来。

张慕扬在去纽约之前就让黄映格租了一处能容二百多人的办公房。房子并不在市区中心，而是靠近开发区，比较宽阔，已经简单装修得差不多了，一些办公用品也都置办下来，花销并不小，如果游戏再不开发上市，张慕扬很快就要陷入负债状态。刘琼华和黄富锦分别在招聘会上寻找合适的人才，萤火传媒即将正式启动。一切都在有条不紊地进行着，张慕扬亲自监督，力求每一个细节都完美无缺。但是，他无法容忍苏可莹消失了三天。明明在一个城市，可是每天除了几个电话之外，他居然见不到她的身影，他虽然并不怀疑她会有外遇，但是每天都见不到面，他也已经快要抓狂。

张慕扬心里很不舒服，他有点生苏可莹的气。

"小牧最近哪去了？"他发现又不见牧志刚的身影。

"他呀，最近很忙。"黄映格笑了笑，"忙着自己的终身大事。"

"切！这辈子都别指望他能专情，结婚只会害了别的女人。"白芳芳冷哼一声。

张慕扬正要说话，手机突然响了。他看了眼电话号码，立刻走出去。

"在哪里呢？有时间聚聚吗？"那边先开了口，娇软的声音，透着熟女的味道。

"最近很忙，抱歉。"张慕扬直接拒绝。

"哦……最近在忙着招聘吧？多注意身体，晚上我来接你怎么样？"袁惠芳无视他的拒绝。

"你对我的事情，了解得还真清楚。"张慕扬唇边浮起一丝冷笑，果然，自己的情况还是被她掌控了。

"老同学嘛，当然会比较关心。听说最近资金周转遇到了问题，有这回事吗？"

张慕扬听到她这么说，心中不由戒备几分。掌握一个人的行踪并不难，但她居然会知道资金周转不开。这件事只有工作室的几个核心人物知道，连肖钰都不清楚，她是怎么知道的？

"如果缺钱的话，给我打一个电话，多的不敢说，一千万还是有的。如果不够，最多把股份转让了，反正，几千万没什么问题。"

"谢谢关心，我要忙了，有空再联系。"张慕扬回到办公室拿了资料，和黄映格前往装修好的公司。

苏可莹依旧陪着汪霞夫妇游玩，今天是最后一天，火车票已经订好，晚上八点。天气不是很好，空中的雨丝不紧不慢地飘洒，才下午四点，天空就黑了下来。

"不去看看慕扬了？"苏可莹问道。

三个人在超市里买东西，汪霞一直低着头，今天她心事重重。

"小霞，人家问你话呢。"朱启贵在一边碰碰她。

"啊？"汪霞终于回过神，看着笑容优雅的苏可莹，脸上微微一热，立刻说道，"哦……我在想买点什么东西回去给爸妈好……"

"这边的特产，我已经准备好一份，上火车前，会有人送过来。"

"那个……谢谢。"汪霞说完，又继续低头往前面走。这几天苏可莹没有再提聘请她的事情，只是盛情款待，不知不觉间增进了她们之间的感情。在她心中，苏可莹已经算是朋友。

只靠稿费生活的话，太不安定。她已经是有家室的人，必须对家庭负责，要有一份稳定的收入，才能确保以后孩子和父母的生活。只是，苏可莹突然闭口不谈工作的事情。汪霞几次都想旁敲侧击，都被苏可莹转移话题。

"啊，刚才可莹姐说什么来着？"汪霞突然停住脚步。

"我说，要不要去见见慕扬，他挺挂念你们。"苏可莹把她的反应都看在眼里。

"我们结婚……还没对他说呢。"

"慕扬是不是很忙？自从他出名之后，很少在群里说话，QQ也找不到他的人，"朱启贵说，"不过我们结婚后就去度蜜月了，也很长一段时间没上网。"

"最近还不是在忙招聘的事情？"苏可莹看了眼满腹心事的汪霞，推着购物车，笑着说道，"公司挂名有一段时间了，一直都没正式运营起来，只是网站在不断完善，现在人手不够，必须注入新鲜的血液。"

"那招聘怎么样了？"朱启贵很关心。他和张慕扬毕竟曾经是书友，虽然聊天不多，但也算是圈中比较好的朋友了。

"其他的职位都好办，就是网站文学版块还有空位。"苏可莹叹了口气，"慕扬是写手出身，所以他最重视的还是文学版块。他是个心比天高人比猫懒的家伙，想把所有的好文都揽到萤火文学网，发掘出一批真正有才华的作者，也想为那些和他曾经一样一无所有的写手提供一些物质上的保障，让他们在萤火能安心写文出版……"

"那现在怎么样了？"蓦地，汪霞问道，"旗下的作者多吗？"

"前段时间投入了很多精力和资金宣传，加上慕扬本就认识一些写手，所以作者很多。"苏可莹摇摇头，"就是因为太多了，鱼龙混杂才更麻烦。我宁愿做一个清清爽爽都是精品的版面，也不想做一个低俗的文学网。"

"编辑多吗？"

"如果编辑人手和质量上得去的话，也不会出现这么混乱的局面。"苏可莹苦笑，"反正，慕扬最近头大着呢，好编辑难找，负责任的好编辑一时间更难找。"

"现在有多少个编辑？"

"暂时有十多个，不过都是他曾经的作者朋友临时担任，这些人都是网上帮忙，招聘过来的也只有六个固定的编辑。"苏可莹一边走，一边往购物车里扔东西。

"网上的作者怎么行？他们没有固定的上班时间，还要写自己的稿子，每天能抽出三五个小时照顾网站，已经是非常好了。"汪霞皱着眉，忧虑之心溢于言表。

"不说这些了，车到山前必有路，职位都虚位以待，一定会有合适的人选。"苏可莹淡淡笑道，"晚上我喊慕扬一起过来吃饭，大家聚聚怎么样？"

"你们聚聚吧，我……"汪霞想起往事，有些羞愧。

"一起给他惊喜。"苏可莹打断她的话，笑道，"他一定会很开心见到你们。"

这次汪霞来 SN 市，是苏可莹以自己的名义邀请她过来谈谈工作的事情，并且预订好了机票，全部行程都已经买了单，汪霞推托不过，才飞了过来。这时，她看了苏可莹一眼，突然低声说道："难怪张慕扬会说那些话。"

苏可莹微微一愣，问道："什么话？"

汪霞笑了，握住朱启贵的手，"说你很好很好。"

"是吗？"苏可莹抿唇笑起来，"男人的话，只能听一半，不能完全相信。"

"我说的话都是真的。"朱启贵一听，急忙说道。

"当然，除了书呆子的话。"苏可莹笑意更浓，"等一会儿直接去饭店，我已经订好了房间。"

张慕扬推开包间的门的时候，看见一大桌的人，眼神扫过汪霞和朱启贵，表情很惊愕，然后是惊喜。他快步走到苏可莹的身边，先前的情绪一扫而光，低声在她耳边说道："可莹，谢谢你。"

张慕扬没有想到汪霞已经和华安结婚。女人一旦成了家，感觉就不同了，和之前的活蹦乱跳相比，汪霞看上去沉稳多了，宛然一副温婉妻子的模样。汪霞看见张慕扬，也明显感到他的变化。以前文弱清秀，现在书卷气里带着一股男人的刚毅与稳健。汪霞最终还是答应留下，和朱启贵一起帮助张慕扬打理网站文学版块。原本是饯行，最后变成了"庆功宴"，萤火又多了两个得力干将。

张慕扬极少喝酒，这次因为兴致高昂，也抿了几口，还没到酒席结束，已经昏昏沉沉地靠在椅子上。牧志刚一直和苏可莹"密谈"，苏可莹虽然面带微笑，可是半敛的眼眸现出寒光。

晚饭结束，一行人浩浩荡荡地从酒店里走出来，苏可莹去停车场开车，张慕扬和汪霞夫妇聊天，黄富锦和刘琼华已经离开，白芳芳和肖钰准备搭苏可莹的顺风车。

这时，一辆豪华轿车停在他们的面前，后排的车窗缓缓摇下，露出一张妆容精致的女人脸。张慕扬原有几分醉意，当看见车里的袁惠芳后，立刻清醒过来。袁惠芳怎么会在这里？

牧志刚还在和白芳芳斗嘴，看见一辆车停在面前，眼神一扫，随即走上前去，诧异地问道："好巧，你怎么在这里？"

"刚和朋友吃完饭，恰巧路过这边，看见老朋友，自然要打个招呼。"袁惠芳笑吟吟，眼神却落在张慕扬身上，"慕扬，要去哪里，我送你。"

"看不见他没时间吗？"肖钰阅人无数，一见袁惠芳，就知道她端正的外表下，有着闷骚的心。肖钰立刻走上前，搭上张慕扬的肩膀，笑得非常妩媚。抢她好友的男人，这女人也不掂掂自己的分量。张慕扬有些不自在地微微侧身，想避开肖钰的手，他很不习惯被别的女人这样"勾肩搭背"。

"他去哪里有人送，不劳你费心。"白芳芳冷着脸，她对这个女人一点好感都没有。无论是和牧志刚的暧昧关系，还是对张慕扬的居心叵测，都让白芳芳万分不爽。

"真的有事情找你。"袁惠芳并不理会那群人，依旧对张慕扬说道，"很重要。"

张慕扬皱起眉头，考虑着她话里有几分真实。他上前一步，微微俯下身，"我们之间，有什么重要的事情？"

袁惠芳唇角上扬，她的眼睛淡淡扫过白芳芳和肖钰，像是一场战争，她已经赢了一半。"你过来一点。"袁惠芳抬头看着眼前清俊的男人。

张慕扬只得照做。袁惠芳越发得意起来，在他的耳边低声说了几句。张慕扬很快就转过身对汪霞他们说道："黄教授会给你们安排好一切，我先失陪了。"随即，他对牧志刚低语了几句，在白芳芳和肖钰愤怒的眼神中，坐进袁惠芳的车。

一辆奥迪和一辆红色的甲壳虫一前一后驶到众人的面前，黄教授先将汪霞夫妇接走。苏可莹从车里探出头来，"谁要搭便车？"

"你不觉得少一个人吗？"肖钰先拉开车门，钻了进来。

"牧志刚，你跟着我们干什么？"白芳芳没有好脸色，正要钻进车里，看见牧志刚先她一步，很是不悦。

"我今天没地方去，收留我一夜，就一夜。"牧志刚做了个鬼脸。

"谁要收留你这么恶心的人……"

"别吵了，先上车。"苏可莹被他们吵得头疼，打断白芳芳的话。白芳芳立刻安静下来，乖乖地上车。

"可莹，那个带走张慕扬的女人是谁？看上去和小牧、张慕扬都很熟。"肖钰对他们的事情不是很清楚。

"慕扬的同学。"苏可莹有些不放心，她很想跟上去，但是已经晚了，袁惠芳的车早就消失不见。

"什么同学，老情人而已。"白芳芳冷哼一声。

"别这样说人家纯洁的初恋。"牧志刚提醒道。

"你不会看上那黑寡妇了吧？"白芳芳眼眸锐利地看了牧志刚一眼，眼神里全是鄙夷和不屑。

"你在乎？"牧志刚伶牙俐齿。

"好了，你们就不能消停点，见面就吵架，真是冤家。"苏可莹很烦，按了声喇叭，问牧志刚，"许尧现在还在纽约吧？"

"嗯，我可以确定。"牧志刚收敛起笑脸，认真地点头，"这段时间一直有人观察他的行踪。"苏可莹点点头，眼神稍微柔和了点。

"许尧想见我？"张慕扬看着外面疾驰的风景，再次问道，"你们到底想做什么？不用拐弯抹角，直接说就是。"

"如果我不说许尧，你会跟我走吗？"袁惠芳幽怨地看了他一眼，"我只是好心想帮你，又不是吃人的老虎，干吗总是躲着我？难道以前的感情……"

"以前的事情都过去了，现在才是最重要的。"张慕扬打断她的话，略示冷淡。

"我知道你为什么很紧张许尧。"被他的态度刺痛了心，袁惠芳咬咬唇，看着手指上的钻戒说道，"许尧有让你害怕的地方。据我所知，许尧曾经和你的现任女友，有过不清不楚的关系。"

张慕扬眼神陡然一厉，并没有接话。他不知道袁惠芳了解多少内情，不敢随便开口。

"他们曾经有过一夜情吧？"袁惠芳轻轻一笑。张慕扬脸色很难看，依旧保持着沉默。

"而且许尧手中，有你不愿面对的东西。"袁惠芳目不转睛地看着张慕扬，慢慢地说。其实，她只知道许尧和苏可莹曾经发生过关系，至于许尧手中的录像带，她并不知情，只是从张慕扬对许尧的态度中推断出张慕扬一定有什么软肋被许尧掌控着，否则他不会一听到许尧的名字，立刻就上了车。仔细端详着张慕扬的面部表情，她希望能发现什么。

"我只是不能饶恕他做过的事情而已。"张慕扬从袁惠芳的最后一句话中，大致确定她并不知道许尧手中的录像带，而且许尧绝不会现在就把那些照片和录像给外人看。只要袁惠芳还没有完全和许尧结成统一战线，事情还不算难办。

"很难忍受吧？那种事情换成谁，都不会原谅。"袁惠芳有些失望，她没有发现张慕扬的破绽，"你的女友也一定很痛苦吧？毕竟……"

"如果今天只是聊这些，我要失陪了。"张慕扬并不想继续这个话题。

"好吧，不谈爱情，说说事业好了。"袁惠芳看着他，"听说你们公司已经招聘了一百多人，除去其他费用，只前几月的高额工资支出，就够你头疼了吧？"

"这些都不劳你费心。"张慕扬态度疏离。

"如果不是你，换了其他人，我才不会费这个心。"袁惠芳叹口气，"需要我帮忙的地方，别客气，只要说一声，第二天我就会把款准备好……"

"不劳费心。"张慕扬还是那几个字，堵得袁惠芳脸色难看。

"你和以前一样固执。"袁惠芳低下头，抽动嘴角，"学生时代就是古董，现在还是这样。"

"我会把握自己脚下的路。"

"我有很多很多的钱。我现在比苏可莹更能帮助你。"袁惠芳咬咬唇，挣扎着说道，"慕扬，好好想想，你现在的事业如果中断，以前的努力全泡汤了，没有了钱，怎么给苏可莹幸福？"

"我本来就是个穷人，最大的财富是自己，不是钱。"张慕扬现出冷笑，"在我最穷困无助的时候，你走了……说起来，真的要感谢你，若不是你，我不会遇到成就我的女人。"

听到这番话，袁惠芳脸色煞白，尖锐的刺痛贯穿了她的心房。

二十三 满园的玫瑰比不上一个微笑

眼看除夕夜越来越近，张慕扬越来越不安。他主动和许尧联系很多次，但是每次许尧都是顾左右而言他，依旧谈不拢任何事情。好在公司的事情终于告一段落，他可以和苏可莹带着两只狗回木屋休息两天。所有的职工都签订了合同，按时工作和上班，文学网站也做了起来，虽然资金非常紧张，但是苏可莹利用自己的关系，贷了一笔款，勉强能周转到游戏面市。

木屋被张奶奶收拾得干干净净，两只狗平时在公司天台上待得太闷，一回来就疯了，在草地上打着滚不回家。两个人难得有这样大把的时间独处，张慕扬和苹苹果果一样兴奋，搂着苏可莹先往床边走。

"你是属猴的吗，这么着急？"苏可莹早就发现他的意图，"我先去洗个澡，拜托你做晚饭。"

张慕扬动作很快，不一会儿就煮好豆浆，又洗干净几个水果，将两只狗喊进小院子里，然后找了一套睡衣，手忙脚乱地脱掉衣服，走进浴室。

"你很喜欢蚕食吗？"苏可莹知道他的意图，看他慢慢凑了过来，伸手点了点他的胸口，"啧，还脸红，不知道那些员工看到平时冷酷寡言的张总现在的模样，会不会大跌眼镜。"

"别开玩笑，我哪有冷酷？"张慕扬握住她纤细柔软的手，脸红红的。

"最近你那个大学同学没有找你吗？"苏可莹挤出洗发乳，揉得他满头满脸都是泡沫。

"没有，上一次都说清楚了，我又不需要她的资金资助。"张慕扬闭上眼睛，像一个孩子乖乖地任她摆弄。

"她是想入股，不是想资助。"苏可莹淡淡说道。

"萤火是我和你的，宁可贷款，我也不想有第三者插足。"张慕扬非常认真。

"第三者？"苏可莹微微一笑，"慕扬，你最近好像给许尧打过很多电话。"

"嗯……"张慕扬沉默下来。

"有什么事需要找他？"。

"没什么事……就是随便聊聊。"张慕扬知道瞒不过她，但是有的事情还是不想告诉她，"他学金融的嘛，有很多可以请教的地方。"

"这个借口好烂。"苏可莹将他头上的泡沫冲洗干净。

"可莹……有些事情不是我不想坦白……"

"有自己的空间，有自己的秘密，并不是不允许，只是，我们一开始说好了，彼此坦诚信任。这样，才能够一起承担生活所给予的一切快乐和苦难。"苏可莹打断他的话，"如果你无法做到的话，以后的路还很长，我们要怎么走下去？"

张慕扬再次沉默，他很想对她说，有些事情，他宁愿一个人承担。苏可莹看着他的眼睛，这个年轻的男人已经不再稚嫩，他已从单纯的宅男写手，渐渐蜕变成员工口中年轻有为的"冷酷"总裁。可只有她知道，在他的心底，有一片湛蓝的天空，所以从纽约回来之后，虽然怀疑他有心事，却一直没有点破。事实上，苏可莹甚至比张慕扬还要珍惜这份感情，因为她曾经失去过，知道拥有是多么可贵。

"可莹，我不会逃，无论以后的路会怎样，我都不会做逃兵。"张慕扬伸手搂过她，缓慢而坚定地说道。

"真的不想对我说？"苏可莹的心有些刺痛。

"我帮你擦背吧。"张慕扬绕到她的背后，抚摩着她洁白的背。

"讨厌！"苏可莹低低地骂了一声，随即转过身，突然一口咬上他的肩膀，"一点都不听话，完全自作主张，不遵守我们的约定，性格越来越恶劣，再这样下去，一点都管教不住你了！"苏可莹松开口，看着那圈整齐的牙印，狠狠地捏了捏他胸口的红梅。

"我没有……"张慕扬哀呼，自己明明很听话。

"固执己见，迂腐不堪，干吗要认识你？我要退货！"苏可莹微恼。

"不可以……你已经用了这么久，不能退。"张慕扬摸着她湿漉漉的柔软长发，满是爱意。

"什么叫'用了这么久'？折旧费我出还不行吗？"苏可莹脸色突然一红。

"不行。"张慕扬温柔地亲上她红红的脸蛋。他爱这个有时候强悍，有时候又可爱的小女人，爱得心都痛了。

苏可莹终于可以全心全意地接受张慕扬的一切，可以爱他像爱自己一样。整整两日，两个人都腻在一起，两只受到冷遇的金毛无趣地趴在床边，看着被子里蠕动的主人，让张慕扬抓狂而郁闷。

许尧打来电话，张慕扬紧张起来，不知道许尧会提出什么条件。他在苏可莹狐疑的目光中走进卫生间接听。

"怎么现在才接电话？张大老板似乎很忙啊。"许尧的声音带着笑意。

"有什么事？"张慕扬低声问。

"哦，忘记今天是周末，你应该和可莹在一起吧？"许尧在一座公墓前烧着照片，慢条斯理地问道。

"你想怎么样？"

"张慕扬，我有点好奇，你会为苏可莹做到什么地步呢？"许尧不答反问，他看着墓碑上年轻英俊的男人照片，突然悲从心来。最近他一直梦到哥哥，梦到过去的一切，每天晚上都会在钝痛中醒来。所以，他回来了。在哥哥的墓前，放着一束还新鲜的菊花，他知道苏可莹在百忙之中，还来这墓地看过许睿。

"你想做什么，就直接说吧。"张慕扬声音很沉，他已经做好了准备。

"我想见你，今天晚上八点，格莱酒店。"

这个墓地，是许尧和苏可莹一起选的，怕哥哥会孤单，就选了一块热闹的地方。其实，他们都害怕孤单和寂寞。

一支烟抽完，许尧将墓碑前的一块石头移开，从中拿出一个铁盒子，这里面有着三个人共同的回忆。这一次，铁盒子里多了一本苏可莹放进去的日记，是她和许睿共同写下的日记。

小尧拿到了奖学金，我和睿吃了一顿大餐庆祝，不知道他在美国是不是已经有了很多很多的朋友。真期待他早点毕业，回国和我们一起奋斗……

明天就要飞去美国看弟弟，不知道小家伙壮实了点没有。他小时候总是生病，经常让我和可莹守着一夜不敢睡。不过可莹依旧不愿去纽约见她的父母，希望再过几年，两位老人家能够接受我们，也能够回国享受天伦之乐，那时候，我们就是一大家子，再不会孤单……

小尧要放假了，终于要回来和我们团聚！真好，借这个机会，可以先让他去公司里先磨炼磨炼。我和睿打了赌，三年之内，这只小老虎在学术业绩方面，一定会超过他哥哥……

每年最忙碌的时候，就是最开心的时候，因为小尧会请年假回国和我们团聚。有些后悔让那小子跑那么远，以后万一找了金发碧眼的妞儿，真是有点得不偿失……

许尧一页页地往下翻，那双原本黑色的锐利的眼眸在烟雾中越发看不到昔日的神采。天色渐渐暗了下来。

"哥哥，可莹她要抛弃我们了……你说，我到底要怎么办？"许尧重新睁开眼睛，神情悲怆。

"哥哥，她想和另一个男人订婚……你说，我要怎么办？"握紧拳头，抵住胸口，他发现有一种感情，可以超越爱和恨，像一种噬骨的毒，让人疼痛不已。

苏可莹看着酒店门口的两个身影消失，眼神中有着深深的担忧。

"许尧今天上午八点五十到达这里，然后去了公墓，待了整整一下午。"牧志刚报告着情况，"不清楚他为什么突然回来。据我得到的资料，他在美国的那个工作室业绩还是很不错的，现在应该很忙才对。"

"他没有去找袁惠芳？"苏可莹靠在副驾驶上问道。

"没有，而且看情况，袁惠芳也不知道他回来了。"

"只要没有找那个女人就好。"苏可莹松了口气，她最担心的是许尧和袁惠芳成为"同伙"。许尧虽然任性，也曾经做过许多错事，但是她视他如亲人，不愿看见自己的弟弟和心怀叵测的袁惠芳混在一起。

"不过那个女人最近找我很频繁。"牧志刚趴在方向盘上，满脸的倦意，"周末两天，每天请我喝茶唱歌。说起来，那个女人又闷骚又饥渴，我实在不想招惹她。"

"这段时间委屈你了，如果她只是在打张慕扬的主意，那就不用再管她。"苏可莹半合着双眸，心底在盘算，"小牧，玥玥最近怎么样？"

"她还在媒体工作，不过，很少和朋友联系，和你那时候一样，成了工作狂。我和肖钰约过她很多次，都推托不见。"牧志刚叹了口气，"其实玥玥挺痴情，难得现在还有这样的好女孩，可惜不是喜欢我，否则……"

"找个机会，让她知道许尧回来了。"

"明天刚好要去东方媒体处理些事情，我会找个机会对她说的。"

格莱酒店里，张慕扬和许尧面对面坐着，桌上放着两杯红酒，他的这杯还没有动过。

"你以前很少穿衬衫。"许尧盯着他说道，"其实，你不太适合这种正规的衣着，它会让你变得很冷。我不太喜欢有棱角的人——可莹最近还好吧？"

"很好。"张慕扬不愿再和他东拉西扯，他和许尧的感情还没有好到一见面就寒暄半个小时，却丝毫没有进入谈话主题的地步。

"可莹有没有说过你是一个无趣的人？"许尧见他每次回答不是一个字就是两个字，觉得无聊极了。这一次，张慕扬干脆不回答了，只沉默地看着他。

"除夕夜准备怎么过？按照往年的惯例，孤儿院一起长大的那些朋友都会在这里聚会，一起过年。"许尧见他不语，干脆换了个话题，"到时候有不少人，很热闹。"

"然后你想怎样？"张慕扬终于多说了几个字。

"每年的聚会，我也会回来，和可莹以及小牧他们一起过年。"许尧微微一笑，为自己斟起红酒。

"今年的年夜，会多一个人。"。

"对哦，今年的大年夜会很热闹，因为还有场订婚宴。"许尧点点头。

"许尧，我不会退出的。"张慕扬端起酒，轻轻地碰了碰许尧的杯子，"所以，你会怎么办？"

"你改变主意了？"许尧仍然带着不羁的笑容。

"一开始，就没有改变过。"张慕扬抿紧双唇。

"哦，那就是说，你要我很久了？"许尧盯着对面一直没有笑容的男人。

"我没有想过离开她。这次来，就是想告诉你我的底牌。"

"想摊牌了？"许尧突然笑起来，带着大男孩的爽朗，"张慕扬，你有底牌可出吗？"

"没有可莹，我什么都没有。"张慕扬从公文包里拿出一份文件，"我现在的一切，都可以给你。你好好考虑，是想要一个不爱你的女人，还是……"

"你这句话说得我很不开心。二十多年，可莹对我的感情，比起对你，只多不少。"许尧打断他的话，看也不看那个档案袋，"至于你的一切，我不感兴趣。"

"许尧，我能做的就是这些，难道你不觉得拿走我的一切，也很有趣？"

"哈，没想到你这个无趣的人，竟然能说出这么有趣的话来。"许尧用手指点着那个档案袋，"失去一切，从头开始，你又成了连安定生活都不能给她的废物，这种游戏不知道好不好玩。"

"只要你保证那些东西不会流出，想怎么玩都行。"张慕扬的脸上浮起笑容，单纯清朗，如身上的白衬衫一样干净。

"嗯，你好像在引诱我。"许尧收起笑容，微微皱着眉头。

在他和张慕扬"密会"的第二天，苏可莹和他在公墓里遇见了。

只要有时间，苏可莹几乎每天都会抽时间去许睿的墓前，仿佛许睿根本就没离开过，他们只是从亲密无间的恋人，变成了相隔两地的亲人。苏可莹捧着一束鲜花，远远就看到一个高大的男人站在那里。阳光下，他指间的烟雾缭绕着被风吹走。什么时候，他变得这么喜欢抽烟？看着一地的烟头，苏可莹皱起了眉，伸手将他手指间的烟拿下来。

"你哥哥看见，又会骂你。"苏可莹将烟踩灭，把鲜花放到许睿的墓前。

"还会打我吧？"许尧看着墓碑上的照片，悲伤地说道，"以前看见我偷偷买烟，他把我狠狠揍了一顿，你差点吓哭了。"

"那时候你还是未成年的孩子，当然不允许。"苏可莹摆弄着鲜花，"现在倒是长大了，可是为了自己的身体……"

"还是孩子时，我就任性妄为得让你和哥哥头疼，是不是？"

"现在无论你做什么，睿都不会再骂你。"苏可莹抬手抚着许睿的照片。

"不，他还是会骂我……在梦里，每天晚上都会。"许尧也蹲下来，"还有你，在他骂我的时候，会像小时候那样，继续维护我……然后我就会醒来，我想我有时候的任性，是不是你宠坏的。"

"许尧……"

"如果现在哥哥还活着，那该多好……至少在我做错事的时候，你会原谅我，会护着我，哄着我，疼着我……"许尧的语气有些凄凉。

"你知道，有一种感情是恒星，还有一种感情是行星，只有按照一定的规律，才会永远地持续下去。"苏可莹站起身，看着天空，"有些东西，一旦改变了方向……"

"就成了流星。"许尧接过话，"我知道你想说什么，因为我不愿意做弟弟，所以你也不愿再做那个疼爱我的姐姐。"

"时间不早了，一起去吃饭吧，朋友们知道你回来，都很开心。"

"我想进入萤火。"许尧突然说道。

"你在美国不是很好？"苏可莹脸色微变。小尧难道还没有死心？

"不，回来多好，一大群的朋友，在那边太孤单……"许尧看了眼墓碑上的照片，像在自言自语，"对吧，哥哥？"

"这件事我说了不算，萤火不是我的。但是我会去问慕扬，只要他愿意……"

"他当然愿意。"许尧看着紧张的苏可莹，扯了扯唇角，"因为我是一个难得的人才。"

苏可莹勉强一笑，"许尧，我们之间，还是开诚布公比较好。你和慕扬昨天晚上见面谈了些什么？"

"他说订婚宴一定要邀请我参加。"许尧眼里跳跃进一线阳光。

"哦？"苏可莹半眯起眼睛，"慕扬和你的关系什么时候这么好了？"

"当然，他还想让我接手萤火。"许尧展露出笑容。

苏可莹皱起眉头，眸光锐利地看向许尧，不认为这是他随口开的玩笑，"你的意思是，慕扬想让贤？"

许尧点了点头，"可以这么说。"

"一定是有条件的吧？"苏可莹努力按下心中的慌乱，镇定地问道。现在的萤火是他们所有人一起努力打拼出来的，如果张慕扬真的这么不负责任，那所有的努力和资金投入都白费了。

"条件？什么条件？"许尧很无辜。

"别开这种玩笑，这不是小孩子的游戏。"苏可莹看着他，后背一阵发寒。

"是啊，正是因为不是游戏，才要签订合同，这种产权转让的手续，真的很麻烦。"许尧耸耸肩。

苏可莹终于慌乱起来，她拿出手机，想要拨通张慕扬的电话。

"可莹，"许尧握住她的手，将她手里的手机拿掉，认真地看着她的眼睛，"如果这一次我没有答应，你会不会因为我开心一次？"

苏可莹看着他，突然觉得这个任性的大男孩变得陌生起来。

"会不会？"许尧像一个固执的孩子，见她不说话，将她的手放在自己的胸口，"我一直都想让你开心，真的只是想让你开心而已。从小就这样，明明是想让你开心，却总是做错事，永远都比不上哥哥……有时候，恨不得死掉的人是自己，这样你就会多在意我一点……"

"别胡说。"苏可莹转过脸，看着许睿的墓碑，心抑制不住地痛，"这不一样……"

"因为我不是哥哥，所以不一样，我送你满园的玫瑰都比不上他的一个微笑！"许尧突然激动起来，"你可能已经忘记了过去。你现在心中想着的是张慕扬也好，哥哥也好，我也好……我是不是又说了错话？"突然收住话，许尧发现苏可莹的手很冷，像是血液被冰冻住了，而她的脸色更显苍白，眼角有隐约的泪光。他这一次回来，真的不想惹她伤心，当然，他还想最后一搏，不想就这么便宜了张慕扬。

"可莹，最后问你一次，在哥哥的墓前，你回答我，可以和我在一起吗？"许尧期待地看着她。

苏可莹咬唇，想着说实话的后果。许尧这样冲动又暴躁的坏脾气，她实在不想在这个时候惹他发怒。可是，她必须坦诚地告诉他自己的想法，"没有可能"。

"真好……"许尧突然笑了起来，"我知道，这个世上不会骗我的人，除了哥哥，就是你。"

"许尧，其实我们可以用另外的方式相处。睿走了，但是我们还能够回到从前……"苏可莹急急地说道。

"没有可能。"重复她说过的四个字，许尧将手机塞回她的手中，笑容苍凉，"你走吧，我还想陪着哥哥。"

"许尧！"

"你不会再把我当做弟弟看待，因为哥哥已经死了。"许尧坐在墓碑前，点燃一支烟，"你也不会在我任性的时候，第一个站出来，走到我的身边，因为你有了张慕扬……"

"你一直都是这么让人头疼的偏执狂吗？"突然，一个温和的声音插了进来，张慕扬出现了。

"可莹真是辛苦，能够和你相处二十多年，还那样疼惜你。"张慕扬走到苏可莹身边，握住她的手，"脸色好差，你们聊了些什么？"张慕扬心疼地看着她苍白的脸色。他一直在远处，只听到了最后几句话。

"你怎么来了？你怎么知道这里？"苏可莹从没对张慕扬说过这个地方。

"因为朋友们等得很着急，都快到喝下午茶的时间了，你们还没有出现。"张慕扬温柔地笑道，并没有说出自己曾经偷偷地跟着她来过这里。

"朋友们？"苏可莹突然看向远处的那排松树后，一个性感漂亮的女人已经伸出了穿着长靴的腿。

肖钰看着远处墓碑前的三个人，咕哝着："我中午还有约会呢，不等了，出去把他们塞进车！"

"现在的女人怎么性格越来越暴烈……"牧志刚摇头，还没说完，就被白芳芳一脚踹来。黄映格在公墓外的车里等着他们出来，也快睡着了。

"小尧，回来也不先给姐姐打个电话，让姐姐看看是不是又帅了！"肖钰前句话刚说完，就已经冲了出去，先放上一束鲜花在墓碑前，然后伸手捏了捏许尧的脸，"啧啧，变黑了，纽约的太阳有这么毒辣吗？"

看见老朋友们，许尧的心里有一丝开心，但是当他的眼神落到张慕扬身上时，冷哼一声，在他耳边低声说道："做得很漂亮，但是离完美还差得太远。"

张慕扬淡淡地笑着，听见苏可莹问他："是谁带你来这里的？"

"他们都知道这里，你却没有带我来过。"张慕扬转移话题，看着墓碑上许睿的照片。

苏可莹原本想等到结婚后，再带张慕扬来这里，让许睿看见自己真真切切的幸福。但是没有想到，今天就让许睿看到了张慕扬。

张慕扬将肖钰的那束花摆好，看了眼墓碑上微笑着的男人，用非常低的声音说道："放心吧，剩下的路，我会陪她走完，像你那样去爱她。"

扬起的风带着菊花清香微苦的味道，在墓碑上方盘旋，然后消逝。

二十四　她的爱情像烟花

小年夜的晚上，一大群身份特殊的朋友定下了饭店。他们都是孤儿，没有家室，又很年轻，害怕孤单而外表孤傲。张慕扬和其中的一些朋友已经很熟悉，有些是因为业务来往，有些是经苏可莹而熟识。

张慕扬依旧不喜欢说话，他静静地坐在苏可莹的身边，微笑地看着他们。

"各位，张老板有没有事先通知你们两件事情？"许尧突然敲敲桌子，站起身，他已经有了醉意。

张慕扬的笑容微微凝固，但是很快，他也站起身，扬声说道："许尧已经加入了萤火，成为我们团队的一员，希望在未来，有更多的好朋友加入其中……"

"第二件事，很重要，就是张老板准备和可莹订婚，大家应该知道吧？"许尧歪着头笑道，"记得媒体前段时间还在热炒此事，除夕夜的订婚宴，许多人都在关注，大家可要准备好厚礼哦。"

"小尧，可莹订婚，怎么你比谁都着急啊？"肖钰咯咯笑着，扯扯他的衣袖，就像他和苏可莹之间没有发生任何不愉快一样，"到时候看看你能送什么礼物。"

"我当然会送一份大礼。"许尧看了眼肖钰，笑容愈发神秘，"可莹，你怎么一点都不开心？"蓦然，他凑到苏可莹身边，"难道是不喜欢我加入你们？"

"小尧，过来坐。"苏可莹站起来，示意他到一边的沙发上坐下聊聊。

"可莹，记得以前，你们很想我能早点毕业，回国和大家一起创业……"

"能在一起团结做事，当然很好。"苏可莹抚着自己的长发，"但是，你是真心想回来吗？"

"你觉得呢？我回来不是因为张慕扬，是因为你。为了你开心，我做得还不够好吗？"

"许尧，说句真心话……我是怕你了。"苏可莹苦笑，"我马上就要订婚了，你应该清楚……"

"我当然清楚。"许尧打断苏可莹的话，无所谓地笑道，"订婚也好，结婚也好，只要能看见你，怎么都可以。"

"我觉得，你现在更应该关心玥玥。"苏可莹叹了口气，"你回来之后，都没有去见过她，是不是？"

"提她做什么？我有时间，当然会去看她。"许尧皱眉。

"可是，今天她就在这里，为什么把她当成空气？你看看她现在多憔悴，"苏可莹温柔地说道，"即便当成朋友也好，你应该……"

"可以谈谈工作的事情吗？如果你不能给我爱情，就不要和我聊女人。"许尧打断她的话。

蓝玥在另一张桌子上，从窗户的反光中看见沙发上的许尧，她的心剧烈地疼痛起来，就像是胃病发作，疼得想呕吐。她看见许尧温柔而宠溺的眼神，看见许尧像一个乖乖听话的大孩子，在苏可莹的面前，温顺而又虔诚，仿佛她是他的女神。她收回目光，一口干了杯中酒，却被呛住了，胃里是火辣辣的酒精味道，肺也被咳得很痛。她第一次发现，自己的五脏六腑没有一处是完整的。自从爱上那个男人，她的整个人生都千疮百孔起来。

一张餐巾纸递到她的面前。

"谢谢……"声音有些沙哑，蓝玥伸手接过，看见那只手瘦削而白皙。

"不客气，要不要喝杯水？"男人的声音十分温和，带着真真切切的关心。

蓝玥抬起头一看，是张慕扬。这便是苏可莹的未婚夫，朋友圈中，她听过很多张慕扬的故事。这是她第一次这么近距离地看着他，温和，干净，笑容温暖真诚，眼神里有隐约的锋芒，但更多的是温厚。一个和许睿一点都不相同的男人，眼里却有着同样的温柔。蓝玥突然咳得更厉害了，她想到那个疯狂的夜晚，她亲手将张慕扬的女友送到她自己心爱男人的怀中。她拉开椅子，跌跌撞撞地往外走。

"对不起……抱歉……我想先离开……"一直重复这句话，蓝玥拉开门，毫无方向感地扶着走廊的墙壁，眼里泛着泪花，"对不起……很抱歉……"

张慕扬有些不放心地说："她是不是喝多了？你们谁去照顾一下？"

"小尧，去照看一下玥玥吧，她今天晚上喝了不少酒。"

"小尧，玥玥喝多了，送她回家吧。"肖钰急忙说道。

许尧终于不情愿地站起来，刚拉开门，就看见外面的服务员慌成一团，七嘴八舌地议论着什么，一问才知道是有人失足摔下了楼梯。许尧有种不祥的感觉，急忙冲着走廊尽头的楼梯跑去。冲进人群，许尧抱起失足跌下楼梯的蓝玥直奔医院。

蓝玥一身的酒味，意识模糊，还在喃喃自语："对不起……对不起……"

"烦死了，女人喝了酒只会闯祸！"许尧自言自语。

一群朋友都赶了过来，询问蓝玥的伤势。

"在拍CT检查有没有内伤。"许尧站起身，"应该没什么大碍，你们留人在这里看护，我还有事……"

"你不能走。"一直嬉皮笑脸的牧志刚突然认真起来。

众人纷纷退到一边，在CT室外等候，连苏可莹都被肖钰拉到一边。

"谁都可以走，只有你必须留下。"牧志刚神色坚毅。

"为什么？"许尧盯着他，挑眉问道。

"看看玥玥那丫头被你折磨成什么样子了？你不回来，她伤心难过；你回来，她更伤心难过！"牧志刚恼怒地说道，"不到四个月的时间，玥玥就患上了忧郁症、厌食症、胃病……"

"我好像没做过什么吧？"许尧耸耸肩，略带嘲讽地说，"小牧，这些人中，好像你最没资格来指责别人的感情。"

"是，我是花心又滥情，可是，我绝对不会让一个女孩陷入这样的痛苦。"牧志刚冷冷说道，"逢场作戏也好，真心爱过也罢，作为男人，要让女人只记得他的好，而不是让她伤心一辈子。"

"哦？这些话从你嘴里说出来，真是好笑。"许尧笑起来。

"有什么好笑的！小尧，你真的该醒醒了，玥玥那么好的女孩，别错过了。"白芳芳忍不住帮牧志刚说话。

"是吗？那你们谁想要谁就拿去，我……"

"小尧，我要追到玥玥做老婆，你别后悔！"牧志刚咬牙说道。

"你胡说什么？"白芳芳一记暴栗敲在牧志刚的后脑勺上，柳眉倒竖，"姓牧的，话不能乱说，药不能乱吃，不要祸害别人！"

"先别吵了，医院里还有别的病人。"见他们越吵越凶，苏可莹不得不制止。

"玥玥也真是不小心，怎么会从楼梯滚下去？"肖钰担忧地说道。

"应该没什么事，那么厚的地毯，而且楼梯是木制的，有一定的弹性和缓冲。"张慕扬安慰道。

"但愿如此。"苏可莹握住张慕扬的手，在心里默默地祈祷着。

很快，医生就推着车出来了，拉开口罩，看见外面一大群人眼神忧虑，有些惊讶，"没有内伤，只是皮外伤而已，可能有轻微脑震荡，不过没大碍。"医生回答完众人的问题又说，"但是她的身体状况很差，建议在医院调养。"

听见医生这么说，大家都松了口气，看着输液的蓝玥，都有些难过。以前的蓝玥活泼可爱，可是这几年越来越沉默寡言，尤其是这半年来，简直像是变了一个人，原先鲜艳明媚的脸被愁云笼罩，很少再看见她的笑容。

肖钰提议留下一个人照顾，接下来，谁有空谁就来换班。

"我们的事情都很多……"众人很默契地往外退，拍拍一直冷着脸的许尧的肩膀，"小尧，反正你还没有正式上班，就拜托你了。"

病房里，许尧脸色阴沉地看着病床上昏迷的蓝玥。她是憔悴了很多，手已经瘦得皮包骨。许尧伸手揉揉眉心，他想起以前的蓝玥，像一只快乐的蝴蝶，总喜欢穿梭在朋友之间，对他甜甜地笑……

窗外放起灿烂的烟花。许尧走到窗前，看着城市的灯火和烟花，又看了眼昏迷的蓝玥，她最喜欢烟花这种转瞬即逝的东西。

"小年夜……"许尧喃喃道，"玥玥，别爱我这样的人，他们说得对，你会找到更好的男人，找到疼你一辈子、愿意陪你看烟花的男人。我永远不会爱上转瞬即逝的东西，明白吗？"

苏可莹和张慕扬去而复返，透过病房的门玻璃，看见许尧坐在陪护床上，对着窗外发呆。进入病房，张慕扬提议玩扑克，这样守一夜，不至于太累。

"你会玩扑克？"许尧很是意外。

"一点点。"张慕扬笑道。

"别听他谦虚，这男人是游戏高手，看不出来吧？"苏可莹仔细观察了蓝玥的脸色，将被子压好，轻声说道。

"游戏高手？没有赌注的游戏，我没兴趣玩。"许尧冷哼一声。

"又不是赌鬼，只是玩玩而已，要什么赌注。"苏可莹立刻说道。

"我知道你想要什么赌注，但是你会遵守游戏规则吗？"张慕扬笑吟吟。

"愿赌服输。"许尧冷笑，"可莹没有告诉你，我玩扑克，还从来没遇到过对手吗？包括哥哥在内，从没赢过我。"

"嗯，我玩牌只看运气。"张慕扬开始洗牌，"要玩什么呢？可莹，你比较喜欢什么？"

"我可不可以看一会儿书？"苏可莹走到病房的报刊架前，看有没有自己感兴趣的东西。

"不带她玩，这是我们两个人的游戏。"许尧撇嘴。

"这样吧，我们聊聊天怎么样，不玩扑克？"苏可莹很失望地走到张慕扬身边，提议道。

"我们三个人，有什么好聊的？"许尧挑挑眉。

"如果想聊的话，还是有很多话题的。"张慕扬笑笑。

蓝玥在一片白色中，困难地睁开眼睛。看见输液袋在头上缓慢地滴着透明的液体，她扯了扯唇角，露出一丝嘲讽的苦笑，她还以为自己死了呢。胳膊边被子上似乎压着一个人，打着点滴的左手冰冷得快麻木了，却依稀能感觉到被人轻轻地握着。看见那张熟悉的无瑕的脸，她微微张了张嘴，发出非常微弱的声音，"可莹……"

苏可莹突然惊醒，抬起头，正对上蓝玥的眼睛。苏可莹睡意全无，"你醒了？"抬头看了看输液袋，关心地问道，"哪里还不舒服？胳膊胀吗？"

蓝玥缓缓地摇头，看向陪护床上和衣而卧东倒西歪的两个男人，好半晌，才抬起右手，指了指卫生间。卫生间的门关上后，蓝玥并没有解手，只是抱着苏可莹，无声地哭泣。她还活着，可是一点也不开心……

"对不起。"喑哑的声音低低响起，蓝玥早就想对苏可莹说的三个字，终于说了出来。苏可莹微微一怔，她是何等冰雪聪明，知道蓝玥不会无缘无故对她说这句话。她们一直是很好的朋友，从孤儿院到现在，蓝玥从没有做过伤害她的事情，所以，蓝玥对她说对不起，只有一个原因——那天的一个耳光，或者说，那个耳光背后说不出口的话。将输液袋挂在门后的挂钩上，她轻轻地拍了拍蓝玥的后背，神色复杂。

"让我靠一会儿……一会儿就好。"蓝玥的嗓子像是有一团火，烧得她声音嘶哑。张慕扬和许尧坐在床边，沉默地看着卫生间磨砂玻璃后的人影。

"你们……醒了？"苏可莹扶着脸色苍白的蓝玥走出来，看见两个大男人坐在床边，有些诧异。

"已经五点多了，我和可莹去买点早饭，你们想吃什么？"张慕扬看了眼许尧。

"许尧最喜欢吃向南路的蟹黄包子，玥玥早点喜欢吃海鲜粥。"苏可莹对他们的喜好都很清楚。

"蓝玥现在的身体状况最好是喝点白粥。"张慕扬说。

"那我们先去向南路吧，许尧，这里交给你了。"

蓝玥看着两个人走出去，眼神空洞地落在掩着的房门上。许尧走到卫生间，用冷水洗了洗脸，然后对着镜子里的自己，努力扯出一个和往日一样的微笑来。

走出卫生间，许尧看着病床上已经闭上眼睛，像是在沉睡的蓝玥，有种无所适从的感觉。

"工作很忙吗？把自己弄成这个鬼样子！"不悦又带着一点暴躁的声音响起，一点都不温柔。蓝玥的心里一痛，他总是这样，除了苏可莹，他根本不会用温柔的语气对其他女人。哪怕是关心,说出来,也是这样硬邦邦的。

"走路也不知道看着脚底下,还好是二楼,如果再高一点……你想摔死自己吗?"许尧看着她苍白瘦削的脸没好气地说道。

蓝玥终于动了动,睁开眼睛,声音异常虚弱,"你在意吗?我就是死了,你也不会在意,对吧?"蓝玥抬起另一只手,挡住自己的眼睛,"你这辈子最在意的女人,只有一个。所以,何必对我说这些……"

"玥玥,能不能对自己好一点?你还有美好的未来,"许尧拉开蓝玥的手,盯着她,"你以前多漂亮,有那么多男人为你神魂颠倒,为什么不去找一个深爱自己的人?"

"那你呢?为什么要纠缠可莹,死也不愿放手?"蓝玥看着那张近在咫尺的脸,眼中明明是干涩的,却又泛起了泪花,"我们一样,你为什么没有看到自己?"

"我们怎么会一样?我是男人。"许尧放下她的手。

"可是,你的心也会痛……"蓝玥觉得有些缺氧,她费力地呼吸着,"小尧,看见可莹和张慕扬在一起,如果你不会心痛,为什么还要回来?"

"我回来,只是想看看张慕扬有没有能力保护可莹而已。如果他没有,我会把可莹带走,不管用什么手段。"许尧冷哼。

"你总是不甘心……无论可莹有多幸福,只要她身边的男人不是你,你就不会甘心……"

"闭嘴,先把你脸上那些讨厌的液体收回去再和我说话!"许尧将一卷纸扔到她的面前,他最讨厌女人哭哭啼啼。

张慕扬正和苏可莹慢吞吞地沿着林荫小道往前走。看见张慕扬一直低头沉思,苏可莹问道:"你不放心他们独处吗?"

"不是,我在想这么早,包子店开门了吗?"张慕扬转头对苏可莹温柔地笑道。

"开始对我撒谎了。"苏可莹皱皱眉,伸手捏他的腰眼。两个人这么慢地走过去,包子店肯定开门营业了,很明显,张慕扬想着其他的心事。

"蓝玥和你在卫生间做了什么?"张慕扬宠溺地看着她。

"不要转移话题,先说说刚才你在想什么,许尧?"苏可莹可不吃这套。

"什么都瞒不过你……我是在想,他回来的好和不好。"张慕扬揽着她的腰,为她挡风,"许尧确实是个理财高手,如果让他做财务和投资方面的事情,萤火算是找到了一个宝;但是,许尧有野心……他的野心是你,我真的很担心……"

"慕扬，和我说实话，为什么你会想到把公司都交给许尧？"苏可莹秀眉一蹙，认真地问道，"如果他答应了并且签了字，你想没想过，大家会怎么想？"

"还在生这个气啊？"张慕扬立刻温柔地笑着，"都说这只是个赌注，我和许尧都在赌对方的感情……"

"别拿感情说事。"苏可莹想到这件事就隐隐生气，"爱情和事业不一样，万一许尧签了字，你怎么办？"

"我倒是希望他签字，大不了我们从头开始。那样，他就不会再觊觎我老婆了嘛。"张慕扬笑眯眯的，接着语气有些失望，"谁知道，他和我一样，把你看得比事业重要。"

"别贫嘴了，反正你最近越来越离谱，做事情也开始专断独行！"苏可莹微恼地停住脚步，瞪着他，"刚成了总裁，就开始……喂……这是在大街上……"

早上六点的街道，人并不多，偶尔有跑步健身的人经过，看向街边拥吻的恋人，纷纷会心一笑。

"以后不准没有刷牙就接吻！还在大街上……"苏可莹推开张慕扬，话还没说完，脸颊又被他轻轻一吻，"该死，你有没有听我说话？"

"遵命。"张慕扬笑吟吟。

"刚才说到哪里了？你最近是不是做了几个决策，没有经过我的同意？"

"可莹，你的脸好红。"张慕扬说着风马牛不相及的话，很明显不想解释。他和苏可莹的分工不同，而且，他不想让苏可莹太费心公司的事情，所以才会和黄映格他们几个男人做决策。相比保守派的女人们，他们是大胆了点，但是有挑战的事情做起来才会激发男人的本性嘛。

"不要转移话题！"苏可莹越来越拿这个男人没办法。

"风险大，回报才高。"张慕扬握着她的手，"不要担心，我都考虑好了，到时候先把计划书拿给你看，你点头了，我再做决定，好不好？"

"这还差不多。"苏可莹倚着张慕扬，迎着晨曦，心中装着满满的幸福。

两个人买回早点，递给许尧一份，苏可莹则坐在床边喂蓝玥喝粥。

"许尧，护士怎么说？"苏可莹一边喂蓝玥，一边问道。

"没什么事，只是身上摔伤的几处要记得擦药膏，还有她营养不良，睡眠不足，又有厌食症，开了一堆药，等一会儿我去拿。"许尧转过身看着蓝玥。

"让慕扬去拿，你先吃点东西。"苏可莹嘱咐道。

"嗯，我去取药。"张慕扬拿起药单，立刻往外走。

病房里恢复了安静。蟹黄包子的味道一如往年，还是那样鲜美多汁，可吃包子的人，已经不再如往年。

"许尧，你放手吧，出了那样的事情，可莹还能把你当成最亲的人，而张慕扬，也不是心胸狭隘的人，他们都能再次接受你……

"你和我不一样，即便你做错了事情，还有人会原谅，会一直站在你的身后；而我，做错了什么，就必须自己去承担一切后果。

"如果你能够把张慕扬当成许睿来看待，如果你真心想回来，这些一起长大的朋友，都会很开心……是你自己放不下，纠结着这样无望的感情。最终，只能像我这样……像我这样，即便你是男人，你的心里也会千疮百孔！

"还有可莹，你以为她真的什么都不在乎？你以为她就该被你肆意伤害？我真羡慕你，会有苏可莹这样的女人，让你爱，让你伤害。而我，只能站在远处默默地看着你，没有爱你的资格，更没有伤害你的资格……"

蓝玥的话一直在耳边盘旋，许尧突然没了味觉。他看向病床上的女人，形销骨立，没有往日的一丝鲜艳。

"张慕扬的运气很好。"突然，许尧说道。

"嗯？"苏可莹侧过脸，看着他。

"他的牌技不怎么样，但是运气很好。"许尧喝着粥，毫无表情。

"你说打牌？"苏可莹想到昨天晚上自己睡觉时，许尧和张慕扬在打牌。

"那样的烂牌都能赢，简直不可思议。"许尧说道。

"别相信他手里的牌，这家伙的思维方式和我们不一样。"苏可莹轻声笑道，"他喜欢置之死地而后生，无论做什么事情，都是先破釜沉舟，真不可理喻。"

许尧看着碗里的粥，因为苏可莹的无心之语，心里讶异。置之死地而后生？难怪就算下一刻是世界末日，他也能从容面对。

"谁不可理喻？"张慕扬推开门，恰巧听到最后几个字。

"除了你，还有谁？"苏可莹笑道。

"我？"张慕扬有些尴尬，他不可理喻？女人真是不讲道理。

"你们去公司吧，我吃饱了。"蓝玥有些虚弱的声音响起。

"那好，我们中午再来看你。让小尧留在这里照顾你，他最近也不是很忙。"

"慕扬，你真的不在意许尧回来？"在回去的路上，苏可莹想了又想，再次问张慕扬。

"说不在意是假的。"张慕扬不愿去想许尧和苏可莹的那一夜，他只要能够和苏可莹在一起，那些过去的事情都过去了，他可以忘记，但是很难原谅。

"那为什么还要给他安排职务，让他留在萤火？你们之间，有什么不能说的秘密吗？"

"许尧是个人才啊，要是让他在国外发展，多可惜。而且，他总是对你念念不忘，想留在这边……"

"你的心胸可真博大。"苏可莹白了他一眼，完全不相信他说的话。

"其实，我是跟着你走的。"张慕扬温柔地看着她，"你对许尧，不是已经原谅了吗？你喜欢的，我也会去喜欢；你讨厌的，我也不会喜欢，就这么简单。"

"男人的话，越来越不能相信，"苏可莹摇摇头。

"可莹，我和许尧之间，你不要再费神，我不想看见你烦恼。"张慕扬低声说，"我们也都是成年人，会对自己的言行负责。总之，你不要想太多，我们都会很好。"

苏可莹迎着清晨的阳光，唇边挂着微笑，恬静得像是带着露珠的花朵。

二十五　信任是爱情的双刃剑

董事长的办公室里，张慕扬完全没有了青涩，半年的磨炼，让他变得沉稳，即使面带温暖的笑容，依然有着强大的气势。一个女秘书敲门走进来，恭敬地说道："董事长，外面有个自称是您同学的人想找您。"

"让她进来吧。"不用想就知道是谁，张慕扬头也不抬。

袁惠芳走进董事长办公室，看见坐在办公桌前的男人俊秀斯文，正心无旁骛地敲击着键盘，觉得熟悉又陌生。

另一边，苏可莹正在会议室和黄映格研究一份报表，她明显对张慕扬的一些决断不满意。虽然说投资风险和回报成正比，但是现在的萤火，最好一步一个脚印地往前走。苏可莹宁愿慢慢发展几年，壮大了之后再做下一步计划。男人的想法总是很激进，他们天生就喜欢冒险和挑战，还有掠夺。

正当苏可莹和黄映格讨论激烈的时候，会议室的门被推开，白芳芳大步走进来，也不说话，沉着脸，在会议室里踱步。十多分钟后，苏可莹扔下报表，看向一直晃来晃去的白芳芳，"遇到什么难题了？"

"不是遇到难题，是你家的男人把野花都搬到办公室了！"白芳芳见两人终于讨论完，气愤地说道。

苏可莹挑了挑眉，平静地问道："什么意思？"

"你去董事长的办公室看看就知道了。"白芳芳非常讨厌那个袁惠芳，从机场第一次看见她的时候就没有好感。前段时间牧志刚和她接触，让白芳芳更讨厌那个心怀叵测的寡妇。

"芳芳，说清楚点。"黄映格此刻在想着那个报表，还没听明白。

"就是，还有个叫芳芳的女人，找到董事长的办公室，正在里面和某人谈情说爱呢。"白芳芳冷哼一声。

"袁惠芳？"苏可莹忍不住笑了，"她还是忍不住找来了……"

"你还笑得出来？可莹，你家男人要出轨啦。他在订婚的前几天，还明目张胆地跟其他女人在办公室里，当着全公司人的面，眉来眼去你侬我侬，你还能忍下去？"白芳芳不可思议地看着苏可莹，要换成了她，现在早把那对狗男女拆了骨头喂苹苹果果了。

"他们是老同学，而且还是初恋情人，"感觉白芳芳的反应有些可爱，苏可莹笑得更甜，"所以，见见面聊聊天很正常嘛。"

"苏可莹，你的脑子什么构造？还初恋情人……别笑啦！笑得我浑身发麻……"白芳芳皱皱眉头，"真是皇帝不急太监急，既然你都无所谓，我也不管这闲事，等你哭的时候，别来找我。"

"志刚今天在公司吧？"苏可莹笑容一收，问道。

"谁知道，我又不是他监护人！你看一下签到记录。"白芳芳狠狠地跺脚，转身走了出去。

"适当表现出自己的醋意，这样才是女人。"肖钰拿着一个档案袋走进来，"女人嘛，不要总把自己当成男人使，该柔弱的时候，还是要偶尔柔弱一点。"肖钰将档案袋扔到苏可莹的面前，声音突然提高，"我也看不下去了，张慕扬搞什么鬼，和那个寡妇在办公室里一聊就是半个多小时，连电话都打不进去，门也敲不开……苏可莹，别告诉我你不在乎。"

"好了，至于这么激动吗？"苏可莹拿起桌上的文件，"你们谈事情，我先去处理这些东西。"

"记住了，要让那个寡妇知道，张慕扬是你的东西……"

"得得，他本来就是我的，好不好？"苏可莹拿着文件，优雅地晃了晃。

"瞧她这漫不经心的模样，真是担心。"肖钰摇摇头，对黄映格说道，"这女人怎么对男人总是一副放心的样子呢？以前许睿和别的女人彻夜不归，第二天她居然还做好早饭等他回来吃，真搞不清楚她是被爱情蒙蔽了双眼，还是……"

"睿是公事缠身，别乱说。"黄映格打断肖钰的话，"可莹知道他不会背叛这份感情。"

"可莹就是典型的遇到爱情就没了智商的人，当初多疼许睿；这次从力捧张慕扬开始，到现在一直……"

"你的这份档案是什么？"黄映格摇头打断肖钰的话。

"哦，人事部送来的一份资料。"肖钰将档案袋推到黄映格的面前，"你帮我看一看，我先出去瞅瞅情况。"

"哎……"黄映格看着肖钰猫着腰鬼鬼祟祟地走了出去，扯开档案袋的绳子，"女人真喜欢八卦。"

苏可莹站在董事长的办公室门口，敲敲门，等了一会儿，里面果然没反应。走到一边的秘书室，她正要拨打里面的内线电话，秘书却说道："刚才张董和他的同学出门了，看上去好像有事。"

"搞什么鬼？"苏可莹原本还觉得肖钰她们大惊小怪，现在自己心中也不爽起来，她拿出手机，拨通张慕扬的私人电话。

"你在哪里？"

"有点事，刚出来。办公室的备用钥匙放在你的包里，我下午就回来。"

"是公事还是私事？"苏可莹的声音一直平稳悦耳，眼里却闪着不爽。

"嗯……私事。"张慕扬看了眼身边的袁惠芳。

"知道了。"摁掉手机，苏可莹看着门边的两个女人，"你们不工作，在这里做什么？"

"啧，可莹生气了。"肖钰做了个鬼脸，笑道。

"嗯，经理大人发怒了呢。"白芳芳耸耸肩，冷哼一声。

"你们很闲吗？"苏可莹看着两个幸灾乐祸的女人，"开会。"

"开什么会？公会还是私会？"肖钰很少见她这副吃醋的模样，继续打趣。

苏可莹正要回答，手机突然响起来，是张慕扬发过来的短信：抱歉，袁惠芳的姑姑病危，老人家曾对我有恩，所以去看一眼，不要误会。

"是不是解释来了？一般来说，男人嘛，偷腥被抓住之后，都会立刻解释。"肖钰看着苏可莹眉眼冰冷起来，不知死活地笑得更加灿烂。

苏可莹删掉那条短信，脸色冰寒，"不要乱说。"

"肖部长，收敛一点，小心苏总公报私仇。"白芳芳揉着长发，慢吞吞地说道。

"暂时还不至于，但是你们要是再管不住自己的嘴……"苏可莹眼神冰冷，唇边却浮起若有似无的笑容。后面的话没有说完，手机又响起来，还是张慕扬的短信：*中午我会回来陪你吃饭。*

苏可莹没有任何表情，收了手机，大步往会议室走。

"我以为她是圣人，上次张慕扬上了那个女人的车，她就没有一点反应，今天终于像一个正常女人了。"白芳芳撇嘴。

"这叫不在沉默中灭亡，就在沉默中爆发。"肖钰笑得花枝乱颤，"瞧着吧，可莹要是爆发了，那小子肯定吃不消。"

"我等着明天某个人鼻青脸肿地来公司。"白芳芳脸上浮起坏笑。

"No，可莹打人不打脸，何况还是张慕扬的'面子'。"肖钰玩味地笑着，"希望这次那寡妇加把劲，否则可莹不把她列为情敌，没把她放在眼里，那就太丢脸了。"

"可莹一向心高气傲，一直就觉得那寡妇没资格成为她情敌，你们两个别乱嚷嚷，让其他人听到多不好。"刘琼华从她们身边走过时说道，"去开会，小心老虎发威，先拿你们俩开涮。"

张慕扬看着隔离病房里白发苍苍的老人。他有四年的时间没看到袁阿姨了，没想到再次见面，竟然在这样的场合，而且袁阿姨已经老得让他快认不出来了。

"姑姑一直牵挂着你，想见你一面……"袁惠芳眼眶发红，"前几天她从报纸上看到你的消息，很高兴，但是因为不能出院，就让我来找你。"

张慕扬和袁惠芳刚谈恋爱的时候，只有袁惠芳的姑姑知道这件事。袁阿姨非常喜欢张慕扬，在寒暑假的时候，就让他在自己的小蛋糕店里帮忙，或者给他找点临时工做。在他的心里，袁阿姨就像自己的亲人一样。

"袁阿姨的病情严重吗？"看着治疗中的白发老人，张慕扬有些心酸。

"原发性肝癌晚期，和我妈妈一样的病，医生说，现在只能依靠药物维持生命。"袁惠芳低声说道。

张慕扬静静地站在玻璃外，看着老人家接受治疗，恍惚中，似乎看见四年前的袁阿姨，笑容可掬地招呼自己吃饭。

"姑姑膝下没有子女，积蓄也不多，所以病一直拖着，直到后来我才听说……"

"听说？她生病了你不知道？"张慕扬有些惊讶。

"自从我们……我嫁人之后，姑姑对这门婚事很不满意，我们就很少走动。"袁惠芳看着手上的钻戒，"每次拜访，总是不欢而散，所以后来的几年，除了春节，两家几乎不再联系……"

张慕扬再次沉默下来，他知道姑姑的性格，爱才，不贪财。因为没有子女，姑姑把袁惠芳和他都当成了自己的孩子，所以袁惠芳突然嫁给一个老头，她一定非常生气。

等医生忙完之后，在得到允许的情况下，张慕扬和袁惠芳走了进去。近距离地看着那满头的银发和黧黑消瘦的面容，张慕扬的心中更加酸楚。

"小扬，终于……又能看到你了。"老太太缓缓睁开眼睛，看见张慕扬，勾出一抹笑来。

"袁阿姨。"张慕扬握着老太太输着营养液的手，像是握着枯萎的树枝。

"听说你现在很好，那些报纸上说的就是你吧？"老太太依旧很慈祥。

张慕扬点了点头，"是，我现在很好。袁阿姨，你也快点好起来，我会再做蛋糕给你吃。"

"乖孩子，我就知道你会很好。"老太太看了眼站在一边的侄女，"那报纸上，还有一个漂亮姑娘的照片，听说要成为你的妻子了，是吗？"

"是的。"

"真好，真好……"老太太笑得眼睛都看不到了。

"姑姑。"袁惠芳走到病床的另一边，握住她的手，轻轻晃了晃。

"小扬，是不是很喜欢那个女孩？"老太太笑了很久，终于又问道。

"是，很喜欢很喜欢。"张慕扬点点头，半蹲在病床边。

"很好……"老太太又笑了，但是同时感觉到袁惠芳又轻轻地晃她的手，终于艰难地开口，"小扬，不能和芳芳在一起了吗？"

张慕扬听到她突然说出这句话，微微一愣。

"你们……也曾相爱过，对吧？"老太太闭着眼睛，轻声说道，"芳芳当年是不对，但也有难言之隐。她年轻，什么事都无法自己做主，而且母亲又重病缠身……"

"姑姑，别说了。"袁惠芳低下头，将脸埋在姑姑的胳膊边，掩去眼里得意的笑，她付了那么高的医疗费，可不是白花的。

就快要放年假了，而公司才刚刚运转起来，很多事情都在排队等候走上正轨，公司里每个人都忙得像陀螺。

"可莹，你怎么还在忙？午饭要我给你带一份吗？"刘琼华问道。

"不用。"苏可莹正在起草方案，头也不抬。

"对了，中午要去给小尧换班吧？"刘琼华知道苏可莹现在的工作状态，她是在努力让自己变成工作狂，忘记一切烦恼的工作狂。

"不用。"重复这两个字，苏可莹沉着脸，飞快地敲击着键盘。

"我去看看小尧和玥玥。"肖钰探进头来，咯咯笑着，"可莹，你是不是在等某个人回来吃饭啊？"

砰！一个靠垫飞了过来，往门外唧唧喳喳幸灾乐祸的女人脸上砸去，"不要打搅我工作！"

"我要是毁了容，就赖上你家男人不走了！"肖钰捂着脸，夸张地说。

苏可莹终于抬起头，眼神锐利地看着门外聒噪的女人。

"开玩笑的……你继续忙……"肖钰见到苏可莹这种眼神，立刻将靠垫送回去。将大门轻轻带上之后，肖钰突然像是换了一个人，兴奋地说道："我敢打赌，今天可莹的愤怒指数绝对到了五！"

"你这副模样要是被她看见了，我也打赌，小莹莹的愤怒指数会到十！"白芳芳抱着一大堆的资料，疲惫地从资料室里走出来，"这女人变成工作狂，也要压迫我们变成拼命三郎吗？这些资料让我一下午给她整理出来。天，杀了我吧！"

"你那算什么，我的任务是在晚上之前把投资方的合同搞定！"肖钰摊开手，"可莹说，要是我没搞定，她会把我搞定。"

"那你中午还要去医院？"刘琼华问道。

"我得先开溜啊。"肖钰得意地笑着，"可莹的脾气嘛，软硬不吃。但是她要是硬起来的话，千万不要和她对着干，走为上策。"

"狡猾，太狡猾了，我也要和你一起走。"牧志刚不知从哪里冒出来，一副受打击的模样，"我可不想对着发怒的喷火龙。肖钰，我们一起去看玥玥和小尧。我有预感，此地不宜久留。"

苏可莹一直忙碌，直到外卖被刘琼华端进来，她才从工作状态中脱离出来。

她拿出手机，拨打张慕扬的电话。现在已经十二点五十，可是他还没有回来。提示音是关机，她脸上没有多余的表情，只是放下手机，示意两只狗安静点，然后开始吃午饭。

"慕扬应该是有事才出去的，别担心。"黄富锦上午在外面跑，中午和刘琼华吃饭的时候，才知道今天早上张慕扬和袁惠芳出去了。

"早上联系的合作伙伴，情况怎么样？"苏可莹直接将话题转移到工作上。

"不出问题的话，年后一切都会按照计划开始，不过资金流动量会更大。如果可以在两三年内上市，倒是可以圈一大笔资金使用……"

"上次说考虑收购合并一家濒临倒闭的公司，这样可以很快上市。你们研究好了吗？"

"还是资金不够，而且感觉金融风暴要来临了，真的有些担心市场……"黄富锦忧心忡忡。

"乱世才能出英雄。"苏可莹突然微笑，"这才是绝佳的好机会。"

逆水行舟，不进则退。以现在的情况，如果公司想继续扩大，就必须要投入资金，不然，可能真的像苏可莹说的那样，明年就会因为资金周转不灵而倒闭。游戏的成本还在持续投入，而回报暂时没有看到，一切的宣传和包装、公司员工的工资，都是大笔的费用……苏可莹快被资金愁死了，现在还没有一项运转是只赚钱不花钱的。

"咦，张慕扬还没回来啊？我这份资料还要给他过目呢。"白芳芳站在经理室的门边，抱着一叠资料，继续火上浇油，"可莹，你倒是给他打个电话，催催他赶紧回来工作啊。"

"放我这里，一会儿我会处理。"苏可莹无动于衷。

"那可是辛苦你了，不过……张慕扬出去风流，留我们的可莹拼命工作，好像有点过分。"白芳芳将资料放在桌上。

"芳芳，你对慕扬的意见好像很大。"苏可莹抬头看了她一眼。

"怎么敢？只是觉得你对男人的态度，未免太纵容了点！许睿是这样，许尧也是这样，现在张慕扬更是这样！"白芳芳冷笑一声，转身就往外走。

苏可莹面无表情，站起身，"你们也午休一会儿，我带苹苹果果出去走走。"

"要我陪你吗？"刘琼华作为团队里最年长的女性，就是一个大姐姐。

"不用。"苏可莹拿出牵引绳，带着两只狗往外走。

纵容？她很纵容男人吗？对张慕扬，她真的只是信任而已。难道爱情中，信任也是双刃剑？她现在还真有点烦躁，拉着两只狗，在公司后面的一个小湖边慢吞吞地走着，一贯沉静的脸上，满是烦恼。许睿从来不会爽约，说到的事情，会立刻做到。而张慕扬，却放了自己几次鸽子，还是和其他女人在一起，这种感觉真不爽。

此刻的张慕扬正在主治医生的办公室里，查看袁阿姨的病例。

"病人如果能够保持情绪稳定，心情愉悦，配合治疗的话，可以多活两个月。"医生的话非常无情，"还有，肝癌病人脾气暴躁易怒，你们作为晚辈，都要忍让一点。"

张慕扬默默地点头，走出医生办公室，看见袁惠芳站在走廊边，他沉默地从她身边走过去。

"慕扬……"袁惠芳突然抱住他的腰，哭了起来，"留下来陪我和姑姑……最后的日子，姑姑她有很多话想对你说……"张慕扬伸手扣住她的手腕，硬生生地掰开，继续往前走。

"为什么对我这么冷漠？姑姑希望我们还能在一起……慕扬，哪怕是演戏也好，不要让姑姑看见我们形同陌路……"袁惠芳泪流满面。

张慕扬在病房外的椅子上坐下。这是特别护理区，不准用手机，他只能看到走廊尽头的钟表上的时间，已经是下午一点多了。抬手揉揉眉心，他疲惫地闭上眼睛。袁阿姨又被推去了放射科，他有点饿了，不知道苏可莹有没有吃饭。

他提议去吃饭，袁惠芳擦擦眼角的泪水，颤着声音说"好"。她看着他的背影，眼里浮起得逞的微笑。这个男人，越是得不到，反而越喜欢。人真是奇怪的生物。

苏可莹重新坐在办公室里，埋头处理工作，这一次，有苹苹果果陪着她。她发现，自己越来越害怕独处，除非用大量的工作占满所有的时间，否则，她就会觉得很孤独。放在一边的手机响起来，她正准备和投资方的负责人联系，拿起手机，看也没看，"您好？"

张慕扬的心脏突然一跳，他想到第一次给苏可莹打电话租房的时候，她也是这两个字，声音甜美悦耳，像是珠落玉盘。

"喂？"苏可莹放下笔，看了眼电话号码。

"可莹……吃饭了吗？"张慕扬终于从回忆中拉回心神。

"等你吃饭的话，我可能会饿死。"苏可莹并没有表现出自己的怨怒，只是淡淡地说。她在调整自己的心情，不想因为一件小事，向张慕扬发火。事实上，和许睿在一起的时候，因为许睿的完美，她就没有学会"吃醋"，而且，她自己也讨厌怨妇一样的女人。

"我在和朋友吃饭，既然你已经吃过了，那就……"

"我现在很忙，要是没事的话，你早点回公司，就这样。"张慕扬的话让她很不爽。

张慕扬看着被挂断的手机，又拨了回去。

"还有什么事？"苏可莹语气中有些不耐烦。

"你怎么了？"张慕扬再迟钝，也能感觉到她心情不好。

"慕扬，这是你以前最喜欢吃的……"

那边隐隐约约传来女人柔媚的声音，让苏可莹的心情突然变得异常糟糕，"我现在很忙，如果没有其他事情，就挂了。"一字一顿地重新说一遍，苏可莹挂断电话，攥着笔，要是他再不知死活地打过来，她可能真的会发飙。

深呼吸几次，她拿起电话，拨通投资方负责人的电话，声音依旧甜美柔和。

转眼间，已经到了下班时间，苏可莹还在办公室里忙碌。黄富锦和刘琼华看见经理室的灯光还亮着，对视一眼，心照不宣地推开门，"可莹，该下班了，去医院看看玥玥吧？"

"你们先去，我还有一点事，忙完就过去。"苏可莹将车钥匙丢给刘琼华，"要是用车的话，自己去开。"

"经理大人都加班的话，我们谁敢下班？"白芳芳晃进来，看了眼董事长办公室，"嗬，人还没回来啊？"

"好了，一起去医院。"苏可莹合上笔记本，不想有人提起张慕扬。

"可莹，你今天最大的任务不是去医院，而是把跟着俏寡妇一起消失的董事长找回来吧？"白芳芳耸耸肩。

"芳芳，你对慕扬有什么意见，直接说出来就好，不用拐弯抹角。"在这个时候，苏可莹知道自己应该站在张慕扬这边。

"我不会拐弯抹角，只会实话实说。你最开始花钱捧他的时候，我就很不爽。"白芳芳倒也不隐瞒，抱着胳膊说，"张慕扬除了会写点不知所云的东西之外，凭什么进入我们团队？现在居然还爬到我们头上做老板。可莹，你忘记我们当时说好，大家只做自己喜欢的工作……"

"芳芳，别这样说。"刘琼华拉了拉她，"以前的工作虽然很自由，但是也不怎么稳定，现在不是很好？大家能在一起拼搏……"

"如果你想做自己喜欢的事情，就一定会失去另外的东西。"苏可莹打断他们的话，"我从打造张慕扬的第一天起，就想过会得到什么，失去什么。一路走下来，我只珍惜得到的。芳芳，如果你真的不喜欢这种生活方式，那么……"

"你是在赶我走？"白芳芳听到这里，挑挑眉，问得很尖锐。

"你不喜欢这样的工作，我也不敢强求。"一贯冷静的苏可莹竟然说出这样的话来，要是换成平时，她根本不会理会白芳芳说的话。

"你们听到了，她终于为了一个男人对我说出这种话来。"白芳芳愣了片刻，突然扯掉胸牌，扔在办公桌上，反怒为笑，"很好，我今天就不干了！以后……"

"芳芳，你又乱发什么脾气？"黄富锦立刻上前，"可莹没那个意思……"

"她早就等着我说这句话。"苏可莹打断黄富锦，淡淡说道，"谁都喜欢自由，如果你真的不想和我们一起走下去，我也没有阻止你的权利。"

立刻，大家沉默了。黄富锦和刘琼华都觉得不可思议：苏可莹今天是怎么了？火药味这么浓？

"可莹，芳芳脾气不好，你也跟着胡闹吗？乱说什么？"刘琼华半天才开口。以前白芳芳经常会说这种气话，但是苏可莹只会耐心温柔地哄她。

"华姐，别说了，我知道自己的脾气差，她也该受够了。"白芳芳怒气冲冲，"而且，她现在的耐心都用在了男人身上，哪会再纵容自己的姐妹……"

啪！狠狠一掌拍在桌上，连苹苹果果都吓得耳朵一动，无辜地抬头看着这群人，办公室里更是静寂无声。苏可莹的手掌被震得生疼，但是她心里更难受。咬着牙，她挤出四个字来："慢走不送！"

"琼华……"黄富锦第一次看见苏可莹这么难看的脸色，不知该说什么好，立刻给刘琼华使了个眼色，示意她将白芳芳往外推。

"小姑奶奶，算我求你了，可莹今天心情不好，你就不能少说几句？"将白芳芳推到门外，刘琼华皱着眉。

"她受了男人的气，凭什么发泄在我头上？"白芳芳狠狠踹了墙一脚，却疼得龇牙咧嘴，抱着脚，半天都动不了，"不做就不做，我本来就不想成为朝九晚五的上班族！"

"傻丫头，乱说什么？知不知道我们为什么会力挺这个公司？"刘琼华将她拽到一边的会议室里，压低声音，"以前养活一支团队很简单，可是现在什么都不景气，要是再不另寻出路，这个团队接不到活，谁来养你的房养你的车？"

"我饿死也不关你们的事！"白芳芳暴躁地说道，"更不用她来养我！"

"姑奶奶，能不能小声一点？外面还有其他员工。"刘琼华恨不得捂上她的嘴。而苏可莹坐在办公室里，看着通红的掌心，气得心里隐隐作痛。

黄映格敲敲门，走了进来，看见苏可莹埋头看文件，扯出一个微笑来，问道："怎么了？刚才听说你和芳芳闹情绪了？"

苏可莹没有回答，只是抬头看了眼外面，才六点，天已经黑了下来。

"她脾气不好，你又不是不知道，别生气了，一起出去吃个饭，然后去医院……"黄映格试图劝说，不过他也没见过苏可莹发怒的模样，所以不敢多说。

"我还有点事情没做完，你们先去吃饭。"苏可莹一点胃口都没有，勉强缓下脸色。

221

"可莹，你今天是怎么了？芳芳喜欢闹脾气，你不要……"

"教授，如果只是吃饭的话，你们先去，不用管我。"苏可莹又沉下脸，扬起声音，翻着一大堆的文件。

黄映格看着她拒人千里的脸色，轻叹一声，终于退了出去。

"你也失败了？"黄富锦就站在外面。

摇摇头，黄映格小声说："别管了，给小张打个电话，让他回来处理。女人要是来了脾气，外人最好不要插手。"

"可是他手机关机，已经打了很多次。"黄富锦摆摆手，压低声音。

"算了，可莹正心烦，我们都先走吧，别在她面前晃悠。"黄映格说着，先往外走，"还有芳芳，不能再让她任性胡来，想什么就说什么。这么多年，脾气不但没小，还跟着年纪见长了。"

张慕扬并不知道这边的冲突，等他再次开机，有很多来电提醒，都是团队里的人给他打的。他不知道发生了什么事，只得赶紧先拨苏可莹的手机。

"你好。"有些疲惫的声音，苏可莹趴在一堆文件上，居然睡了过去。

"可莹，你在医院吗？我晚点就会过去。"张慕扬听见她的声音有一丝睡意，就放下心来。苏可莹抬头，看了眼时间，已经是晚上八点，她居然在工作的时候睡着了，真不可思议。

"好。"苏可莹只说了一个字，就挂断电话。对她来说，"吃醋"这种浪费精力的情绪，她不需要。她趴在文件堆里，右手垂下，摸着两只大狗厚实的背，过了好久，才伸了个懒腰，准备去医院。

病房里很热闹，一点都不像在探病，倒像是在开派对一样。蓝玥看着朋友们乐呵呵的模样，突然觉得，其实生病也很好，至少可以知道有这么多的朋友关心自己，好像活着，还有点乐趣。想到此，唇边不由得弯出一个虚弱的笑来。她吃着肖钰递过来的香蕉，努力忘掉一切不开心的往事，可是，当她看见许尧的时候，还是止不住地心痛。没有一种止痛药可以止住心痛。蓝玥看着正在和朋友聊天的许尧，他的侧面很英俊，可惜，那不是她的。永远都不属于她。

"玥玥，别把自己孤立起来，我们大家都是好朋友，对吧？"肖钰坐在床边，对她说道。

蓝玥不说话，觉得自己对不起这些把她当成朋友的人，尤其是苏可莹。

"你就要多笑笑。生活嘛，它强奸你，你就要享受，而且，要努力高潮，这样才对得起自己嘛。"肖钰一向是话糙理不糙。

"可莹呢？"被她说得低下头去，蓝玥低声问，"怎么今天一直没见她？"

"公司有点事情，忙完了就过来。"刘琼华笑着看她。

"哦，她工作起来，还是那样拼命。"蓝玥勉强扯出个笑来，她现在有些敏感，不知道是不是苏可莹不愿意见自己。因为那件事，她知道苏可莹一直深藏在心中，不可能忘记。

"她就是个白痴。"白芳芳一直坐在陪护床上，突然冷哼。

"芳芳。"立刻，刘琼华给她使了个眼色。

"我有点不舒服，先走了。玥玥，你安心养病，明天我来看你。"白芳芳非常生气苏可莹居然因为一个男人对她发火。

"小牧，送芳芳回去。"黄富锦立刻在牧志刚耳边低语几句，然后拍拍他的肩膀，示意他追上去。

"为什么要我去安慰那只母老虎……"牧志刚哭丧着脸。白芳芳在气头上，他现在追上去，还不是找死？

"病房的人太多，你又只会制造垃圾，所以，你不去谁去？"肖钰瞪了他一眼。

"知道知道……玥玥，我也先告辞了。明天如果我还活着，就会来看你的。"牧志刚灰溜溜地往外走。

白芳芳下楼梯的时候，正看见苏可莹从外面走进来，满腹心事的苏可莹并没有感觉到对面的杀气。

"我明天就递辞职信。"完全被苏可莹无视的感觉，让白芳芳抓狂。

苏可莹有些散乱的眼神落在了白芳芳脸上。"辞职？"她回过神来，想起下班时的争吵，勉强笑道，"芳芳，吵归吵，闹归闹，辞职这种话，还是收回去吧。"

"你觉得泼出去的水，还能收回吗？"白芳芳紧盯着她。

"我向你道歉，今天下午心情不好，不该对你说那样的话，请原谅。"苏可莹知道白芳芳的脾气，"这样可以吗？"

"可以才怪！有些感情伤害了，是无法弥补的！"白芳芳说完，噔噔地下楼。

"喂，芳芳……"苏可莹今天真没什么精神和这丫头耗，若是平时，她早就追上去，软硬兼施让白芳芳乖乖地回来。

"可莹，她就交给我了，不过搞定后，会不会有奖金？"牧志刚追出来，笑眯眯地对苏可莹说道。

"那就拜托了。"苏可莹提起一点精神，"到时候请你吃饭，"

牧志刚笑着拍拍她的肩膀，"不过，要保佑明天早上我能按时去公司。"

"上帝会保佑你这种人。"苏可莹往楼上走，最后一句话说得很小声，"因为祸害活千年。"

酒吧里，白芳芳一边狂喝，一边痛数苏可莹的不是："笨蛋，白痴，一点都不懂感情的女人，把自己当成男人用，把男人当成女人用……工作狂，自虐狂，还有强迫症，全世界的女人要是都像她那样，就不需要男人了……"

"都像你这样，也不需要男人……"牧志刚无聊地托腮敲着桌子，数着她喝了多少酒。

"当初……如果不是许睿那么爱她，我才不会……才不会放手……"

"喂喂，骂几句就得了，干吗提过去？"牧志刚咳嗽一声。

"可是如果不是她，也许许睿会爱上我……"白芳芳突然大哭起来。

"人家青梅竹马两小无猜，你那是第三者插足，可莹还能待你像亲姐妹，已经很难得了。"牧志刚手忙脚乱地要来纸巾，一张张递给她，条理清晰地说道。

"所以才说她是白痴。"白芳芳哭得更厉害，"她以为所有的第三者都是我这样的人？她以为那个袁惠芳是我这个芳芳？干吗要关心她，好心当成驴肝肺……等张慕扬出轨……我等着她找我哭！"

"好了好了，你以为可莹像你一喝多就哭……算了算了，别喝了，我送你回去吧。"牧志刚知道她是喝多了，不然绝不会在这样的环境里大哭大闹。

"你……你说我哪里不好？"白芳芳被牧志刚搀扶着回到公寓，还在一把鼻涕一把眼泪地质问，"我……我也是女人……许睿却……却从来不看我……"

"人和人不一样的，你看我也很好吧？但是你也不喜欢，而且每天还狠心欺负我这种帅哥，怎么不说自己？"牧志刚边翻看时尚杂志，边和白芳芳搭话。

"帅……帅哥……你？那么花心……谁……谁会喜欢？如果你像许睿那样……那样专情，完……完美……"

"如果你像华姐那样温柔贤惠，像可莹那样蕙质兰心，我也会勉强看上你。"

"凭……凭什么你定的门槛……那……么高……"

"你定的门槛也不低，苏可莹和许睿一样，都不是人！没事干吗和非人类相比？你脑子秀逗了。"

"我……我……"白芳芳好像找不到自己的舌头，着急地扯着衣领。

"你……你……拜托你少说两句话，听得我着急上火。"牧志刚一向喜欢说话速度快、条理清晰的人，所以这种对话，让他很不耐烦。

224

"我……我……我也上火……"白芳芳边说边解自己的衣扣,"好……好热……"

"喂,你做什么?不冷啊?"牧志刚一直看杂志,猛然一抬头,看见对面沙发上的女人脱得只剩一件胸衣,差点就咬到了自己的舌头。

他可不是许睿,也不是张慕扬。虽说兔子不吃窝边草,但是,牧志刚从来不拒绝女人。不过这只窝边的母老虎,还真要考虑一下,毕竟以后的日子还很长,他不想活在暗无天日中……纠结了一会儿,他再也忍耐不住,抱起一丝不挂的还口齿不清的白芳芳,往卧室走去……

二十六　　不输人也不输阵

张慕扬十点才赶到蓝玥的病房,却发现只有蓝玥一个人在里面。

"你……好点了吧?"张慕扬对不熟悉的异性,找不到话说。

"还好。"蓝玥坐起来,"可莹他们去吃饭了,你等一会儿。"

"哦。"孤男寡女同处一室,张慕扬有些尴尬,选择了一张较远的凳子坐下。

"你们……打算除夕夜订婚吗?"蓝玥看着有些羞涩的张慕扬。

"嗯。"张慕扬找不到话和她说,回答得很简洁。

"其实可莹在感情方面,很单纯。她的感情世界,除了爱,就是恨……对小尧一直那么好,是因为多年的感情,爱大于恨。而且,小尧还是许睿的亲弟弟……"

"你对我说这些做什么?"

"只是想告诉你……可莹对小尧,只是亲人而已,他们之间,二十年的感情,同甘共苦过……小尧不甘心,是因为可莹是他在这个世界上唯一的依恋,他不是坏人……如果你能真心接纳他,捐弃前嫌,他是一个好弟弟……"蓝玥艰难地说道。

"我是跟着可莹走的。"张慕扬微笑,"只要是对她好的人,我也会对那个人好;只要是她喜欢的人,我也会去尽力喜欢,就是这么简单。"

蓝玥怔怔地看着他,没想到看上去木讷寡言的张慕扬,会说出这样的话来。

"躺在这里的感觉,是不是很闷?"张慕扬突然问道。

"啊?"

"虽然空调开着,但是病房里其实一点都不温暖,对吧?"张慕扬想到袁阿姨孤零零地躺在病床上,只有护士在那边例行检查换药。

"呃……"突然听他发感慨，蓝玥有些接不上话来。

"尤其是膝下无子的老人，面对冰冷的墙壁，怎么能快乐起来？"张慕扬有些感叹，但是脸上的表情却没有什么改变，仿佛他刚才只是在读书而已。

"你……"蓝玥还真接不上话，张慕扬对她来说，是个有点奇怪的人。沉默的时候，有点冷；笑的时候，却很温暖；说话的时候，又很文艺，还带点深沉。苏可莹又找了一个怪物当男友。好在这时，外面传来一阵脚步声，苏可莹他们回来了。

蓝玥立刻把视线从张慕扬身上收回，有些被解救的感觉。她真不知道平时苏可莹是怎么和这个人格很分裂的男人相处的。

张慕扬看见苏可莹，立刻站起身，一天没见到她了，真想念。不过，可莹今天似乎心情不太好，对他的热情只是微微点了点头。肖钰倒是满脸堆笑，怎么看怎么觉得那个笑容有点幸灾乐祸。随后进来的刘琼华也给他使眼色。

"咳，可莹。"张慕扬凑了过去，刚要说话，苏可莹的手机就响了起来，她立刻走出去接电话。

"某人今天消失了很久啊，和一个女人消失了这么长时间，可以做很多事情哦。"肖钰若无其事。

张慕扬皱皱眉，立刻走出去，正看见挂掉电话的黄富锦。黄富锦看了眼走廊尽头的苏可莹，对张慕扬说道："可莹和芳芳闹了点矛盾，所以心情可能不太好……晚上多哄哄就行了，女人嘛，很容易搞定的。"

"咳。"刘琼华在门口咳嗽一声，黄富锦立刻走到她身边，赔着笑脸说道，"刚才接了个电话，约明天谈合同……"

"你完全本末倒置了！可莹才不是因为芳芳心情不好，而是因为他心情不好，才会控制不住自己的脾气，和芳芳……"

"反正就是心情不好，我们别管那么多，晚上早点回去休息吧。"黄富锦才不管什么因果关系。

苏可莹接完电话之后立刻转身进病房，像是没看见身边杵了半天的男人。

"可莹，你今天心情不好吗？"张慕扬急忙拉住她的手。

"谁说的？"声音，像是寒冷的清风。

"听说……你和芳芳闹矛盾了，怎么回事？工作意见不同还是……"

"我们经常闹矛盾。"苏可莹终于转身看着他。

"只要没事就好，是不是今天太累了？"张慕扬松了口气，伸手想摸摸她柔顺的长发，却被苏可莹躲开。"可莹，怎么了？"张慕扬的笑容凝固在唇边。

"我不喜欢失约的人。"苏可莹总觉得一口气堵在心里。

"失约……你是说中午吗？对不起，我确实是去了医院，出来的时候，已经一点多……"张慕扬着急地说，"对不起，下次不会了。"

"我真的很讨厌被人放鸽子。有什么事情可不可以先打个电话通知一下，突然就消失了……"苏可莹见到他的笑容，一天的怒气居然消失了大半。她将手机关机，不想再接其他电话。

"下次一定不会。"张慕扬伸手抚上她的头发，这一次，苏可莹没有躲开。

两人温馨没一会儿，张慕扬的手机响了。

"什么？袁阿姨病情突然恶化？等等，我马上就到。"张慕扬收了手机，对苏可莹说道，"老人家病情突然恶化，我过去一下，你晚上早点休息，别等我了。"

"我陪你一起过去。"苏可莹拉住他。

"不……你还是陪玥玥吧。"张慕扬考虑了一下说道。

"不方便带我一起过去？"苏可莹微微皱起眉，盯着他。

"不是，只是……重病区那种地方……你还是不要去了。"

"我在医院外等你。"苏可莹这一次很坚决。

"外面风大，又冷，你还是留在这里，如果累了，就和肖钰回去休息，我要是太晚，会回公司……"

"真的不带我一起？"苏可莹咬着嘴唇。

"可莹……"

"你走吧，在十二点之前回来的话，给我打个电话。"苏可莹眼眸一闪，不再坚持。

"好。"张慕扬急匆匆地吻了一下她的唇角，立刻飞奔而去。

苏可莹看着他消失的背影，渐渐握紧了拳。那个女人，还真敢抢她的男人。

"可莹，张慕扬怎么又走了？公事还是私事？"肖钰走出来，笑吟吟地问道。

"不关你的事。"苏可莹看了她一眼。

"啧，无敌的苏可莹居然还会吃醋，而且还是吃哑巴醋。"肖钰笑得幸灾乐祸。

"那种东西，我不需要。"

"爱情永远是酸酸甜甜，只甜不酸的，就不会完整。"肖钰手指在她纤细挺拔的背上画着圈圈。

"我喜欢纯粹的东西，那种混杂的浑浊的情感，永远都不需要。"苏可莹攥住肖钰在她后背乱动的手腕，"帮我查一下，袁惠芳哪一个亲人在住院,在哪一家医院。"

"你打电话问张慕扬不就得了，干吗要我加班。"肖钰耸耸肩，却看见苏可莹锐利的眼神，只好投降，"好了好了，我马上就去……这种事情，明明应该交给小牧去做……"

"不用去查了。"突然，许尧的声音出现。

苏可莹毫不意外地问："许尧，你终于愿意说了？"

"你们在说什么？"肖钰有点摸不到头脑。

"我没什么可说的，之前在纽约，袁惠芳是找过我，但是最近真没怎么联系。"许尧微笑着说道，"只是稍微知道一点袁惠芳和张慕扬之间的事情。我一直以为张慕扬对你说过，没想到，你好像对他们之前的一切都不清楚……"

"他是说过，只是今天发生的事情还没来得及告诉我而已。"苏可莹走到他的面前，抬头看着他，"先把你知道的告诉我。"

"可莹，如果袁惠芳对张慕扬旧情复燃，你会怎样？"许尧倒是想先知道苏可莹的反应。

"我关心的不是她。只要张慕扬对她没有感情，那就 OK ！"

"也就是说，无论袁惠芳做什么，只要张慕扬不对她旧情复燃，你就不关心，对吧？"许尧问。

"对。"苏可莹回答得很干脆。

"你这种……可惜不是我，"许尧有些心痛地叹口气，"你这种女人，果然和哥哥那样的男人，才最般配。让给张慕扬……我一点都不甘心。"

苏可莹听他提到许睿，脸色微沉，不再说话。

张慕扬赶去医院，看见袁惠芳正坐在手术室的外面，哭得跟个泪人一样。他冲过去，心急地问道："袁阿姨她怎么样了？"

"病情突然恶化，我还没有到家就接到医生的电话，现在还在检查。"袁惠芳扑到他怀中，哭得更厉害。

"哎……"张慕扬被她弄得手足无措，推也推不开，只得说道，"冷静点，医生有没有说其他的？"

"说……危在旦夕，让做亲属的，最好日夜相伴，看一眼就少一眼……"袁惠芳倚在他的胸膛里，与记忆中的感觉一点都不同。记忆中，是青涩的，心动的，羞怯的……而现在，是温暖的，踏实的，没有了少年的稚嫩，只有男人的味道。

"手术什么时候结束？"张慕扬想推开她，却没有着力的地方，她整个人黏在怀中，紧紧环着自己的腰，怎么也躲不掉。

"不知道……"她不让医生出来，医生怎么会出来？这医院，可是有她的股份，那些医生也拿了她不少好处，现在要怎么做，还不得听她的？

手术室的灯光一直亮着，医生们都在里面打着哈欠，而手术台上的老太太，因为服下了安眠药，睡得很熟。

"先坐下，慢慢等……"张慕扬终于推开她，松了口气。

袁惠芳很想再依上他的胸口，但是现在应该是情绪稳定期，再抱着他的话，未免有些太造作。她坐在张慕扬的身边，低着头，一直用纸巾抹着眼角。

"妈妈已经走了，如果姑姑再离开我……"袁惠芳哑着声音又哭了。

"不会有事的。"张慕扬心烦意乱，只好站起身，走到窗边，离袁惠芳远一点。

袁惠芳抬头对值班护士使了个眼色。不多时，手术室的灯光关闭，袁惠芳立刻迎上去，满头银发的老人被推了出来。

"怎么样，医生？"

"多陪陪她吧，时日不多，还在昏迷中……"医生摇头，叹了口气。

张慕扬看着昏睡中的袁阿姨，心中突然觉得有些怪异，但是哪里奇怪，他又说不上来。他见医生已经安排好，就对袁惠芳说："我先回去，有什么事再给我电话。"

"别走，陪陪我好吗？"袁惠芳见状立刻拉住他的衣袖央求。

"等阿姨明天醒来，我会再过来。"张慕扬甩开她的手，大步往外走。

走到医院外，他打开手机，发现已经是半夜一点。他正要给苏可莹打个电话，不曾想背后突然伸出一双手，抱住了他。

"就不能陪我一会儿吗？"袁惠芳带着哭腔，"哪怕一会儿，我不想一个人在这里度过漫漫长夜……"

"可莹，要不要现在送他们俩住院？"肖钰语气轻松。只要油门踩到底，那两个抱来抱去的身影就会被撞飞。苏可莹并不说话，只是托腮看着医院门口拉拉扯扯搂搂抱抱的两个人。

"虽然看上去是那个女人主动，不过张慕扬明明可以给她一巴掌嘛。"肖钰握着方向盘，眯着眼睛分析。

"那个女人……实在有点讨厌。"苏可莹终于慢吞吞地吐出一句话。

"不过，你家男人也有问题……"肖钰撇撇嘴，不以为然。

苏可莹突然转过头，眼神犀利地看着肖钰，让她自觉地换掉要说的话，"好，你家男人什么问题都没有！真是，没见过你这样毫无道理地护食……"肖钰在苏可莹微冷的眼神里，声音越来越小。

"我说，要在这里等到什么时候？"还没过半分钟，肖钰有点不耐烦了，"捉奸要成双，现在正是好时机。喂喂，你看那寡妇是不是已经春心萌动，要对你男人下嘴了……"

砰！车门打开，苏可莹终于在肖钰唐僧般的唠叨中下了车，向正在拉扯不清的两个人走过去。

"要不要我帮忙？"肖钰兴奋起来，探出头问。

"只是想看热闹的话，离我远点。"苏可莹的声音比夜还冷。

张慕扬实在被袁惠芳纠缠得无语了，"惠芳，别这样，被人看见不好……你……自重点。"他的话，在袁惠芳耳中，根本一点作用都没有。

"袁惠芳！"他早就动怒了，若不是他们曾经有一段感情，现在已经把她甩到墙角，"我知道你伤心，但是……"话没说完，他看着路灯下走过来的妖娆女人，突然变成了一截木头。

袁惠芳见他终于不再推拒自己，心中一喜，正要环上他的腰，却被反应过来的木头人一掌推开。这一次，他手下没有留情，让她差点就撞到柱子上。不过，袁惠芳借着他的力，顺势就倒在了地上，痛苦地蹙着眉，眼泪汪汪地盯着他。

可惜，张慕扬并没有看她，袁惠芳顺着张慕扬的视线，看见了风情妖媚的苏可莹。苏可莹在来的时候稍微化了妆，夜色的灯光下，红唇白肤，眼角微微上扬，深紫色的小烟熏，眼波流转间，带着一丝魅惑。不输人也不输阵，这是苏可莹的原则。跟她抢男人，先要掂量好自己有几分重，值不值得她苏可莹亲自出马。

"夜宵都冷了，你还在这里和老同学聊天？"走到张慕扬身边，苏可莹似笑非笑。

"可莹……你……你怎么……"

"袁小姐，要一起吃夜宵吗？"苏可莹转过脸，看着地上一脸愕然的袁惠芳，弯出一个甜美的笑来，"我家男人一向不懂怜香惜玉，没伤着你吧？"

"不……不用了，我没……没事。"袁惠芳狼狈极了。

苏可莹浅笑，走到她身边，将她拉起来，什么话都没有说，只是眼神变得强势锐利，似乎在告诉她——不要打我男人的主意！

"听说，阿姨生病了，"苏可莹的语气轻柔优雅，"袁小姐也要注意自己的身体，晚上早点休息，毕竟亲人还需要你的照顾。"

"可莹，走了。"张慕扬虽然什么都没做，但是在这种场合被苏可莹抓住，感觉很糟糕。他急忙拉住苏可莹的手腕，不由分说地搂着她就往外走。

"还没和老同学告别呢，一点都没礼貌的男人。"苏可莹却拉住他，笑吟吟地说，"袁小姐，我认识一些肝癌方面的专家医生，如果需要帮忙的话，希望……"

张慕扬没等苏可莹说完，就拉着她大步离开。

肖钰将车开到两人的面前，有种好戏没看过瘾的表情。可莹应该给那女人两巴掌才对嘛，怎么看上去好像还很友好？上了车之后，苏可莹立刻抽回被张慕扬紧紧握着的手，脸上恢复了冰寒。

"可莹……你怎么知道我在这里？还有……你怎么知道袁阿姨是肝癌？"张慕扬一肚子的疑问。

"只要想知道，你就是去了火星，一样可以把你抓捕归案。"肖钰乐呵呵地说，"也不看看我们是什么人，这点情报都搜集不到，还做什么媒体人。"

张慕扬从后视镜看了肖钰一眼，示意她不要乱说话，"呵呵，这么晚了，你们还没休息……"张慕扬见苏可莹似乎在生气，立刻不问了，试图转移话题。

"你不休息，我们可莹哪有心情休息，老公都要跟其他女人……"

"你不要说话行不行！"张慕扬终于打断肖钰的话，有点恼火。

肖钰做了个鬼脸，专心开车，不说话了。

"今天晚上的事情，我可以解释。"张慕扬握住苏可莹的手。

苏可莹把手抽回来，一言不发地看着车窗外。

"可莹……"要不是碍于肖钰在场，张慕扬完全可以主动一点。

"你们俩都去公司？"肖钰问。

"是！"张慕扬立刻说。

"我去你家。"苏可莹说。

"意见不合可不行。"肖钰从后视镜里看着两个都带着点孩子气的人，扑哧一笑，"我先去公司，然后回我家。"

苏可莹不说话，张慕扬急忙点头，"麻烦了。"

到了公司门口，苏可莹并没有动，等着张慕扬下车。

"可莹，你也下车，我有话想对你说。"张慕扬打开车门，却没有下去。

"有什么话，明天工作时再谈。"苏可莹依旧冷漠。

"可莹……"张慕扬盯着她，摆明了她不下车，他也不会下去。

"喂，有点冷哦。"寒风吹进车厢内，肖钰被这种僵持弄得有些不耐烦，说道，"可莹，现在也不早了，实在不行，就不去我家了，都在公司休息得了。"肖钰就熄了火，推开车门，往公司的值班室走去，只留下张慕扬和苏可莹坐在车里对峙。

苏可莹伸手想要打开自己这边的车门，却被张慕扬一把搂住，"别走，要是生气，就骂我几句……"

"我没生气。"苏可莹语气很生硬。

"你骗我。"张慕扬没想惹她不高兴，这次真的是意外。

"我不反对你去探望病人，但是……你和病人亲属的关系……在门口搂搂抱抱，未免有些出格吧？"苏可莹终于按捺不住。

"对不起，是我错了，我根本没想到她会突然抱我……"张慕扬关上车门。

苏可莹实在不想因为一个不相关的女人大动肝火，这根本不值得。"这件事到此为止，不要让我遇见第二次。"苏可莹挣脱他推开车门，"我困了，别来烦我。"

"可莹。"张慕扬用力将她拉回来，继续搂着她，"我真的错了，作为一个有妇之夫，应该坚决拒绝别的女人任何形式的讨好和引诱，虽然我的立场一直是坚定的，但是因为行动上没有贯彻落实好，让你生气，应该受罚。"

"嗯，那就罚你晚上在车里过夜，在明天上班之前，不要在我眼前出现。"苏可莹掰开他的手，一只脚踏在车外，声音冰冷。

"换一个惩罚好不好？"张慕扬可怜兮兮。

"如果惩罚可以提条件，那就不成为惩罚。"苏可莹甩了甩长发，大步流星地离开了。

第二天一早，张慕扬拎着早餐进了办公室。苏可莹已经在办公室里忙碌起来，电话此起彼伏，她左手拿电话，右手拿手机。

"可莹，辛苦了。"看她终于挂断电话，张慕扬将早餐盒打开，推到她面前，"吃点早餐吧。"她没有看他，转过椅子，埋头就吃。

"可莹……"张慕扬还要说话，但是她又接起电话。

经理室的电话铃就没有断过，苏可莹趁着空当，终于淡淡地开口："你好像很清闲。"

"现在就去忙。"见她终于和自己说话，张慕扬立刻识趣地回到办公室。

苏可莹听到门关上的声音，抬起头，看了眼磨砂玻璃那边晃动的人影，眼眸闪亮逼人。张慕扬打开电脑，查看一些困扰他一整夜的问题的资料。

"可莹，你说你有几个肝癌专家的朋友，是吗？可以给我联系方式吗？"张慕扬推开门问。

"稍等。"苏可莹语气很工作化，她从手机里找出电话，写在便签纸上。

"今天没接到初恋的电话？"在张慕扬转身的瞬间，苏可莹冷淡的声音响起。

"谁的电话？"张慕扬停下脚步，显然没听清楚。

苏可莹唇角轻轻一扯，埋头于文件堆里，"晚上有个商业会餐，要是去医院，现在就去，别选晚上。"

"有你在就行。"张慕扬笑笑，突然走回她身边，俯身亲亲她的额头，这才回到自己的办公室。不一会儿，张慕扬又打开门冲着苏可莹一笑，"可莹，我有些事，要出去一下，晚上尽量赶去会餐。"

"肖钰，你去把芳芳手里的工作接过来。"苏可莹看见抱着文件走进来的肖钰，立刻说道。

"芳芳和小牧现在还没来上班，不会是真的出了什么事吧？"肖钰有些担忧，"我正想对你说，要不，放我半天假，我去看看有没有出人命。"

"别想偷懒，昨天的工作你还没做完。"苏可莹不悦，"他们不会有事，肯定是昨天晚上两个人喝多了，宿醉没醒。"

"瞧你说的，好像很了解他们，两个人手机一直关着，也许出了什么事。"肖钰耸耸肩，看了眼苏可莹的脸色，突然一笑，"可莹，你还在吃醋啊？夫妻哪有隔夜气，昨天晚上，不是已经惩罚了张慕扬……啊，刚才我见某人又匆匆地出门了，该不会……"

"张慕扬不在？"正当苏可莹想对肖钰发飙的时候，汪霞走了进来。

"和旧情人约会去了。"肖钰笑得很邪恶，瞟了眼苏可莹。

"他出去了，有什么事？"苏可莹瞪了眼肖钰，虽然她心里确实很不舒服，但是她不想在工作中夹杂太多的私人感情。

"挖到一批很优秀的作者，但是合同上，有一些纠结，他们希望有特别待遇。"汪霞有些为难。

"你现在是总编，自己掂量着，如果特别优秀，可以考虑一下。"

"他们确实是现在奇幻写手中数一数二的大神，不过……还是等张慕扬回来再说吧。"汪霞看了眼外面，突然压低声音，有些兴奋地说，"可莹姐，那个……刚才看见芳芳姐和小牧哥，好诡异的画面……"

"他们上班了？"肖钰立刻冲到门外，不一会儿，就退回来，"真的很诡异。"

"小牧缺胳膊少腿了？"苏可莹一脸没兴趣的模样，冷冷淡淡。

"不，是多胳膊多腿。"肖钰又凑到门边，看了眼外面，"马上你就知道了。"

苏可莹对她们的八卦很无奈，但是当她看到门外的两个人时，脸上的表情立刻凝固了。这幅画面还真诡异……白芳芳站在牧志刚的身后，拉着他的手，不胜娇羞，只这一个表情就已经很不可思议。好一会儿，苏可莹才缓过神来，"你们……有什么事？"

"你不是说迟到要来和你说原因吗？"牧志刚站在白芳芳面前，第一次如此"雄伟"，他看了眼身边小鸟依人的女人说，"因为昨天喝多了……所以……"

"知道了，去工作。"苏可莹因为袁惠芳，心情一直不好，所以挥挥手说，"都出去忙吧。"肖钰本来一脸看好戏的神情，但是见苏可莹这样没兴趣，立刻问道："芳芳，你们的手……"

火山美人白芳芳会和花花公子牧志刚手牵手，还温柔似水地靠在他身边。太不可思议了！

"讨厌。"白芳芳似笑非笑地瞪了肖钰一眼，立刻转身往外走。

"哎呀……我的骨头都酥了。"肖钰立刻跟出去，"芳芳姐姐，告诉妹妹，昨天小牧做了什么让你感动的事情？"

汪霞吐吐舌头，一溜烟地跑了出去，跟在肖钰身边。

"小牧，你稍等一下。"苏可莹突然想到什么，对春风满面的牧志刚说道。

"哦。"牧志刚立刻掩上门，走了回来。

"你和芳芳……"见只有他一个人了，苏可莹终于问，"你……是不是……"

"是。"牧志刚回答得倒是干脆。

"小牧，你对芳芳……你知道后果吗？"要不是两个人都是她的好友，她才懒得管这种闲事，但是她现在不得不关心白芳芳以后的幸福，因为牧志刚可是个感情乱套的人。

"那怎么办？做都做了。"牧志刚一脸无辜。

"你……有点道德底线好不好！"苏可莹恼了，站起来盯着他，"芳芳和其他乱七八糟的女人不一样，吃了窝边草，你就要对她负责。"

"好像是很麻烦。"牧志刚皱皱眉，郁闷地说道，"但是昨天晚上是她先主动的，如果不是她先脱……"

"不要和我说过程，重要的是结果！"苏可莹压低声音，恼怒地说，"你作为男人，如果不自愿，哪个女人能强暴你？"

"可莹，别这样说嘛，哪个男人能抵抗脱得光光的女人呢？何况又喝了点酒，老眼昏花，一不小心就酿成了大错。"牧志刚摊手，表情很无奈。

"没一点底线！以后不要让我看见你做对不起芳芳的事情。"苏可莹咬着牙。

"放心吧，不会给你带来麻烦。"牧志刚见苏可莹真的生气了，立刻赔笑脸，"顶多我对她负责嘛，干吗大动肝火……哎呀，今天慕扬又不在？和那个寡妇出去了？难怪你脾气这么大……"

"和张慕扬没关系，是你自己不分对象，见谁都……"苏可莹差点爆粗口。男人都这样没底线吗？张慕扬也是，只要接到旧情人的电话，立刻一溜烟地跑得无影无踪，把她留在这里算什么？

"真生气了？"牧志刚立刻一本正经，很严肃地说，"好吧，你说得对，我也老大不小了，应该找个老婆，不能天天去那些风月场所。所以，从今天起，我会对芳芳负责……"见苏可莹一脸冷峻，还是没一丝笑意，他声音一软，带着哭腔说，"可莹，你以为我以后能摆脱那只母老虎吗？早上芳芳差点把我杀了，逼着我发誓娶她，才留我一条小命。我一点没赚到，还倒赔后半辈子的幸福，现在又被你骂，我容易吗我？"

"这样最好。"苏可莹牵牵唇角，终于坐了回去，"你是该找个人管管了。"

"我现在可以出去了吗？"牧志刚见她脸色缓和下来，立刻问道。

牧志刚走了出去，苏可莹终于缓缓绽开一个笑容，她没想到一夜过去，竟然解决了团队两个最让人头疼的单身男女的终身大事，真不知道是福还是祸。

"可莹，张慕扬又去找那个寡妇了？"还没等苏可莹笑完，经理室的门被白芳芳一脚踹开。

"谁说的？"苏可莹眼神扫过白芳芳身后的肖钰。

"别管是谁说的，你快成为他未婚妻了，怎么可以对这种事情一点都不管？"白芳芳非常生气，拍着办公桌说道，"谁会歌颂你的大度？爱情要是不自私一点，就会拱手他人！"

"过了一夜，果然变了不少。"苏可莹淡淡地看了她一眼，翻着文件说道，"是不是非要把他手机里所有异性的号码都拉黑，监视他每一条短信，这样才不会把男人拱手他人？"

"牧志刚对你说我删了他手机里的异性号码？"白芳芳立刻拧着眉头。

苏可莹被她这句话惹得发笑。看来一物降一物，芳芳和小牧，还真是极品对上了极品。她不想和白芳芳争论，于是说道："没有，我只是打个比方而已。"

"反正，你再这样，早晚那个小子会背着你偷吃。"白芳芳跺跺脚，"真不知都你到底会不会喜欢一个人，懒得说你了，以后……"

"也许我是不会喜欢，"苏可莹轻叹口气，低声说道，"但是我会信任。当我发现那个人不再值得信任，感情的基石就会碎裂……"

"然后不说一句话就分手？你不觉得这样太便宜对方了？"白芳芳的爱情观点和苏可莹不一样，她对苏可莹有点恨铁不成钢。

"说正事，牧志刚以后的工作，免不了和女人打交道，你不能太任性。"苏可莹提醒道。

"哼，只要不去我划的禁区，工作上的事情，只要不过分，我就不管。"白芳芳脸红了，嘟着嘴看着窗户。苏可莹看见她眼里的一抹娇羞，唇边浮起微笑。女人果然善变，尤其是有了男人之后。

张慕扬又去了医院，这次他身边多了一个朋友。

袁惠芳没想到还没打电话，张慕扬就来探望，那种高兴溢于言表，立刻忘了昨天晚上的失落和伤心。

"今天有些忙，和朋友要参见一个宴会，所以顺路先过来看看袁阿姨。"

"你的气色……看上去不太好，昨天晚上……是不是她生气了？"袁惠芳咬着唇，十分不安，却喜闻乐见张慕扬和苏可莹不和。

"没有，她哪有那么小气。"张慕扬立刻摇头，"只是我这几天没休息好，不碍事。"

"慕扬，她真的就那么好吗？"袁惠芳不觉有些灰心，指甲都嵌进了掌心。

"至少在我心里，是最好的。"张慕扬转头对坐在床边握着袁阿姨的手的朋友说，"我们先走吧，时间不早了。"

"哦，好。"那个戴着眼镜的高瘦中年人立刻站起身，将老人家的手放好，微笑着说，"阿姨，有空再来看您。"

因为有其他人在，袁惠芳无法再留张慕扬，只能眼睁睁地看着他和那个人离开。主治医生与他们相向而行，多看了两眼张慕扬和他的朋友，嘀咕着走到袁惠芳面前，

"刚才那个人有点面熟……"他感觉好像在哪里见过那个高瘦的戴着眼镜的中年人，却一时想不起来。

"人家是大老板，怎么会和你相熟？"袁惠芳冷哼一声，不无嘲讽。

"真的很面熟，好像哪里见过。"主治医生对她的讽刺已经习以为常，他看着两人消失的背影，摇了摇头，平时见的病人太多，实在想不起来在哪里见过那个中年人。

事实上，主治医生确实和张慕扬带来的朋友见过面，那个人正是中医界肝病防

治领域鼎鼎有名的李方松。只是李方松今天戴了副眼镜，也稍微变化了造型。

"那个袁阿姨，五脏六腑有点小毛病，但并不是原发性肝癌。"李方松刚走出来，就对张慕扬说道，"如果只看脸色，确实有点像肝癌，可是我在握手的时候把了脉，也和她聊了几句，还看了她挂的输液袋，一切迹象都显示她并没有到肝癌晚期，只是被注射了某种西药……"

"被注射了什么？"张慕扬脸色微沉，果然其中有问题。

"我也不太清楚具体是什么，毕竟不能详细询问，只靠望闻问切没法确诊。"李方松摇头说道，"但是可以确定，她现在身体很虚弱，正是住院的缘故。"

"如果把她送到你那里……"

"针灸加调养三个月，再观察一段时间，注意饮食，保证老人健健康康。"李方松自信满满，但是紧接着，他担忧地说，"可是你不是她的直系亲属，并不能做主。"

"我会想办法让她离开这里。"张慕扬沉思着说。

"越快越好，要是再这么输液下去，对身体会造成不可逆转的伤害。"李方松点头沉吟道，"老人的身子骨经不起这样折腾，反正你弄好了给我电话。我和可莹他们是多年的朋友，有什么事情一定帮忙到底。"

"谢谢，今天多有麻烦。"张慕扬有些歉意。

"别客气，以后都是一家人。不过可莹也真是，有了未婚夫也不通知我们，太过分了。"

苏可莹没想到快一年未见的老朋友会和张慕扬一起来公司。一起简单地在公司吃了午饭之后，李方松就告辞了，只剩下张慕扬和苏可莹在办公室里大眼瞪小眼。

"刚才看见芳芳和小牧，感觉怪怪的。"张慕扬一直想不通。

"他们挺好啊。"苏可莹从身后的书柜里拿出一本书，坐在沙发上翻看起来。

"我怎么感觉芳芳像是变了一个人……"张慕扬摇摇头，总觉得哪里不对。

"接下来，你打算怎么做？"苏可莹单刀直入。

"什么？"张慕扬和苏可莹说话，反应总是慢一拍。

"袁惠芳的姑姑，你打算怎么做？"

"我正想和你商量，征求你的意见。可莹，你觉得怎么把袁阿姨接出来最好？"

"我怎么知道？"苏可莹皱皱眉，语气有些冷，"袁惠芳想要的东西没得到，她会允许一个外人把她姑姑接出院？"

"还在生气啊？"再迟钝也听得出她语气里的不高兴，张慕扬看着她冷冰冰的小脸，心中却有着淡淡的甜。就像小牧和铭兴说的那样，能够让可莹吃醋，说明她很在意自己。

"我只是在谈事情。"苏可莹合上书，非常公式化。

张慕扬看着她冷冷的脸，突然扑哧一声笑起来。

"你笑什么？"苏可莹很不悦。

"你吃醋的时候其实很……"

"张慕扬！你的事情我不管了！"苏可莹手中的书准确无误地飞到他身上。

"把袁阿姨接出院，我就不会再和袁惠芳见面。不，从现在开始，我都不会。"

"有些话说出口，要记得兑现。"苏可莹打断他的话，眼里闪过笑意。

"可莹，那……是不是彻底原谅我了？"张慕扬脸上泛起一片可疑的红晕，"晚上不会让我睡车里了吧？"

"你的办公桌上放着一堆文件，先去处理掉。"

"遵命。"张慕扬心里无比雀跃。

二十七　活着才有无限的可能

深夜，病房里很安静。蓝玥看着坐在陪护床上抱着笔记本上网的许尧，眼眶渐渐湿润了。

"芳芳和小牧在一起了，真是不可思议。"蓝玥突然说道。

"这个世界每天都会发生不可思议的事情。"许尧盯着屏幕，懒洋洋地应声。

"明天出院后，你就不会再来见我了吧？"蓝玥垂下眼睛。

"以后见面的机会很多。"许尧调出苏可莹给他的公司详细资料，边看边说。

"真的打算留在张慕扬的公司里？"

"你已经问了很多次，我不想重复回答这个问题。"许尧皱皱眉。

"小尧，张慕扬和可莹现在很好，不是吗？"蓝玥的声音很低，"别再和自己过不去了，只要可莹幸福，不就够了？"

"喂，你是不是关心过头了？先养好你自己的身体再说。"许尧明显不高兴，沉下脸，盯着屏幕。

"其实你不是多余的人，对苏可莹来说。"蓝玥轻轻调整了自己的姿势，盖紧被子，将脸埋进枕头里，"你不知道，真正被忽视的感觉是什么。"

"如果失眠的话，我会让护士拿一点安眠药给你。"许尧态度冷淡。

"还记得很小很小的时候，我们都是自卑又自闭，想被人重视，怕被遗忘和忽视。那个时候，为了吸引别人的注意，我们会用很多极端的方式。"蓝玥像是在回忆，声音很低，梦呓一样，"我喜欢哭，只要一哭，注视在自己身上的目光就会多起来；而你，只要许睿和可莹不小心忽视了你，你就会惹是生非，甚至打架斗殴，然后，许睿会责骂你，可莹就会护着你……"

"这群工作狂，也不知道来换班，每天就知道工作。"许尧用力敲敲键盘，很不悦地打岔。

"至少还被自己喜欢的人呵护过，不像我……"蓝玥有些冷，空调开得很暖，但是她的手指渐渐冰凉起来，"可能死了，也没人为我流泪。"

"说够了没有？"许尧终于发怒，"说够了的话，就给我睡觉！"

"有时候真觉得像是一场梦，二十多年来，整颗心都是空的，偏偏空空的心，会感觉到疼痛。"蓝玥唇边浮起了一丝若有似无的微笑，"小尧，你说明明是喜欢，为什么要用喜欢去折磨？难道恨的感觉比爱更深刻吗？"

许尧不再说话，他准备十分钟后去问护士要安眠药。

"可莹订婚那天……我可能不会去了，虽然很想看见曾经一起长大的朋友幸福……"蓝玥微微睁开眼睛，眼前却一片漆黑，"小尧，你替我去祝福吧……"

"你的脸色怎么那么难看？"许尧瞥了她一眼，本来要收回视线，突然发现蓝玥的异样，"哪里不舒服？"他跳下床，走到她身边，想要按床边的护士铃。

"我很好……"蓝玥眼前的许尧已经模糊，她伸出左手，无力地抓住他要按铃的手，颤抖地扯出一个虚弱的苦笑，"小尧，我想了好久……果然很多事情，拿得起，放不下……也许只有死了，才能彻底解脱……"

"闭嘴！"许尧脸色苍白，急忙拽掉她冰冷苍白的手，按了护士铃。

"你这么好……会遇到很多很多的女孩子……"蓝玥依旧在说话，但是她快听不到自己的声音，"小尧，下辈子……再遇到你……你会喜欢我吗？"

"我让你闭嘴！"看着蓝玥那张惨白的脸，还有青色的眼圈，许尧心痛地吼道。

"我倒是希望……下辈子我能成为男人……"蓝玥迷迷糊糊地说道，"哪怕像许睿那样，转眼即逝的爱……也好过一生一世毫无希望的感情……"

淡淡的血腥味在病房里弥漫，当护士掀开被子时，白色的床单和压紧的被子里，是触目惊心的红色，潮湿温热的液体，还在顺着蓝玥手腕上深深浅浅的几道伤口往下滴落，锋利的水果刀卷在被子里，沾满了血液。许尧捂着胃，突然想吐，他从不知道一个人的身体里，可以流出这么多的血。血腥味刺激着他的鼻子，视觉和嗅觉的冲击，还有心灵的震撼，让许尧终于弯着腰干呕起来。当张慕扬和苏可莹赶来的时候，许尧坐在抢救室外面的长椅上，脸色苍白，像失了魂。蓝玥让他看到了生命在死神面前的脆弱，痛苦、幸福、得失在死亡面前根本不堪一击！

张慕扬坐到他身边，拍拍他的肩膀，一言不发。苏可莹也没有说话，只是看着抢救室亮着的红灯，焦急地等待着。许久，抢救室的灯光才熄灭，医生和护士走了出来，张慕扬和许尧都紧张地站起来。医生拉下口罩，长出了口气，"幸好发现及时，现在抢救过来了。"短短的一句话，让所有的人都松了口气。

许尧擦擦额上细密的汗珠，突然冒出一句："我要吃点夜宵。"说完，就往电梯间走。

"慕扬，你去陪着他。"苏可莹匆匆地嘱咐，立刻迎上躺在推车上挂着血液袋的蓝玥。

"好，这边你先照顾着。"张慕扬立刻点头，追上许尧，"医生说没事了，别担心。"

"你说谁担心？我只是饿了而已！奇怪，你跟来干吗？也饿了？"

"要是我遇到这样的事情，可能胃口没你这么好。不过能吃能喝没心没肺会活得比较开心一点，所以，还是挺羡慕你。"

"能把你这句话理解成赞扬吗？"

"可以。"

"张慕扬，现在没有别人，不用和我假惺惺。能容忍我到现在，也算是不容易，我还记得你对我的忌恨……"

"可莹在乎的东西，我也会在乎。你对她来说，是不可或缺的亲人，我除了接受，还有别的选择吗？"

"你们这种人只会满嘴的仁义道德，其实心里还是恨我入骨的，对吧？"

"也许你说得对，如果没有比仇恨还要深刻的爱，我可能会想方设法报复你。"

"张慕扬，我可以不让那些东西出现在媒体上，不过，你要答应我一个条件。"

听到许尧突然提到录像带和照片，张慕扬疲惫的神经突然绷紧，他按捺下心中的激动，顿住脚步，"什么条件？"

"一个男人如果一辈子吊死在一棵树上，未免有些可惜。"

张慕扬皱皱眉，并没有说话，安静地听他继续说下去。

"据我所知，那个袁惠芳是你的初恋情人，而且现在还对你一往情深。"许尧伸手拍拍张慕扬的肩膀，顺势揽着他的肩头往前走，"她单身一人，没有子女，又继承了很多的钱，而且还有自己的私人医院和股份，不管哪一方面的条件，都很诱人不是吗？"

"什么意思？"

"放弃苏可莹，找她也不错。"

"没有可能。"张慕扬坚定地摇头，"要是我和她之间还有希望，不用你提醒，我在纽约就会跟她走。"

"就当是逢场作戏，男人嘛，对到了嘴边的东西，不该拒绝。而且这是人财两得的事情，别糊涂了。"

"糊涂的是你。"张慕扬拨开他的手，冷冷地说道，"可莹对我来说，亦师亦友，更是不可分离的恋人，我会尽力给她幸福，绝不会辜负她。而且可莹对你那么好，你也应该成全她……"

"也就是说，你不准备要那卷录像带了？"许尧打断他的话，将手插在裤兜里。张慕扬就这样通过了考核？想想还是不甘心……

"如果你真的要把那种东西拿给媒体，那我也没办法。"张慕扬沉吟片刻，终于下定决心，"不过我已经表了态，也想清楚了……其实，你也知道其中利害，何必做这种对自己没好处的事情？非但伤害了你喜欢的人，还把自己也推向深渊。"

许尧耸耸肩，"无所谓，爱情一向如此，爱得起也要恨得起。"

"就像蓝玥那样？"张慕扬问道。

许尧脸色微变，又有点想吐，虽然胃里空空的。

"我还是比较珍惜自己的生命。"许尧在夜风中裹紧衣服，"毕竟，活着才有无限的可能。"

在医院走廊拐角处，苏可莹拿出一份合同递到许尧面前，"这是我和慕扬做好的合同，如果你真的想留下来和我们一起努力，签上你的名字，以后你也是股东……"她话还没说完，突然被许尧紧紧抱住。

"许尧，你……"惊愕片刻，苏可莹突然察觉自己耳边湿湿的。

"我是浑蛋。"许尧痛苦地闭上眼睛。

"怎么了？"苏可莹抬手摸向许尧，果然满脸泪水。

"我要是有一天消失了，你会不会再到处找我？"许尧想起在最叛逆的青春期，因为哥哥的管制，他经常玩失踪，但苏可莹总会第一个找到他。

"说什么傻话？如果你愿意留在萤火，我们一起为未来努力，怎么会突然消失？"苏可莹有种不好的感觉，许尧经历了两次生死离别，这次蓝玥自杀对他的刺激很大，她有点担心。

"你不会抛弃我？"许尧再次问道。

"即便以后老了，儿孙满堂，我们也是亲人啊。"苏可莹宽慰他，她现在不敢说任何刺激他的话。

许尧不再说话，只是紧紧抱着苏可莹，直到泪水都已经挥发了，他才放开她，"张慕扬都准备好了吗？"

"准备什么？"苏可莹看着他还有些湿润的眼睛。

"订婚仪式。"许尧挤出一丝微笑，低下头，"马上就是除夕，他准备好怎么求婚了吗？"

"这个啊……"苏可莹恍然大悟，"最近太忙了，差点忘记这件事……慕扬也是太忙，职工放假，正是他加班的时候，哪有时间去忙这些？"

"这么重要的事情，他怎么能……"

"没什么，小牧早就定好了饭店，现在正在酒店里布置呢。到时候朋友们一起吃个饭，就算是订婚宴了。"苏可莹淡淡一笑，"反正我对这些形式上的东西不感冒，也懒得折腾。"

"这么随便？那岂不是太便宜了那小子？"许尧沉下脸，很不满意苏可莹对这种事情的无所谓。

"以后都是一家人，只要都过得幸福就可以，不是吗？"苏可莹反问，笑着用合同敲敲许尧的胳膊，"合同拿去看看，这可是慕扬和我花费了很多时间，修改了十多遍才定下来的。别多想，我去通知一下大家，下午五点都要到场，包括玥玥。"苏可莹见许尧有些发怔，笑着将合同递到他的手中。

"可莹，等一下……"许尧突然喊道。

"还有什么事？"

"你订婚……我有礼物想送给你。"许尧憋了半晌才说道。走廊的光线不是很明亮，让他的侧脸显得很深邃。

"用得着和我这样客气吗？"苏可莹笑起来。

"你和哥哥的那栋房子，已经过到你的名下。"

"什么？我怎么不知道？"对这份大礼，苏可莹十分意外和惊讶。

"张慕扬帮你办的手续，你要是知道，一定不会签收。明天我就回美国，我知道你们不想见到我……"

"像你这样的人才，要是流失了，对萤火来说，是损失。"突然，一个声音插进来，张慕扬从门后现身，站到苏可莹的身边，"当别人的理财顾问，哪里比得上自己做老板？许尧，签字吧，萤火和大家都需要你。"

"不用打肿脸充胖子，明明很讨厌我，何必违心地把我留下？"许尧看着张慕扬，笑容有些黯淡，"我要是真的留下和可莹共事，你能安心吗？"

"许尧，留不留你自己想清楚，没有人会强迫你。"苏可莹说道。

许尧看着两个人，眼睛有些刺痛，转身就走。

二十八　爱是恒久忍耐

墓地的天空出奇的蓝，今晚就是除夕，墓地里几乎没有人。

许尧看见许睿的墓前放着一束鲜花，知道早上苏可莹来过这里。要订婚了，她一定会来这里告诉许睿。

"哥哥，我也觉得自己有点多余。"点燃一支烟放在墓碑边，许尧苦笑，"那个书呆子是真心对可莹好。你放心，我试探过了。"他将一盘录像带拿出来，扯出带子，点燃。

"我根本不会把这些东西公之于众，张慕扬并不笨，他的心里也很清楚。"许尧一边烧，一边苦笑，"因为他知道，我的爱虽然自私，但是并不比他的少。而公布这种东西，只会让可莹彻底抛弃我……是我一开始就做错了。哥哥，我总是不甘心，总是想要得到，总是为了追寻一种幸福而忽略另一种幸福……一个人的时候，我会在孤单的夜里想，被当成弟弟，也并不是那么难以忍受，至少对我们这种被抛弃的人来说，也是一种慰藉。"

"明明是喜欢，为什么要用喜欢去折磨？"许尧喃喃地重复着蓝玥自杀前的话，"难道恨的感觉比爱更深刻吗？"

"根本不是这样……你教过我，爱是恒久忍耐……"

张慕扬远远地看着坐在墓碑前的许尧，在空寂的墓地中，那个身影格外孤独。要是许尧真的一个人在异国他乡，只怕苏可莹还是会放心不下。默默地看着许尧自言自语地烧着什么，直到太阳快落下，张慕扬才走上前。

"今天公墓五点就会关闭。"他走到许尧身边，看了眼时间。

落日金色的余晖明亮而不耀眼，让所有的风景都镀上了淡淡的金色。

"你怎么来了？"许尧刚点燃一支烟，吐着烟圈，淡淡地问道。

"宴会都快开始了，但是少了一个人……"张慕扬微笑，半蹲下来，整理着被风吹得有些凌乱的花束，"可莹说那个人非常重要，必须要见证这一刻，我只好出来寻找。"

"我会去的。"许尧看了他一眼，"倒是你，今天晚上的主角，好像不该出现在这个地方吧。"

"我是奉命前来，顺便对这个人说几句话。"张慕扬伸手指向墓碑上许睿的照片，"感谢他曾经用生命去爱我的未婚妻，我也会爱她像爱自己的生命。"

"不用说这些，没用的。哥哥听不见，也看不见。"许尧冷冷地说道。

"可是，"张慕扬转头看着许尧，目光坚定，"你能看见，也能听见。"

"那又怎样？"许尧弹弹烟灰。

"留下来监督怎么样？"张慕扬微笑地看着他。

"监督？"许尧愣了愣，随即大笑起来，"算了吧，你不会给我反扑的机会。"

"许尧，我是认真的。"张慕扬眼神诚挚，"留下来，我们可以做朋友。"

"张慕扬，是我小看你了，我以前并不知道有的人可以以退为进，有的人真的能大智若愚，还有的人可以欲擒故纵。"许尧笑容落下，轻声说道，"听说你已经把袁惠芳的姑姑接出院了，还成了她的干儿子。"

张慕扬没有说话，他是成为了袁阿姨的义子，请了律师利用自己的新身份，将袁阿姨接出院，移交给自己人照料。他不再是百无一用的宅男，他现在有自己的智囊团，应对任何事情都轻而易举。袁阿姨出院，他也可以慢慢地摆脱袁惠芳的纠缠。

"好了，看看这是什么？"许尧指着地上一片焦黑的灰烬，"录像带已经烧掉了，你不用再担心我会做出什么出格的事情来，也不必忍受我的无礼。现在，你完全可以……"许尧话还没说完，脸上就结结实实地挨了一拳。

"谢谢，我是忍了很久。"张慕扬收回拳头，看见许尧唇角渗出血丝，他的笑容格外温暖。他从一开始就清楚许尧这样聪明的人，不会做出公布录像带的傻事，只是到了今天才彻底放心。

许尧擦了擦嘴，对张慕扬微微一笑，站起身，"我早就知道你看我不顺眼了，恰好我也很讨厌你。"

"我只是代许睿教训你而已。对犯了错的孩子，不能心慈手软。"

"你有什么资格代替哥哥？"许尧一拳挥了过去，"不要以为可莹承认了你，我也会认同。"

"只要可莹承认，那就够了。虽然我也不想认同你，但是可莹把你当成了弟弟，作为你的姐夫，因为你过去的所作所为，揍你一顿不过分吧？"

"姐夫？你还真会乱扣帽子，这一辈子，我只有一个哥哥。"

两个人在许睿的墓前拳打脚踢，落日最后的余晖落在墓碑上的照片上，那个英俊的男人的唇角噙着永远不会改变的微笑。

酒店里已经炸开锅了。

"董事长哪里去了？怎么还没来？"

"外面有几家媒体还准备跟踪报道这次订婚仪式呢，张慕扬怎么还不来？"

"电话一直打不通，许尧也不见了。"原本说五点准时到场，可是现在都六点了，还不见两个人的影子，连最镇定从容的宴会女主角苏可莹都有点坐不住了。

"可莹，要不要报警？"肖钰没想到这一次来了这么多的人，本来说只请好朋友们，现在却变成了一场商业龙头的盛大宴会。许多合作伙伴的老总都来捧场，原本定的房间不够，好在牧志刚和酒店的经理认识，将一楼大厅全包下了，临时布置成一个大型的晚宴。

"你就别添乱了，可能是路上堵车，再等等。"苏可莹一直保持着笑容，可是心里却很担忧，开始后悔让张慕扬一个人去找许尧。

而此刻，张慕扬和许尧正在墓园的围墙边打转。

"都怪你，现在看墓人都回家吃年夜饭了，怎么出去？"许尧脸上青一块紫一块，在暗淡的暮光中，他十分恼怒。

"是你耽误了太久，还把手机都摔坏了，现在想报警求救都没办法了。"张慕扬也没好到哪里去，鼻青脸肿地研究着高大的围墙。

"看来今天晚上你还是成了落跑未婚夫。"许尧突然心情人好地调侃。

"这边的地势稍微高一点，你托我上去，看看能不能翻过去。"张慕扬不理会他的嘲讽，指着一处地方说道。

"凭什么我托你上去？"许尧哼了一声。

"我上去之后再拉你上去……"张慕扬看了他一眼，想笑，却牵动了受伤的嘴角，倒吸了口凉气，"你不是不信任我吧？得了，都这个时候了还闹什么脾气？果然是孩子心性……"

"喂，你说什么？"许尧拧起眉毛，好像这个男人没比他大到哪里去吧。

"今天已经够够倒霉了，原本好好的订婚宴，结果男主角鼻青脸肿地回去，你已经赚到了不是？"张慕扬走到最高处。

"这样就算赚到了？我倒是想和你换一个身份，哪怕断手断脚，只要能当可莹的未婚夫，也足够了。"许尧走到他身边，看了眼高高的围墙。

"以后她是我的老婆，你不要再妄想什么，否则……"夜色中，张慕扬那双一直带着春风般笑意的眼眸闪过一丝寒意，"我不会就这样放过你。"

"你要是对别的女人有妄想，我也不会放过你。"许尧不甘示弱地回敬。

"你先上还是我先上？"

"当然是我先上！你蹲下。"许尧说道，"上去后，我解下皮带拉你。"

看了眼三米多高的围墙，张慕扬半蹲下来，"小心点。"

许尧踏上张慕扬的肩头，等张慕扬站起来，就右手搭上墙头，利落地翻了上去。"张慕扬，如果我现在丢下你去酒店，你猜可莹会怎么想？"许尧坐在墙头，看着下面的男人。

"反正不会承认你是她的未婚夫。"受伤的肌肉被笑容牵动，张慕扬吃痛，"顶多等明天墓园开了，我回去向她解释。"

许尧撇撇嘴，真是无趣的男人。他伸手解开皮带，"不知道我的皮带够不够结实，要是中途断了，摔死了你，别怪我。"

夜色深沉下来，正在酒店里的众人都沉不住气四处寻找张慕扬的时候，酒店外一瘸一拐地走进来两个灰头土脸的年轻男人。

黄富锦看了许久，才急忙迎上来，"天啊，慕扬，小尧，你们这是怎么了？"

"不好意思，路上有点耽误……"张慕扬没想到一个下午而已，酒宴变得这么盛大，他不记得自己请这么多的人。东子传媒的CEO，华兴游戏的项目经理，中宇网总裁……每个都是数一数二有头有脸的新锐人物。

"你们在搞什么？打架了？"苏可莹穿着华贵的晚礼服，顾盼生姿，见到两个人，立刻提着裙角走上前，微恼地压低声音说道，"赶快洗洗，去休息室里换衣服。"

"是。"张慕扬立刻和满脸无所谓的许尧往洗手间走去。

"这种造型未免太别具匠心了。"肖钰咯咯笑着，"小扬扬可真是为这个订婚宴煞费苦心。"

"你少说几句话会哑巴吗？"苏可莹终于放下心来，虽然张慕扬看上去受伤不轻，但好歹人回来了，没有落跑。

"嗯，我看张慕扬还是想上新年的新闻头条，所以弄出这样的造型。"白芳芳靠在牧志刚的身边，笑容娇俏。

"那就祝愿明年的萤火蒸蒸日上，早日成为上市公司！"牧志刚摇晃着香槟，突然开启，香槟喷射开来，人们纷纷尖叫。

"小牧，主角还没出来，你怎么可以抢别人的风头？"

"想被开除了！"

"坏蛋，弄脏我的裙子了……"

苏可莹在一片混乱中，走进休息室，"你迟到了两个小时。"她靠在门边，看着正换衣服的张慕扬。

"对不起，因为我在解决一件很重要的事情……"

"就是打架吗？"苏可莹走到他身边，伸手扣住他的下巴，审视着他脸上的伤口，"你知不知道自己的身份？和许尧打成这样，幼稚！"

"对不起……"

"你现在是萤火传媒的董事长，不是街头的小混混！"苏可莹松开手，还是忍不住想责骂他，"以后无论发生什么事情，不要让我看见你脸上挂彩，很好看吗？真是……让那些媒体笑话……"

"我错了，以后不会了。"张慕扬勉强弯出一个笑容来，唇边青肿，一笑就痛。

"我让华姐去买药膏了，还有哪里受了伤？"苏可莹白了他一眼，仔细检查他身上的伤口。

"哟哟，你们真是猴急啊……还没开始订婚呢，就这样你侬我侬，摸来摸去……来来，先亲一个。"突然，休息室的门被推开，一大群人拥进来，趁机调侃苏可莹和张慕扬。要知道，平时想欺负聪慧强势的苏可莹实在太难了，而张慕扬现在又是顶头上司，难得今天有这么好的机会，众人哪会轻易放过他们俩？

"可莹，你脸红什么？"

"哎哎，董事长，你的手放哪里呢？"

"张慕扬，你现在会不会亲着美人都没感觉了啊？嘴唇是不是很麻木？来，这边换一个美女给你……"

新年的钟声响起，原本小型的订婚晚宴变成了盛大的新年PARTY，热闹非凡。

许尧抱着胳膊在酒店的二楼斜靠着栏杆，疏离地看着热闹的人群，看着一直坐在落地窗边的蓝玥。她的身边有大群关心她的朋友，还有一个殷勤的男人——秦鹏。他正剥好了香蕉，递到蓝玥的嘴边，"玥玥，医生说吃点香蕉没事的。"

从他们身上收回视线，许尧低下头，看着自己的脚尖，到最后，他还是什么都没得到。不过感情真是奇妙，有些人不到最后，永远不会说出藏在心里的话，就像秦鹏。许尧觉得自己留在这里真的有些多余，抬头看了眼时间，是该走了。

"哎呀，对不起对不起……"突然，刚换上的西服被泼洒上了红酒，一个年轻的女孩不住地低头道歉。

"你在擦哪儿呢？"许尧甚觉好笑地看着这个手忙脚乱的小女孩，她正拿着餐巾纸擦拭他的西服下摆，丝毫不觉得那是不该碰触的地方。

她的脸猛然涨红了，无措地住了手，呆呆地看着眼前英俊的男人。

"你是这里的职员？"许尧发现她有一双异常漂亮的眼睛，像是乌溜溜的黑玉，像极了小时候的苏可莹。

"小尧，不准碰我的表妹！"肖钰的声音横空出现，她三五步跨上楼梯，将那个清秀稚嫩的小女孩拉到自己的身后。

"你什么时候有表妹了？"许尧看着肖钰，歪着头问。肖钰的背景他还能不清楚？这个所谓的表妹，肯定是她某个男友或者同事的亲戚。

"他刚才是不是对你动手动脚了？别怕，有表姐在，谁都不会欺负你。"肖钰不理许尧，转头问那小女孩。

"拜托，姐姐你弄清楚，刚才被非礼的是我好不好？"许尧耸耸肩，一句话弄得小女孩更是满面羞红。

"不要看别的女人！"楼下，白芳芳很不满地捏住牧志刚的下巴，一双眼睛闪着寒光，"牧志刚，新春佳节，别惹我闹出什么流血事件。"

"姑奶奶，我哪有看别的女人，我只是在看一个客户而已。"牧志刚欲哭无泪，"我们不是约法三章，说好了不要插手我工作上的事情，否则……我找可莹评理去。"

"哼，早晚把你解决掉，看你还有没有精力去看别的女人。"白芳芳松开手，突然柔情款款地抱着牧志刚，"其实人家也是关心你，我们也赶紧结婚吧……"

牧志刚打了个冷战：为什么我要被这种喜怒无常性子火暴的女人勾引了？

陈铭兴则和他挺着大肚子的老婆坐在角落私语，孩子还有几个月才出生，他已经开始享受当父亲的喜悦，为孩子起着各种各样的名字。

张慕扬和苏可莹悄悄从人群中溜走，牵着手，回到那间熟悉至极的屋子。

张慕扬拿回了钥匙，但并不是白白接受，而是也给了许尧一次机会，让他留在萤火，分股份给他。至于这个机会许尧在不在乎，就和自己无关了。

这间房子，是苏可莹最依恋的家，而且，他们的相识是从这里开始。所以，一切兜了个圈，应该还是完整的才对。张慕扬喜欢完美的结局，就像他写的小说那样，天下有情人应该终成眷属。打开房门，首先冲出来的是苹苹果果，衔着毛茸茸的拖鞋。苏可莹看见满屋子的玫瑰，馨香得让人迷醉。所有的布置和原来一样，包括花瓶的位置，瓷器的方向，甚至是书的摆放……只是墙壁被贴满了玫瑰花，地上也铺满了花瓣，水晶灯下，像是一片花的海洋。

　　"好浪费……"睖睁片刻，苏可莹叹息着说。

　　"我也觉得有些浪费，但小牧说要照顾他朋友花店的生意，所以我就买下所有的玫瑰花。"张慕扬十分没情调地附和，"我更喜欢那个巧克力做的心，过来看看。"

　　她感动的不仅仅是这满墙满墙的花朵，更是张慕扬清清楚楚地记得这栋房子里每一个细节的摆设，并且细心地完全还原，和原来没有一丝差别。张慕扬对自己的记忆力也非常佩服，他去小木屋里把原本属于这里的东西又拖了回来，然后凭借记忆，一点点拼凑完整，这可花费了他不少的精力和时间。

　　打开卧室门，苏可莹看见巨大的用巧克力拼成的心形。

　　"至少这个还可以留着慢慢吃掉。"张慕扬更喜欢巧克力，而不是很快就枯萎的玫瑰花。他伸手从最上面拿下一块巧克力，递到苏可莹的唇边，"老婆，新年快乐！这是我的心，请品尝。"

　　还没成为"老婆"吧？苏可莹看着他温暖的眼神，咬了一口，"很苦。"

　　"不会吧？"张慕扬将剩下的一半巧克力放在自己的口中，"明明很甜。"

　　伸手扯住眼前男人的领带，苏可莹笑得比玫瑰还娇艳，可能是今天晚上她太开心，又有点醉意，醉得看着满脸青肿的男人，都觉得无比英俊。

　　"很甜吗？"苏可莹没有任何预警地吻上他那薄润的唇。

　　她不清楚这个男人有多爱自己，她只知道，能够在许睿离开之后，再遇到张慕扬，是上天赐予的最美好的缘分。

　　张慕扬脑中一片空白，好半响，才在她主动热情的吻里，找到了自己的灵魂。他好喜欢好喜欢这个女人，喜欢得身体和灵魂都要发疯了……嗯，尤其喜欢她主动的时候……

图书在版编目（CIP）数据

穿PRADA的宅男 / 贺扬著.— 北京：北京理工大学出版社, 2010.10
ISBN 978-7-5640-3741-3

Ⅰ.①穿… Ⅱ.①贺… Ⅲ.①长篇小说－中国－当代 Ⅳ.①I247.5

中国版本图书馆CIP数据核字(2010)第166534号

书 名：穿PRADA的宅男
　　　　CHUAN PRADA DE ZHAINAN
作 者：贺扬

出 版 人：杨志坚
责任编辑：梁博攀 申玉琴
策　　划：念念文化 NBooks
特约编辑：刘玉浦 何 立
装帧设计：Metis 灵动视线
　　　　　010-85983452

出 版　北京理工大学出版社
发 行　北京理工大学出版社
社 址　北京市海淀区中关村南大街5号
邮 编　100081
开 本　700毫米×1000毫米 1 / 16
印 张　16
字 数　272千字
版 次　2010年10月第1版 2010年10月第1次印刷
印 刷　三河市汇鑫印务有限公司
书 号　ISBN 978-7-5640-3741-3
定 价　26.00元